Scarlet

스칼렛

Scarlet

스칼렛

우리 이별

우리별

1판 1쇄 찍음 2014년 4월 1일
1판 1쇄 펴냄 2014년 4월 7일

지은이 | 화연 윤희수
펴낸이 | 정 필
펴낸곳 | 도서출판 **뿔미디어**

편집장 | 이재권
기획 · 편집 | 주종숙

출판등록 | 2002년 9월 11일 (제1081-1-132호)
주소 | 경기도 부천시 원미구 상동로 117번길 49(상동) 503호
전화 | 032)651-6513 / 팩스 | 032)651-6094
E-mail | dahyangs@naver.com
블로그 | http://blog.naver.com/dahyangs
홈페이지 | http://bbulmedia.com

값 9,000원

ISBN 979-11-7003-296-0 03810

SCARLET
ROMANCE
STORY

우리 이별

화연 윤희수 장편 소설

contents

별이 떨어졌다.

느닷없이 내 가슴으로 별이 날아와 박혔다.

허락도 없이 박힌 별은

마치 원래 그 곳이 자신의 자리였던 듯

태연스럽게 둥지를 틀었다.

그러고는 쉴 새 없이 속삭인다.

여기 내가 있다고.

너의 별이 여기 있다고.

1.

갑작스런 이별과 마주하다

바람이 불었다.

한낮 달콤한 단잠을 부르는 유혹적인 바람이었다. 바람이 아무리 주변을 맴돌며 이리저리 손을 뻗쳐도 우연은 흔들림이 없었다. 무심히 책장을 넘기던 우연은 기어이 제 머리카락을 희롱하는 바람의 장난에 피식 싱거운 웃음을 흘렸다.

미안, 그래도 소용없어. 한가하게 바람과 놀아 줄 시간 따윈 내게 없으니까. 혼자 놀아.

건성으로 넘기는 책장과 달리 책 제목은 다소 무거웠다. 지루하고 딱딱한 책의 단락 사이를 스치던 바람이 책장을 흩날리며 삐죽 심술을 부렸다. 자리를 옮긴 바람이 우연의 손끝을 간질이며 다시 놀아 달라 졸라 댔다. 머리 아프게 왜 이런 고리타분한 책을 읽고 있느냐 끈질기게 유혹했다.

누군가에겐 진부하기 짝이 없는 글일지 몰라도 우연에겐 매우 흥미로운 내용이었다. 참 별난 취향이다. 바람이 고개를 갸웃거렸다.

톡톡. 책 표지를 두드리는 우연의 손가락이 기분 좋은 리듬을 탔다. 입가에 머금은 엷은 미소가 조금 짙어졌다. 그 미소를 따라 살며시 볼우물이 패였다. 바람이 잠시 머뭇거렸다. 마치 그 미소에 매혹된 듯이.

철컹.

대문이 열리고 누군가 들어서는 소리가 들렸다. 창밖으로 고개를 내밀어 누군지 확인하던 우연의 눈이 조금 가늘어졌다. 아버지 한석이었다. 우연의 입가에 머물던 미소가 사라졌다. 일정과 맞지 않는 등장이었다. 무슨 일이 있는 걸까? 우연이 시계를 확인하고 다시 시선을 내렸다.

'1시 45분. 일정대로라면 출장 중이어야 한다. 홍콩에 있어야 하는 시각에 집이라. 왜지?'

의문점은 그것뿐만이 아니었다. 아버지는 혼자가 아니었다. 아버지의 뒤를 따라 계단을 오르는 낯선 소녀에게 우연의 시선이 고정되었다. 중년의 남자와 소녀. 어울리지 않는 조합이다.

허리까지 내려오는 소녀의 긴 생머리가 우연의 관심을 뺏긴 바람의 심술궂은 장난에 이리저리 제멋대로 흩날렸다. 머리카락이 시야를 방해한 듯 잠시 멈춰 선 소녀가 무심히 머리를 쓸어 넘겼다. 그러다 문득 시선을 느꼈던지 정확히 우연이 있는 창 쪽을 올려다보았다.

둘의 시선이 허공에서 맞물렸다. 그 누구도 시선을 피하지 않았다.

소녀를 살피는 우연의 시선이 더 세밀해졌다. 뱅 스타일의 앞머리가 제법 잘 어울리는 앳된 얼굴, 우유처럼 새하얀 피부에 유난히 붉은 입술이 눈에 띈다. 우연을 주시하는 동그란 눈이 생기롭게 반짝 빛났다. 호기심이 많은 건지, 낯이 두꺼운 건지 낯선 남자의 직설적인 시선에도 전혀 주눅 들지 않고 올곧게 마주 바라보기까지 한다.

맹랑하다. 우연이 소녀에게서 받은 첫 느낌은 당돌과 맹랑함이었다.

소녀의 얼굴에 엷은 미소가 번졌다. 소녀는 교복을 입고 있었다. 처음 보는 것이었다. 근처 학교는 아니라는 뜻이다.

어디서 왔을까? 왜? 무슨 일로.

의문 가득한 우연의 시선을 부드럽게 받아넘기며 소녀는 그저 답 없이 웃었다. 마주 웃어 주련도 하건만 우연은 바람에게 그랬던 것처럼 매력적인 웃음을 소녀에겐 보여 주지 않았다.

"왜, 무슨 일 있니?"

멈춰 선 소녀를 돌아보며 한석이 물었다. 시선을 거둔 소녀가 고개를 저었다. 인자한 미소를 지어 보이며 고개를 끄덕인 한석이 현관 쪽으로 소녀를 안내했다. 우연은 소녀와 아버지가 현관 안으로 사라지는 것을 건조하게 바라보다 우연은 다시 책으로 시선을 내렸다. 아버지와 소녀의 느닷없는 등장이 저완 아무 상관없는 일인 것처럼 외면했다.

똑똑.

조심스런 노크 뒤에 문이 열리고 도우미 아주머니가 고개를 내밀었다. 여전히 책에 시선을 두고 있는 우연의 눈치를 살피며 도우미 아주머니가 말했다.

"우연아, 사장님 오셨어. 찾으시는데 잠시 내려와 볼래?"

낮은 한숨을 내쉬며 우연이 책을 덮었다. 그러곤 무표정하게 고개를 끄덕였다. 도우미 아주머니는 어서 내려오라 눈짓을 보내곤 서둘러 방문을 닫았다. 우연의 미간이 살짝 찌푸려졌다. 자신만의 시간을 방해받은 것이 불쾌했다. 그냥 볼일만 보고 가시지.

창틀에 그대로 책을 내려 두고 일어난 우연이 곧장 문을 향해 걸어갔다.

한 달 만의 부자상봉이었다. 일정에도 없던 귀국, 어쩐지 이번엔 공백이 좀 짧다 싶더니 뭔가를 달고 나타났다. 출장 선물치곤 좀 과한 거 아닌가? 살아 있는 인형이라니.

계단을 내려서는 우연의 발이 조금씩 이별의 시야에 들어왔다. 과연 얼마나 더 내려와야 얼굴이 보일까? 엄청난 길이를 자랑하는 다리가 한참을 무겁게 계단을 내려서고서야 우연의 무심한 얼굴이 보였다. 시크함의 결정체임을 자랑하듯 우연이 건조하게 아버지를 향해 고개를 끄덕였다.

"오셨어요."

무사히 잘 다녀왔느냐는 말은 **뺀다**. 그저 오셨냐는 무미건조한 인사말이 전부였다. 반면 아버지 한석은 환한 미소를 지으며 우연을 덥석 끌어안았다. 한석보다 머리 하나는 더 큰 우연의 미간이 귀찮다는 듯 살짝 찌푸려졌다. 마뜩잖은 얼굴로 보이지 않게 한숨을 내쉬던 우연의 눈이 저를 신기한 듯 바라보고 선 이별의 눈과 딱 마주쳤다.

싱긋. 이별이 귀여운 미소를 지어 보였다.

하아. 우연이 어이없는 듯 헛웃음을 터트렸다.

그러나 곧 차갑게 시선을 거뒀다. 인형 따위 상대할 가치도 없다.

"아참, 서로 인사해라. 여긴 내 아들 김우연."

한석의 품에서 벗어난 우연이 구겨진 옷을 탈탈 털어 냈다. 아직 한석의 손이 올려진 한쪽 어깨가 불편한 듯 표정이 굳어 있었다.

"이쪽은 내 친구의 무남독녀. 이별."

"이별?"

무심히 따라 부르고 말았다. 이름이 이별이라니 참 독특했다.

출장 선물로 사 온 특별 선물인 줄 알았더니, 친구 딸이란다. 왠지 모르게 불길했다. 너 따위 관심 없다는 듯 시큰둥한 우연과 달리 이별은 입가를 부드럽게 말아 올리며 한 손을 들어 상큼하게 인사를 건넸다.

"안녕, 우연 오빠?"

"……."

우연의 표정이 굳었다. 언제 봤다고 오빠란 말이 저렇게 쉽게 나오는지. 넉살도 좋다. 얼굴이 두꺼운 건지, 맹한 건지. 저를 반기지 않는 적대감이 느껴지지 않는 모양이다. 시선을 돌려 냉정하게 인사를 외면한 우연을 대신해 한석이 호들갑스럽게 넉살을 떨었다.

"어이쿠. 이별인 벌써 오빠가 마음에 든 모양이구나. 그래 어차피 이제부터 한집에 같이 살 건데. 편한 게 좋지."

"같이 지내다니. 그게 무슨 소리예요?"

말도 안 된다. 잠시 인사차 들렀던 게 아니라 여기서 계속 함께 살 거라니. 웃기지도 않는 헛소리다. 이제껏 도우미 아주머니 말고는 드나드는 사람 없이 우연 혼자 지내 왔었다. 하나밖에 없는 혈육인 아버지마저 1년에 겨우 몇 번 만날까 말까 한 판국에 일면식도 없는 타인을 어떻게 집에 들인단 말인지. 어림없다.

심각하게 굳어 있는 우연의 얼굴을 보지 못한 것인지. 한석은 여전히 사람 좋은 미소를 띤 채 제 할 말만 늘어놓고 있었다.

"아, 그럴 사정이 좀 생겼다. 이별이 혼자 한국에 남게 되어서 내가 대신 보살펴 주기로 했다."

혼자 한국에 남았다는 건, 부모 형제가 지금 곁에 없다는 의미였다. 말의 뉘앙스로 볼 때 생각할 수 있는 최대치의 나쁜 일은 아닌 것 같았다. 그럼, 단 한 가지 결론을 유추해 볼 수 있었다.

"이민 갔어요? 얘만 두고?"

한석의 눈에 이채가 반짝였다. 역시 넌 내 아들이야! 눈치 하난 빠르다니까. 그의 눈에 내포된 말들을 가차 없이 차단시키며 우연이 차게 말했다.

"다른 곳으로 보내세요."

"누굴?"

"그걸 몰라 묻는 건 아니죠? 여긴 절대 안 돼요."

"왜, 나 없는 사이에 집에 무슨 문제라도 생겼어?"

이별이 함께할 수 없는 이유를 모르겠다는 듯 한석이 주변을 두리번거렸다. 자신이 떠날 때와 다름없는 집 안을 살피며 한석이 의문을 담아 도우미와 우연을 번갈아 바라보았다. 누구라도 이별이 여기 있으면 안 되는 이유에 대해 말해 보라는 듯이.

우연이 그걸 몰라 묻느냐는 듯 미간을 좁힌 채 짜증을 섞어 물었다.

"어디 다치셨어요?"

"뭐?"

"머리 잘못되셨냐구요."

"머리 말이냐? 아무렇지 않은데."

저를 비꼬아 한 말임에도 한석은 모른 척 시치미를 떼며 빙긋이 웃었다. 그러고는 능구렁이같이 우연의 어깨를 감싸 이별의 앞쪽으로 이끌었다. 툭툭. 가볍게 다독이는 한석의 손길이 거북스럽다. 왠지 미리 쳐 놓은 덫에 끌려 들어가는 기분이었다.

"별아, 아직 이르지만 그래도 어쩌겠니. 일이 이렇게 된 걸. 잘 지낼 수 있지?"

"네. 아저씨. 걱정 마세요."

"그래, 난 너만 믿는다. 그래도 정 아니다 싶으면 딴 놈 찾아봐도 된다."

"훗. 네."

의미심장한 한석의 말에 이별이 씩씩하게 답했다. 주거니 받거니 잘도 한다. 누구 마음대로 굴러 와 박히겠단 말인가. 턱도 없다. 뭐라 반박하려 입을 열던 우연의 손을 한석이 덥석 붙잡아 당겼다. 그 손 위에 뭔가 따스한 것이 겹쳐졌다. 이별의 손이었다.

"하아."

아무도 잡아 본 적 없는 손이었다. 그 누구의 손길도 허락하지 않는 까칠하기 그지없는 우연의 손이었다. 그런 손을 아무 거리낌 없이 맞잡아 흔드는 이별의 겁 없음이 우연의 화를 돋우었다. 세차게 이별의 손을 내치며 우연이 사납게 그녀를 쏘아보았다.

"미쳤어?"

"우연아."

차가운 우연의 태도에 한석이 가만히 이름을 부르며 나무랐다. 돌아보는 눈길이 시리다. 씩씩거리는 우연의 등을 찰싹 소리가 나게 때리며 한석이 가볍게 혀를 찼다. 우연의 얼굴 가득 불만스런 반항심이 깃들었다. 그를 깔끔히 무시하며 한석이 일부러 더 목소리를 밝게 해서 둘을 향해 당부했다.

"한 4, 5년 있다가 식을 올릴 생각이었다만, 어쩌다 보니 동거부터 하게 됐구나. 그래도 부부는 부부니까 서로에게 잘 맞춰서 살기 바란다."

정말 머리가 어떻게 된 모양이다. 들도 보도 못한 계집애를 데려와 함께 살라고 하더니 이제는 둘이 부부란다. 미쳐도 단단히 미쳤다. 이번 해외 출장이 말레이시아였나? 가서 이상한 병에 걸려 온 게 확실하다. 그 뇌를 조정한다는 이상한 기생충처럼. 괴상한 것에 감염 되어 한석이 지금 헛소리를 지껄이고 있는 것이다.

믿을 수 없다는 듯 돌아보는 우연의 얼굴은 보지도 않고 다시 이별을 향해 돌려놓으며 한석이 의미심장하게 웃었다.

"아직 혼인신고는 하지 않았다만 신고서는 다 작성해 놓았다."

"하아. 대체 뭘 잘못 먹으면 이렇게 되는 거야? 무슨 헛소리냐구요!"

비식이 입가를 끌어 올린 한석이 버릇없이 버럭거리는 우연의 귀를 쭉 잡아당기며 아주 다정스럽게 설명했다.

"괜찮다, 아들아. 만 18세만 지나면 결혼하는 데 아무 문제 없어. 이별이도 열여덟이니까 상관없고."

"그 말이 아니잖아요! 씨알도 안 먹힐 소리 하지도 마세요. 무슨 수작인지 모르지만. 절대 용납 못 해!"

저를 향해 이를 빠드득거리며 눈을 치뜬 우연의 뒤통수를 후려치며 한석이 히죽 웃었다.

"그럼 2층 내 방에 있는 것들 다 버리든가."

미친다. 그걸 지금 말이라고 하는 걸까. 그건 우연에게 생명과도 같은 것들이다. 절대 그렇게는 못 한다. 잘근 아랫입술을 깨무는 우연을 여유롭게 바라보며 한석이 쐐기를 박았다.

"네게 그것들이 중하듯 내겐 이 아이가 중하다. 미래의 내 며느리 함부로 대했다간 너도 그것들도 죄다 길바닥에 버려질 줄 알아."

그런 끔찍한 말을 어떻게 저리도 천연덕스럽게 웃으며 말할 수 있는 건지. 하긴 저러니 그 어마어마한 기업들을 잘도 구워삶아 인수합병을 이끌어 내는 거겠지. 지독하고 악랄한 영감탱이. 직업병이 도가 지나쳐 아들에게도 협박으로 인간 대 인간의 인수합병을 이뤄 내려 한다. 결혼이라니. 웃기지도 않는다.

"넌, 지금 이게 말이 된다고 생각해?"

열여덟. 자신보다 한 살 아래인 어린 계집애를 우연이 사납게 몰아붙였다. 말똥거리는 큰 눈으로 우연을 직시한 이별이 환하게 웃으며 고개를 끄덕였다.

"응."

"뭐?"

"난 괜찮아."

"미친."

퍽! 즉시 우연의 뒤통수로 한석의 손이 날아들었다. 앞쪽으로 기운 우연의 머리가 분노로 부들거렸다. 그를 무시하고 이별의 머리를 부드럽게 쓰다듬은 한석이 걱정스러운 눈으로 한참 이별의 얼굴을 들여다보았다.

"걱정 마세요, 아저씨. 저 아시잖아요."

"그럼. 우리 이별인 걱정 안 하지. 다만."

맞은 뒤통수를 꽉 움켜쥐고 이를 빠득거리는 우연을 한석이 걱정스레 바라보자 이별이 그의 손을 따스하게 잡아 감쌌다. 그러곤 돌아보는 한석의 눈을 올곧게 직시하며 저만 믿으라 굳건한 눈빛으로 빙긋이 웃어 보였다.

"그래, 그래. 믿고 말고. 그럼 난 별이 너만 믿고 이만 가 보련다."

힘껏 이별을 안아 주고는 작별 인사를 건네며 현관으로 걸어가는 한석을 우연이 급히 붙잡아 세웠다. 한석이 멀뚱히 돌아보자 우연이 입가를 비틀어 올리며 이죽거렸다.

"정말 믿으세요?"

"응?"

"부부라면서요. 저 계집애랑 내가."

"뭐, 지금 그렇다는 건 아니고."

"아무튼. 같이 살라면서요."

"그렇지."

"내가 어떻게 할 줄 알고 저 애 혼자 여기 두고 가세요? 정말 저 믿으세요? 저도 남잡니다."

우연의 협박조의 말에 한석이 낮은 신음을 흘렸다. 그것 보라는 듯이 의기양양하게 한석의 팔을 놓으며 한 발 물러선 우연이 이별을 턱으로 가리키며 데려가라는 눈빛을 보냈다. 그런 우연을 한참 심각하게 바라보던 한석이 깊게 한숨을 내쉬며 고개를 끄덕였다.

"우연아."

"네."

한석의 부름에 우연이 거만하게 답했다. 힐끔 이별을 바라보다 이내 우연에게로 시선을 옮긴 한석이 손가락을 까닥거렸다. 가까이 오라는 말 같아 우연이 허리를 굽혀 거리를 좁히자 한석이 조심스럽게 그의 귀에 속삭였다.

"건투를 빈다."

"네?"

"부디 순결을 지킬 수 있기를 바란다."

"……?"

주먹을 불끈 쥐어 보이며 의미심장한 눈빛으로 우연의 눈을 지그시 바라보던 한석이 가타부타 말도 없이 쏜살같이 현관을 빠져나갔다. 텅 빈 현관을 바라보며 우연이 고개를 갸웃거렸다. 대체 무슨 소리야? 건투는 뭐고, 순결을 지키라는 건 또 무슨 소린지. 도통 알아들을 수가 없었다.

휘청. 뭔가가 갑자기 날아와 우연의 어깨를 와락 덮쳤다.

"오빠, 내 방은 어디야?"

향긋한 풋사과향이 코끝을 먼저 물들였다. 삐걱거리는 고개를 억지로 돌리자 이별의 얼굴이 바로 코앞에서 싱긋거렸다. 화들짝 놀란 우연이 기겁하며 이별을 떨쳐 내고 뒷걸음질 치다 뭔가에 걸려 넘어졌다.

"아잉. 뭘 그렇게 격하게 반응하고 그래. 난 그냥 궁금해서 물어본 것뿐인데."

믿을 수 없다는 듯 우연의 미간이 한껏 구겨졌다. 청순함의 탈을 쓰고 얌전한 척 굴더니 둘이 남게 되자 숨겼던 본색을 드러낸다. 대체 정체가 뭐야? 꺼림칙한 우연의 눈빛을 아무렇지 않게 받아 내며 이별이 그를 향해 한 걸음 한 걸음 천천히 다가섰다. 그에 맞춰 우연이 조금씩 뒤로 몸을 물렸다.

턱. 등 뒤로 단단한 벽이 느껴졌다. 더 이상 물러설 곳이 없다. 다가오지 마! 우연이 눈을 사납게 부릅뜨며 경고했다. 우연의 경고를 깔끔히 무시한 이별이 바닥에 무릎을 꿇고 그의 몸 위로 불쑥 허리를 굽혔다.

죽일 듯 노려보는 우연의 눈을 즐겁게 마주 보며 이별이 생긋 웃었다. 바로 제 코앞으로 다가와 멈춘 이별의 얼굴에 우연이 불쾌감을 드러내며 입술 끝을 씰룩거렸다.

"비켜."

"여기."

이별의 손이 우연의 얼굴 바로 옆을 짚었다. 도발을 하겠다고? 해 볼 테면 해 보라지. 눈 하나 깜짝 않고 노려보며 우연이 이별을 밀쳐 내려 손을 뻗었다. 그런데 막상 어디에 손을 대야 할지 몰라 머뭇거렸다. 여자애를 이렇게 가까이서 마주한 건 처음이었다. 손댈 곳이 없었다. 우연이 주춤하는 사이 이별이 그의 귀에 바짝 입을 가져다 대고 나직이 속삭였다.

"나 이 방 쓴다?"

귓가 솜털이 찌릿하게 일어섰다. 놀라 급히 귀를 막고 흠칫 떨며 물러선 우연의 몸이 스르르 반대편으로 기울었다. 넘어지기 직전 가까스로 팔로 몸을 지탱한 우연이 끔찍하다는 듯 진저리를 치며 이별을 쏘아보았다. 그런 우연을 향해 싱긋 웃어 보인 이별이 벌떡 일어나 그가 기대 있던 방문의 손잡이를 잡아 돌렸다. 문을 열려다 말고 이별이 우연을 내려 보며 생글거렸다.

"좀 비켜 줄래? 오빠?"

"너."

"아니면 내가 도와줄까?"

이별이 내미는 손을 마치 끔찍한 물건이라도 보는 듯 우연이 기겁하며 뒤로 물러섰다. 그러자 이별이 어깨를 으쓱하며 아무렇지 않게 문을 열고 안으로 들어섰다.

"하아. 뭐, 저런."

기막혀 헛웃음을 터트리던 우연이 고개를 절레절레 흔들며 자리를 털고 일어섰다. 몇 발짝 걷다 말고 그가 입술을 잘근 깨물며 우뚝 멈춰 섰다. 불끈 주먹을 움켜 쥔 우연이 홱 고개를 돌려 이별이 사라진 방문을 매섭게 노려보았다.

네가 지금 여기 눌러앉겠다는 거지? 그래, 어디 얼마나 견디나 두고 보자.

이를 갈며 발을 떼려던 우연이 그대로 멈췄다. 등 뒤에서 삐직이 문 열리는 소리가 들린 탓이었다. 손안에 땀이 맺혔다. 고개만 빠끔히 내민 이별이 우연의 등을 바라보며 상큼한 목소리로 말했다.

"너무 겁내지 마, 오빠. 난 사람은 안 잡아먹어. 안심해."

"허."

홱. 우연이 어이없는 얼굴로 돌아보자 그사이 이별이 서둘러 문을 닫고 안으로 쏙 사라져 버렸다. 우연의 입에서 억눌린 한숨이 길게 새어 나왔다.

건투와 순결의 상관관계를 이제야 알겠다.

아버지가 발칙하고 요망한 어린 여우를 풀어 놓고 가셨다.

여우라면 진저리를 치는 순결한 아들의 우리 안에.

"아, 뒷골이야."

찌릿하게 아려 오는 뒷머리를 잡고 돌아서며 우연이 뿌득 이를 갈았다. 열아홉 김우연의 인생에 느닷없이 짱돌 하나가 날아와 박혔다. 마치 원래 거기가 자신의 자리라는 듯 모든 게 뻔뻔스럽기 그지없다.

"뭐야."

욕실 문을 열고 들어서던 우연이 먼저 세면대를 차지하고 있는 이별의 모습에 놀라 멈칫거렸다. 이를 닦으며 우연을 돌아본 이별은 아무렇지 않게 마저 이를 닦고 물로 헹궈 내기까지 했다. 그 모습이 어찌나 자연스럽던지 놀라 머뭇거린 자신이 더 이상하게 느껴졌다.

이별이 어제 제 방이라며 들어갔던 곳은 부부 침실이었다. 쓸 일이 없는 방이었지만, 그래도 주인은 따로 있는지라 비어 있는 방으로 옮겨 우연과 같이 2층을 쓰게 되었다.

"비켜."

일부러 까칠하게 말하며 이별을 밀치고 자리를 차지한 우연이 제 칫솔을 꺼내 치약을 짜냈다. 반대편 선반에 얌전히 제 칫솔과 치약을 올려놓은 이별이 머리에 감아 놓았던 수건을 풀어 젖은 머리카락을 닦아 내며 그의 뒤를 스쳐 지나갔다. 어제와 같은 풋사과향이 이별에게서 흘러나왔다.

저와 어울리지 않는 상큼한 향이다.

신경질적으로 이를 닦으며 우연이 욕실을 빠르게 훑었다. 제 것이 아닌 낯선 물건들이 곳곳에 가지런히 놓여 있었다. 입 안을 깔끔히 헹궈 냈는데도 이상하게 쓰다. 마치 원래 그랬던 것처럼 모든 것이 자연스럽다. 욕실을 은은하게 물들인 사과향마저도.

"젠장. 맘에 안 들어."

까슬까슬하게 돋아난 턱수염을 매만지며 면도기를 꺼내 들었다. 면도 크림을 바르고 면도기를 턱에 대다 말고 우연이 동작을 멈췄다. 우연의 눈이 거울 속 면도기에 닿았다. 면도기 손잡이가 분홍색이다. 면도기를 잡은 우연의 손이 부들거렸다. 우연의 눈이 금방 면도기를 잡았던 선반으로 옮겨졌다. 제 것은 그대로 그곳에 놓여 있었다. 우연의 면도기 옆에 나란히 놓여 있던 것은 아마도 이별의 것이었나 보다.

"뭐야? 저건 수염도 나나?"

만지지 말아야 할 것을 건드렸다는 듯 질색하며 면도기를 휴지통에 던지려다 말고 잠시 입을 씰룩거리던 우연이 거칠게 원래 있던 자리에 그것을 올려 놓았다. 자신이 그것을 만졌다는 것 자체를 이별이 아는 게 싫었다. 우연이 짙은 한숨과 함께 고개를 절레절레 흔들며 제 면도기를 집어 들었다.

오늘따라 아침부터 기분이 저조했다.

세수까지 말끔히 끝내고 제 방으로 들어선 우연이 교복으로 갈아입고 일층으로 내려왔다. 조잘거리는 목소리가 주방에서 흘러나왔다. 벌써 자리를 차지하고 앉은 이별이 도우미 아주머니와 즐겁게 대화를 나누고 있었다. 이것도 우연에겐 무척 낯선 풍경이었다.

뭐가 그렇게 재밌어? 언제 봤다고 저렇게 친근하게 굴어? 참 넉살도 좋다.

툭툭거리며 주방으로 들어선 우연이 고개만 끄덕여 도우미 아주머니에게 인사를 건네자, 그를 건성으로 받아넘긴 도우미 아주머니가 이내 이별에게로 시선을 돌렸다. 시큰둥하기는 우연도 마찬가지였다. 냉장고에서 우유를 꺼내 식탁 앞으로 다가가 컵을 집자 이별이 우연에게 반갑게 손을 흔들었다.

"하이."

시린 눈빛 한 번으로 이별을 무시한 우연이 컵에 따른 우유를 깔끔히 비워 냈다. 다음, 우유를 냉장고에 넣고 돌아서 그대로 주방을 빠져나왔다. 그 뒤로 매일 저렇다며 우연이랑 둘만 있을 때는 입에 거미줄 치는 줄 알았다는 도우미 아주머니의 뒷담화가 이어졌다. 낮은 한숨이 우연의 입에서 흘러나왔다.

그런 얘길 하려거든 사람이 없는 데서 하라고요. 눈치 없는 아주머니.

한마디 쏘아 주는 것조차 귀찮다는 듯 혀끝을 차며 현관으로 나온 우연이 운동화를 신고 나서려다 문득 옆에 나란히 놓인 낯선 캔버스화를 물끄러미 내려 보았다.

은밀히 밀려 나온 혀가 입술을 핥았다. 힐끔 주방 쪽을 바라보자 아직도 웃음꽃이 한창이다. 슬쩍 발을 뻗어 툭 얌전히 있는 캔버스화를 걷어찼다. 흐트러진 게 더 잘 어울린다. 히죽. 그제야 만족스런 웃음을 입가에 달고 우연이 기분 좋게 현관을 나섰다.

대문 안쪽에 세워 둔 자전거를 끌고 밖으로 나와 막 올라 앉던 참이었다. 느닷없이 누군가 우연의 가방 윗부분을 덥석 움켜잡았다. 페달을 굴리려다 말고 우연이 미간을 구기며 뒤를 돌아보았다. 우연의 가방을 붙잡은 겁 없는 손의 주인은 다름 아닌 이별이었다.

"놔."

"나도. 같이 가."

우연의 서슬에 가방을 놓고 그의 옆으로 폴짝 뛰어든 이별이 빙긋이 웃으며 애교스럽게 말했다. 하지만 상대를 잘못 골랐다. 우연에겐 씨알도 안 먹힐 소리다.

"봐주는 것도 한계가 있어. 적당히 해."

"나 학교 어딘지 잘 모른단 말이야. 같이 가. 응?"

"까불지 말랬지. 네 학교를 왜 내가 같이……."

설마. 학교까지 옮긴 거야? 눈으로 묻는 우연에게 이별이 천연덕스럽게 고개를 끄덕이며 뒷자리를 툭툭 두드렸다. 여기 앉으면 되느냐 묻는 것 같았다. 시리게 이별을 한 번 노려본 우연이 콧방귀를 뀌며 힘차게 페달을 굴렸다. 눈앞으로 쌩하니 지나가는 우연의 자전거를 이별이 멍하니 쳐다보았다.

"거참, 성격 까칠한 오라버니네."

갈림길에서 꺾어 오른쪽으로 사라지는 우연의 모습을 물끄러미 바라보다 어깨를 으쓱하며 시계를 확인했다. 아직 여유는 있었다. 이별은 스마트폰을 꺼내 위치 검색을 하곤 터벅터벅 우연이 사라진 길 쪽으로 걸어 내려갔다.

아쉬울 건 없었다. 어차피 이별도 나름의 이유가 있어서 이 집에 들어온 것이지 우연과 엮이고 싶어 그런 건 아니었다. 자칫하다간 일면식도 없는 아빠 친구 아들과 결혼까지 갈 수도 있었다. 하지만 그건 일단 함께 살아 보고 결정하겠다고 못을 박아 놓은 상태였다. 조선시대도 아닌데 부모 뜻대로 이놈이다 하면 결혼해야 하는 것도 아니고. 마음이 동해야 살 수 있는 것 아니겠냐고. 그러니 우선 여기 남아 우연이 어떤 사람인지 천천히 알아보겠노라고. 겨우 아빠와 반강제로 합의를 보았다.

이별의 부모님은 보름 전 한국을 떠났다. 미국도 아니고 호주도 아니고 인도로 이민을 가겠다니 그게 말이 되느냐 말이다. 부모님이야 좋아 그러는 거라 치고 아직 고등학교도 제대로 졸업 못 한 이별이 낯선 곳에서 낯선 사람들과 말도 통하지 않는 상황에서 살을 부대끼며 살아갈 것을 생각하니 눈앞이 깜깜했다. 아무리 생각해도 정말 그건 아니라는 판단이 섰다.

"그래, 차라리 까칠한 김 군이 낫다."

어제 의도적으로 우연을 도발해 본 결과 엉뚱한 생각을 할 사람은 아닌 것으로 결론을 내렸다. 김우연은 아저씨 말대로 자기 몸을 아주 끔찍이 사랑하는 이기적인 성격의 소유자였다. 그에게 성별이 다른 여자라는 존재는 그저 인간의 한 종류일 뿐 그 이상도 그 이하도 아니었다. 아담의 째끈한 유전자가 결핍된 신신애(新身愛)자. 그게 바로 김우연이다.

"그런고로 이제부터 나는 자유인이다, 이 말씀."

히죽. 만족스레 입꼬리를 말아 올린 이별의 발걸음이 날아갈 듯 가벼웠다.

"어디서 왔다고?"

이별이 앉은 식탁 맞은편에 제 식판을 내려놓으며 재진이 물었다. 이별이 새로 전학 온 학교는 예술 고등학교답게 교복 외에 다른 것들은 비교적 자유로웠다. 그래서 재진의 금발도 그리 튀지 않았다. 고개만 돌리면 저것이 과연 인간의 머리카락인가가 의심스러울 만큼 각양각색의 머리털을 자랑하며 돌아다니는 학생들이 한둘이 아니었다. 그에 비하면 재진의 날라리 패션은 그럭저럭 봐줄 만했다.

"이지."

"이지예고?"

"응."

건성으로 답하며 국을 떠 입으로 가져가는 이별을 지그시 바라보던 재진이 숟가락을 쥔 그녀의 손을 덥석 붙잡았다. 이별이 시선을 올려 정면으로 바라보자 그 앞으로 깊숙이 다가선 재진이 히죽 입가를 끌어 올려 웃었다. 그러곤 잡은 이별의 손을 당겨 수저를 날름 제 입속으로 밀어 넣었다. 그러더니 곧 혀를 쭉 빼고 미간을 좁혔다.

"오늘 국 엄청 짜다."

"국 아니고 찌개야."

"오! 그래?"

국이 좀 진하다 했더니 찌개였군. 피식. 제가 생각해도 웃겼던지 재진이 바람 새는 소리를 내며 웃었다. 재진은 제 식판엔 손도 대지 않은 채 옆으로 밀어 놓았다. 이별을 따라 급식실에 들어선 이후 줄곧 그녀의 뒤만 졸졸 따라다녔다. 재진의 목적은 식사가 아니라 이별임이 확실했다.

무심한 이별의 말투에도 아랑곳없이 만면에 미소를 머금은 재진이 손을 깍지 껴 그 위에 턱을 괴고 아예 대놓고 이별을 바라봤다. 그 강렬한 눈빛을 이별이 깔끔히 외면하고 있었다.

재진의 입 안을 구경하고 나온 숟가락을 식판 옆에 내려놓고 젓가락을 집어 든 이별이 무심히 밥을 입으로 가져갔다. 재진은 자신의 뜨거운 시선에도 불구하고 느긋하게 밥을 먹는 이별의 대범함에 은근히 혀를 내둘렀다. 이거 보기보다 대차네.

생긴 건 꼭 야들야들한 수선화처럼 생긴 게 하는 짓은 당찬 국화를 닮았다. 나 국화 엄청나게 좋아하는데. 히죽. 재진의 입술이 기분 좋게 말려 올라갔다. 새로 전학 온 여자아이가 인형처럼 예쁘다기에 탐색도 할 겸 놀아 줄까 싶어서 툭 건드려 봤다. 그런데 생긴 것 같지 않게 돌아오는 반응이 의외로 재미있었다.

"너 나랑 사귈래?"

밥을 집어 올리던 이별의 손이 순간 멈칫했다. 그를 놓치지 않고 지켜보며 재진이 야릇하게 웃었다. 이별이 눈을 들어 재진의 얼굴을 세밀히 훑어 내렸다. 귀여움에 색스러움까지 더해진 나름 매력적인 마스크를 가지고 있었다. 여자깨나 홀리겠다. 짧은 감평과 함께 엷은 미소를 머금고 고개를 끄덕인 이별이 다시 밥에 젓가락을 꽂았다.

딱!

이별의 눈앞에서 재진이 손가락을 마주쳤다. 일단 이별의 시선을 붙잡는 데는 성공했다. 이별이 고개를 갸웃하며 힐끔 쳐다보자 재진이 히죽 한쪽 입꼬리를 말아 올렸다. 더 바짝 이별의 곁으로 얼굴을 내밀며 재진이 눈을 찡긋거렸다.

"나랑 사귀자."

"그건 좀."

"사귀자. 응?"

무슨 남자애가 이렇게 살살거리며 애교를 부려 대는지. 저러면 웬만한 여자애들은 다 녹아내리겠다. 하지만 어제 이보다 더 잘난 마스크를 실제로 본지라 그다지 혹하며 끌리진 않았다. 고개를 설레설레 흔든 이별이 밥을 떠 쏙 입에 넣고 오물거리며 입을 동그랗게 말았다.

"노."

"와우. 깔끔도 하셔라."

"내가 좀 그렇지?"

밥을 마저 곱게 씹어 삼키며 이별이 히죽 웃자, 재진도 할 수 없다는 듯 어깨를 으쓱하며 제 식판을 당겨 밥을 뜨며 곱게 수긍했다.

"칼이다, 칼. 아주 날이 제대로 섰네."

"그래서 아파?"

장난스런 이별의 말에 재진이 밥을 뜨다 말고 숟가락을 든 채로 제 왼쪽 가슴을 툭툭 쳤다.

"네버. 아직 제대로 못 뚫었다. 이거 보기보다 강하거든."

재진이 밥 대신 찌개를 한 수저 떠서 머금고는 바로 얼굴을 구겼다. 그러곤 냉큼 이별이 떠 놓은 물 컵을 집어 단숨에 들이켰다.

"으. 짜다."

"국 아니고 찌개라니까."

"그러게 국인 것 같은데 아니고. 딱 이별만큼 짜다."

"응?"

"물이라도 부으면 이별도 조금 싱거워지려나?"

"무슨 소리야?"

이별의 눈앞에서 빈 잔을 흔들어 보이며 재진이 야릇하게 웃었다. 이별의 고개가 갸웃 기우는 것을 신호 삼아 재진이 불쑥 제 얼굴을 디밀었다. 입술이 닿을 듯 말 듯 한 찰나의 순간 그들 사이를 숟가락 하나가 가로막았다. 차가운 금속의 감각에 재진이 눈살을 찌푸리며 불청객을 올려다보았다.

우연 선배다.

"밥은 여기 네 식판에 있고 숟가락으로 먹는 거다."

건조하게 재진을 내려 보며 우연이 말했다.

"그리고 잘못 배웠나 본데. 침은 절대 물이 될 수 없다."

어떻게 알고 정곡을 딱 찔러 말한다. 역시 김우연이다. 웬만해선 남의 일에 잘 간섭하지 않는 우연이었다. 그런데 결정적인 순간에 나타나 숟가락을 건네는 포스가 장난이 아니었다. 이거 안 받으면 넌 평생 밥 못 먹게 될 거라고 말하는 것처럼 분위기가 살벌했다. 거부하면 안 될 것 같아 재진이 숟가락의 손잡이 끝부분을 잡았다.

"젓가락 놔. 이. 별."

숟가락을 잡은 재진의 손을 뿌리치고 우연이 이별의 손에 숟가락을 쥐여 주었다. 얼떨결에 숟가락을 받아 든 이별이 물끄러미 제 손을 내려 보았다. 한 손에 수저와 젓가락이 같이 들려 있었다. 그 아래 먼저 내려놓은 숟가락도 있었다. 이별이 다른 손으로 머리를 긁적거렸다. 그 손을 또 우연이 덥석 잡아 얌전히 식탁 위에 내려놓았다.

"밥 먹다가 머리 긁는 건 위생상 안 좋아."

학교도 같이 안 가려고 하더니 왜 갑자기 나타나서 설교를 하실까. 그것도 이런 기막힌 타이밍에 숟가락 신공까지 발휘해 가며, 남의 일에 잘 안 끼어든다더니. 웬일이래?

멀뚱히 저를 올려 보는 이별의 얼굴 가까이 얼굴을 내리며 우연이 재진의 이마를 손으로 밀어냈다. 아직도 재진의 얼굴이 이별의 얼굴과 너무 가까이 있었다. 속삭이는 소리까지 들릴 만큼. 그래서 밀어낸 것인데 재진도 우연이 그러리라 미처 생각지 못했던지 중심을 못 잡고 휘청거리다 의자와 함께 뒤로 넘어갔다.

"으아악!"

쿵 소리에 둘의 시선이 재진이 사라진 자리로 향했다. 지금 재진은 바닥과 잠시 면담을 나누느라 이들의 대화를 듣지 못할 것이다. 우연이 돌아보자 이별이 어깨를 으쓱거렸다. 제 잘못은 하나도 없다는 몸짓이었다.

한 손으로 식탁을 짚고 다른 한 손으로 지그시 이별의 어깨를 누른 우연이 그녀의 코앞으로 얼굴을 바짝 디밀고 낮게 속삭였다.

"아저씨 전화 오셨다."

"누구?"

"네 아버지."

이별의 부친은 우연의 부친과 오랜 지기였다. 우연이 어릴 때는 집에 자주 왔던지라 아저씨라 부르며 잘 따랐었다. 그는 늘 혼자였었다. 그래서 그때는 이별의 존재도 몰랐다. 하지만 우연의 어머니가 돌아가시고 서로가 바빠지며 집에 오는 일이 없어졌다.

우연이 이별의 부친을 못 본 지 십 년이 넘었다. 단 한 번도 우연이 이별의 부친에 대해 언급한 적이 없는지라 이별은 우연이 자신의 부친을 아저씨라 다정히 부르는 게 익숙하지 않았다. 그래서 누구를 말하는 것이냐 물은 것이다.

"왜?"

"너 한눈 못 팔게 단단히 단속하라고."

"에이. 신경 쓰지 마. 그냥 그러시는 거야."

손사래를 치며 괜히 하는 소리다 얼렁뚱땅 넘어가려는 이별의 눈을 우연이 지그시 노렸다. 한쪽만 비틀려 올라가는 우연의 입술을 멀뚱히 바라보며 이별이 눈을 깜빡거렸다. 우연의 입술이 부드럽게 달싹거렸다. 이어 그의 입에서 신랄한 말이 쏟아져 나왔다.

"미친. 그냥 하는 소리가 여차하면 혼인신고서 접수시키겠다는 협박이야? 너희 집은 그런 말을 농담으로 하냐?"

"오호! 그런 게 있었는데?"

"하아."

짙은 한숨을 토해 낸 우연이 눈을 질끈 감았다가 떴다. 얼마나 시달렸으면 눈에 전에 없던 쌍꺼풀까지 생겼다. 또 한참을 딜레이 질로 사람을 들들 볶은 모양이다. 그게 이별 아버지의 주특기였다. 기진맥진한 상대가 백기를 들면 인증 샷까지 남기는 용의주도한 면도 있었다. 그런 이별의 아버지에게도 적수가 있었으니. 그 모든 수가 안 통하는 유일한 인물이 바로 이별이었고, 그 결과 이별이 여기 우연의 곁에 머물 수 있게 되었다. 그런고로 자연히 이별 아빠의 화살은 우연에게 쏘아졌다. 벌써 미래의 사위라고 못을 단단히 박고 있는 모양이었다.

피곤한 듯 지친 한숨을 토해 내며 우연이 이별에게 경고했다.

"아무나 덥석 물지 마라. 그러다 진짜 물려서 골로 가는 수가 있다."

"물긴 내가 뭘 물어? 내가 갠가?"

"그것보다 더하지."

"그럼 오빠가 물려 주면 되겠네. 아무도 집적거리지 못하게."

"장난해? 지금 그거 싫어서 이러는 거잖아."

"피차일반. 오빠도 내 스타일 아니거든."

"하아."

어디서 이런 여우 같은 게 굴러 들어와서 사람 속을 썩이는지 모르겠다. 새끼 여우 주제에 사람 희롱하는 게 아주 장난이 아니다. 속이 뒤집어져 환장하시겠다. 잘근 입술을 깨문 우연이 이를 빠득거리며 으름장을 놓았다.

"그럼 됐네. 서로 같은 마음이니까. 얌전히 있다가 때 되면 꺼져."

"말은 바로 해야지. 난 아직 한 학년이 더 남았으니까. 꺼지는 건 오빠지. 안 그래?"

"야."

"이별이라고 다정하게 불러 줘. 안 그럼 진짜 문다?"

"허."

앙큼하게 눈을 찡긋거리며 입술을 야릇하게 말아 올려 웃는 이별의 모습에 우연은 기가 막혀 연신 헛웃음만 터트렸다. 그걸 지금 협박이라고 해? 단박에 우연의 눈이 사나운 빛을 띠었다. 내가 누구 때문에 이렇게 귀찮아졌는데. 어디서 눈을 찡긋거려. 겁도 없이.

우연이 눈에 잔뜩 힘을 주고 부라리자 이별이 그 눈빛을 고스란히 받아 내며 느긋하게 턱을 괴었다. 그러고는 엷은 한숨을 내쉬며 어깨를 으쓱거렸다. 푸념 비슷한 말이 이별의 새초롬한 입에서 흘러나왔다.

"하지만, 나도 어쩔 수 없는걸."

"뭐가?"

곱지 않은 시선으로 이별을 내려 보며 우연이 차갑게 물었다. 그의 눈을 더 깊게 들여다보며 이별이 은밀하게 속삭였다.

"가만있어도 나비가 꼬여 드는 걸 어떡해. 그건 내 잘못이 아니잖아?"

기가 막힌다. 자뻑 왕자 앞에서 어이없는 자뻑질이다. 거울이나 보고 그런 말을 하라고 일침을 놓으려는 찰나, 등 뒤에서 짜증 섞인 고함 소리가 들렸다.

"이씨! 허리 아작 날 뻔했잖아!"

재진이 벌떡 일어서며 식판을 향해 내려친 숟가락이 난데없이 우연의 뒤통수를 가격했다. 그 결에 우연의 머리가 앞으로 쏠렸고 가까이 있던 이별의 얼굴과 뜻하지 않게 부딪혔다. 정확히 우연의 입술과 이별의 입술이 가벼운 접촉 사고를 일으켰다.

"아, 그"

자세가 묘하더라니. 숟가락을 날려 이 참혹한 사태를 불러일으킨 재진이 뭐라 말을 하려다 말고 뒷머리를 긁적거리다 슬금슬금 범죄의 현장에서 물러났다. 잠시 급식실 안에 정적이 흘렀다. 다음, 까악! 하는 여자애들의 비명 소리에 입을 맞댄 채 굳어 있던 우연의 눈이 움찔하며 깜빡거렸다. 이리저리 흔들리던 우연의 눈이 멍한 이별의 눈을 마주하곤 우뚝 멈췄다.

꿀꺽. 마른침을 삼킨 우연이 서둘러 입술을 떼고 물러섰다. 이별은 여전히 멍한 얼굴로 허공을 응시하고 있었다. 처음인 모양이다.

"흠."

낮게 헛기침을 한 우연이 주변을 의식해 일부러 아무렇지 않은
듯 무심한 얼굴을 하고 돌아섰다. 이별의 촉감이 그대로 남아 있는
입술을 잘근 깨물며 우연이 그대로 식당을 빠져나갔다. 도발에 휘
말리는 게 아니었는데 너무 가까이 다가갔다.

"미친."

식당 밖으로 몇 걸음 걷다 말고 걸음을 멈춘 우연이 뒤를 돌아봤
다. 여전히 식당 가득 웅성거리는 소리가 들렸다. 질끈 눈을 감으며
짙은 한숨을 내쉰 우연이 주먹을 불끈 쥐고 다시 식당 안으로 걸어
들어갔다.

"우연 선배."

"우연아."

방금 일어난 일을 차마 믿을 수 없다는 듯 애타게 그를 불러 대
는 목소리를 묵살하고 우연이 성큼성큼 이별을 둘러싼 애들을 밀어
내고 그 안으로 들어섰다. 이별은 멍한 얼굴 그대로 우연의 입술이
닿았던 제 입술을 매만지고 있었다. 우연의 미간이 살짝 찌푸려졌
다.

지금이 멍 때리고 있을 때야? 바보같이 머리는 장식으로 달고 다
니는 모양이다. 욱 하고 치밀어 오르는 화를 억누르며 우연이 손을
뻗어 화끈 달아오른 이별의 볼에 손등을 댔다.

"열난다. 가자."

"……?"

"약 먹어야지. 시간 됐다."

"응?"

"이별. 말귀 못 알아들어? 일어나 가자고."

"어……."

머뭇거리는 이별의 손을 덥석 잡아끌며 우연이 아이들을 헤치고 당당히 입구를 향해 걸어 나갔다.

"누구든 유재진 그 자식 보면 한 대씩 쳐라. 아픈 애 데리고 장난이 심했다고. 한 번만 더 그러면 버릇없는 그놈의 손모가지 확 분질러 놓는다고. 머리에 박힐 때까지 확실히 새겨 넣어 줘."

범죄 현장에서 사라지고 없는 재진을 들먹이며 우연이 성큼성큼 급식실을 빠져나갔다. 우연의 말에 충격이다 놀라워하던 아이들의 고개가 절로 끄덕여졌다. 하긴 재진이 마음에 드는 여자애에게 깐죽거린 게 어디 한두 번이었던가.

오늘도 이별에게 저랑 사귀자 들이대다 우연이 나타나는 바람에 중간에 끊겼다. 아니었으면 아마도 종일 따라다니며 졸라 댔을 것이다. 새로 전학 왔다더니 첫날부터 된통 걸렸다. 그때 우연이 와서 다행이지 아니었으면 꽤 시달렸을 것이다. 사고뭉치 재진도 그나마 학생회장인 우연의 말은 듣는 편이었다.

"선생님이 전학생이라고 우연이한테 좀 챙기라고 한 모양이네."

"왠지 비실비실해 보이더라니 몸이 안 좋았나 봐."

"재진이가 좀 심했지. 치근덕거리는 거 저지시켰다고 하필 숟가락을 날려서 우연 선배 뒤통수를 치냐?"

"그러게 본의 아니게 접촉사고까지 났잖아. 우연 선배 완전 폭발

할 뻔했어."

입구를 나서는 우연의 귀에 저마다 수긍하며 곧 재진을 죄인으로 몰아 가는 말소리가 들렸다. 그놈은 뒤통수 몇 십 배로 맞아 봐야 조금 정신을 차릴까 말까 한 놈이다. 맞아도 싸다.

"이게 키스야? 뽀뽀야?"

말없이 딸려 나오던 이별이 갑자기 질문을 던졌다. 넋 놓고 있을 때는 언제고 그런 쓸데없는 건 대체 뭣 하러 묻는지 이해할 수가 없다. 우연이 우뚝 걸음을 멈췄다. 그게 지금 이 상황에 적절한 질문이라고 생각해? 찌릿하게 노려보며 우연이 눈으로 묻자 이별이 고개를 갸웃하며 제 입술을 톡톡 두드렸다. 우연의 사나운 눈빛은 아랑곳 않고 키스와 뽀뽀의 차이가 뭔지 골똘히 생각하는 눈치였다. 절레절레 고개를 저은 우연이 계단을 내려가며 이별의 팔을 잡아당겼다. 일일이 상대해 봐야 골치만 아프다.

계단을 내려가는 우연의 신경이 예민하게 맞잡은 손에 머물렀다.

아, 그러고 보니 이것도 처음이다. 여자 손을 제가 먼저 잡은 것도 이별이 처음이었다.

이별. 이 골칫덩어리. 너 대체 왜 갑자기 내 순탄한 인생에 끼어 들어 모든 걸 엉망으로 헝클어 놓는 거야. 이 발칙한 여우 같으니라고.

2.

발칙한 이별

늘 여유롭던 우연의 일상이 갑자기 스펙터클하게 바뀌었다. 그 누구의 간섭도 없이 마음껏 생활하던 집에서조차 자유가 사라져 버렸다. 외계인 침략에 버금가는 불청객의 습격에 우연의 생활이 와르르 무너져 내리고 있었다.

시도 때도 없이 벌컥벌컥 열리는 욕실 문은. 그래, 잠그는 습관을 들이지 않은 우연의 잘못도 있다고 치자. 하지만 일단 노크라는 기본적인 예의는 갖춰야 하는 게 현대인으로서의 기본 소양이다. 그런데 그 기본적인 것도 갖추지 못한 인간이 여기 있었다. 더군다나 여자! 그 문제의 여자는 생전 일면식도 없던 남자와 함께 동거 아닌 동거를 하는데 긴장감은커녕 조심성도 없다.

고로 이별은 여자가 아니다.

오늘 아침만 해도 그랬다. 인간의 가장 기본적인 욕구에 충실하고자 우연이 막 바지를 내리고 변기에 앉는 순간, 벌컥 욕실 문이

열렸다. 후다닥 번개보다 빠르게 욕실 안으로 들어선 이별이 칫솔
에 치약을 짜 제 입에 쑤셔 넣었다.

"야!"

당황한 우연이 소리치자 이별이 힐끔 돌아보며 순식간에 그의 아
래위를 훑었다. 그러곤 아무렇지 않게 한 손을 들어 흔들며 욕실을
나섰다.

"아, 쏘리."

문이 닫힘과 동시에 우연의 얼굴이 와락 구겨졌다. 낯이 화끈 달
아 오른 건 두말할 나위도 없었다. 혼자 있을 땐 아무렇지도 않았던
것들이 자꾸만 삐걱거리기 시작했다. 저러다 샤워할 때 들이닥치는
건 아닌가 모르겠다. 그리 생각하자 으스스 소름이 돋았다. 우연은
잊지 말고 필히 문을 잠가야겠다고 굳게 다짐했다.

"대체가 조심성이란 게 없어."

볼일을 마친 우연이 손을 씻고 거울을 바라보다 한숨을 푹 내쉬
었다. 며칠 사이 몇 년은 폭삭 늙은 것 같았다. 이리저리 제 얼굴을
거울에 비춰 보다 마뜩잖게 혀를 차며 수건에 손을 닦고 나왔다.

"헉."

욕실을 나서다 문 옆에 기대 서 있는 이별의 모습에 우연이 또
한 번 깜짝 놀랐다. 사람이 작은 것도 아니고 큰 걸 누면 좀 떨어져
서 기다려 줘야지 문 앞에 딱 버티고 서면 어쩌겠다는 건지. 이런
사소한 것까지 일일이 신경을 써야 한다는 것에 우연은 짜증이 났
다.

"넌 무슨 애가 조심성이 그렇게 없어!"

민망함과 짜증이 뒤섞여 버럭 소리를 지르고 말았다. 멀뚱히 칫솔을 물고 있던 이별이 그것을 빼고 입을 오물거렸다. 큰 눈을 동그랗게 뜨고 문 앞으로 걸어온 이별이 씩씩거리는 우연을 물끄러미 올려다보았다. 입가에 거품이 조금 묻어 있었다. 지저분하게. 더 상대하기도 싫다는 듯 신경질적으로 돌아서는 우연의 옷을 이별이 붙잡고 늘어졌다.

　"놔."

　우연이 이별의 손에서 옷을 빼내며 사납게 말했다. 그런 우연을 향해 이별이 검지를 들어 눈앞에서 흔들었다. 뭔가 할 말이 있다는 리액션 같아 인상을 구기면서도 그 자리에 멈춰 섰다. 냉큼 입을 헹구고 돌아온 이별이 팔짱을 끼고 다소 까칠하게 서 있는 우연의 옆구리를 툭 쳤다.

　"뭐야."

　우연이 할 말 있으면 얼른 하라는 듯 시큰둥하게 말했다. 사과라도 할 줄 알았다. 당연히 그래야 한다고 여겼다. 적어도 남의 신성한 배변 시간을 방해한 제 잘못을 안다면 말이다. 그런데 이별의 입에서 흘러나온 말은 우연이 예상한 것과는 전혀 다른 것이었다.

　"됐어. 인정. 꽤 쓸 만해."

　쓸 만하다니 뭐가? 우연이 미간을 꿈틀거리며 눈으로 묻자 이별이 천천히 우연의 몸을 따라 시선을 내렸다. 그 시선을 따라가던 우연이 흠칫 몸을 떨었다. 이별의 시선이 머문 곳이 제 중심부라는 것을 눈으로 보고도 믿을 수가 없었다. 뜨악해 입을 쩍 벌리고 이별을 돌아보자 이별이 히죽 웃으며 능청스럽게 말했다.

"아빠한테 잘 말해 줄게. 손주 걱정은 안 하셔도 되겠다고. 힘내."

툭툭. 건방지게 제 어깨를 두드리고 일층을 향해 쏜살같이 내빼는 이별의 모습을 우연이 기막힌 눈으로 뒤좇았다. 힐끔 제 아랫도리에 눈이 닿자 절로 다리가 오므려졌다. 낯이 뜨겁다 못해 화르륵 불타올라 재가 될 것만 같았다. 억눌린 신음을 토해 내며 우연이 부들거리는 손으로 얼굴을 쓸어내렸다. 속에서 울화가 치밀어 올랐다. 빠득 이를 갈며 우연이 고함을 내질렀다.

"이 사이코 같은 계집애!"

1층 주방까지 들썩이게 만드는 우연의 괴성에 도우미 아주머니가 놀라 국자로 간을 보다 입을 데었다. 몇 년을 이 집 살림을 봐 주고 있었지만, 우연이 저렇게 고함을 지르며 흥분하는 건 본 적이 없었다. 말 주고받는 것도 가뭄에 콩 나듯 간간이 이뤄졌었는데 어쩌다 저런 지경에까지 이르렀을까? 그 주범으로 보이는 이별이 덥석 도우미 아주머니의 허리를 껴안으며 친근하게 물었다.

"이모, 오늘 국은 뭐예요?"

"아이쿠. 우리 별이 벌써 준비 다 했어? 오늘은 고소한 토란국이다."

"토란? 그게 뭐예요?"

"이렇게 생긴 건데. 껍질 깔 때 조심해야 해."

국자로 토란을 꺼내 보여 주며 도우미 아주머니가 다정하게 설명했다. 자칫 잘못 손대면 두드러기가 일어날 수도 있다는 말을 들으며 이별이 유심히 국자 속 토란을 바라보았다. 생긴 게 꼭 남자의 그 무엇과 유사하다. 크기가 조금 작다는 게 다르다면 다를까.

"오호. 고놈 참 토실토실하니 먹음직스럽게 생겼네."

"그렇지? 보기보다 아주 고소하고 부드러워."

"으흠."

"그런데 우연이는 왜 저래?"

"글쎄요. 잠을 잘못 잤나?"

"응?"

저는 모르는 일이다 시치미를 뚝 떼며 이별이 어깨를 으쓱했다. 식탁에 자리를 잡고 앉은 이별이 숟가락을 입에 물고 빙그레 웃었다.

"아웅. 배고파 죽겠다. 이모, 저 토란국 많이 주세요."

"그래, 그래. 많이 먹어."

오순도순 정다운 분위기에 찬물을 끼얹듯 무시무시한 오라를 내뿜으며 교복으로 갈아입은 우연이 식탁으로 걸어왔다. 약속이나 한 듯 두 사람의 입이 일시에 다물어졌다. 이별의 곁으로 다가와 잔을 집어 물을 따라 마시는 그 짧은 순간에도 우연의 서슬은 수그러들 줄 몰랐다.

슬금슬금 우연의 눈치를 살피며 도우미 아주머니가 이별 앞에 국그릇을 내려놓았다. 물끄러미 우연을 올려 보던 이별이 화색을 띠며 숟가락으로 토란을 떠 올렸다.

"와우! 이 매끈한 자태. 탐스럽게 생긴 게 진짜 먹음직스러워 보이네."

힐끔. 우연의 시선이 이별이 극찬하는 토란에게 닿았다. 뭐, 그런

희멀건 놈을 보고 탐스럽다고 난린지. 눈이 삐었군. 시큰둥하게 반응하며 다시 물을 머금던 우연의 눈이 이어진 이별의 말에 번쩍 뜨였다.

"고놈. 참 토실토실하니. 아침에 본 놈이랑 일맥상통하네. 씨알이 잘 영글었어."

"풉!"

우연이 머금었던 물을 그대로 뿜어냈다. 칠칠맞은 아이처럼 물을 줄줄 흘린 우연이 낯을 붉히며 얼른 입가를 훔쳤다. 의미심장한 미소를 띤 채 우연과 토란을 번갈아 바라보던 이별이 토란을 입에 넣고 천천히 오물거렸다. 지켜보던 우연이 고개를 돌려 사레가 걸린 듯 급작스럽게 기침을 해 댔다.

"우연 학생, 괜찮아?"

걱정스럽게 묻는 도우미 아주머니에게 괜찮다 손을 들어 보이며 우연이 얼른 주방을 빠져나갔다. 허둥지둥 현관을 빠져나가는 우연을 즐겁게 바라보며 이별이 삐죽 혀를 내밀었다.

그렇게 좀 그냥 넘어가 주지. 서로 민망한 상황인데 자꾸 그러면 분위기만 더 이상해지잖아.

"에고. 밥이라도 좀 먹고 가지."

"음. 그건 좀 미안하네."

"응?"

"와아, 이 토란 정말 고소하고 맛있다. 이모, 종종 해 주세요."

"그래."

맛있게 토란국 한 그릇을 다 비운 이별을 도우미 아주머니가 흐뭇하게 바라보았다. 식성이 까다로워 웬만해선 뭘 제대로 먹는 법이 없는 우연보다는 해 주는 족족 맛있다 칭찬 일색인 이별이 훨씬 마음에 들었다. 잘 먹었다 인사하며 주방을 나서는 이별에게 손을 흔들어 주며 도우미 아주머니는 계속 이렇게 함께였으면 좋겠다고 생각했다.

아침에 있었던 일에 대한 앙금이 아직 남아 있었는지 수업 내내 우연의 표정이 굳어 있었다. 학년에 상관없이 듣는 통합 수업이라 우연과 이별이 한 교실에서 같은 수업을 듣게 되었다. 문학과 예술이라는 공통 과제를 두고 열띤 토론을 벌이는 중이었다. 더불어 다가올 예술제에 패션과 학생들과 문학창작과 학생들이 합심해 공동 작품을 내자는 안건까지 거론되었다.

"문학과 패션이라는 것은 결국 예술이라는 공통의 주제를 가지게 됩니다. 인간의 마음속에 숨겨진 예술에 대한 본능. 그것을 문학과 패션이라는 두 분야의 융합으로 예술적 가치를 승화시켜, 대중들에게 어필하자는 것이 이번 예술제 콜라보레이션의 핵심입니다."

역시 포스 하나는 죽여주게 좋다. 누가 회장 아니랄까 봐 우연은 대중을 휘어잡는 재주가 남달랐다. 단상에 오른 우연의 말에 수많은 학생들이 귀를 기울이며 경청했다.

"괜히 말만 많지. 패션에 패 자도 모르는 문창과랑 대체 뭘 어떻게 콜라보레이션을 하겠다는 거야?"

이별의 옆자리를 버젓이 차지하고 앉은 재진이 시큰둥하게 투덜거렸다. 워낙 조용하게 경청하는 분위기라 재진의 말이 오히려 크게 들렸다. 재진의 말이 발단이 되어 패션 디자인과와 문학창작과 학생들의 웅성거림이 커졌다.

그림만 대충 휘적거리고 이리저리 붙인 천 조각으로 패션이니 예술이니 나불거리는 패션과 돌 머리들이라는 다소 과격한 표현을 필두로, 알아먹지도 못할 어려운 단어만 골라 끄적거리곤 그게 문학이니 예술이니 분위기 잡는 문학창작과 골통들이라는 말까지 나왔다.

공방전이 자칫 큰 싸움으로 번질 위험한 수위에 다다르자, 우연이 거칠게 교탁을 내려쳤다. 어찌나 세게 쳤던지 교탁이 다 흔들렸다. 순식간에 소동이 멈췄다. 그 소란의 한가운데서 이별은 저와는 상관없는 일이라는 듯 분노의 오라를 내뿜으며 교탁이 부서져라 힘껏 내려치는 우연의 주먹만 바라보았다. 저 어마어마한 내려침에는 분명 아침의 분노도 함께 담겨 있을 것이다. 교탁이 안 부서진 게 오히려 신기할 지경이었다.

"무조건 한다. 넷이 한 조로 해서 각 과마다 둘씩 각출하고 하나의 파트를 만들어 작업한다."

좌중을 압도하는 우연의 무시무시한 눈빛에 모두들 입을 꾹 다물었다. 다만 아직도 서로에 대한 불만의 눈빛을 은연중에 쏘아 대느라 눈동자만 부산스럽게 움직였다. 우연의 말에 입을 삐죽거린 재진이 곧 표정을 바꿔 이별에게 치근거렸다.

"야, 너 나랑 하자."

"뭘?"

"파트. 나랑 한 조 하자."

"넌 나랑 컨셉이랑 스타일이 완전히 다르잖아."

"그러니까 하는 거지. 같으면 무슨 재미냐?"

"넌 참 좋겠다?"

"뭐가?"

은근히 이별 쪽으로 몸을 기울이며 재진이 물었다. 그런 재진을 한심하다는 듯 바라보며 이별이 톡 쏘듯이 말했다.

"뭐든 재미로 승화시키는 특별한 재주를 가지고 있어서."

히죽. 재진의 입술 끝이 비스듬히 말려 올라갔다. 이별은 볼 때마다 톡톡 쏘는 게 꼭 탄산 같은 묘한 매력이 있었다. 야릇하게 혀로 제 입술을 핥으며 재진이 눈을 찡긋거렸다. 그럼에도 표정 변화 없이 무심하게 바라보는 이별을 향해 재진이 입술을 모아 쪽 하고 소리를 냈다. 이별의 눈이 꿈틀거렸다. 한 대 칠 뻔했다. 어째 저놈의 낯짝은 날이 갈수록 두꺼워지는지 모르겠다.

혹시 방금 한 말을 칭찬으로 알아들은 건 아니겠지. 설마 그 정도 눈치도 없을까.

"그러니까, 같이 작업하면 재미가 두 배로 상승하지 않겠냐?"

"답이 없다."

속엣말이 그대로 나왔다. 눈치가 없는 건지 처음부터 뻔뻔하게 나가기로 마음을 먹은 건지 재진은 끈덕지게 이별을 설득했다.

"해. 어차피 다른 놈이랑 해도 그게 그거잖아."

틀린 말은 아니었다. 전학생이라는 다소 불편한 거리감이 작용해 친근하게 같이 하자 나설 애가 재진이 하나밖에 없었다. 이런 안습적인 상황에서 다른 선택이란 있을 수 없었다. 울며 겨자 먹기로 재진의 손을 잡는 수밖에.

"이별."

막 재진에게 콜을 하려던 이별을 우연이 불렀다. 아직 단상 위에 있는 우연을 이별과 재진이 동시에 돌아보았다. 우연의 눈이 이별과 거의 붙다시피 앉아 있는 재진에게 닿았다. 무심한 듯 이내 시선을 거둔 우연이 이별을 향해 최종 판결을 내리듯 통보했다.

"넌 나랑 같은 파트다."

"에?"

"어라, 앤 나랑 하기로 했는데."

불쑥 끼어든 재진의 말에 우연이 비스듬히 고개를 기울여 툭 던지듯 말했다.

"넌 패션과 난 문학창작과. 각 학과에서 둘씩이라고 했는데. 뭐 문제 있나?"

"아. 그러네."

바보 도 트는 소리가 바로 이런 게 아닐까. 재진을 바라보는 이별의 눈썹이 살짝 모로 휘었다. 왠지 이번 예술제 작업은 뭔가 대단히 시끄럽고 번잡스러울 것 같은 예감이 들었다. 이별이 우연의 날카로운 눈빛과 재진의 야릇한 눈빛 사이에서 번뇌하고 있을 때 갑자기 누군가 손을 번쩍 들어 올렸다. 저마다 파트를 짜느라 바쁜 와중이었다. 그래서 그걸 눈치챈 사람은 별로 없었다. 손을 든 건 이별이 앉은 자리에서 앞으로 세 번째 줄 가운데 자리의 여학생이었다. 교복 색깔로 봐선 3학년인 듯했다.

"김수영."

우연의 입에서 여학생의 이름이 흘러나왔다. 단정하게 어깨 부위에서 커트를 친 단발머리가 부드럽게 고개를 끄덕였다. 유연하게 손을 내린 수영이 고운 목소리로 말했다.

"나도 그 파트에 들어갈게."

"와우!"

수영의 말에 재진이 히죽 웃으며 낮게 휘파람을 불었다. 대체 수영이 누구이기에 재진이 이렇게 대놓고 격한 반응을 보이는 걸까? 이별이 재진의 팔을 툭 치며 물었다.

"누구야?"

말없이 몸을 뒤로 길게 빼 시니컬하게 웃던 재진이 야릇하게 입가를 말아 올렸다. 항상 묻기도 전에 알아서 잘도 조잘거리더니 저 선배에 대한 질문엔 입을 꾹 다물었다.

뭐야? 되게 궁금하네.

수영을 한동안 응시하던 우연이 작게 고개를 끄덕였다. 얼렁뚱땅 파트가 결정되었다. 선뜻 자신과 함께하려는 사람이 없을 줄 알았는데 생각과 달리 순식간에 이뤄졌다. 어쨌든 누군가 또 합류한다니 다행이다. 무슨 파트가 이렇게 허술하게 정해지는지 다소 허무하긴 했지만. 이별의 의사완 상관없이 그녀 주변으로 문제의 인물들이 쏙쏙 몰려들었다. 뭔가 묘하게 신경이 쓰이는 과묵한 김수영 선배까지.

패션과 실습실에 네 명이 나란히 마주했다. 원체 작업하는 스타일 자체가 다른 이별과 재진이라 주제를 정하는 것 자체도 힘들었다. 까칠하기로는 둘째가라면 서러운 우연과 분위기 착착 가라앉히며 앉아 있는 수영까지 합세해 이건 도저히 진도가 나갈 기미가 보이질 않았다.

"아주 드릴질이 굴을 파고 들어간다. 팍팍."

혼잣소리처럼 흘려 낸 말에 마주 앉은 둘의 시선이 동시에 이별에게 쏠렸다. 옆에 앉은 재진이 갑자기 배를 잡고 웃어 댔다. 뭐 틀린 말도 아닌데 무슨 이런 과민반응을 다 보이실까. 얼굴이 뚫어져라 쳐다보는 우연을 향해 이별이 어깨를 으쓱하며 혀를 쏙 내밀었다.

"이별. 너."

"실수. 인정."

"뭘 틀린 말도 아닌데. 당최 이 조합이 말이 되냐? 그러니 드립질한다는 말이 나오지."

"유재진."

신랄하게 말하는 재진을 우연이 매섭게 노려보았다. 그에 재진이 두 손을 들어 보이며 항복이라고 말했다. 깊게 한숨을 내쉰 우연이 나머지 셋을 둘러보며 톡톡 책상을 두드렸다. 재진의 말대로 답이 나오지 않는 조합이었다. 넷이 같이 뭘 하기보단 둘로 나눠서 작업을 하는 게 훨씬 수월할 것 같았다.

"둘로 나누자. 과별로 섞어서. 그게 훨씬 작업이 수월하지 싶다."

"어떻게? 그것도 좀 우습잖아?"

재진이 수영과 우연을 번갈아 바라보며 이죽거렸다. 뭔가 이상야릇한 분위기가 물씬 묻어났다. 확실히 셋 사이에 무슨 일이 있었던 것 같은 분위기다. 다 같이 있기가 참 애매모호한 상황이었다. 이대로 가다간 또 제자리걸음이지 싶었다. 결심을 굳힌 이별이 손을 번쩍 들어 올렸다.

"난 콜."

툭툭 옆구리를 치며 부추기는 이별 때문에 할 수 없다는 듯 재진이 입을 열었다.

"휴우. 그래서 편 가르기는 어떻게 할 건데?"

핵심을 찔러 묻는 재진의 말에 고심하는 듯하던 우연이 슥 손을 책상 위에 올려놓았다. 모두의 시선이 우연의 손으로 모아졌다. 우연이 기침으로 목을 돋우더니 신중한 목소리로 말했다.

"손바닥 뒤집기."

우연의 손에 머물렀던 시선이 일제히 그의 얼굴로 향했다. 자기가 말하고도 다소 민망했던지 다시 헛기침을 하며 모로 시선을 돌렸다. 그의 손이 부끄러운 듯 머쓱하게 허공에 머물렀다.

뒤집기의 결과 저주가 발동했던지 아니면 정말 우연이었던지 우연과 이별이 파트너가 되었다.

집으로 돌아온 우연이 피곤한 듯 제 방으로 들어가자 이별도 씻기 위해 욕실로 향했다. 한참의 시간이 흐른 후 우연이 커피를 마시러 1층으로 내려왔다. 사방이 침묵에 휩싸여 마치 아무도 살지 않는 것같이 느껴졌다. 문득 고개를 돌린 우연이 이별이 있는 방 쪽을 바라보았다. 인기척이 없다. 벌써 잠이 든 모양이다. 조잘조잘 떠들어대던 소리가 사라지니 조금 쓸쓸한 기분이 들었다.

"흠. 벌써 자나?"

아직 9시가 조금 넘었을 뿐인데.

입을 삐죽거리다 시선을 거둬 주방으로 향했다. 작업을 같이 하려면 주제도 정해야 하고 할 일이 많은데, 저런 잠보랑 어떻게 작업을 같이 할까. 앞으론 둘이 마주 앉을 일이 더 많아질 텐데 이거 골치 좀 아프겠다. 설레설레 고개를 저으며 머그잔을 들고 이층계단으로 올라섰다.

향긋한 커피 냄새를 안정제 삼아 맡으며 이층으로 올라선 우연이 막 머그잔에 입을 대려던 순간이었다. 열린 발코니 문 안으로 바람이 스며들었다. 달빛이 은은하게 내리비추는 발코니의 모습이 부드럽게 나부끼는 커튼 사이로 보였다.

"문을 안 닫았나?"

커피를 한 모금 머금은 우연이 느긋하게 발코니를 향해 걸어갔다. 그러다 문득 희미한 허밍에 발을 멈췄다. 이 시간에 누가 발코니에서 콧노래를 흥얼거리는 것일까? 꿀꺽. 머금었던 커피를 삼키며 우연이 끌리듯 조심스레 발코니로 걸음을 옮겼다. 설마 귀신이나 그런 잡스러운 건 아니겠지.

달빛에 비친 그림자가 발코니 바닥에 길게 드리워져 있었다. 작게 몸을 말아 앉아 있는 모습이 어쩐지 낯이 익었다. 이별…… . 자는 줄 알았더니 왜 밤중에 거기 나가서 콧노래를 흥얼거리고 있는 건지. 정말 하는 짓마다 별스럽다.

'너 거기서 그럼 다른 집에서 112에 신고 들어간다. 당장 기어들어와.'

조심스럽던 우연의 발걸음이 빨라졌다.

"너 거기서 뭐……."

이별에게 다가서기도 전에 또 다른 것이 우연의 시야를 어지럽혔다. 바람에 나풀나풀거리는 건 비단 커튼만이 아니었다. 제가 본 것을 믿을 수 없다는 듯 갸웃이 고개를 기울인 우연이 손가락을 들어 올렸다. 바람개비처럼 빨래집게에 집혀 빙글빙글 맴을 도는 건 조그마한 천 조각이었다. 삼각형의 아주 작은.

"곰……이다."

앙증맞은 곰이 천 여기저기 새겨져 있었다. 우연의 미간이 꿈틀거렸다. 낮은 숨을 내쉬며 곰을 향해 찔렀던 손가락을 거뒀다. 손가락질하기도 민망한 그것은 이 집에선 절대 볼 일이 없으리라 여겼던 여자 속옷이었다. 그것도 손바닥 하나로 다 가려지는 팬티. 저기에 어떻게 엉덩이가 다 들어가지.

부르르 자신이 떠올린 생각에 우연이 진저리를 쳤다. 그게 지금 왜 궁금해!

"어라? 자는 거 아니었어?"

그제야 우연의 존재를 알아차린 듯 이별이 빠끔히 열린 문 안으로 고개를 내밀며 알은척을 했다. 힐끔. 우연이 이별의 얼굴을 바라보곤 이내 시선을 돌렸다. 어쩐지 지금 제 얼굴이 붉게 물들어 있을 것 같았다. 마침 자신이 어둠 속에 있어서 천만다행이라는 생각이 들었다. 머쓱함을 지우려 커피를 한 모금 마시려다 말고 우연이 그대로 잔을 떨어트렸다. 무심히 허공을 훑던 우연의 눈이 부릅떠졌다. 동시에 잔을 놓친 손이 부들거리며 허공을 가리켰다. 곰 팬티

옆에 나란히 너풀거리는 건 분명 제 속옷이었다.

"저, 저……."

차마 말을 잇지 못하고 버벅거리는 우연의 손끝을 따라 이별이 시선을 옮겼다. 대체 뭘 보고 저렇게 수전증 환자처럼 손을 떨어 대나 싶어서였다. 우연의 손끝이 머문 곳에는 제 팬티와 함께 그의 삼각팬티가 우아하게 춤을 추고 있었다. 그게 이렇게 놀랄 일인가?

"아하. 내 거 빠는 김에 있기에 같이 빨았어."

빨다니. 말이 참 원색적이다. 시선 둘 곳을 몰라 어지럽게 흔들리던 우연의 눈이 가까스로 이별을 담아냈다. 지휘하듯 두서없이 흔들리던 손도 정확히 이별에게 닿았다. 차마 벌어지지 않던 입을 억지로 벌리며 우연이 물었다.

"네, 네가 왜."

한껏 찌푸려진 우연의 얼굴을 물끄러미 바라보다 이별이 생긋이 웃었다. 그러곤 커다란 눈을 그믐달 모양으로 휘며 야릇하게 말했다.

"또 못 할 건 뭐래?"

"뭐?"

"우린 부모님도 인정한 공식 커플인데."

우연은 말도 나오지 않아 입만 벙긋거렸다. 나오는 거라곤 헛웃음밖에 없었다. 어떻게 생겨 먹은 계집애가 부끄러움이라곤 눈곱만큼도 없다. 남자 팬티를 아무렇지도 않게 손으로 척척 빨아 너는 게 그렇게 쉬운 일이냔 말이다. 생글생글 웃고 있는 이별의 얼굴을 마주하고 있자니 괜스레 얼굴을 붉히고 있는 자신만 이상하게 느껴졌다.

"내 물건에 함부로 손대지 마."

우연이 할 수 있는 최대의 반항이란 고작 이런 것이었다. 절로 억눌린 신음이 새어 나왔다. 성큼성큼 발코니로 발을 들이자 이별이 척 하고 손을 들어 바람에 자유로이 휘날리는 팬티를 가리켰다. 우연의 고운 미간이 확 일그러졌다. 또 뭘 하려고.

"우리의 위대한 작품을 위해 한 일이기도 하고."

"말 같지도 않은 소리 그만하고 얼른 들어가."

신경질적으로 제 팬티를 낚아채 돌아서는 우연을 향해 이별이 야릇하게 말했다.

"진짠데. 태초의 인간. 아담과 이브! 그들의 상열지사와 남녀의 그 오묘한 조합에 대해 생각하던 참이었는데."

발코니를 나서던 우연의 발이 휘청거렸다. 저게 대체 여고생의 입에서 나올 수 있는 말이난 말이다. 어디서 저런 발랑 까진 말을 서슴없이. 그것도 남자 앞에서. 놀랠 노 자가 따로 없다. 끄응. 강아지 신음하듯 잖는 소리를 낸 우연이 짐짓 아무렇지도 않은 척 몸을 곧게 세우고 제 방을 향해 성난 걸음으로 걸어갔다.

거칠게 닫히는 우연의 방문을 물끄러미 바라보며 이별이 엷게 웃었다. 바닥을 흥건히 적신 커피와 그 옆에 널브러진 머그잔은 그새 잊은 모양이다. 향긋한 커피향이 은은히 번졌다. 그에 이별의 입가에 머문 미소도 더 환하게 물들었다.

시선을 옮겨 하늘을 올려다본 이별이 다시 콧노래를 흥얼거렸다. 귀에 익숙한 멜로디가 밤하늘 별들에게 들려주는 자장가처럼 감미

롭게 울려 퍼졌다. 이별의 입을 통해 흘러나온 멜로디는 자신의 주
제곡이라 여기는 작은 별이었다.

이번 콜라보레이션 주제는 이별의 강력한 주장에 의해 사랑으로
정해졌다. 모든 것의 시작은 사랑이다. 이별은 그렇게 말하며 세 사
람 앞에서 주먹을 불끈 쥐어 흔들어 보였다. 안 하면 쥐 패겠다는
리액션처럼 보였지만, 본인은 잘해 보겠다는 굳은 다짐이라고 말했
다.

"그런데 왜 내가 피팅 모델이 돼야 하지?"

줄자를 들고 다가서는 이별에게 우연이 못마땅한 기색이 역력한
말투로 물었다. 사이즈를 재야겠다고 나서는 이별의 말을 깔끔히
무시한 채 우연은 여전히 의자에 묵직하게 앉아 존재감을 어필하고
있는 중이었다. 줄자를 펼치다 말고 이별이 멀뚱히 우연을 바라보
았다. 그러곤 시선을 이리저리 옮겨 주변을 두리번거리더니 우연을
돌아보며 어깨를 으쓱거렸다.

"그럼 누구를 모델로 해? 둘이 파트넌데?"

"굳이 치수를 잴 필요가 있나? 그냥 기성복 사이즈로 하면 되잖
아."

이별의 손이 제 몸에 닿는 것 자체가 싫다는 우연 나름의 반항적
인 몸부림이었다. 내내 입가에 웃음을 달고 있던 이별의 얼굴이 살
짝 굳어졌다. 뽑아냈던 줄자를 놓자 착 소리를 내며 다시 되감겼다.
이별이 줄자를 내려놓으며 우연의 바로 앞 책상에 걸터앉았다. 둘
사이에 불꽃이 튀었다. 무표정한 얼굴로 한참 우연의 얼굴을 뚫어

져라 직시하던 이별이 입술을 작게 달싹거렸다.

"'패션은 예술이다. 그런고로 문학과 동급이다.' 라고 그 누가 바로 며칠 전에 말했던 것 같은데. 그럼 문학도 규격에 맞게 그냥 찍어 내면 되겠네. 양판소처럼."

"이. 별."

우연의 얼굴도 시리게 굳었다. 이별도 지지 않고 우연의 눈을 직시했다. 제가 하면 예술이고 남이 하면 장난인가? 다른 건 몰라도 자신이 사랑하는 패션에 대해 쉽게 말하는 건 용서할 수 없었다. 이별에게선 좀처럼 볼 수 없는 진지함이었다. 양판소 이야기가 나왔을 땐 울컥했지만, 제 실수가 먼저였다는 생각이 들어 미안함도 있었다. 하지만, 미안하단 말이 쉽게 나오지 않았다.

"에헤이. 싫다는 사람 붙들고 실랑이 벌이지 말고. 자자, 내가 모델 해 줄 테니까. 편안하게 재. 자."

우연과 이별의 살벌한 오라 한가운데 척 하니 제 손을 투척해 신나게 흔들어 보이며 재진이 말했다. 버젓이 제 앞에 있는 수영을 외면하고 재진이 팔을 쫙 벌린 채 이별을 향해 싱긋이 웃어 보였다. 이별이 무심한 눈으로 재진을 돌아봤고, 우연이 마뜩잖게 재진을 쏘아보았다. 혀로 볼을 살짝 굴리던 이별이 우연을 힐끔 바라보다 이내 재진에게로 시선을 옮겼다.

"콜."

책상 위에 올려놓았던 줄자를 이별이 다시 집어 들었다. 몸을 일으키려는 이별의 손을 우연이 덥석 붙잡았다. 이별의 시선이 제 손을 잡은 우연의 손에 닿았다가 그의 얼굴로 옮겨졌다. 잘근 아랫입술을 깨문 우연이 잡은 손에 살짝 힘을 주었다 놓으며 자리에서 일어섰다.

"콜라보레이션이라고 했지. 같은 과는 안 돼."

"모델만 서 주겠다는 건데. 그것도 안 되나?"

재진이 들었던 팔을 내려 바지 주머니에 찔러 넣으며 입을 삐죽거렸다. 그런 재진을 밀어 수영 곁으로 보내며 우연이 이별 앞에 섰다. 낮은 숨을 흘러낸 우연이 올곧게 저를 바라보는 이별의 눈에 시선을 맞췄다. 우연의 입술이 작게 달싹거렸다.

"안 돼. 딴 놈은."

"뭐라는 거야? 안 들려. 좀 크게 말해."

휘청거리며 수영의 앞으로 밀려난 재진이 귀를 들이밀었다. 손가락 하나로 간단히 재진의 머리를 반대편으로 물린 우연이 어깨를 들썩이며 심드렁하게 물었다.

"어떻게 하면 돼?"

고개를 갸웃 기울인 이별이 가늘게 눈을 늘여 의미심장하게 우연을 바라보다 줄자를 들어 차르륵 뽑아냈다. 책상에서 폴짝 뛰어 우연의 앞으로 내려선 이별이 그의 가슴 바로 앞에서 고개를 들어 올렸다. 발끝으로 서면 얼굴이, 아니 입술이 맞닿을 거리였다.

우연의 고운 미간이 긴장으로 꿈틀거렸다. 언제 그랬냐는 듯 눈을 반달로 물들이며 싱긋이 입가를 끌어 올린 이별이 살짝 아랫입술을 물었다 놓으며 깜찍하게 말했다.

"자, 그럼 김우연의 몸을 속속들이 파헤쳐 볼까나."

"뭐?"

선뜻 알아듣지 못해 되묻는 우연의 말을 못 들은 척 무시하며 이별이 천천히 발꿈치를 들어 올렸다. 조금씩 우연의 입술 가까이 이별의 입술이 다가왔다. 우연의 속눈썹이 저도 모르게 파르르 떨리고 있었다. 긴장해 입 안이 바짝 타들어 갔다. 꿀꺽 뻑뻑한 목으로 마른침을 삼키는 그 순간, 이별이 고개를 틀어 우연의 목 언저리로 입술을 내렸다. 이별의 손이 우연의 목을 스쳐 줄자를 교차시켰다.

"여기 좀 갑갑한데. 나 잠깐 나갔다 올게."

불쑥. 자리를 박차고 일어난 수영이 거미줄도 칠 것 같던 입을 열어 건조하게 말했다. 작업실을 빠져나가는 수영을 무심하게 바라보던 재진도 이내 터벅터벅 입구로 향했다. 문 닫히는 소리를 끝으로 작업실 안에 묘한 정적이 흘렀다.

줄자의 숫자를 확인하기 위해 내려간 이별의 속눈썹이 살짝 밀려 올라갔다. 그녀의 맑은 눈동자 가득 우연의 긴장으로 굳은 옆얼굴이 담겨졌다. 우연에게서 상큼한 바람 향기가 났다. 멀어지기가 아쉬울 만큼 유혹적인 향기였다. 다시 시선을 내린 이별이 아무 일도 없었던 듯 그의 어깨를 재고 팔 길이를 쟀다.

이별이 제 몸을 잴 때마다 우연의 숨이 멎었다가 멀어지면 내쉬어졌다. 이별의 풋사과향이 자꾸만 우연의 코끝을 간질거렸다. 먹고 싶을 만큼 향긋한 풋사과였다. 우연이 슬쩍 시선을 내려 팔 길이를 재는 이별의 얼굴을 내려 보았다. 사라락 부드러운 머리카락이 이별의 얼굴을 가렸다. 움찔. 저도 모르게 그것을 거둬 내고 싶어 손가락이 꿈틀거렸다.

그 손을 보았던지 이별이 고개를 들어 우연을 올려다보았다. 시선이 마주치자 낮게 기침을 하며 우연이 고개를 돌렸다. 그의 볼이 살짝 붉어진 것을 본 이별의 입가에 엷은 미소가 머물렀다.

"팔이 기네."

기울였던 몸을 세우며 이별이 작게 속삭였다. 우연이 슬쩍 돌아 보자 이별이 싱긋 웃으며 단조롭게 말했다.

"가슴."

"어."

팔을 들자 이별이 껴안듯 우연의 가슴에 안겨 줄자를 등 뒤로 둘렀다. 가슴에 닿은 이별의 볼이 따스했다. 멀어지는 것이 아쉬울 만큼. 줄자를 앞으로 돌려 치수를 잰 이별이 들릴 듯 말 듯 작게 소근거렸다.

"가슴도 넓고, 포근한 게 안기기엔 딱 안성맞춤이네."

그 작은 속삭임을 들었던지 우연의 눈이 허리를 재기 위해 기울어진 이별의 단정한 정수리로 향했다. 꼼지락꼼지락 제 허리 위에서 움직이는 이별의 손이 고스란히 느껴졌다. 치수를 다 잰 듯 허리를 곧게 편 이별의 고개가 우연의 얼굴을 향해 번쩍 들렸다. 이번엔 피하지 않았다. 우연의 잔잔한 눈이 올곧게 저를 올려 보는 이별의 얼굴을 담아냈다.

"시 써야지."

"어."

"어떻게 쓸 거야? 거기에 맞춰서 옷감 고를게."

저를 향해 빙긋이 입꼬리를 말아 올려 웃는 이별의 얼굴에서 우연은 눈을 뗄 수가 없었다. 맑은 눈동자 가득 제 모습이 비쳤다. 도도하게만 보이던 콧대가 귀엽게 느껴졌다. 앙증맞고 도톰한 붉은 입술에서 달콤한 사탕 맛이 날 것만 같았다. 어느새 이별의 입술에 시선을 고정시킨 우연이 그녀의 입가에 머문 미소를 따라 엷은 미소를 머금었다.

한참을 말없이 바라보기만 하던 우연이 전에 없이 다정한 미소를 지어 보이자 이별의 고개가 갸웃 기울었다.

홋. 솜털보다 가벼운 웃음소리가 우연의 입에서 흘러나왔다. 그의 입술이 조금 더 부드럽게 말려 올라갔다. 이별의 입술에서 시선을 거둬 그녀의 눈동자에 제 눈동자를 겹치며 우연이 감미롭게 속삭였다.

"사랑. 우연한 사랑."

"응?"

"우리 파트 독재자가 그렇게 명령했잖아. 곧 죽어도 사랑으로 주제를 삼아야겠다고."

우연의 말에 동그란 눈을 깜빡거리던 이별이 곧 그의 말뜻을 알아듣고 새침하게 눈을 흘겼다. 그러곤 입을 삐죽이며 얄밉게 우연을 쏘아보았다.

"피. 독재자라니 그건 모함이야. 난 그저 건의를 한 거라고. 건.의."

"아, 건의."

매끄럽게 말려 올라간 우연의 입술에서 탄성 같은 말이 흘러나오자 이별이 싱긋 웃으며 혀를 날름 내밀었다. 이상하게 발끈해야 하는데 화가 나지 않았다. 우연을 바라보던 이별의 고개가 갸웃 기울었다. 버럭거릴 줄 알았더니 오히려 엷게 웃는다. 뭐지?

"그래서. 하자고."

부드러운 미소와 함께 매력적으로 패인 우연의 볼우물에 이별이 시선을 빼앗겼다. 처음 본다. 우연의 보조개.

"뭘?"

눈을 말똥거리며 이별이 묻자 우연이 슬며시 고개를 내리며 그녀만 들을 수 있는 작은 목소리로 말했다.

"사랑."

"에?"

동그랗게 커진 이별의 눈을 즐겁게 마주하며 다시 고개를 든 우연이 마치 아무 일도 없었다는 듯 미소를 거두고 또박또박 말했다.

"이번 콜라보레이션의 주제."

"아."

그제야 알겠다는 듯 고개를 주억거린 이별의 얼굴에 뭔가 아쉬운 기색이 맴돌았다. 착착. 무심하게 줄자를 뺐다 놓으며 이별이 시선을 거두고 입을 삐죽거렸다. 그런 이별의 모습을 즐겁게 감상하던 우연이 슬쩍 시선을 끌어 올린 이별과 눈이 마주치자 시큰둥하게 반응하며 딴청을 피웠다.

"언제까지 돼?"

"뭐가?"

뿌루퉁한 얼굴로 묻는 이별에게 툭 던지듯 되물으며 우연이 자리에 털썩 주저앉았다. 책상 앞으로 다가와 톡톡 손톱 끝으로 두드리던 이별이 어깨를 으쓱하며 말했다.

"시. 언제까지 다 되냐고."

이별을 지그시 바라보며 느긋이 의자에 등을 기댄 우연이 가만히 턱을 쓸어 냈다. 괜스레 뜸을 들이는 우연을 이별이 멀뚱히 바라보았다. 이별의 눈을 올곧게 응시하며 우연이 의미심장하게 말했다.

"글……쎄. 나도 영감을 좀 얻어야겠는데."

"영감?"

뭔가를 생각하는 듯 눈을 가늘게 늘여 뜬 우연이 갑자기 이별의 면전에서 손가락을 부딪쳐 딱 소리를 냈다. 이별의 눈이 동그랗게 떠졌다. 그를 유쾌하게 바라보며 우연이 야릇하게 입꼬리를 말아 올렸다.

"그래서 말이야."

"……?"

"오늘 밤에 빨래를 좀 해 볼까 하는데."

"아…….."

묘하게 휘는 우연의 가지런한 눈썹을 바라보며 이별이 입을 쩍 벌렸다. 순수하다고. 남자지만 여자에 그다지 관심도 없는 이기적인 놈이라고 분명히 우연의 아버지가 말했었다. 신신애(新身愛) 김우연이 갑자기 이상하게 변했다. 보복을 하겠다는 건가? 어젯밤 일로 치사하게?

볼을 한껏 부풀려 얄밉게 저를 흘기는 이별에게로 살며시 몸을 기울인 우연이 손가락을 까닥거렸다. 믿지 않게 미간을 구기며 의심 가득한 눈초리로 우연을 바라본 이별이 조심스레 그에게로 몸을 기울였다. 이별의 귀 가까이 입술을 가져간 우연이 야릇하게 말했다.

"괜찮아. 네 팬틴 필요 없어. 난 누구처럼 음탕하지 않거든."

"……허."

갈수록 태산이다. 김우연이 원래 이랬었나 싶게 능글맞음이 자연스러웠다. 아주 제대로 골려 먹기로 작정한 사람처럼 사람을 들었다 놨다 한다. 머리 좋은 놈이 뭘 하기로 작정하면 더 지독하게 한다더니. 우연의 눈빛이 예사롭지가 않았다.

흐음. 깊게 숨을 들이쉬고 천천히 흘려 내며 이별이 살짝 고개를 비틀었다. 우연의 야릇하게 말려 올라간 입술이 바로 눈앞에 있었다. 눈이 마주치자 우연이 눈빛을 짙게 물들였다. 이별의 고개가 갸웃 기울었다. 마주한 우연의 눈빛에 뭔가 묘하게 심장이 두근거렸다.

이별.

발칙하게 앙큼한 이별.

그러니까, 도발은 함부로 하는 게 아니야.

잠자는 야수는 장난으로라도 건드리면 안 되는 거거든.

언제 상대를 집어삼킬지 모르는 거니까.

3.

위험한 이별

　우연이 시를 완성하는 동안 이별은 혼자만의 시간을 가졌다. 일단 주제는 정해졌으니 거기에 어울리는 작품을 구상하며 거리를 활보하기로 했다. 물론 작품 구상이라는 원대한 이유를 붙이고 나선 길이었지만 그동안의 갑갑했던 일상으로부터의 탈출이 주목적이었다.

　홍대 거리를 필두로 여기저기 패션의 메카라고 여겨지는 곳을 두루두루 둘러볼 예정이었다. 예술의 집결지라 해도 과언이 아닐 만큼 홍대는 모든 예술적 요소들이 공존하고 있었다. 넘치는 사람들의 물결 속에 이별도 스며들었다.

　거리 공연을 하는 어쿠스틱 가수의 노랫소리가 이별의 발걸음을 멈춰 세웠다. 슬픈 사랑을 주제로 한 노래가 비교적 담담하게 흐르고 있었다. 사람들 사이를 비집고 들어간 이별이 앞쪽에 자리를 잡고 가만히 노래에 귀를 기울였다. 때로는 담담함이 겉으로 드러낸

슬픔보다 더 아플 수 있다는 걸 새삼 깨닫게 되었다. 어느새 이별의 동그란 눈망울에 이슬이 맺혔다.

노래가 끝나고 습관처럼 목례를 하던 노마의 귀에 다소 열정적인 박수갈채가 들렸다. 고개를 들어 무심히 객석을 응시했다. 맞은편에서 웬 여자아이가 손바닥에 불이 나게 박수를 치고 있었다. 낯이 익다. 어디서 봤더라? 기억을 더듬느라 노마의 미간이 살짝 찌푸려졌다. 크고 동그랗고 올망하게 반짝이는 눈동자가 별을 닮았다. 아, 별……

"이별."

그제야 얼마 전에 전학을 왔다던 이별을 떠올렸다. 과가 달라 마주칠 일이 없어 기억하기가 어려웠다. 하긴 같은 과였어도 서로 마주치긴 쉽지 않았을 것이다. 식당에서의 다소 요란했던 신고식이 없었다면 아예 기억조차 못 했을지도 모른다. 참, 뭘 해도 유난스럽다는 생각이 들었다. 사막에서 오아시스를 발견한 것처럼 광기스럽게 번뜩이는 별의 시선을 외면하고, 다시 기타를 잡은 노마가 이번에는 좀 전과 다른 감미로운 멜로디를 연주했다.

들어 본 적이 없는 곡이다. 사람들이 고개를 갸웃거렸다. 그를 못 본 척하며 노마가 노래를 시작했다. 자작곡을 부르는 건 늘 공연의 말미였다. 듣거나 말거나 상관없다는 듯 노마는 자신의 노래를 시작했다.

하나둘 자리를 뜨는 사람들 속에 유독 눈을 빛내며 노래에 심취해 있는 인물이 있었다. 이별이었다. 꾸밈없이 순수한 미소를 머금고 오직 노래에만 정신을 집중한 이별의 모습이 어느 순간 노마의 시선을 붙들었다. 노래가 끝날 때까지 노마의 시선은 이별에게 고정되어 있었다. 감성적 교류라는 건 그리 쉽게 이뤄지는 것이 아니었다. 거리를 가득 메운 수많은 사람 가운데 오직 둘만이 있는 것 같은 느낌이었다. 기분이 묘했다. 이별을 바라보는 노마의 심장이 작게 두근거렸다.

노래가 끝나고 긴 여운이 남았다. 한참을 그렇게 서로에게서 시선을 떼지 못했다. 하지만 한 가지 노마가 착각한 것이 있었다. 노마는 이별을 봤지만 이별은 그를 본 것이 아니었다. 이별의 시선은 노마가 아닌 그가 들고 있던 기타에 온통 쏠려 있었다.

어느 순간부터 거기에 필이 꽂혀 시선을 떼지 못하고 있었다. 기타 몸통 부위에 그려진 손 그림이 매우 인상적이었다. 모던한 분위기에 서정인 미가 가미되어 따스함과 감미로움이 묘하게 공존하는 그림이었다. 이별의 눈이 기타를 따라 움직였다. 노마가 시선을 거두고 막 기타를 케이스 안에 챙겨 넣으려던 찰나, 다급하게 뛰어온 이별이 그의 손을 덥석 붙잡았다.

"자, 잠깐!"

노마의 시선이 제 손을 잡은 이별의 손에서 바로 곁에 머문 얼굴로 옮겨졌다. 한 뼘도 안 되는 거리에 이별의 얼굴이 있었다. 노마가 건조하게 바라보자 이별이 어색한 미소를 지어 보였다. 막상 붙들긴 했는데 어떻게 말을 꺼내야 할지 막막했다. 이별이 다른 손으로 볼을 긁적이며 머뭇거렸다. 노마의 눈이 천천히 이별의 얼굴을 훑어 내리는 동안 이별은 기타에 시선을 고정한 채 미간을 꿈틀거렸다.

말을 꺼내기가 껄끄러운 이유는 개인적 성향이 강한 예술가들의 특성을 이별이 아주 잘 알기 때문이었다. 기타에 대한 애착이 얼마나 강했으면 손수 그림까지 그렸을까. 섣불리 말을 꺼냈다간 망신당하기 딱 안성맞춤이었다. 하지만, 그냥 포기하기엔 그림의 이미지가 너무 끌린다.

꿀꺽. 마른침을 삼킨 이별이 슬쩍 노마와 시선을 맞추며 히죽 웃었다. 민망하게도 노마는 무표정한 얼굴로 건조하게 이별을 바라볼 뿐이었다. 또르르 이별의 눈동자가 한 바퀴 맴을 돌다 제자리를 찾았다. 머뭇거림이라니 이별의 성격에 맞지 않는 행동이었다. 에라, 모르겠다. 한껏 숨을 들이켠 이별이 어렵게 입을 열었다.

"저기 이 그림 직접 그리신 거죠?"

"……."

여전히 말이 없다. 그렇다고 포기할 이별이 아니었다. 노마의 팔목을 잡은 손에 지그시 힘을 가하며 이별이 더 신중하게 물었다.

"그림이 인상 깊어서 그러는데. 사진 좀 찍어도 될까요?"

"……."

"딱 한 컷만."

검지를 세우고 눈을 초롱초롱하게 반짝이는 이별을 건조하게 내려 보며 노마가 툭 던지듯 말했다.

"싫어."

"에?"

잡은 손을 가볍게 뿌리친 노마가 가차 없이 기타를 케이스에 넣고 지퍼를 채웠다. 안 된다고 할·줄은 알았지만 그래도 이렇게 매몰

찰 줄은 몰랐다. 아랫입술을 잘근 깨문 이별이 자리를 뜨는 노마를 졸졸 뒤따랐다.

십 분 넘게 홍대 거리를 활보하던 노마가 우뚝 걸음을 멈추고 돌아섰다. 뒤따르던 이별이 그대로 노마의 가슴에 충돌했다. 기타만 뚫어져라 보고 걷다가 미처 노마가 멈추는 걸 감지하지 못했다.

"아야."

"야, 껌딱지."

껌딱지라니 누가? 질문이 고스란히 담긴 눈으로 노마를 올려 보자 노마가 고개를 모로 기울이며 가늘게 눈을 늘여 이별을 직시했다. 누가 봐도 너라는 명백한 답이 그의 눈 속에 담겨 있었다. 묘하게 기분 나쁜 눈빛이었다.

생각이 그대로 드러나는 이별의 얼굴에 노마가 피식 싱거운 웃음을 흘렸다. 입을 삐죽거린 이별이 도도하게 그의 눈을 마주 응시하곤 알겠다는 듯 고개를 끄덕였다.

"오케이. 딱 여기까지. 구걸을 할 정도로 끌리는 건 아니니까."

바라보는 노마의 눈썹이 살짝 꿈틀거렸다. 언제는 지구 끝까지라도 따라올 기세더니 지금은 또 그렇게 자존심 구길 일은 아니라고 발뺌이다. 그러면서 또 은근슬쩍 노마의 자존심을 건드린다. 밀당을 하자는 건가?

"정말?"

노마가 어깨에 둘러멨던 기타를 들어 눈앞에서 흔들자 이별의 눈동자가 그를 따라 움직였다. 그러다 흠칫하더니 이내 콧방귀를 뀌며 고개를 돌린다. 피식. 절로 웃음이 터져 나왔다. 엉뚱한 데 자존심은 또 있고, 솔직한 반면 드러나게 거짓말도 제법 한다. 물론 거짓말이 다 겉으로 드러난다는 게 흠이긴 하지만. 그것도 나름 매력 있다.

"실용음악과 3학년 이노마."

"응?"

갑자기 통성명 모드로 전환한 노마를 물끄러미 올려 보며 이별이 고개를 갸웃거렸다. 내내 무표정으로 일관하던 노마가 엷은 미소를 띠며 이별을 올곧게 응시했다.

"찾아와. 그럼 딱 한 번 허락할게."

"어딜? 뭘?"

고개를 연신 갸웃거리며 묻는 이별의 머리를 손가락 끝으로 고정시키며 노마가 말했다.

"그건 네가 알아서 찾아야지. 이. 별."

"어라? 내 이름 어떻게 알았……. 아! 하림! 하림예고구나!"

"빙고."

"어?"

"오늘은 더 이상 따라붙지 마. 귀찮은 건 딱 질색이니까."

잘라 말하듯 분명하게 경계선을 긋는 노마의 눈을 똑바로 마주한 이별이 기분 좋게 고개를 끄덕였다. 같은 학교 선배였다니 우연도 이런 우연이 있을까. 이건 정말 얻어 걸린 행운이었다. 오늘이 아니어도 기회는 많다는 뜻이니까.

희망으로 반짝이는 이별의 솔직한 눈빛을 바라보며 노마가 싱겁게 웃었다. 이내 방향을 틀어 걷기 시작한 노마의 등 뒤로 이별의 발랄한 목소리가 들렸다.

"앗싸!"

재미있는 놈이다. 이별. 노마의 한쪽 입꼬리가 야릇하게 말려 올라갔다.

우연은 대문이 훤히 내려다보이는 제 방 창가에 벌써 네 시간이 넘게 앉아 있었다. 가을의 문턱을 넘어 제 궤도에 오른 계절은 마당 가득 따스한 햇살과 산뜻한 바람을 불어넣고 있었다. 울긋불긋 물들기 시작한 나무들이 마치 새색시의 얼굴마냥 고왔다.

평소 같았으면 감상에 젖어 시를 쓰거나 아름다운 풍경을 벗 삼아 독서에 열중했을 우연이었다. 헌데 오늘은 좀체 그런 것이 눈에 들어오지 않았다. 시는 이미 오전 중에 다 완성을 한 터였다. 이별에게 보여 주려 1층으로 내려갔다가 괜히 허한 바람만 맞고 돌아왔다.

대체 말도 없이 어디로 줄행랑을 친 거냐며 구시렁거리던 우연의 눈에 제 방문에 건방진 포스로 붙어 있는 포스트잇이 들어왔다. 말로 해도 될 걸 이런 종이 하나만 달랑 붙여 놓고 만다. 쯧. 짧게 혀를 찬 우연이 신경질적으로 포스트잇을 뗐다.

나 나감.

작품 구상을 위한 외출임.

기다리지 마삼.

하아. 기가 찬다. 꿈도 야무지지 기다리긴 누가 기다린단 말인지. 하여튼 뭐든 다 제멋대로다. 낮게 한숨을 내쉰 우연이 방문을 열고 들어서 무심한 척 책장에서 책을 골라 들었다. 책상 위에 앉았다가 침대에 누웠다가 방 안을 서성이다 창가에 걸터앉았다. 책 사이로 간간이 대문을 내려다보느라 제대로 책을 읽을 수가 없었다.

어느새 해가 저물고 마당 가득 은은한 달빛이 스며들었다. 기어이 책을 덮어 침대 위로 던져 놓으며 우연이 고개를 절레절레 흔들었다.

"계집애가……."

한숨처럼 말을 뱉어 내며 벽시계를 힐끔거렸다. 9시 20분 전. 해는 이미 저물었다. 어스름한 길목이 신경 쓰였다. 집에서 큰길까지는 대략 10분에서 15분 정도가 걸린다. 큰길이라고 해도 번화가가 아니라 밤에는 드나드는 차만 간혹 있을 뿐 인적은 드물었다. 곳곳에 방범 카메라가 설치되어 있지만 그걸로 안심할 수는 없었다.

짧게 혀를 찬 우연이 몸을 일으키며 혼잣소리를 중얼거렸다.

"겁도 없이."

겉옷을 걸치고 집을 나선 우연은 길 곳곳 밝게 켜진 가로등을 살피며 큰길로 걸어 내려갔다. 몇 번 버스를 타고 어디로 간다는 자세한 이동 경로도 남기지 않았다. 어디쯤에서 기다려야 하는지도 명확치 않았다. 동네 특성상 버스를 이용하는 승객이 그리 많지 않아 정류장도 한참 떨어진 곳에 있었다.

"후우."

우연은 낮게 입바람을 불며 드문드문 보이는 사람들을 살폈다.

오가는 사람들 중에 이별 나이 또래로 보이는 여학생은 없었다. 그러고 보니 밤길을 걷는 것도 꽤 오랜만이었다. 금세 차가워진 밤바람이 우연의 얼굴을 스치고 지나갔다.

그의 부드러운 앞머리를 흩날리며 장난을 걸어 대던 바람이 잠시후 잠잠해졌다. 고요한 침묵이 사방을 휘감았다. 도로 위를 달리는 차들의 마찰 소리만 간간이 들려왔다.

우연이 고개를 들어 하늘을 올려다보았다. 달이 사라졌다. 온통 검은빛으로 물든 하늘은 별빛마저 삼켜 버렸다.

비가 올 것 같다.

똑.

우연의 생각에 답하듯 빗방울 하나가 그의 얼굴 위로 떨어졌다. 우연의 가지런한 속눈썹이 살짝 내려졌다 올라갔다. 그에 맞춰 후 두두둑 요란한 소리를 내며 빗방울이 쏟아졌다. 손을 이마 위로 펼쳐 든 우연이 바로 앞 버스 정류장으로 뛰어들었다.

비에 젖은 머리와 옷을 손으로 털어 내며 우연이 곱게 미간을 찌푸렸다. 버스 정류장 지붕 아래로 굵은 빗방울이 떨어졌다. 일기예보에 그다지 관심을 기울이지 않는 터라 비가 오리라곤 생각지도 못했다. 낮에 해도 반짝 떴었고, 도우미 아주머니도 별말이 없었다.

"우산, 챙겼으려나?"

무심히 내뱉고는 이내 쓰게 웃었다. 이별은 그렇게 꼼꼼한 성격이 못 된다. 점점 굵어지는 비를 걱정스레 바라보며 우연은 그냥 소나기였으면 하고 바랐다. 우연은 정류장 벽에 기대 팔짱을 끼고 무심히 떨어지는 빗방울을 응시했다.

우연이 고인 물 위로 떨어져 내리는 빗방울을 세기 시작한 지도 한참이 지났다. 삼천사백오십육을 속으로 읊조리며 막 정류장으로 다가오는 버스에 시선을 고정시켰다.

"흐음."

신음 같은 한숨이 흘러나왔다. 이미 10시는 훌쩍 넘었을 시간이었다. 내리는 사람 없이 차가 다시 시야에서 멀어졌다. 막차 시간까지 얼마나 남았는지도 미지수다. 우연은 시계를 차고 나오지 않은 걸 후회했다. 그러고 보니 휴대폰도 챙기지 못했다. 하긴 있어도 무용지물이긴 했다. 이별의 연락처는 따로 받아 두지 않았다. 한집에 같이 사는 것도 그랬고 따로 연락할 일이 없을 거라 생각했었다.

"무신경 아메바."

누구를 지명해 콕 집어 말한 건 아니었지만 기울기는 이별 쪽이 더 했다. 우연은 원래 그렇다 치고 사람 가지고 놀기가 주특기인 이별은 왜 휴대폰 번호를 묻지 않은 건지. 자신과 같은 맥락에서였다고 해도 왠지 기분이 나빴다.

"낭군 번호는 알아서 따 가야지."

평소 말투와는 어울리지 않는 빈정거리는 투로 혼잣소리를 내뱉고는 입가를 살짝 비틀어 올렸다. 서운한 마음이 들었다는 것 자체가 묘했다.

다시 빗방울로 시선을 내린 우연이 별 의미 없는 숫자 세기를 이어 나갈 무렵 소리 없이 버스 한 대가 정류장 앞에 멈춰 섰다. 연이어 계속 내리는 사람 없이 지나치던 것과 달리 멈춰 선 버스에서 문 열리는 소리가 들렸다. 우연의 숫자 세기가 멈췄다.

찰박.

고인 물을 밟는 낯익은 캔버스화 하나가 우연의 시야로 들어섰다. 질퍽이며 제멋대로 물웅덩이를 가로지르는 건방진 캔버스화를 우연이 천천히 거슬러 올라갔다. 비에 젖은 스키니 진과 그에 비해 덜 젖은 듯한 티가 먼저 눈에 들어왔다. 짧게 허리에서 달랑거리는 흠뻑 젖은 점퍼가 다음으로 우연의 시야를 붙들었다. 모자를 눌러 쓴 채 동그란 눈으로 의외라는 듯 우연을 바라보고 있었다.

뚝뚝. 이별의 머리끝에서 빗물이 떨어졌다. 비스듬히 벽에 기대 있던 우연이 팔짱을 풀고 못마땅한 시선으로 이별을 쏘아 보았다.

"물에 젖은 생쥐도 너보단 낫겠다."

"설마. 나보다 섹시한 생쥐가 있을 리 없지."

한 마디도 안 진다. 보란 듯이 도발적으로 혀를 내밀어 제 입술을 핥는 이별을 우연이 어이없는 눈으로 바라보았다. 성큼성큼 이별의 앞으로 다가선 우연이 고개를 젖히고 도도하게 저를 올려 보는 이별과 시선을 맞췄다.

그의 한쪽 입꼬리가 야릇하게 말려 올라갔다. 우연의 붉은 입술이 작게 달싹이는 모습이 이별의 눈동자에 고스란히 담겨졌다.

"벗고 날뛰면 또 모를까, 그전엔 어림도 없지."

"대박이다. 어떻게 그런 말을 아무렇지 않게 술술 내뱉을 수가 있지?"

"대박은 너지. 생쥐보다 덜 섹시한 이별. 자세히 보니까. 스트립으로도 그건 어찌 안 되겠다."

쩌억 벌어지는 이별의 입을 심술궂게 바라보며 우연이 눈을 가늘게 늘여 뗐다. 더 이상은 안 봐준다고 했지? 그만 까불어라. 정말 확 물기 전에.

이쯤에서 단호하게 짚고 넘어가야겠다 생각한 우연이 짐짓 엄중한 목소리로 말했다.

"통금시간은 오후 7시. 그 이상은 절대 안 돼."

"뭐야? 통금이라니? 그런 게 어디 있어? 누구 마음대로 그런 걸 정해?"

"내 마음대로 통금 여기 있어."

"말도 안 돼."

"말 돼. 7시도 많이 봐준 거야. 안 지키면 바로 아웃이야."

"통금이 야구야? 웬 아웃?"

빈정거리며 말끝마다 토를 다는 이별의 얼굴로 불쑥 제 얼굴을 내리며 우연이 나지막이 속삭였다.

"아저씨한테 연락해서 알려 주겠단 말이지. 너 야생마처럼 날뛴다고. 통제 불능이니 데려가라고."

이내 구겨지는 이별의 미간을 손가락 끝으로 쓱쓱 문질러 펴며 우연이 엄한 눈으로 얼른 대답하라고 윽박질렀다. 발끈해 삐죽거리는 이별의 입술이 우연의 시선을 붙잡았다. 물기를 머금어 촉촉이 젖은 얼굴과 더불어 확실히 제 주장대로 생쥐보다는 섹시해 보였다.

"악마보다 더 저질이야."

"알아주니 감사해."

"이씨!"

뭐라 꼬투리를 잡아 반박하고 싶었지만 딱히 뭐라 꼬집어 통금을 해제시킬 말이 떠오르질 않았다. 솔직히 밤거리를 배회하는 것도 무섭기는 했다. 안 그래도 일찍 다녀야겠다고 스스로도 생각했던 참이었다. 그런데 우연이 저렇게 보호자처럼 간섭하고 나서니 괜스레 반항심이 일었다.

말해 봤자 저만 손해라는 판단에 콧김을 내뿜으며 이별이 돌아서 정류장을 나섰다. 빗줄기는 가늘어졌지만 완전히 멈추지는 않았다. 씩씩거리며 걷는 이별의 뒷모습에 싱긋이 미소를 띤 우연이 냉큼 곁으로 다가가 나란히 걸었다.

이별의 옷 위로 아지랑이가 피어올랐다. 이별의 체온과 젖은 옷의 온도 차가 아지랑이를 만들고 있었다. 잠시 망설이던 우연이 아직 젖지 않은 겉옷을 벗어 이별의 몸 위에 덮어 씌웠다. 우뚝 걸음을 멈춘 이별이 물끄러미 우연을 돌아봤다. 우연도 시선을 피하지 않고 마주 바라보았다.

"뭐야, 이건?"

"덮어. 감기 걸려."

고개를 갸웃한 이별이 우연의 머리카락 끝에 맺히기 시작한 빗방울을 바라보았다. 남방 하나만 걸치고 담담히 저를 내려 보는 우연의 모습이 왠지 낯설었다. 갑자기 왜 이래? 신신애가 이러면 안 되지. 자기 몸만 지극히 사랑하고 아껴야 진정한 신신애인 거지. 뭔가 착각하고 있거나 아니면 다른 계략이 있거나. 둘 중 하나가 틀림없다 생각한 이별이 떠보듯이 물었다.

"혹시 나 마중 나온 거야?"

"당연하지."

"당연해?"

이별의 머리 위로 손을 뻗어 마치 장옷을 걸친 조선 여인처럼 다소곳이 턱 아래로 제 겉옷을 갈무리한 우연이 엷은 미소를 머금었다. 그에 이별의 눈이 깜빡거렸다. 그사이 더 가까이 다가선 우연이 코끝이 닿을 거리까지 얼굴을 내렸다.

우연을 빤히 바라보고 선 이별의 숨이 깊어졌다. 이별의 맑은 눈망울이 더 커지는 것을 흡족하게 내려 보며 우연이 입술을 달싹였다.

"내 색시니까."

이별의 속눈썹이 빠르게 움직였다. 농담인지 진담인지 구분하기 어려운 진지한 얼굴로 닭살 돋는 멘트를 남발하는 저 인간이 정말 제가 아는 그 김우연이 맞나 싶었다. 우연이 조금 더 고개를 숙였다. 꿀꺽. 이별이 마른침을 삼켰다. 고개를 살짝 비틀어 입술이 맞닿을 거리에서 멈춘 우연이 뜨거운 숨결을 흘려 냈다. 이별의 입술 위로 고스란히 우연의 숨결이 스며들었다. 흠칫 몸을 떠는 이별의 허리를 우연이 갑자기 덥석 끌어안았다.

헉. 딸꾹. 너무 긴장하고 놀란 나머지 이별이 딸꾹질을 했다. 이별의 입술 위에서 우연이 키득 낮게 웃었다. 우연의 입술이 유연한 곡선을 그리며 더 짙어졌다. 전혀 예상 못 한 공격이었던 듯 이별의 눈에 당황한 기색이 역력했다. 이별의 흔들리는 눈동자를 즐겁게 담아내며 우연이 낮게 속삭였다.

"천천히 길들여야지. 내 취향에 맞게."

길들여? 누굴? 어림 반 푼어치도 없는 소리. 감히 누가 누굴 길들인다는 거야? 나갔던 정신이 쌩하니 되돌아오는 순간이었다. 쉽게 멈추지 않는 딸꾹질과 함께 이별이 톡 쏘듯 반격을 가했다.

"딸꾹. 웃기고 계시고요. 딸꾹. 길은 댁이 들이는 게. 딸꾹. 아니라. 내가 들입니다. 딸꾹. 내가. 딸꾹."

말 사이에 딸꾹질이 섞여 다소 알아듣긴 힘들었지만 우연은 알아서 걸러 내 이별이 하는 말을 캐치했다. 밀쳐 낸다고 힘을 줬는데도 좀체 물러서지 않는 우연 때문에 말하는 중간중간 아슬아슬하게 입술이 살짝 닿았다. 그 때문에 안 그래도 딸꾹질로 붉어진 이별의 얼굴이 더 화끈 달아올랐다.

가만히 이별의 얼굴을 바라보던 우연이 빙긋이 웃었다. 그 웃음이 꼭 저를 비웃는 것 같아 이별은 또 기분이 나빴다. 우연이 시선을 맞추며 잔잔한 목소리로 말했다.

"우리 내기할까? 누가 먼저 길들이고 길들여지는지?"

"누가, 딸꾹. 겁낼까 봐? 딸꾹."

"오케이. 접수. 그럼 먼저."

도전적인 눈빛으로 저를 올려 보는 이별을 향해 야릇한 미소를 지어 보이며 우연이 감미롭게 속삭였다.

"이것부터 길들여 볼까?"

"뭐? 딸……꾹?"

우연의 입술이 제 입술을 덮는 걸 느끼며 이별이 눈을 감았다 떴다. 꿈인가? 현실인가? 부드럽게 따뜻하고 달콤하다. 이건 뭐지? 또 한 번 이별의 눈이 감겼다 떠지며 몽롱해졌다.

다정하고 조심스러운 입맞춤이었다. 살짝 내리뜬 속눈썹 아래로 우연이 가만히 이별의 얼굴을 살폈다. 당황한 듯 눈만 깜빡이는 이별의 모습에 웃음이 났다. 발칙하게 덤벼들 때는 언제고 기껏 입맞춤 한 번에 이렇게 넋을 놓다니. 그러고도 길을 들이겠다고 도도하게 도전장을 내미는 모습이 우스웠다.

해보지, 뭐. 어떻게 길을 들이겠다는 건지 궁금하기도 하고 약간 흥미도 생겼다. 이별. 이름만큼이나 독특하고 톡톡 튀는 아이다. 건드리면 건드리는 대로 반응하는 것도 즐겁다. 무미건조하던 우연의 일상에 관심거리가 하나 생겼다.

제대로 놀아 줄게. 네가 원하는 대로 지극히 충실한 늑대 본능을 되살려서 말이야. 기대해. 이별.

푸시시 이별의 머리 위로 바람 빠지는 소리가 들렸다. 숨이 찬 듯 우연의 숨을 빨아들이는 이별의 본능적인 행동에 그제야 입술을 거뒀다. 이별이 부족했던 산소를 한껏 들이켜며 거친 숨을 몰아쉬었다. 다리에 힘이 풀린 듯 흐느적거리며 아래로 쓰러지는 이별의 몸을 우연이 받쳐 안았다.

"아. 숨 막혀 죽는 줄 알았네."

우연의 팔에 기대 숨을 헐떡이며 이별이 힘없이 말했다. 곧 죽어도 입은 살아서 나불거린다. 어느새 바닥에 떨어진 제 겉옷을 무심히 내려 보며 우연이 엷게 웃었다. 이 정도로 넉 다운되면 곤란하지. 난 아직 시작도 안 했는데. 잘 봐. 어떻게 길들이는지 확실하게 보여 줄 테니까.

집으로 돌아오는 내내 이별의 입술은 불만을 가득 담은 채 불퉁하게 튀어나와 있었다. 짐짓 모른 척 걷기만 하던 우연이 먼저 대문 앞에 섰다. 그가 문을 열고 한쪽으로 붙어 서자 이별이 찌릿하게 흘기며 성큼성큼 돌계단을 올랐다. 우연의 입가에 엷은 미소가 머물렀다.

뒤따라 올라온 우연의 눈앞에서 현관문이 과격하게 닫혔다. 골이 단단히 난 모양이었다. 저만 놀릴 줄 안다 생각했겠지만 그건 큰 오산이었다. 하자고 들면 우연만큼 저돌적이고 무서운 사람이 없었다. 그런고로 이별은 대상을 잘못 골라도 한참 잘못 골랐고, 겁이 없어도 너무 없었다. 우연을 놀려 먹기 쉬운 샌님 정도로 생각했던 것이 최악의 실수였다.

이별의 동선을 따라 물기를 머금은 족적이 남겨졌다. 바닥으로 떨어져 내리는 물방울도 적지 않았다. 이층과 자기 방 사이에서 망설이는 이별을 보며 우연이 거실로 들어섰다.

"이러다 감기 들겠다. 먼저 씻자."

등 뒤에서 들리는 우연의 말에 이별이 흠칫 몸을 떨었다. 그가 가까이 다가왔음을 알리는 상큼한 체향과 귓가를 물들이는 감미로운 목소리에 이별의 몸이 먼저 반응했다. 화끈 달아오른 얼굴을 들키지 않으려 애써 아무렇지 않은 척 목을 돌운 이별이 2층 계단으로 걸음을 옮겼다.

"그러지, 뭐."

욕실이 2층에 있다는 게 오늘따라 유독 불편하게 느껴졌다. 계단을 오르는 내내 이별의 신경은 온통 등 뒤에 쏠려 있었다. 몇 걸음 간격으로 따라오는 우연이 괜스레 신경 쓰였다. 또 무슨 짓을 어떻게 해서 자신을 놀릴지 모른다는 불안감과 묘한 설렘이 공존했다.

"먼저 씻을래?"

급작스레 들린 우연의 말에 이별이 화들짝 놀라 몸을 돌리며 팔로 가슴을 가렸다. 다분히 오해의 소지가 있는 행동이었다. 마치 누가 겁탈이라도 하려는 것처럼 과잉방어 태세로 이별이 우연을 노려보았다. 우연이 고개를 모로 기울이며 이별을 바라보았다. 잠시 영문을 몰라 갸웃하던 우연의 입가가 이내 사르르 말려 올라갔다.

"설마. 같이 씻으려고 생각했던 건…… 아니지?"

"누, 누가!"

"뭐야. 정말 그럴 생각이었던 거야?"

야릇하게 웃으며 우연이 천천히 이별에게 다가섰다. 주춤주춤 뒤로 물러서던 이별이 갑자기 뭔가 억울한 생각이 들었던지 우뚝 멈춰 섰다. 왠지 또 우연의 장난에 말려든 느낌이다. 눈을 가늘게 늘여 뜬 이별이 눈썹을 들썩이며 우연을 쏘아 보았다. 다가서던 발걸음을 멈추고 이별을 마주 바라보고 선 우연이 미묘하게 미간을 꿈틀거렸다. 일촉즉발의 순간 누가 어떤 행동으로 선점을 취할지 알 수 없었다.

"그럴까? 그럼?"

"뭐?"

은근한 눈빛으로 우연을 직시한 이별이 그의 면전으로 성큼 다가섰다. 우연의 눈동자가 약간 흔들렸다. 바로 코앞에서 멈춘 이별이 우연의 눈을 뚫어질 듯 응시했다. 그러곤 작정이라도 한 듯 그의 셔츠 첫 단추에 손을 올렸다. 가늘게 늘여 뜬 우연의 눈이 흔들림 없이 이별의 눈을 마주했다. 둘 사이에 묘한 신경전이 벌어졌다.

"같이 한다고 큰일 날 건 없잖아. 안 그래?"

이별의 도전적인 눈빛에 우연의 입매가 슬며시 곡선을 그리며 올라갔다. 그것을 바라보던 이별의 눈썹이 순간 꿈틀거렸다. 이런, 뭔가 꼬였다. 그의 붉은 입술이 위험스레 달싹였다.

"물론. 우린 양가 부모님도 모두 허락한 사이니까. 안 될 것도 없지."

우연의 단추를 만지작거리던 이별의 손이 가늘게 떨렸다. 위험을 감지하고 본능적으로 물러서려는 이별의 손을 우연이 덥석 붙잡았다. 한 손으로 이별의 손을 감싸고 다른 한 손으로 천천히 셔츠 단추를 풀어 냈다. 그와 동시에 그가 한 걸음 앞으로 나섰다.

질겁한 이별이 뒤로 한 걸음 물러서자, 또 우연이 한 걸음 다가섰다. 그렇게 도망치듯 뒷걸음질 치던 이별의 등 뒤로 딱딱한 벽이 닿았다. 그에 흠칫 놀란 이별이 몸을 떨었다.

세 번째 단추까지 풀어 내자 그 사이로 우연의 가슴이 보였다. 여리게 생긴 것과 달리 몸이 근육으로 단단하게 단련되어 있었다. 꿀꺽 마른침을 삼킨 이별이 고개를 모로 돌려 시선을 피했다.

그런 이별을 지그시 내려 보며 우연이 엷게 웃었다. 그러게 왜 겁도 없이 덤벼. 우연이 이별의 손을 잡은 채로 그녀의 머리 위 벽을 짚었다. 이별의 호흡이 빨라졌다. 붉게 물든 이별의 뺨을 바라보며 우연이 고개를 내려 그녀의 귓가에 가만히 입술을 가져다 댔다.

그의 숨결이 닿자 이별의 귓가 솜털이 곤두섰다. 속눈썹 아래로 이별의 목덜미를 더듬듯 내려 본 우연이 깊게 숨을 들이키며 내뱉는 숨에 말을 흘려보냈다.

"옷…… 많이 젖었다. 그것도 내가…… 벗겨 줘?"

놀라 커진 눈으로 입만 뻥긋거리다 뜨겁게 돌아보는 우연의 눈빛
에 이별이 더 이상 버티지 못하고 스르르 무너져 내렸다. 우연이 저
를 향해 손을 뻗는 걸 뜨악해 바라보다 벌떡 몸을 일으켜 빛보다
빠른 속도로 욕실 문을 열고 안으로 사라졌다. 곧 잠금장치가 채워
지는 소리가 들렸다.

"후우."

작게 숨을 흘려 내며 우연이 눈을 깜빡거렸다. 네 번째 단추에
머물러 있던 손이 긴장으로 뻣뻣해져 있었다. 주먹을 폈다 쥐었다
하며 긴장을 풀어 낸 우연이 닫힌 욕실 문에 기대서서 손으로 얼굴
을 쓸어내렸다. 이별이 조금만 더 버텼으면 아마도 우연이 먼저 항
복을 선언하고 물러났을 것이다.

다행이다. 입만 발랑 까진 것뿐이라서. 진짜로 덤벼들었으면 대
형 참사로 이어질 뻔했다. 도발도 어느 정도껏 해야겠다. 두근두근
떨리는 심장을 애써 다독이며 우연이 고개를 절레절레 흔들었다.
방으로 들어서는 발걸음이 무거웠다.

왠지 모를 서먹함이 흘렀다. 식탁에 마주 앉은 이별과 우연 사이
로 심상찮은 기류가 느껴졌다. 우연이 따뜻하게 데운 우유를 이별
앞에 내밀었다. 이별이 심드렁하게 잔을 받아 한 모금 마셨다. 알맞
게 데워진 우유에서 우연의 세심한 배려가 느껴졌다. 괜찮네.

나름 만족스럽게 고개를 주억거린 이별이 잔을 내려놓으며 물끄

러미 우연을 응시했다. 커피 잔에 닿은 우연의 입술이 유독 이별의 시선을 붙들었다. 묘하게 신경이 쓰인다. 그게 언제부터였지? 골똘히 시기를 가늠하며 생각에 빠진 이별의 귀로 우연의 차분한 목소리가 들렸다.

"예고 없이 찾아든 사랑에 관한 시야."

"응?"

제대로 알아듣지 못해 말똥거리는 이별의 눈을 슬쩍 흘겨 주곤 우연이 톡톡 식탁을 두드렸다. 이별의 눈이 우연의 손가락 끝에 머물렀다. 그의 손끝이 가리키는 곳에 탭이 놓여 있었다. 그걸로 뭘 하려고?

이별이 큰 눈을 깜빡거리며 우연을 올려 보았다. 우연이 눈짓으로 탭을 보라고 말했다. 다시 탭을 내려 본 이별이 그 위에 깨알같이 써진 글자를 알아보고 그제야 고개를 끄덕거렸다.

시를 탭에다 썼나 보다. 그럼 진작 그렇다고 말을 할 것이지. 뾰족하게 튀어나온 이별의 입술을 무심히 보아 넘기며 우연이 보기 쉽게 탭의 방향을 돌려 주었다. 제목을 읽은 이별이 고개를 갸웃했다.

"너는 나쁘다?"

"마저 읽어."

사랑에 관한 시라더니 제목이 왜 하필 너는 나쁘다일까? 혹시 저를 두고 하는 말은 아닐까. 슬쩍 속눈썹 아래로 우연을 올려 보자 그는 표정 변화 없이 탭을 응시한 채 커피를 머금고 있었다. 뭐, 다 읽어 보고 판단해도 늦진 않을 테니까. 우유가 식기 전에 다시 한 모금을 삼키며 이별이 천천히 우연의 시를 읽어 내렸다.

너는 나쁘다.

발끝을 스치는 봄바람처럼 그리 무심히 지나치더니
어느새 햇살처럼 따스하게 나를 물들인다.
언제였는지 어디서였는지
기억조차 할 수 없을 만큼 천천히 스며들어
온통 너로 채워 버린다.
시야를 가리고
후각을 마비시켜
입술을 유혹하고
끝내 심장을 삼켜 버린
너는 참 나쁘다.
네가 아니면 안 되는
나는
그래서 아프고
그래서 행복하다.
너는
나쁘다.

어린아이의 투정 같은 때 묻지 않은 사랑이 느껴졌다. 이별은 우
유를 한 모금 더 삼키며 다시 한 번 시를 음미했다. 낮에 보았던 기

타의 그림과 묘하게 매치를 이룬다. 이별의 입꼬리가 만족스럽게 올라갔다. 제법 괜찮은 작품이 만들어질 것 같았다.

"좋은데?"

"그래?"

암고양이처럼 빛을 발하는 이별의 눈을 덤덤히 바라보며 우연이 잔을 식탁 위에 내려놓았다. 마음과 달리 심드렁하게 말하며 이별이 의자에 몸을 기댔다.

"뭐, 영 저질은 아니네."

"네 수준 맞추느라 머리가 좀 아팠지."

"무슨 수준?"

빙긋이 웃는 우연의 얼굴을 가늘게 노려보며 이별이 눈썹을 들썩였다. 수준이라니. 뭔가 자신을 깎아내리는 듯한 우연의 말에 이별이 입을 삐죽거렸다. 확실히 감정이 솔직하게 드러나는 얼굴이다. 이런 얼굴은 대체적으로 거짓말을 잘 못한다. 그러니 저질은 아니라 일부러 거들먹거리면서도 눈은 반짝반짝 이채를 발하지.

속으로 키득거린 우연이 무표정하게 이별을 직시하며 눈빛으로 그녀를 찍어 눌렀다.

'그건 네가 더 잘 알겠지.'

"이씨!"

발끈해 벌떡 일어서는 이별보다 더 빨리 몸을 움직인 우연이 그녀의 양어깨를 지그시 잡아 누르며 서늘하게 말했다.

"Stop. 오늘은 여기까지."

"뭐가 여기까지야. 난 아직 아무것도 안 했는데."

부릅뜬 눈으로 저를 쏘아 보는 이별의 이마에 가볍게 입술을 누르며 우연이 낮게 경고했다.

"나 방금 깨끗하게 씻었어요. 맛있어 보이죠?"

"뭐라는 거야?"

"망설이지 말고 먹어요."

"먹긴 뭘……."

"그렇게 말하고 있어. 네 지금 모습이 딱, 상큼한 풋사과야."

덜 말라 물기가 촉촉하게 남아 있는 이별의 머리카락을 손끝으로 매만지며 우연이 그녀의 눈을 지그시 응시했다. 확실히 오늘은 뭔가 위험스러운 날이었다. 우연의 말대로 여기서 멈추는 게 나을 것 같았다. 우연의 손을 거둬 내고 이별이 후다닥 자리에서 일어섰다. 막 주방을 빠져나가려는 찰나 그녀의 뒷목덜미를 우연이 잡아챘다.

"왜, 왜."

말이 마음과 달리 버벅거렸다. 우연이 그런 이별을 무심히 바라보며 턱으로 식탁을 가리켰다. 눈만 깜빡거리는 이별을 대신해 탭을 집어 든 우연이 그녀의 가슴에 그것을 안겼다.

"작품 구상하려면 가져가야지."

"아."

"뭐 밤새 들떠서 구상이나 제대로 할 수 있을지 의문이지만 말이야."

잡았던 덜미를 놓으며 우연이 능청스레 말했다. 탭을 받아 든 이별이 고개를 갸웃하며 물었다.

"왜 들떠?"

이별 쪽으로 빙글 몸을 돌린 우연이 허리를 살짝 굽혀 자세를 낮추곤 한 자 한 자 힘주어 말했다.

"내 생각하느라."

"와아. 완전 자뻑."

"이 정도 스펙이면 자뻑은 당연한 거야."

마치 그게 당연하다는 듯 콕 집어 말하곤 주방을 빠져나가는 우연의 건방에 이별의 입이 쩍 벌어졌다. 밥맛 제대로다. 하아. 이별의 입에서 허무와 어이없음이 뒤섞인 한숨이 터져 나왔다.

아버지, 당신들은 진정 저 사악한 신신애(新身愛)종결자 김우연에게 속으신 겁니다. 어찌하여 이 가엾고 순진한 어린 양을 이런 악의 소굴 안으로 몰아 넣으셨나이까. 저건 순수한 신신애(新身愛)가 아니질 않습니까. 젠장 맞을 변종 같으니라고.

오늘 하루 당한 것만 생각해도 너무 억울해 눈물을 찔끔거릴 지경이었다.

나름 간도 크고 배짱도 두둑하다고 자부했던 이별이었다. 자유를 향한 탈출구라 생각했던 곳에서 최악의 상대를 맞이했다.

어떤 영화배우가 처절하게 외쳤더랬다. '나 돌아갈래!' 라고. 지금 나의 심정은 미 투.

"완전 방전."

언제부턴가 이별의 클래스메이트가 된 재진이 옆자리에 털썩 주저앉아 책상에 팔을 축 늘어트려 누우며 힘없이 말했다. 가벼워도 너무 가벼운 가방이 재진의 한쪽 팔을 타고 주르르 바닥으로 떨어

져 내렸다. 말 안 해도 피곤의 결정체를 보여 주는 다크서클이 이미
그의 턱까지 점령한 상태였다. 대체 하루 사이에 무슨 일이 있었기
에 이 지경이 된 것일까?

"진정 사람은 떡이 될 수 있음을 몸소 보여 주는구나."

이별이 재진에 동화되어 책상에 넙죽 엎드려 아래로 두 팔을 쭉
뻗어 내리며 심드렁하게 말했다. 한쪽 볼이 차가운 건 그 아래 우연
의 탭이 깔려 있기 때문이었다. 재진의 얼굴을 마주 보며 한숨을 푹
내쉰 이별이 저도 따라 눈을 감았다.

"건드리면 물지도 모른다고 하나 써서 등짝에 붙여 주면 아주 고
맙겠다."

피곤에 절어 말하는 것도 귀찮다는 듯 느리게 내뱉는 재진의 말
에 이별이 옵션을 붙여 되돌려 주었다.

"그거 복사 떠서 내 등짝에도 하나 붙여 주라."

한술 더 뜨는 이별의 말에 재진이 무거운 눈꺼풀을 힘겹게 밀어
올렸다. 이별의 가는 팔뚝 너머로 감긴 한쪽 눈이 보였다. 이별의
다크도 가히 만만치 않았다.

"넌 꼬라지가 또 왜 그러냐?"

"숙녀에게 꼬라지라니. 말을 가려서 하렸다."

"숙녀는 개뿔."

"닥치고. 질문에 바로바로 답해라."

"입 봐라. 저러고도 제가 여자란다."

"언젠 좋아 죽겠다고 덤비더니."

"좋지. 치마만 두르면 난 다 좋아. 단지 쉽게 죽지 않을 뿐이지."

스륵. 이별의 눈이 떠졌다. 눈이 한쪽만 보이는 터라 왠지 섬뜩했다. 등골이 오싹한데도 일부러 티를 안 내려 재진이 눈에 잔뜩 힘을 줬다. 그러자 이별이 시리게 톡 쏘아붙였다.

"어딜 노려봐. 눈깔 싯 다운."

"좀 다정하게 프리즈라도 붙여 주라."

"그래. 프리즈하게 묻지. 너 이노마라는 선배 알아?"

이별의 질문에 재진의 눈이 게슴츠레해졌다. 뭔가 불만스레 꾹 다물린 재진의 입술을 보며 이별이 팔을 접어 머리를 받쳤다. 또 뭐가 그렇게 불만이냐? 눈썹을 휘며 묻는 이별의 눈빛에 재진이 입을 삐죽이며 고개를 돌려 정면을 주시했다.

"뭐야. 반항이야?"

이별이 발끝으로 길게 뻗은 재진의 발을 툭 건드리자 재진이 심드렁하게 말했다.

"어디서 특별 과외라도 받는 거 아냐?"

"그건 또 무슨 말이야?"

반쯤 몸을 일으키며 이별이 묻자 재진이 다시 고개를 돌려 시선을 맞추며 이죽거렸다.

"여자에 관심 없는 남자 끌어들이는 법."

"뭐?"

"김우연 선배도 그렇고."

우연의 이름이 거론되자 이별의 볼이 조금 붉어졌다. 그를 눈치채지 못한 재진이 손바닥을 펼쳐 하나를 접어 보이곤 이내 하나를 더 접으며 말했다.

"이노마 선배도 그렇고. 다 이성에 무감각한 사람들이잖아. 하긴 종자가 좀 다르긴 하지."

"다르다니 어떻게?"

"이노마 선배는 세상에 무감각한 사람이니까."

"세상?"

"세상."

어제 마주친 노마의 얼굴을 떠올리자 세상에 무감각하다는 말이 무슨 뜻인지 왠지 조금은 알 것도 같았다. 역시 그러거나 말거나 타인이라는 거지? 그래도 찾아오라는 건 이별에게는 특별히 그 무감각함의 경계가 약간 허물어졌다는 뜻 아닐까?

어쩌면 노마에게서 기타에 그려 놓은 일러 사진을 구할 수 있을지도 모른다는 묘한 기대감이 생겼다. 나름 학교의 소문난 마당발이라고 자부하는 재진이 노마 선배에 대해 잘 아는 것 같으니 그를 찾는 것도 수월할 것 같았다.

"실용음악과가 어느 건물에 있지?"

"찾아가게?"

"당근이지."

"가는 건 상관없는데. 만나는 건 다소 무리가 있지 싶다."

"왜? 오늘 수업 없어?"

"여긴 대학이 아니다. 그런 고로 공휴일을 제외하곤 죽어라 출석 도장을 찍어야 하는 잔혹한 현실이 도사리고 있는 곳이란 말이지."

비극의 주인공처럼 고뇌에 찬 얼굴로 의자에 기댄 재진이 이마 위에 척 하니 손을 올리며 어울리지 않게 분위기를 잡았다. 그런 재진의 손등을 이별이 찰싹 때리며 어서 빨리 말하라고 재촉했다.

"그래서? 결론이 뭐야?"

"우리 학교 삼대 명물 중에 하나가 바로 '칼잇스마' 회장 김우연이고, 두 번째가 '마성의 남자' 나 노재진이고, 마지막 세 번째가 '궁극의 신비주의 내 맘이다' 이노마라 이 말씀."

두 번째가 그리 수긍이 되진 않았지만 이별은 다음 말을 기다리며 묵묵히 인내했다. 재진이 갑자기 검지를 척 세워 이별의 눈앞에서 흔들었다.

"우연 선배는 항상 맨위에서 학교를 아우르고, 나는 그 속에 깊게 잠입해 모든 것을 섭렵하지. 그러면 마지막으로 노마 선배는 어떠냐."

이별이 파도를 타듯 요란하게 움직이는 재진의 검지를 뚫어져라 응시하며 고개를 끄덕였다.

"잠수의 달인이며 숨바꼭질의 귀재라 이 말씀."

"뭐?"

"꾀꼬리도 두 손 두 발 다 든 찾기 힘든 사람이라는 거지."

"뭐야 그게."

"학교에 있되, 흔적을 찾기가 힘들지."

"장난해?"

인내하며 기다린 보람도 없이 결국은 찾기를 포기하라는 최종 결론이 내려졌다. 발끈한 이별이 재진을 한껏 노려보았다. 아는 대로 상세하게 말해 준 것밖에 없는데 돌아오는 건 이별의 분노를 담은 서늘한 눈빛이 다였다. 괜히 머쓱해진 재진이 목을 벅벅 긁으며 슬쩍 책상 위에 다시 엎드렸다.

한참 잠든 척 연기하는 재진을 쏘아보다 네가 무슨 죄냐 싶어 고개를 저었다. 자신을 너무 과대 포장한 것과 발이 넓어 정보에 훤하다는 게 죄라면 죄일까.

연기가 실제가 되는 지경에 이르러 코까지 적나라하게 골아 대는 재진의 등짝에 이별이 친절하게 메모를 남겼다.

죽었음. 건드리면 환생할지도 모름. 그게 두렵다면 절대 건드리지 마삼.

일단 되든 안 되든 실용음악과부터 찾는 게 순서지 싶어 본관 건물로 향했다. 낙엽이 제법 떨어져 바닥이 사박사박 마른 소리를 냈다. 발끝으로 낙엽을 쓱쓱 걷어내며 걷던 이별의 머리 위로 애기 손바닥 같은 단풍잎 하나가 떨어졌다. 손으로 더듬어 단풍잎을 집어든 이별이 빙글빙글 눈앞에서 그것을 돌렸다. 색이 참 곱다.

감상에 젖기도 전 또 다른 잎이 머리 위로 떨어져 내렸다. 그리고 또 하나. 뭔가 이상하다고 느낀 이별이 걸음을 멈췄다. 어째 자신의 머리 위에만 집중적으로 단풍이 떨어지는 것 같았다. 바람도 안 부는데.

"까불지 마라, 노재진."

재진이 장난을 치는 거라 생각했다. 그런데 등 뒤에서 불쑥 나타난 건 재진이 아니라 우연이었다. 멍하게 올려 보는 이별을 향해 싱긋 웃어 보인 우연이 그녀를 제 몸보다 굵은 고목으로 불쑥 밀어붙였다. 놀라 눈을 동그랗게 뜬 이별의 머리 위로 우연이 들고 있던 단풍잎을 우수수 떨어트리며 감미로운 목소리로 물었다.

"어디 가?"

"단풍잎 모아서 죄다 입에 밀어 넣기 전에 그만 좀 하지?"

"단풍 말고 다른 거 넣어 주면 안 되나?"

이별의 경고에도 아랑곳없이 우연이 다정다감하게 말했다. 목소리가 마치 잠잠히 부는 바람 같았다. 뾰족하게 일어선 신경을 애써 억누르며 이별이 심드렁하게 물었다.

"다른 거 뭐?"

어차피 학교에선 아무리 날고 기어 봤자 우연이 win이었다. 이유 불문 한 수 먹고 들어가는 그는 신임 두터운 학생회장이었으니까. 한풀 꺾인 이별의 시무룩한 얼굴을 지그시 내려 보며 우연이 혀로 천천히 제 입술을 핥았다.

이별의 눈이 금세 부릅떠졌다. 이 사람이! 지금 신성한 학교에서 그 무슨 불경스러운! 미처 내뱉지 못한 말을 속으로 웅얼거리며 이별이 눈을 희번덕거렸다. 그러거나 말거나 혀로 입술을 축인 우연이 슬며시 고개를 내려 다소 위험스럽고 매혹적으로 입술을 달싹였다.

"아침에 뺏어 간 내 간식."

"어……?"

"내놔."

간식이라니? 멍하니 고개를 갸웃하던 이별의 머리에 딱 하고 떠오르는 것이 있었다. 이별의 눈이 한껏 가늘어졌다. 치사하게 초콜릿 하나 가지고 사람을 이렇게 농락하나? 어이가 없어 헛웃음이 절로 튀어나왔다.

프랑스제 수제 초콜릿은 이별도 꽤 좋아하는 것이었다. 냉장고에 있기에 생각 없이 집어 온 것인데 그게 자기 거라고 따라와 까탈을 부리며 내놓으란다. 카리스마 회장답게 좀 대범하게 넘어가지 좀스럽게 왜 이러실까.

"없어."

"거짓말. 오른쪽 조끼 주머니에 있는 건 그럼 뭐야?"

귀신이다. 잽싸게 주머니에 손을 찔러 넣은 이별이 초콜릿을 꽉 움켜쥐고 모르쇠로 일관하며 고개를 돌렸다.

"아무것도 아니야. 그건 오면서 벌써 먹고 없어."

"그래?"

은근히 압박하듯 묻는 질문에 부러 고개를 크게 주억거렸다. 그냥 아끼지 말고 먹을 걸 괜히 주머니에 넣고 머뭇거렸다. 우연의 가지런한 속눈썹 아래 반짝 이채를 발한 눈동자가 터질 듯 주머니 속에 머문 이별의 손에서 그녀의 흔들리는 눈동자로 옮겨 갔다. 거봐. 금방 들통 난다니까.

"뒤져서 나오면?"

"하아. 김우연. 정신 차려. 오라버닌 일진이 아니고 회장이야. 학생회장. 그런데 그런 저질스러운 일진삘 협박이 말이 돼?"

"말은 똑바로 해야지. 일진이 하는 건 협박이고 내가 하는 건 선도지. 난 지금 지극히 내 본분에 충실히 임하고 있는 중이야."

우연이 바짝 다가섰다. 꿀꺽 마른침을 삼킨 이별이 그의 깊은 눈동자를 마주 보며 한참 갈등했다. 은밀하고 농염하게 들리는 '뒤져서 나오면?'이라는 두 번째 협박에 이별이 아랫입술을 잘근 깨물었다. 치사해서 준다, 줘.

이별이 막 주머니에서 손을 꺼내려 할 때였다. 우연이 그 손을 낚아채 안에 든 초콜릿을 꺼냈다. 곱지 않은 눈으로 이별이 우연을 흘겼다. 에라이, 잘 먹고 잘 살아라. 벅큐를 날리고 싶은 걸 간신히 참으며 그에게서 벗어나려는 순간, 그가 이별의 얼굴 가까이 제 얼굴을 기울였다. 슬쩍 고개를 들자 우연의 입술이 바로 코앞에 있었다. 그의 입술에는 어느새 껍질이 벗겨진 초콜릿이 물려 있었다. 이별의 동그란 눈이 그의 눈을 응시했다.

"어쩌라고?"

답은 없었다. 그가 입을 열면 초콜릿이 떨어진다. 우연이 고개를 조금 더 숙여 다가오자 이별이 본능적으로 발끝으로 섰다. 모른 척하기엔 초콜릿과 우연의 입술이 너무 유혹적이었다. 저도 모르게 우연의 입술에 물린 초콜릿을 덥석 머금었다. 달콤 쌉싸름한 초콜릿 맛이 입 안을 금세 물들였다. 맛에 취해 눈을 감고 음미하던 이별의 입술 위로 부드러운 것이 스쳐 지나갔다. 눈이 번쩍 뜨였다.

"묻었다."

우연이 다시 혀로 이별의 입술을 핥았다. 덜컹 심장이 내려앉는 소리가 들렸다. 이어 살랑이며 부는 바람에 부드럽게 나부끼는 우연의 앞머리가 이별의 시야를 어지럽혔다. 두 번째로 심장이 덜컹거렸다. 그가 고개를 살짝 들어 환하게 웃으며 작게 속삭였다.

"맛있다!"

깊게 패인 우연의 볼우물에 온통 정신을 빼앗긴 이별이 한껏 숨을 들이켰다. 세 번째로 떨어진 심장은 이내 미친 듯 뛰기 시작했다. 머리 위로 푸시시 김이 빠졌다. 화끈 달아오른 볼을 급히 감싸며 이별이 재빨리 고개를 숙였다.

이런! 아니야. 이건 우연의 술수에 말려든 거야. 정신 차려. 이별! 저기에 빠지면 위험해!

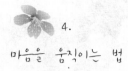

4.
마음을 움직이는 법

　마른 낙엽이 머리 위에 수북이 쌓일 때까지 이별은 꼼짝도 하지 않고 그 자리에 그대로 서 있었다. 딱딱한 나무에 기대 멍하니 눈만 깜빡거렸다. 방금 전에 무슨 일이 있었던 것 같은데 그게 정말 우연이 한 것인지 긴가민가했다. 이별이 가만히 제 입술을 만지작거렸다.

　입술에 남은 여운이 길었다. 처음 우연의 입에 물려 있던 초콜릿을 베어 물었을 때는 입술 끝만 살짝 닿았었다. 그건 이별 스스로 한 일이었다. 그런데 그 후에 벌어진 일은 분명 우연이 한 것이었다.

　"방금 그거 혀지? 혀 맞지?"

　누구에게 묻는 건지 모를 질문이었다. 혼자 독백처럼 중얼거리며 허한 숨을 내뱉었다. 다리에 힘이 쭉 빠지는 기분이었다. 털썩, 이별이 그대로 바닥에 주저앉아 버렸다. 이별의 주변으로 마른 낙엽

이 휘날렸다

"인간 낙엽인가?"

누군가 그녀의 머리 위에 남아 있던 낙엽 하나를 집어 올리며 낮게 속삭이듯 말했다. 그에 고개만 들어 상대를 확인한 이별의 고개가 살짝 모로 기울었다.

"어라?"

이별의 손이 비스듬히 나무에 기대 손으로 낙엽을 빙글빙글 돌리고 있는 노마를 가리켰다.

"이노마다."

노마의 미간이 꿈틀거렸다. 처음 봤을 때부터 느낀 거지만 이별은 사람에 대해 지나치게 거리낌이 없었고, 당돌했다.

노마가 들고 있던 낙엽을 놓았다. 또르르 바람개비처럼 맴을 돈 낙엽이 이별의 눈앞을 스쳐 교복 치마 위로 떨어졌다. 노마가 고저 없는 무심한 투로 말했다.

"쩍벌녀."

낙엽을 따라 아래로 시선을 떨궜던 이별이 눈을 동그랗게 뜨고 노마를 올려 봤다. 노마가 무미건조한 얼굴로 느긋이 팔짱을 꼈다. 뭐가 틀렸느냐 도리어 묻는 눈빛이다. 그 눈빛이 어찌나 자연스럽던지, 다리가 살짝만 벌어진 것도 다 쩍벌녀에 들어가는구나 하고 하마터면 인정할 뻔했다.

"아니거든요."

새침하게 눈을 흘기며 이별이 자리를 털고 일어섰다. 이별이 낙엽이 묻은 옷을 탈탈 터는 모습을 노마가 가만히 지켜보았다. 깔끔히 옷매무새를 가다듬은 이별이 당당하게 턱을 치켜들고 노마를 똑바로 응시했다.

"요조숙녀라고 불러 주세요."

또박또박 말하는 이별의 앙큼한 입술을 노마가 지그시 바라보았다. 손으로 만지작거려 살짝 붉게 부어올라 있었다.

"입술에 보톡스 맞았나?"

"아니요."

"홍두깨 마누라 입술 같다."

"누구요?"

수수께끼 같은 알 수 없는 말을 던지고 노마가 기댔던 몸을 세워 성큼성큼 앞으로 걸어갔다. 그의 어깨에는 기타 가방이 메어져 있었다. 이별이 눈독 들였던 기타가 들어 있는 가방이었다. 이별의 눈이 반짝거렸다.

기타에 시선이 꽂힌 채 촐랑촐랑 노마의 뒤를 따르던 이별의 귀에 잔잔한 노마의 목소리가 들렸다.

"궁금하면 검색해 봐."

"네?"

"그 입술."

"아. 뭐 그건 됐고. 진짜 궁금한 건 따로 있는데."

노마의 옆으로 바짝 다가선 이별이 살며시 고개를 기울인 채 그를 올려다봤다. 그가 눈동자만 조금 움직여 이별을 바라보았다. 눈이 마주치자 이별이 배시시 웃었다. 보통은 그 미소를 보고 모두 무장해제되는데 노마는 달랐다. 그는 표정 변화 없이 그대로 전진했다. 이별에게 닿았던 시선마저 정면으로 돌아간 채였다.

"뭔지 안 물어봐요?"

"알아."

"알아요? 어떻게요? 난 말도 안 했는데?"

"네 눈이 계속 내 기타에 꽂혀 있는데 모를 리가 없잖아."

"그럼 내가 무슨 말 할지도 알고 있겠네요?"

"같은 부탁하겠지."

"답은?"

본관 뒤편 동아리 건물 지하로 걸어 들어가는 노마를 아무 의심 없이 뒤따르며 이별이 은근히 기대를 담아 물었다. 아침인데도 어두운 계단의 중간쯤에 노마가 우두커니 멈춰 섰다. 그에 이별도 그 옆에 나란히 서며 노마를 응시했다. 노마가 천천히 이별에게로 고개를 돌려 시선을 맞췄다. 그러곤 작게 입술을 달싹였다.

"너 원래 그렇게 겁이 없어?"

"네?"

느닷없는 노마의 질문에 이별이 고개를 갸웃했다. 그런 이별의 앞으로 노마가 한 걸음 다가섰다. 좁은 계단에 나란히 선 데다가 노마가 거리를 좁히는 바람에 둘의 몸이 거의 붙다시피 했다. 이별이 한 발 뒤로 물러서자 등에 벽이 닿았다.

"모르는 남잘 너무 순순히 따라오잖아. 겁도 없이."

"겁먹어야 하나요?"

동그랗게 눈을 뜨고 아무 의심 없이 노마를 직시하며 이별이 물었다. 노마의 입술 한쪽 끝이 비스듬히 말려 올라갔다. 그가 손을 뻗어 이별의 얼굴 양옆 벽을 짚었다. 눈동자를 굴려 저를 가둔 노마의 팔을 확인한 이별이 다시 올곧게 그를 바라보았다. 그 눈을 지그시 내려 보며 노마가 살짝 고개를 틀어 얼굴을 가까이 기울였다. 노마의 입술이 조금 더 은밀한 목소리로 말했다.

"어떨 것 같아?"

눈앞에서 달싹이는 노마의 매끄러운 입술을 가만히 바라보다 이별이 작게 한숨을 내쉬었다. 그 숨이 그대로 노마의 입술 위로 흩어지자 노마가 움찔하며 사르르 눈을 감았다 떴다. 긴 속눈썹이 고혹적으로 움직였다. 거기에 시선을 빼앗긴 이별이 뚫어져라 노마의 눈을 바라보았다. 시선이 너무 적나라했던지 노마의 눈도 곧 이별의 눈을 직시했다.

"와아, 남자 속눈썹이 너무 예쁜 거 아니에요?"

이별의 말에 노마의 미간이 꿈틀거렸다. 많이 듣던 멘트였고, 좋아하지 않는 칭찬이었다. 그런데 왠지 다른 때처럼 짜증나게 싫지는 않았다. 피식. 실소를 터트린 노마가 손을 떼고 다시 계단을 내려갔다. 그가 고개를 절레절레 흔드는 모습을 뒤에서 보며 이별이 엷게 웃었다.

"딱 봐도 막 나가는 스타일은 아닌데 뭘. 괜히 겁줘서 떨쳐 내려 해도 소용없다고요."

가벼운 발걸음으로 지하실 문을 열고 들어서는 그를 쫓아 내려갔다. 문 안으로 들어서기 전 이별의 시선이 문에 그려진 그림에 머물렀다. 노마의 기타에 있는 것도 비슷한 스타일의 그림이었다.

"이것도 선배가 그린 거예요?"

스위치를 찾아 불을 켠 노마가 힐끔 돌아보곤 말없이 고개를 끄덕였다. 노마의 말에 이별이 조금 더 가까이 다가서 그림을 세밀히 살폈다. 유하고 뭔가 따스한 느낌이 나는 그림 속에 강한 생동감이 숨어 있었다.

"선밴 미술전공했어도 괜찮았을 것 같아요. 느낌 있어."

이별이 안으로 들어서며 노마를 향해 엄지를 들어 보였다. 그를 본체만체 노마가 책상 위에 기타 케이스를 내려놓았다. 쪼르르 그 곁으로 다가선 이별이 눈을 반짝 빛내며 노마가 가방을 열기를 기다렸다. 지퍼를 잡은 노마가 이별을 돌아보며 건조하게 말했다.

"보기만 해. 손대는 건 안 돼."

"오케이."

손가락으로 동그라미를 만들어 흔드는 이별을 싱겁게 바라보며 노마가 지퍼를 열었다. 뚜껑을 젖히자 그날 봤던 기타가 모습을 드러냈다. 짧은 감탄사를 터트리는 이별에 살짝 입꼬리를 끌어 올린 노마가 기타를 꺼내 들었다. 기타의 움직임에 따라 이별의 눈이 자동으로 움직였다.

"내 노래보다 기타에 관심을 더 많이 보이는 건 네가 처음이야."

"아, 노래도 좋았어요. 그러니까 끝까지 듣고 있었죠."

"노래하는 내내 기타에만 시선이 쏠려 있던데?"

"뭐, 노래는 귀로 듣는 거니까. 눈은 다른 걸 봐도 되지 않나?"

"보통은 여기 시선이 꽂히지."

노마가 손끝으로 제 얼굴을 가리켰다. 고개를 들어 그를 올려 보던 이별이 히죽 웃었다. 확실히 노마의 얼굴이 잘나긴 했다. 이런 미남이 노래를 부르는데 기타만 바라보고 있었으니 특이할 만도 했다.

"그러네요. 거기도 예술이네요."

"이제야 알아채다니 눈썰미가 영 별로네."

대놓고 얼굴 자랑을 해 놓고 이별의 칭찬에 괜히 머쓱해진 노마가 시선을 돌리며 엷게 웃었다. 이별이 그런 노마를 빤히 바라보다 저도 배시시 웃었다.

"그래서 결론이 뭐예요?"

이별이 보채듯 물었다. 기타를 들어 튜닝을 하던 노마가 부드럽게 줄을 튕기며 이별을 돌아봤다. 그가 말없이 기타 연주를 시작했다. 또 뜸을 들이려는 모양이다. 애가 닳아 속이 타는 건 이별뿐이었다. 노마의 표정은 여유롭기까지 했다.

"이런 걸 갑의 횡포라고 하는 거지."

하지만 투덜거리며 초조하게 노마를 바라보던 이별의 얼굴이 계속된 연주에 점점 부드럽게 풀렸다. 감미로운 선율이 귀는 물론 심장까지 스며들어 촉촉이 적셔 놓았다.

"무슨 곡이예요?"

"드림이라고 붙일까?"

"드림?"

"제목 미정. 아직 완성 단계는 아니야."

연주를 마친 노마가 기타에 팔을 괴며 말했다. 지그시 바라보는 노마의 눈빛이 맑게 빛났다.

"와아, 자작곡이란 말이네요?"

"어때?"

"좋아요. 여기가 간질간질거릴 정도로."

이별이 왼쪽 가슴 위에 손을 올리고 들뜬 목소리로 말했다. 쿡. 낮은 웃음소리가 노마의 입에서 흘러나왔다. 들었던 평 중에서 가장 귀여웠다. 마음에도 쏙 들었다. 그 간질거림이 무엇인지 알기에 더 기분이 좋았다.

"그럼 이제 본론을 꺼내 볼까?"

톡톡. 노마가 기타를 손끝으로 가볍게 두드리며 말했다. 이별의 얼굴에 단박에 웃음꽃이 활짝 피어올랐다.

"정말요?"

"내가 이걸 참고해도 좋다고 허락하면 넌 날 위해서 뭘 해 줄 거지?"

"네?"

뜻밖의 말에 이별이 당황한 투로 묻자 노마가 천연덕스레 그녀 앞에 손바닥을 쫙 펼쳐 보였다. 줄 거 내놓으란 의미인 듯했다.

"금전으로 갚아야 하나요?"

조심스런 이별의 물음에 노마가 한쪽 눈썹을 치켜 올렸다.

"돈은 나도 많아."

"아. 그럼?"

노마가 천천히 턱을 쓸며 생각에 잠겼다. 이별에게서 받을 수 있는 게 과연 뭘까? 음악이나 같은 예술을 하는 사람들에게 가장 좋은 건 영감을 주는 것이다. 그러면 이별에게서 영감을 받을 수 있을까?

노마가 가만히 이별을 응시했다. 세심한 눈길로 이별을 관찰했다. 그 적나라한 눈빛을 이별이 대수롭지 않게 받아 내며 미소를 지어 보였다. 확실히 보통의 여자애들과는 다른 뭔가가 있긴 했다.

"그건 생각을 좀 더 해 보고 받도록 하지."

손가락을 부딪치며 결론이 났음을 알리는 노마의 얼굴에 밝은 미소가 번졌다. 그에 반해 이별은 뿌루퉁하게 볼을 부풀리며 불만을 토했다.

"얼마나 거창한 부탁을 하려고 뜸을 들여요? 사람 불안하게."

"그럼 없던 일로 할까?"

이러든 저러든 저는 아무 상관없다는 듯 태평하게 말하는 노마를 이별이 동그랗게 뜬 눈으로 쳐다봤다. 이별이 기타를 잡고 일어서려는 노마의 손을 덥석 붙잡았다. 노마의 눈이 제 손 위에 겹쳐진 이별의 손에서 얼굴로 옮겨졌다.

"그런 게 어디 있어요. 싫다곤 안 했잖아요. 그냥 불안하다고 했지."

"그럼 차분히 기다려. 나도 너한테서 뭘 받을 수 있을지 아직은 모르겠으니까."

"받을 게 그리 많진 않을걸요. 고등학생이 뭘 대단한 걸 가지고 있겠어요. 안 그래요?"

"그건 생각해 보면 알 일이고."

"흐음."

어쿠스틱 기타를 얌전히 세워 놓고 일어선 노마가 어딘가로 걸어 갔다. 노마가 두고 간 기타를 가만히 바라보던 이별이 뒷짐을 지고 일어서 이리저리 기타 주변을 배회했다.

이별이 힐끔 곁눈질로 노마를 살폈다. 그는 한쪽 구석에 놓여 있던 캐비닛을 열어 그 안에서 뭔가를 꺼내고 있었다. 이별의 손이 재킷 주머니로 들어갔다. 주머니 안에는 휴대폰이 들어 있었다. 그것을 만지작거리며 기타로 시선을 옮긴 이별의 눈이 반짝반짝 빛났다.

이걸 찍어? 말아?

허락은 받은 것 같은데 이걸 지금 찍어도 되는지 안 되는 건지 가늠을 할 수가 없었다. 빨리 사진을 찍어 자료로 참고하고 싶은데 선뜻 휴대폰을 꺼내지 못했다. 머뭇거리며 잘근 입술을 깨물던 이별의 귀에 강렬한 일렉 기타 소리가 들렸다. 소리가 들린 쪽으로 시선을 돌리자 어느새 단상 위로 올라선 노마가 현란하게 일렉 기타를 연주하고 있었다.

"와아! 끝내준다."

노마의 어쿠스틱이 서정적인 면을 추구한다면 일렉은 펑크록적인 면을 강조하고 있었다. 일렉 기타를 연주하는 노마의 모습도 조금 전과 달라 보였다. 유순해 보이던 모습은 온데간데없이 완벽한 락커의 모습을 하고 있었다. 어느새 사진을 찍으려 기회를 엿보던 이별의 발이 노마에게로 향했다.

생각했던 것보다 노마의 재능이 훨씬 다재다능한 것 같았다. 두 손을 모으고 멍하니 노마의 연주에 빠져들어 있는 이별을 바라보며 노마가 매끄럽게 입가를 끌어 올렸다.

뭐든 혼자 하는 것에 익숙한 노마였다. 이별에게 찾아오란 말을 했을 때도 단순한 호기심에서 그런 것이었다. 보통의 여자들처럼 노래를 부르는 노마에게 관심이 있는 게 아니라 기타에 그려진 그림에 더 흥미를 가지는 별난 아이에 대한 호기심이었다.

"오래 걸리겠다."

노마의 혼잣소리에 이별이 귀를 쫑긋했다.

"네?"

"사진 찍어도 된다고."

"진짜요? 지금?"

노마가 답 없이 고개를 끄덕이자 이별이 폴짝폴짝 뛰며 다람쥐처럼 쪼르르 기타 앞으로 달려갔다. 휴대폰을 꺼내 정성스레 사진을 찍는 이별의 모습을 노마가 두 눈에 고스란히 담아냈다.

"어쩌면 받을 수 있는 게 너무 많아서 오래 걸릴 수도 있겠다. 나 보기보다 욕심이 좀 많거든."

"선배, 문에 그려진 것도 찍어도 돼요?"

"마음대로."

말이 떨어지기가 무섭게 이별이 문으로 달려갔다. 양껏 사진을 찍으면서도 노마에게 그린 것이 또 없느냐 물었다. 피식. 노마가 두 손 두 발 다 들었다는 듯 고개를 절레절레 흔들었다.

"너도 만만치 않구나. 이별."

"네?"

사진을 찍다 말고 이별이 고개를 갸웃하며 못 들었다는 듯 되물었다. 그에 노마가 답 없이 의미심장한 미소를 띠었다. 휴대폰을 든 채로 이별이 그런 노마를 멀뚱히 바라봤다.

"방금 뭐라고 하지 않았어요?"

다시 묻는 이별을 향해 노마가 작게 입을 달싹였다.

"하는 거 봐서 보여 준다고."

"에? 치사하게 이왕 보여 주는 거 통 크게 다 공개하지 그걸 또 딜을 하나?"

"밑지는 장사 안 해."

"예술하는 사람이 그러면 안 됩니다."

찍을 만큼 다 찍은 듯 새침한 표정으로 노마를 흘기며 이별이 다가왔다. 단상 위에 걸터앉아 사진을 확인하는 이별을 노마가 지그시 내려 봤다.

"예술도 직업이야. 프로정신에 입각해서 손해 보는 짓은 하지 말아야지."

"말발도 죽여줘요."

"그런데 너도 땡땡이야?"

"무슨 땡이요?"

여전히 사진에 시선을 둔 채 이별이 무심히 물었다. 멀리서 들리는 익숙한 종소리에 노마가 툭툭 발끝으로 이별을 건드렸다. 멀뚱히 돌아보는 이별에게 고갯짓으로 문 쪽을 가리켰다.

"수업 안 들어가냐고."

생각 없이 문 쪽을 바라보던 이별이 벌떡 자리에서 일어섰다. 그러곤 걸음아, 날 살려라 열심히 뛰기 시작했다. 문을 나가 계단을 오르는 이별의 발소리와 더불어 그녀의 발악에 가까운 푸념이 들려왔다.

"미쳤어! 첫 시간 전공 수업인데. 큰일 났다!"

메아리같이 울려 퍼지는 이별의 목소리에 노마가 손으로 얼굴을 가리고 큭큭거렸다. 재미있는 녀석이 나타났다. 상대하는 동안 심심하진 않을 것 같았다.

첫 수업부터 훈계를 듣고 내내 기분이 저조해 있던 이별이 종례 후 작업실에 앉아 휴대폰을 들여다보며 언제 그랬냐는 듯 해맑게 웃고 있었다. 그런 이별을 신기하다는 듯 책상에 턱을 괴고 반쯤 누운 자세로 재진이 쳐다봤다.

"너 조울증이냐?"

"뭐?"

휴대폰에 시선을 둔 채 이별이 건성으로 물었다. 재진이 미간을 좁히며 이별의 휴대폰으로 손을 뻗었다. 손끝으로 폰을 꾹 눌러 제 쪽으로 기울였다.

"뭐야. 뭔데 그렇게 넋이 빠졌어. 애인 사진이라도 들었냐?"

"야, 손 떼."

이별이 재진의 손등을 찰싹 때렸다. 그러곤 소중한 것이라도 되는 듯 휴대폰을 품에 고이 안아 감췄다. 재진의 입이 허 하고 벌어졌다. 빨갛게 달아오른 손등을 보며 재진이 눈을 쭉 찢었다. 잠깐 본 건 그림을 찍은 사진이었다. 그게 뭐라고 일급비밀이라도 되는 듯 사람 무안하게 손까지 때리고 숨기는지 어이가 없었다.

"우리 같은 파트거든."

"그건 그거고, 이건 이거지."

"이건 또 무슨 논리야?"

재진이 미간을 한껏 찌푸린 채 벌떡 상체를 일으켰다. 그가 책상을 탁탁 두드리며 반박했다.

"뭐든 나누고 공유해야 하는 게 같은 파트지, 숨기고 감추고 경쟁하는 게 파트야? 이건 배신이고 배반이지."

"그런 거 아니야. 이건 내 작품에 반영할 자료란 말이야. 어렵게 구한 거고 나만 봐야 하는 거야."

"딱 봐도 별거 아니구만."

재진이 콧방귀를 뀌며 됐다 안 봐도 된다 손을 휘저었다. 처음 이성적인 관심을 가지고 이별을 대하던 것과는 사뭇 다른 태도였다. 친구 그 이상도 그 이하도 아닌 무심함이었다. 참 빨리 달아오르고 빨리 식는구나 싶었다.

"뭐야? 왜 그렇게 물기 빠진 오징어처럼 늘어졌어?"

"하아. 비유 한번 걸작이다. 그 오징어는 대체 어떻게 늘어지는 거냐?"

철퍼덕 책상 위에 널브러진 채 눈동자만 굴려 재진이 심드렁하게 물었다. 휴대폰을 주머니에 집어넣고 이별이 검지로 재진을 콕 찍었다. 재진의 눈이 손가락 끝으로 몰렸다. 그 모습이 너무 웃겨 이별이 작게 키득거렸다.

"큭큭. 딱 이 모양으로 늘어졌겠지. 물기 하나 없이 삐쩍 말라서 들러붙은 꼴로."

"내 모습이 엄청 추하단 소리네."

"빙고!"

"그 상큼한 추임새가 왠지 마음을 울적하게 만드누나."

가운데로 모인 눈동자를 부르르 머리를 흔들어 풀며 재진이 평소와 달리 축 처진 목소리로 말했다. 그에 조금은 걱정스런 얼굴로 이별이 재진을 내려 봤다.

"진짜 무슨 일 있어?"

"마이 파트너가 날 거부해."

"수영 선배가? 왜?"

"바라던 대로 일이 잘되지 않아 그렇겠지."

"무슨 말이야?"

뭔가 목적이 있어 이별의 파트에 동참했다는 건 짐작하고 있었다. 그 목적의 중요한 부분을 차지하는 게 우연이라는 것도 어렴풋이 알고 있었다. 하지만 그렇다고 정해진 파트너를 거부하는 건 옳지 않았다.

"너 하고 싶은 대로 해. 난 나대로 할 테니까. 그렇게 통보하고는 끝. 연락도 없어."

"그건 좀 너무했다."

"무슨 소리야?"

때마침 수업을 마치고 작업실로 들어서던 우연이 둘 사이에 끼어들었다. 둘이 동시에 우연을 돌아보고 말없이 눈을 말똥거렸다. 곁으로 다가온 우연이 이별의 옆에 앉으며 재차 물었다.

"수영이가 뭘 어쨌다는 거야?"

입을 삐죽인 재진이 팔짱을 끼며 건성으로 말했다.

"독자노선을 걷겠대."

"파트면 같이 해야지."

"나도 그렇게 말했지. 알잖아. 수영 선배 남의 말 잘 안 듣는 거. 딱 한 사람 말만 듣지."

그 한 사람이 우연임을 재진이 눈으로 말했다. 이별이 우연을 빤히 쳐다봤다. 수영과 우연의 관계가 궁금해 죽겠다는 눈빛이다. 그 눈빛을 느꼈음에도 우연은 이별을 돌아보지도 의문에 대한 명쾌한 답을 주지도 않았다.

"파트너니까 네가 알아서 챙겨."

"뭐야. 결국 내 책임이란 거야? 이런 떠넘김은 옳지 않아."

"그건 그래. 같은 파트면 공동책임이지. 한 사람에게만 책임전가를 하는 건 잘못이야."

이별이 재진을 거들고 나서자 그제야 우연이 이별을 돌아봤다. 이별이 뭐 틀린 말이냐는 듯 어깨를 으쓱했다. 우연의 말투에서 은근히 수영을 피하는 게 느껴졌다. 어쩌면 그래서 더 열심히 재진 편을 들었는지도 모른다.

가만히 이별을 바라보던 우연이 낮은 한숨을 쉬며 휴대폰을 꺼냈다. 그러곤 주저 없이 단축번호를 눌렀다. 그 모습을 이별이 유심히 지켜보고 있었다. 단축번호를 안다는 건 그만큼 전화 통화를 많이 했다는 말이었다. 언제? 얼마나? 문득 머릿속에 이상한 의문이 떠올랐다.

"전화기 꺼 놨는데?"

"거봐, 내 말이 맞잖아. 아예 연락 자체를 거부한다니까."

"일어나."

내려놨던 가방을 챙겨 들며 우연이 말했다. 자리에서 일어서는 우연을 이별이 멀뚱히 쳐다봤다. 우연이 시선을 마주치자 금세 고개를 돌리며 이별이 가방을 멨다. 재진이 일어서 주섬주섬 가방을 챙기며 물었다.

"가 보게?"

"만나야 말을 하든 말든 하지."

"고집부리면?"

"그럼 빼고 가야지."

"진짜?"

앞서 문으로 걸어가는 우연을 쫓아가며 재진이 믿을 수 없다는 듯 물었다. 그러다 슬쩍 뒤따르는 이별의 눈치를 살폈다. 그러곤 우연에게 바짝 붙어 귓속말을 하듯 소곤거렸다.

"수영 선배 뭣 때문에 그러는지 알잖아. 선배랑 같이 붙어 있고 싶어서 그러는 거. 그런데 빠지라 그럼 마음이 어떨 것 같아."

"그건 내 잘못 아니야."

"와아. 진짜 이러기야?"

"뭐가."

"수영 선배가 선배 엄청 좋아하는 거 온 학교가 다 아는데. 2년 반 동안 지고지순하게 선배만 바라봤는데 그 마음을 이렇게 배신하나?"

우연이 우뚝 멈춰 서 재진을 차게 노려봤다. 그 눈빛을 재진이 지지 않고 마주 쳐다봤다. 우연이 낮은 한숨을 푹 내쉬며 경고하듯 말했다.

"이재진. 네가 수영일 좋아하는 마음으로 이러는 거 잘 알겠는데. 내 마음까지 좌지우지하려고는 하지 마라. 나 좋아하는 사람 따로 있다."

"······진짜?"

재진이 못 믿겠다는 듯 말끝을 비꼬았다. 그 모습을 조금 뒤에서 지켜보던 이별의 고개가 모로 기울었다. 우연이 좋아하는 여자가 수영 말고 따로 있다는 말에 이별의 심장이 묘하게 두근거렸다.

"하아. 미쳤나 봐. 내가 왜 두근거리고 난리야. 절대 그럴 리 없는데."

엄한 생각에 고개를 저으며 부정하던 이별의 앞으로 어느새 우연이 성큼 다가섰다. 이별이 고개를 들어 물끄러미 그를 올려다보았다. 왜? 이별의 눈에 떠오른 의문이 우연의 등 뒤에 선 재진의 얼굴에도 똑같이 떠올랐다. 그에 답하듯 우연이 이별을 덥석 끌어안았다.

"뭐······."

"다시 소개할게. 여긴 내 마누라 이별이다."

우연의 품에 폭 안긴 이별의 눈이 동그랗게 떠졌다. 절대 인정할 리 없다고, 받아들이지 않겠다고 강력하게 거부하며 학교에서도 알은척하지 말라던 우연이었다. 그런 우연이 제 입으로 이별을 마누라라고 했다. 물론 장래에, 라는 말은 빼고.

"무슨 헛소리야. 그 녀석이 왜 선배 마누라야. 내 마누라지."

장난 비슷하게 받아치던 재진의 낯빛이 점점 어두워졌다.

우연이 이별의 턱을 손끝으로 들어 올려 입술에 입을 맞췄기 때문이다.

놀란 이별의 눈이 빠르게 깜빡거렸다. 이게 지금 무슨 일인가 싶었다. 입술에 입술을 댄다는 건 키스! 우연이 제게 키스를 하고 있었다.

"김우연!"

재진이 그의 이름을 소리쳐 불렀다. 이별을 마누라라고 칭하며 입을 맞췄다는 사실도 충격이었지만, 수영을 거부하는 것에 더 많은 상처를 받은 것 같았다. 이별에게 관심을 가지고 다가섰던 것과는 또 다른 감정이었던 모양이다.

수영에 대한 재진의 마음은 진심이었다. 다른 누군가를 짝사랑하는 여자를 짝사랑하는 남자. 그것만큼 비참한 건 없었다. 자신이 좋아하는 여자를 그가 사랑하지 않기를 바라면서도 그 여자가 상처 입고 아파하는 것도 원하지 않는다. 모순이었다. 완벽한 사랑의 모순이다.

"우린 부모님이 허락한 사이야. 그러니까, 수영이 마음 받아 줄 수 없어."

"하아. 미치겠네!"

평소에 볼 수 없었던 재진의 모습이었다. 울화를 터트리며 안절부절 정신없이 움직이다 눈을 매섭게 부라린다. 우연의 잘못이 아님을 알면서도 화가 났다. 수영의 사랑이 얼마나 지독한지 알기에 속이 더 새까맣게 타들어 갔다. 수영은 절대 이 사실을 받아들이지 못할 것이다.

"사랑은 강요하는 게 아니다. 그러니까 너도 지켜만 보는 거겠지. 수영이 다른 곳을 바라본 세월만큼. 이제 알 거야. 그게 얼마나 무모한 짓인지. 돌아보지 않는 상대를 기다리는 것만큼 어리석은 건 없어. 부딪혀 보고 아니면 깔끔하게 물러서는 거야. 그게 옳아."

"말이 쉽지."

재진이 씩씩거리며 우연과 그 품에 안겨 해롱거리고 있는 이별을 쏘아보곤 차게 돌아서 성큼성큼 복도를 걸어갔다.

"어디 가."

우연의 부름에 재진이 돌아보지도 않고 손을 들어 가운뎃손가락을 척 세워 보였다. 차마 욕설을 내뱉을 순 없고 손으로라도 대신 욕을 하며 멀어지는 재진을 우연이 못마땅하게 쳐다봤다.

"한심한 놈."

작은 한숨과 함께 내뱉은 말에 이별이 몽롱한 시선을 들어 우연을 올려다보았다. 그의 입술이 눈앞에서 매혹적으로 움직였다. 저도 모르게 손을 뻗어 그 입술을 더듬자 우연이 움찔하며 시선을 내려 이별을 내려 봤다.

시선이 마주치자 우연이 살짝 얼굴을 붉혔다. 그제야 제가 무슨 짓을 했는지 깨달은 모양이었다. 대범해도 너무 대범했다. 그의 속눈썹이 긴장으로 파르르 떨렸다.

"아, 미안."

우연이 얼른 이별을 품에서 떼어 냈다. 어색한 듯 헛기침을 하며 시선을 회피하는 그를 이별이 빤히 쳐다봤다. 내 마누라 운운하며 입을 맞출 때는 언제고 지금 와서 부끄러워하는 건 또 뭔가 싶었다. 갑자기 오기가 발동했다.

"마누란데 뭐 어때."

"어?"

"마누라라며. 그럼 당연한 거 아냐?"

"……뭐가?"

조심스레 묻는 폼이 알면서 모른 척 시치미를 떼는 투다. 이별이 성큼 다가서 그의 얼굴 아래서 발을 돋웠다. 이별의 입술과 몇 센티 떨어지지 않은 곳에 우연의 입술이 있었다. 그의 입술이 이별이 흘려 낸 숨결에 움찔거렸다.

"포옹이든, 키스든. 모두 다."

"그건……."

"아. 나중에는 섹스도 하겠네."

"……야! 이별!"

우연이 놀란 눈을 부릅뜨고 소리를 버럭 질렀다. 그에 이별이 고개를 살짝 기울이며 야릇하게 입술을 끌어 올렸다. 심각하게 미간을 좁히고 화끈 달아오른 얼굴로 우연이 무섭게 이별을 쏘아보았다.

어린 여자애 입에서 섹스라는 단어가 아무렇지 않게 나온 것도 그렇지만, 그 대상이 자신과 눈앞의 이별이라는 것이 더 기막혔다. 거기까진 단 한 번도 생각해 본 적이 없었다. 그런데 당돌하게도 이별이 그런 말을 아무 거리낌 없이 쏟아 냈다는 사실이 놀랍고 당황스러우면서도 한편으론 부끄러웠다.

'상상해 버렸다.'

솔직히 그게 더 충격이었다. 자신이 그런 상상을 했다는 것 자체가 엄청난 충격이었다. 아직 사랑은 아니라고 생각하고 있었다. 단순히 like. 천천히 서로에 대해 알아 가는 게 올바른 순서라고 여기고 있었다. 그런데 순간 이별의 말에 즉각 반응하는 자신의 모습에 많이 당황했다. 거기에 거부감이 없다는 것도 당혹스럽기는 마찬가지였다.

"왜? 그건 아니야? 마누라라며. 그럼 섹스도 당연한 거지."

게슴츠레하게 내리뜬 이별의 눈에서 뭔가를 감지한 우연의 눈빛이 조금씩 냉정을 되찾았다. 항상 먼저 자신을 도발해 당황스럽게 만들던 이별이 오히려 반격을 가하자 더 거세게 치고 나온다. 우리에겐 사랑도 결혼도 있을 수 없다는 강경한 뜻을 담은 눈빛으로 이별이 우연을 직시했다.

"그래."

"뭐?"

우연이 작게 입술을 달싹여 뜻 모를 말을 흘려 냈다. 이별의 미간이 찌푸려지는 것을 보며 우연이 부드럽게 입매를 끌어 올렸다. 그가 불쑥 이별의 허리를 휘감아 당겼다. 복도 창 안으로 저녁노을이 은은하게 스며들어 둘의 모습을 비췄다. 이별이 눈을 동그랗게 뜨고 우연을 올곧게 직시했다. 우연의 길고 풍성한 속눈썹이 고혹적으로 내려갔다 올라왔다. 그의 다른 손이 거침없이 이별의 뒷머리를 파고들었다. 이별이 움찔거리는 게 느껴졌다.

"하자."

"무슨 소리야?"

"섹스."

이별의 입이 소리 없이 쩍 벌어졌다. 섹스라는 말을 할 때 우연의 목소리가 너무 섹시했다. 우연의 마누라 소리를 비꼬아서 한 말에 우연이 도리어 더 적극적으로 밀고 들어왔다. 당황해 어쩔 줄 몰라 하던 조금 전의 모습은 온데간데없었다.

"그, 그, 그."

뭐라 할 말을 못 찾고 더듬거리는 이별의 입술로 돌진하듯 순식간에 우연이 입술을 가져가자 이별이 놀란 숨을 삼키며 입을 꾹 다물었다. 이별이 두 손으로 제 입술을 덮었다. 그 손을 지그시 바라보다 고개를 틀어 이별의 귀에 입술을 댔다. 그가 옅은 숨을 흘려 넣자 이별이 부르르 몸을 떨었다.

"나중에. 네가 완전한 성인이 되면."

"……!"

"그때 하자."

"마, 말도 안 돼."

우연이 믿을 수 없다 기막힌 투로 말을 내뱉는 이별의 이마에 가만히 입술을 눌렀다. 그러곤 작게 속삭였다.

"말이 되게 할 거야. 그러고 싶어졌어."

그러면 안 되는데. 결혼 같은 거 하지 않을 생각인데. 이상하게 우연의 말에 심장이 빠르게 뛰어 댔다. 마치 그러기를 바라고 있는 것처럼.

몰라. 난 내 심장이 왜 이렇게 뛰는지 그 이유 따윈 몰라. 모르고 싶어. 절대 받아들일 수 없어. 그럼 혼자 남아 쟁취한 내 자유는 사라지고 말 테니까.

갑작스런 우연의 태도 변화에 이별은 어떻게 대처해야 할지 감을 잡지 못했다. 너 같은 거 백날 유혹해 봐라 난 끄떡도 않는다. 그럴 때가 오히려 좋았다. 한층 과감해진 우연의 행동과 말에 이별의 심정은 무척 복잡해졌다.

"놀릴 때는 재미있더니 당하니까 당황스럽네."

집으로 돌아가는 길이었다. 우연이 잠시 자리를 비운 사이 먼저 작업실을 빠져나와, 어둠이 내려앉은 교정을 터벅터벅 걸어 내려가고 있는 중이었다. 등 뒤로 발소리가 들렸다. 벌써 우연이 따라온 건가 싶어 모른 척 발걸음을 빨리했다. 뒤따르는 발소리도 빨라졌다.

이별의 숨소리가 거칠어질 때쯤 갑자기 옆에서 말소리가 들렸다.

"뭘 훔쳤기에 걸음아, 날 살려라 내빼?"

흠칫 놀란 이별이 우뚝 멈춰 서며 곁눈질로 옆에 선 인물을 확인했다. 살짝 끌어 올린 입꼬리가 먼저 눈에 들어왔다. 천천히 시선을 옮겨 얼굴을 확인한 이별이 안도의 한숨을 내쉬며 어깨를 축 늘어트렸다.

"놀랬잖아요."

앙탈을 부리듯 톤을 높인 이별을 노마가 재미있다는 듯 쳐다봤다. 왼쪽 가슴을 손으로 지그시 누르며 호흡을 가다듬는 이별을 가만히 바라보다 노마가 손을 뻗어 그녀의 머리를 헝클었다. 부스스 장난스런 노마의 손길에 이별이 멀뚱히 그를 쳐다봤다.

"뭐예요? 병 주고 약 주고?"

"귀엽네."

혼잣소리처럼 작게 내뱉는 노마의 말에 이별의 눈이 동그래졌다. 이별이 눈을 깜빡거리며 슬며시 한 발을 움직여 그의 손에서 머리를 떼어 냈다. 부드럽게 손안에 휘감기던 머리카락의 감촉이 사라지자 허한 바람이 느껴졌다. 노마의 미소에 조금 서운함이 깃들었다.

주먹을 쥐며 손을 내린 노마가 피식 싱거운 미소를 지어 보였다.

"귀여운 건 맞는데 그런 소릴 직접 들으니 닭살이 돋네요."

"훗."

그 와중에 이별이 은근히 자기자랑을 섞자 노마가 작게 웃음을 터트렸다. 보면 볼수록 기분 좋아지는 아이였다. 다시 교문을 향해 걸음을 옮기며 이별이 물었다.

"그런데 선배도 이 시간까지 학교에 있었던 거예요?"

"응."

"왜요? 아, 입시공부?"

"그게 나랑 어울린다고 생각해?"

"3학년이면 다 입시와 어울려야 하는 거 아닌가?"

"그건 재능이 그다지 특출 나지 못한 평범한 아이들에게 해당되는 사항이지."

"그럼. 선밴 특출 나단 소리?"

"당연하지."

표정 변화 하나 없이 뻔뻔하게 말하는 노마를 놀랍다는 듯 이별이 빤히 쳐다봤다. 그런 이별을 지그시 마주하고 노마가 천연덕스럽게 어깨를 으쓱했다. 이별의 입이 쩌억 벌어졌다.

"와아. 알고 보니 선배도 자뻑의 달인이었네요."

"왜, 거짓말 같아?"

사뭇 진지한 노마의 말에 이별이 고개를 갸웃했다. 생각해 보니 노마의 말이 맞았다. 그의 연주 실력이나 노래 실력은 확실히 특출 났다. 음악에 대해 잘 모르는 이별조차도 귀가 쫑긋하고 가슴이 찡 해질 정도니 괜찮은 실력이라고 봐야 했다.

"특별 전형?"

노마가 말없이 고개를 끄덕였다. 역시 잘난 놈들은 뭐가 달라도 달랐다. 그럼 우연도 특별 전형인가? 우연을 떠올리던 이별이 이내 부르르 머리를 털었다. 그에게서 잠시라도 벗어나려 혼자 도망치듯 나선 길인데 또다시 우연을 생각하다니. 그래선 안 된다. 이별이 마음을 다잡듯 눈에 한껏 힘을 줬다.

"눈 튀어나오겠다."

"아."

이별의 눈앞에서 노마가 손을 휘저으며 신기한 듯 말했다. 미간에 깊게 주름까지 잡아 가며 불끈거리는 게 마치 명랑 만화에 나오는 캐릭터 같았다. 수시로 변하는 표정이 생동감 넘쳤다. 계속 같이 곁에 있고 싶은 기분이 들 만큼.

"에잇. 어지럽게."

노마의 손을 잡아 내리며 이별이 작게 투덜거렸다. 노마의 시선이 제 손을 잡은 이별의 작은 손에 머물렀다. 가만히 그것을 바라보다 노마가 물었다.

"집 어디야?"

교문을 통과하자 노마가 물었다. 이별이 손으로 왼쪽을 가리켰다. 그 손을 따라 시선을 옮긴 노마가 고개를 갸웃했다.

"전 이쪽으로 갑니다. 그럼."

이별이 손을 놓고 몸을 돌렸다. 이별의 뒷모습을 지켜보던 노마가 저도 모르게 움직여 다시 그녀의 손을 잡았다. 우뚝 멈춰 선 이별이 의문 가득한 눈으로 노마를 바라보다 시선을 아래로 내렸다. 노마의 큰 손에 감싸인 손으로 따스한 온기가 전해졌다. 제가 잡았을 때와는 또 다른 느낌이었다.

"같이 가."

"네?"

"나도 그쪽이야."

멍하게 바라보는 이별의 손을 끌며 노마가 성큼성큼 앞으로 걸어갔다. 얼떨결에 노마와 동행을 하게 되었다. 물론 그의 손에 끌려간다는 표현이 더 그럴듯했지만 같은 길을 가는 건 맞았다.

"진짜?"

"거짓말 같아?"

"아니. 그냥 생각도 못 했던 거라."

"맞아. 이쪽. 넌 쭉 이쪽이야?"

"네?"

곧게 뻗은 길을 턱으로 가리키며 노마가 물었다. 가다가 왼쪽으로 다시 꺾어 큰 도로로 나가야 버스를 탈 수 있었다. 설마 버스까지 같진 않을 거라 생각하며 이별이 대수롭지 않게 말했다.

"큰길에서 버스 탈 거예요."

"몇 번?"

"26번."

"나도."

"에?"

이건 뭔가 아닌 건 같다는 느낌이 들었다. 작정하고 따라나선 게 틀림없었다. 이별이 고개를 갸웃하며 볼을 부풀렸다.

"혹시 내가 뭐 잘못한 거 있어요?"

"왜?"

이별과 나란히 보조를 맞추며 노마가 물었다. 이별이 의뭉스러운 눈으로 그를 바라보며 고개를 절레절레 흔들었다.

"뭔가 냄새가 나요."

"냄새?"

"결코 좋지 않은 냄새."

"뭐야, 그게."

노마가 무슨 말인지 모르겠다는 듯 고개를 모로 기울였다. 이별이 그의 앞으로 나서 뒷걸음으로 걸으며 똑바로 노마를 직시했다. 마치 심문을 하듯 매서운 눈빛으로 뚫어져라 처다보는 이별을 노마도 마주 응시했다. 나란히 걸을 때와 또 다른 느낌이다. 마주 보며 걷는 거 뭔가 기분이 묘하다.

"무슨 꿍꿍이예요?"

"꿍꿍이?"

"지금 나 인질로 잡은 거 맞죠?"

"쿡. 인질?"

대화가 즐겁다. 엉뚱한 생각을 서슴없이 내뱉는 이별의 표정이 무척 진지했다. 대체 어떤 상상을 하면 인질이란 단어가 떠오르는 걸까? 새삼 이별의 머릿속이 궁금해졌다.

노마가 크게 한 걸음을 걸어 성큼 이별의 앞으로 다가섰다. 그에 놀란 듯 이별이 발을 잘못 디뎌 비틀거렸다. 노마가 재빨리 손을 뻗어 이별의 허리를 휘감았다. 이별의 눈이 커졌다.

그를 지그시 바라보며 노마가 팔에 조금 더 힘을 가했다. 이별의 몸이 노마의 몸과 바짝 붙어 버렸다. 한 손은 이별의 손을 잡고 한 손은 그녀의 허리를 감아 제 품으로 당겼다. 저도 모르게 본능적으로 그렇게 해 버렸다. 잡은 것 모두를 놓기 싫었다.

"선배."

"뮤즈인가 보다."

"……?"

"네가 나의 뮤즈인가 봐."

이별의 눈썹이 묘하게 휘었다. 그게 무슨 허무맹랑한 소리냐 묻는 눈치였다. 그에 답하듯 노마가 매끄럽게 입꼬리를 말아 올렸다. 이별이 그의 품에서 빠져나가려는 듯 몸을 꿈틀거렸다.

'어림없어.'

이별이 꼼짝 못 하도록 노마가 더 힘껏 그녀를 안아 품에 가뒀다. 그의 눈이 야릇한 빛을 띠었다. 분위기가 이상함을 느낀 이별이 그를 올곧게 바라봤다. 이별의 얼굴에서 장난기가 걷혔다. 잠시 묘한 정적이 흘렀다. 이별이 낮은 숨을 내쉬며 노마를 불렀다.

"하아. 선배."

그는 답하지 않았다. 대신 이별의 입술에 가볍게 입을 맞췄다. 사뿐히 내려앉았다 날아가는 나비처럼 노마의 입술이 이별의 입술에 머물렀다 멀어졌다. 이별의 눈이 덧없이 깜빡거렸다. 눈앞에서 노마의 입술이 작게 달싹였다.

"이노마야. 내 이름."

안다. 눈앞에 있는 불한당의 이름이 이노마라는 건 이미 잘 알고 있었다. 그가 자신이 간절히 원했던 것을 선뜻 내어 주었다는 것과, 자신이 그에게 갚을 빚이 있다는 것까지. 모두 제대로 알고 있었다. 그래서 방금 전의 입맞춤에 대한 생각이 많아졌다.

세상 그 무엇에도 관심이 없는 사람. 오로지 자기 자신만의 세계에 빠져 제멋대로 살기를 원하는 사람. 자유로운 영혼. 이별이 원하는 삶과 비슷한 삶을 꿈꾸는 사람. 그래서 처음부터 이상하게 거부감이 느껴지지 않았던 사람이다.

하지만, 이성적인 관심은 싫다.

"딱 여기까지."

이별이 머리를 뒤로 살짝 물리며 선을 그었다. 노마의 표정은 시종일관 똑같았다. 이미 이별의 행동을 예상하고 있었다는 듯 여유롭기까지 했다. 노마의 눈이 가늘어졌다. 그가 눈을 빛내며 은밀한 목소리로 속삭이듯 말했다.

"괜찮아. 넌 거기 있어. 내가 그 선 안으로 천천히 들어갈 테니까."

"그건 아니죠."

"관심이 생겼어. 너한테."

"희한한 후배 그 이상은 사양입니다."

이별이 몸을 뒤틀며 노마에게서 **빠져나가려** 했다. 그러면 그럴수록 이별을 가둔 노마의 손에 더 바짝 힘이 깃들었다. 조금만 더 이렇게 있고 싶었다.

사악!

그들의 옆으로 급히 브레이크를 밟아 세우는 자전거 소리가 들렸다. 뒤이어 와장창 자전거가 넘어지는 소리와 함께 누군가 그들 곁으로 다가섰다. 호흡이 무척 거칠었다. 이별이 놀란 눈으로 우연을 돌아봤다. 흥분해 잔뜩 상기된 얼굴로 우연이 죽일 듯 매섭게 노마를 노려봤다. 노마도 우연을 바라보고 있었다. 노마의 입끝이 매끄럽게 말려 올라갔다.

"김우연."

"놔."

화를 억누른 잔뜩 가라앉은 목소리로 우연이 말했다. 눈빛에서 살기가 느껴졌다. 우연에게서 단 한 번도 본 적 없는 눈빛이었다. 노마가 이별의 허리를 감은 손을 풀었다. 다리에 힘이 풀린 듯 휘청거리는 이별의 손을 우연이 붙잡았다. 그러곤 거칠게 제 쪽으로 이별을 끌어당겼다.

우연 쪽으로 몸이 쏠리는가 싶던 이별이 오다 말고 중간에서 멈췄다. 이별의 시선과 우연의 시선이 동시에 그녀의 다른 손에 머물렀다. 그 손은 여전히 노마에게 잡힌 채였다.

"어라?"

"어라는 무슨 어라야? 이노마, 그것도 놔라."

"싫은데."

"뭐?"

노마의 태연한 말에 우연이 와락 미간을 구겼다. 한쪽 입꼬리를 비스듬히 치켜 올린 노마가 보란 듯이 제가 잡고 있는 이별의 손을 흔들었다. 이별이 고개를 갸웃했다. 비록 딱 두 번 본 게 다지만 제가 본 노마가 이렇게 막무가내에 장난기 많은 사람이 아니었다. 대체 왜 이러는지 알 수가 없었다.

"나도 권리 있거든."

"권리?"

노마의 말이 기막힌 듯 우연이 헛웃음을 터트렸다. 자신이 지금 누구 앞에서 이별에 대한 권리를 주장하고 있는지 알기는 하는지. 알면 아마 놀라 자빠지겠지. 우연이 이별의 손을 잡고 있는 노마의 손목을 우악스럽게 움켜잡았다. 그에 노마가 살짝 미간을 찌푸렸다.

"이노마. 그런 건 있을 수 없어. 이별은 내 거니까."

"히끅."

우연의 느닷없는 선언에 노마보다 이별이 더 놀란 듯 갑자기 딸 꾹질을 했다. 이별이 토끼눈을 하고 우연을 쳐다봤다. 이게 대체 무슨 일이란 말인가. 세 명이 손에 손잡고 짝짜꿍을 할 것도 아니고. 민망해 죽을 이 상황을 대해 어떻게 헤쳐 나가야 한단 말인가.

둘의 불꽃 튀는 눈싸움에 새우등 터지듯 이리저리 치인 이별이 혼자 끙끙거리며 한숨을 푹푹 내쉬었다.

"아닌 거 같은데?"

노마가 절레절레 고개를 흔들며 혼잣소리를 중얼거리고 있는 이별을 눈짓으로 가리켰다. 부끄러움에 어서 빨리 여기서 빠져나가기만을 바라며 제발 그만 좀 하라고 주문을 외우고 있는 이별을 우연이 못마땅하게 쳐다봤다.

"우린 부모님이 허락한 사이야. 졸업하면 결혼할 사이라고."

"야, 김우연!"

그걸 왜 여기서 말하느냐 이별이 버럭 우연의 이름을 부르며 눈을 부릅 치켜떴다. 그 눈빛을 깔끔히 외면하고 우연이 노마를 직시했다. 노마가 가만히 턱을 쓸었다. 뭔가를 생각하는 듯 시선을 아래로 내렸던 그가 눈동자를 위로 올려 도전적으로 우연을 쳐다봤다.

"아직 한 건 아니잖아."

"뭐?"

"결혼을 한 것도 아니고, 이별이 그걸 원하는 눈치도 아니고."

노마가 씩씩거리며 우연을 노려보고 있는 이별을 유쾌하게 바라보며 히죽 웃었다. 18살의 여자에게 특히나 이별 같은 특이한 성격의 소유자에게 구속은 독이나 마찬가지다. 아직 결혼을 생각하기엔 어렸다. 자유가 더 그리울 나이였다. 연애도 아니고 결혼이라니. 피식. 노마가 싱거운 웃음을 흘렸다.

"넌 여전히 고리타분해."

"넌 여전히 자유분방하지. 그래서 책임감도 없고."

"아직 가지고 싶은 간절한 것이 없었으니까."

"너한테 그런 게 있을 리가 없지. 구속 자체를 싫어하니까."

"그랬는데. 방금 생겼어."

불길했다. 절로 노마의 손목을 잡은 손에 힘이 들어갔다. 부러트리고 싶은 욕구가 무섭게 우연을 휘몰아쳤다. 가지고 싶은 거. 소유욕. 우연에게도 처음이었다. 사람에 대한 소유욕은 여태 관심도 없었고, 가져 보질 못했다. 이제야 조금 알게 되었다 간절함에 대해. 그런데 그걸 온전히 소유해 보기도 전에 남에게 뺏길 수는 없었다.

"포기해. 절대 네 것이 되진 않을 테니까."

"해 보지도 않고 포기하는 거 이젠 안 하려고."

"그냥 살던 대로 살아."

"그건 너도 마찬가지 아닌가?"

절대 질 수 없다 맞서는 노마를 우연이 못마땅하게 쏘아보았다. 노마가 먼저 이별의 손을 놓았다. 그에 잘근 입술을 깨문 우연이 할 수 없다는 듯 노마의 손을 밀쳐 냈다. 노마가 손목을 털며 피식 웃었다. 얼마나 힘을 줘 잡았는지 노마의 손목에 붉은 손자국이 그대로 남아 있었다.

"넌 기타리스트한테 손이 얼마나 중요한 건지 모르냐?"

"그건 손 관리를 제대로 못한 네 잘못이지."

"입만 산 놈."

"넌 계속 숨바꼭질이나 해."

노마가 고개를 살짝 숙이자 머리카락이 흘러내려 그의 한쪽 눈을 가렸다. 그가 손가락을 리드믹컬하게 움직이며 비스듬히 우연을 올려 보았다. 눈빛이 무척 건조했다.

"원하는 게 있으면 그걸 얻는 방법도 제대로 알아야지."

"그것도 네가 상관 할 바는 아니지."

"마음. 그걸 얻는 법부터 배워야 해. 넌."

반드시 고개를 든 노마가 부드럽게 입매를 끌어 올려 웃었다. 마치 둘도 없이 다정한 친구처럼 따스한 눈빛으로 우연을 바라보며 눈을 휘었다. 그에 우연이 미간을 좁히며 낮은 한숨을 내쉬었다.

"후우. 갈수록 태산이다."

노마가 저렇게 나올 때는 본심이란 뜻이었다. 앞으로 어떤 일이 벌어질지 생각하는 것만으로도 머리가 지끈거렸다. 관자놀이를 손으로 누르는 우연의 어깨를 툭툭 두드리며 노마가 둘의 곁을 지나쳤다.

"오늘은 여기까지. 내일 봐."

멀어지는 노마의 발소리를 들으며 우연이 미간을 찌푸렸다. 소용없는 관자놀이 주무르기는 관두고 우연이 이별의 볼을 쭉 잡아당기며 짜증스레 말했다.

"넌 대체 뭘 하고 다니기에 저런 놈을 끌어들여."

"내가 뭘."

작게 투덜거리며 입을 삐죽거렸지만 정작 이별의 잘못된 선택은 우연이 먼저였다. 그가 자신을 여자로 보는 것도 신경 쓰이고, 결혼을 생각하는 것도 부담스러웠다. 앞으로 이 난관을 어떻게 극복해야 할지 아무런 대책이 안 섰다.

'그냥 아빠 따라갈 걸 그랬나?'

갑자기 아빠가 그리웠다.

5.

누구에게나 첫사랑은 있다

또 한 번 이별로 인해 학교가 들썩였다. 좌 우현, 우 노마라는 말도 안 되는 조합을 형성해 교내를 휘젓고 다니는 이별을 모두들 대단한 능력자라 불렀다. 노마가 버젓이 그녀의 곁에 서서 아무렇지 않게 교내를 돌아다닌다는 것 자체가 신기한 일이었다.

"완전 명물 됐네."

혼잣소리로 투덜거리는 이별의 머리에 우연이 콩 하고 알밤을 먹였다. 이게 다 누구 때문인데 투덜거리느냐 핀잔을 주는 것이다.

단번에 입을 삐죽이며 이별이 그를 흘겼다. 이별의 입장에서는 억울할 수밖에 없는 일이었다. 자신이 원해서 된 일도 아니고 하필이면 주변에 모인 사람들이 하나같이 학교 유명 인사일 줄 어떻게 알았겠느냐 말이다.

"선배라도 좀 떨어져 주든가."

"내가 왜. 떨어지려면 저놈이 떨어져야지."

우연이 이별 옆에 나란히 선 노마를 불쾌하게 바라보며 투덜거렸다. 이별의 시선도 노마를 향했다. 아침 등교 때부터 줄곧 이런 모습이었다. 수업이 끝나는 게 무서울 정도로 언제 나타났는지 교실 밖에서 기다렸다가 따라붙는 그가 어색하고 불편했다.

"이건 고3들이 너무 한가한 거지."

"모든 고3이 그런 건 아니야. 내가 특출 나니까 그런 거지."

고개를 절레절레 흔들며 대책이 없다 한숨과 함께 쏟아 낸 이별의 불평에 노마가 뻔뻔하게 잘난 척을 했다. 이별이 어이없는 눈으로 쳐다보자 노마가 싱긋이 웃으며 한쪽 눈을 찡긋했다.

"하지 마요. 소름 돋아."

이별이 부르르 몸을 떨며 조금 물러섰다. 그 때문에 우연의 몸에 기대는 꼴이 되어 버렸다. 기회다 싶었던지 우연이 한 팔로 이별을 와락 끌어안았다. 노마의 눈썹이 마뜩잖게 휘는 걸 보며 우연이 만족스런 미소를 띠었다. 이별이 저를 안은 우연과 그를 매섭게 쏘아보는 노마를 번갈아 바라보며 헛웃음을 터트렸다.

"이 유치한 놀이에서 제발 난 좀 빼줘요."

"그럴 순 없지. 네가 주인공인데."

우연이 이별의 귓가에 입술을 내리고 감미로운 목소리를 흘려 냈다. 그에 흠칫 몸을 떨며 반사적으로 고개를 돌리는 이별의 볼에 우연이 입을 맞췄다. 그 즉시 노마가 이별의 팔을 잡아끌며 성큼성큼 앞으로 걸어갔다. 이별이 생각 외로 손쉽게 딸려 왔다. 그럴 줄 알았다는 듯 이별을 붙잡지 않은 우연이 느긋한 표정으로 앞서 가는 둘을 따라 걸었다.

노마의 행동이 마음에 들진 않지만 굳이 강제로 그를 떼어 낼 생각은 없었다. 어차피 이별은 자신과 맺어지게 되어 있으니까. 괜스레 초조해하며 싸움을 하거나 분란을 일으킬 필요가 없다고 생각했다.

음악과 그림 외에는 세상 그 무엇에게도 관심을 가지지 않던 노마가 사람에게 열중하는 모습은 꽤 오랜만에 보는 것이다. 순수했던 어린 시절의 노마는 사라졌다. 사람에게 상처 입고 자신만의 세계에 갇힌 그는 단짝이었던 우연마저 멀리했다. 그의 돌변한 태도에 우연도 상처 입고 노마에게 등을 돌렸었다. 무엇이 그를 그렇게 변하게 만들었는지 우연은 아주 오랜 후에야 알게 되었다.

늘 존경의 대상이었으며 든든한 버팀목이었던 아버지의 또 다른 추악한 이면을 알게 된 어린 노마가 받았을 충격과 상처를 생각하면 이해 못 할 것도 없었다. 사회적으로 명망 높은 대학교수가 아내와 자식을 두고 그 제자들과 놀아난다는 게 믿을 수 있는 일인가 말이다.

아버지와 젊은 여제자가 자신의 집 안방 침대 위에서 뒹구는 모습을 보았을 때 10살, 어린 노마는 과연 무슨 생각을 했을까. 어머니가 지병으로 병원에 입원해 집을 비운 시간 어머니의 침대 위에서 벌거벗고 나뒹구는 다른 여자와 아버지의 모습이 얼마나 추악하고 더럽게 여겨졌을까. 아버지에 대한 배신감이 그를 절망의 나락으로 떨어트렸을 것이다.

"그런데 왜 하필 관심을 가진 게 이별이냐, 이 망할 놈아."

이별만 아니라면 저도 힘이 되어 잘되게 밀어 줄 텐데. 왜 굳이 그 대상이 이별이어야만 하는지 그것이 원망스러웠다. 며칠 전 이별에게 관심이 생겼다고 말했을 때만 해도 때려눕혀서라도 포기하게 만들고 싶었다. 그런데 이별을 대하는 노마의 모습에서 조금씩 활기를 느꼈을 때는 그 마음이 조금씩 사라졌다. 굳이 자신이 나서 억지로 정리하지 않아도 이별만 노마에게 흔들리지 않는다면 이 관계도 나쁠 것 같지 않았다.

다시, 노마가 곁으로 다가왔다. 물론 다른 이유를 가지고 경쟁자로 다가온 것이지만 그가 마음의 병을 치유하고 예전의 모습으로 돌아갈 수 있다면 당분간은 이대로도 좋지 않을까 하는 생각이 들었다.

"굳이 이성이 아니어도 좋잖아. 여동생도 나쁘지 않아."

우연이 시선이 투덜거리며 노마에게 잡힌 손을 흔들어 대는 이별에게 닿았다.

"이 손은 무슨 동네북인가? 툭하면 허락도 없이 막 잡고. 아주 자기들 마음대로지. 아, 좀 놔 봐요. 안 잡아도 잘 걸을 수 있다니까."

크게 손을 흔들며 종알거리는 이별을 노마가 재미있다는 듯 쳐다보며 쿡 하고 낮게 웃었다. 노마를 돌아보는 우연의 눈이 가늘어졌다. 무척 오랜만에 보는 웃는 얼굴이었다. 아, 저놈이 저렇게 웃었지. 그런 생각이 들 만큼 아련했다.

"흐음."

우연의 입에서 깊은 한숨이 새어 나왔다. 확실히 이별의 곁에 있으면 당혹스러운 일들이 자주 일어나긴 하지만, 그로 인해서 즐거움을 느끼는 경우도 많았다. 우연이 그랬던 것처럼 지금 노마도 닫힌 빗장을 열고 조금씩 마음의 변화를 즐기고 있는 중일 것이다.

"그렇다고 너무 가면 곤란해. 딱 여동생까지만이야."

둘 사이로 끼어들며 우연이 노마에게서 이별을 떼어 냈다.

"놓으라잖아. 싫다는데 잡고 있는 거 그거 마이너스야."

방심하고 있던 차에 끼어든 우연으로 인해 노마가 잡고 있던 이별의 손을 놓치고 말았다. 다시 이별의 손을 잡으려 손을 뻗는 노마의 손을 우연이 덥석 붙잡았다. 그에 둘의 시선이 동시에 노마의 손을 잡은 우연의 손에 닿았다.

"정 잡고 싶으면 내 손을 희생할게."

우연이 선심 쓴다는 듯 정색하며 말했다. 그런 우연을 노마가 기막힌 눈으로 쳐다봤다.

"미친놈."

노마가 우연의 손을 거칠게 쳐 내며 짜증을 냈다. 웬만해선 감정을 드러내지 않는 노마였다. 욕을 먹었는데 이걸 반가워해야 하는지 싫어해야 하는지 우연이 곤란하단 듯 눈썹을 휘었다.

"아, 이런 거 엄청 싫은데."

이별이 멀어지는 노마의 뒷모습을 걱정스레 바라보며 심각한 투로 말했다. 가만히 턱을 괴고 눈을 가늘게 뜬 이별을 물끄러미 내려보며 우연이 고개를 갸웃했다.

"어떤 거?"

"삼각관계."

푸념처럼 한숨과 함께 토해 낸 이별의 말에 우연이 풋 하고 웃음을 터트렸다. 그에 이별이 멀뚱히 그를 올려 보며 왜 그러냐는 눈으로 쳐다봤다. 그 눈빛이 또 우스워 우연이 큭큭 하고 웃었다.

"어? 이거 뭐야? 왜 웃지? 내 말이 틀렸다는 건가? 맞잖아. 여자 하나 남자 둘. 삼각관계."

"쿡. 그래서 넌 누굴 좋아하는데?"

"응?"

"삼각관계라며. 그럼 네가 누굴 좋아해야 하는 거잖아. 노마랑 나 둘 중에 하나를."

"둘 중에 하나?"

웃음을 그치고 엷은 미소를 머금은 우연이 곁으로 한 발 다가서며 의미심장한 눈빛으로 이별을 응시했다. 이별이 뒤로 슬쩍 한 발 물러섰다. 힐끔 눈동자만 올려 우연을 바라봤다. 그의 목젖이 눈앞에서 어른거렸다. 꿀꺽. 이별이 저도 모르게 마른침을 삼켰다.

"삼각관계의 화살표 중 둘은 좋아하는 상대를 마주 향하게 되어 있지. 말해 봐. 네 화살은 어느 쪽이야?"

조금 더 시선을 올리자 우연의 매혹적인 입술이 눈에 들어왔다. 이별이 고개를 모로 기울이며 눈을 깜빡거렸다. 그의 입술 끝에 맺힌 웃음에 이상하게 시선이 자꾸 머물렀다.

"그놈? 아니면…… 나?"

우연의 입술이 야릇한 곡선을 그리며 올라갔다. 두근두근. 이별의 심장이 그가 한 발씩 다가 설 때마다 빠르게 뛰어 댔다. 주춤주춤 뒤로 물러서던 이별의 뒤로 벽이 느껴졌다. 이런 장면 너무 많이 봤는데. 그의 가슴이 바로 코앞으로 다가왔다. 영화 속 한 장면을 떠올리며 이별이 묘한 상상을 하고 있을 때 우연이 살짝 허리를 굽혀 눈높이를 맞췄다.

평소 단정하게 단추를 다 채우던 것과 달리 오늘 우연의 셔츠는 하나가 풀려 있었다. 왠지 모르게 내내 그게 눈에 거슬렸었다. 그리고 지금 그 이유가 뭔지 알 것 같았다. 그 셔츠 속에서 언뜻 비치는 우연의 쇄골 때문이었다. 그리고 그 아래를 조금 더 보고 싶다는 자꾸만 이별의 눈이 그쪽으로 끌리게 만들었다.

우연의 눈 속에 뭔가 기대에 찬 표정으로 상기된 채 서 있는 자신의 모습이 비쳤다.

'하아. 좋단다.'

이별의 얼굴이 화끈 달아올랐다. 뭔가에 충격을 받은 듯 멍한 얼굴이다. 철썩. 제 볼을 두 손으로 감싼 이별이 숨을 한껏 들이켠 채 눈을 동그랗게 떴다. 그러곤 이내 믿을 수 없다는 듯 볼을 쭉 끌어 내리며 도리질을 쳤다. 그를 지켜보던 우연의 입이 씰룩거렸다. 뭔가 혼란스러워하는 마음은 알겠는데 그걸 표현하는 방식이 너무 웃겼다.

푸시시 참았던 숨을 내쉰 이별이 혼잣소리를 중얼거렸다.

"이 익숙지 않은 기묘한 느낌은 대체 뭐란 말인가. 난 지금 무엇을 보고 싶어 하는 것인가. 남자의 속살? 돈 건가? 아니야, 아니야. 18청춘에게 이건 지극히 정상적인 반응이야. XX염색체가 XY염색체에게 가지는 지극히 본능적인 감정이란 말이지."

스스로를 세뇌시키듯 엉뚱한 변론을 하며 이별이 두 손을 심장 위에 가지런히 겹친 채 꾹꾹 눌러 댔다. 심장도 타이르려는 모양이다. 급기야 지켜보던 우연이 입가가 경련을 일으키며 부들거렸다.

"별거 없다. 남자 가슴 다 그게 그거야. 진정해, 진정. 참아."

이별이 사뭇 심각한 어투로 단호하게 말하는 대목에서는 도저히 참을 수가 없었다. 그가 한 손으로 이마를 짚은 채 참았던 웃음을 터트렸다.

"푸하하하."

이렇게 통쾌하고 유쾌하게 웃어 본 적이 없었다. 배가 아플 정도로 심하게 웃는 우연을 이별이 이상하게 쳐다봤다. 그러다 제가 한 혼잣말을 떠올리며 눈을 가늘게 흘겼다.

"왜 남의 혼잣말을 듣고 그래요?"

새침하게 토라져 고개를 돌리는 이별을 너무 웃어 눈물 맺힌 눈으로 우연이 쳐다봤다. 그러곤 숨 넘어 가는 목소리로 이별의 말을 정정했다.

"하하하. 혼잣말을 그렇게 대놓고 크게 하는 사람이 어디 있어."

"들려도 모른 척하는 게 매너죠."

삐죽이 튀어나온 입술이 귀여웠다. 웃음을 그친 우연이 손을 뻗어 이별의 턱을 잡아 제 쪽으로 돌렸다. 정면으로 그를 바라본 이별이 질끈 눈을 감았다. 나 너 절대 안 봐. 표정에서 드러나는 말을 눈으로 들으며 우연이 엄지로 그녀의 보드라운 볼을 가만히 쓸었다.

이별의 미간이 꿈틀거리는 게 보였다. 눈을 떠? 말아? 고민으로 들릴락 말락 하는 이별의 속눈썹을 지그시 바라보다 우연이 고개를 비스듬히 기울여 이별의 입술에 제 입술을 겹쳤다. 그리고 저도 사르르 눈을 감았다. 사랑스러운 이별을 온전히 느끼고 싶었다.

입술에 닿는 낯설고 부드러운 감촉에 이별의 눈이 번쩍 뜨였다. 우연의 얼굴이 너무 가까웠다. 사뿐히 내려앉은 우연의 눈꺼풀을 보며 잠시 머뭇거리던 이별이 다시 눈을 감았다. 짜릿한 입맞춤에 이별이 저도 모르게 치마를 두 손으로 꽉 움켜잡았다.

감았던 눈을 뜨고 평소와 달리 얌전히 제 입맞춤을 받아들이고 있는 이별을 사랑스런 눈으로 바라보며 우연이 조심히 입술을 거뒀다. 뒷짐을 지고 있던 그의 손안이 간질거렸다. 이별을 꽉 끌어안고 싶은 걸 참고 있는 중이었다. 여기서 더하면 이별이 놀랄 것 같았다.

멀어진 우연에게서 더 이상 아무 움직임이 없자 이별이 살며시 한쪽만 실눈을 떴다. 우연이 부드러운 미소를 머금은 채 따스하게 자신을 바라보고 있었다. 이별이 눈을 마저 뜨고 그를 마주 바라봤다. 그가 턱을 감싼 손을 들어 부스스 이별의 머리를 헝클었다.

"귀엽다. 앙큼한 고양이."

동그랗게 뜬 이별의 눈에 다정다감한 우연이 고스란히 담겼다.

"싫진 않지?"

답 없이 이별이 살짝 입술을 깨물었다. 그 입술을 지그시 바라보며 우연이 감미롭게 속삭였다.

"그럼 지금 네 화살 끝은 이쪽으로 기울기 시작한 거야."

긍정도 부정도 하지 않는다. 다만, 아래로 내렸다 올린 이별의 시선이 묘한 빛깔로 반짝였다. 김우연의 입맞춤. 왠지 가슴이 설렌다.

이러면 안 되는데. 어쩐다.

갸웃이 기운 이별의 고개가 그녀의 혼란한 마음을 대변했다. 그를 바라보는 우연의 눈에 그녀와 같은 설렘과 기쁨이 깃들었다.

콜라보레이션이 코앞으로 다가왔다.

작품 만들기에 눈코 뜰 새 없이 바쁜 와중에 그들의 작업실엔 파트가 아닌 또 다른 인물이 침거하다시피 한자리를 차지했다. 작업 테이블 위에 버젓이 앉아 기타 연주에 여념이 없는 노마를 마뜩잖게 쳐다보며 재진이 투덜거렸다.

"오라는 파트너는 오지도 않고. 객이 와서 주인 행세를 하네. 참 잘되어 가고 있다."

옷감을 재단하던 이별이 갑자기 생각난 듯 물었다.

"아참. 수영 선배는 어떻게 됐어?"

"참 빨리도 묻는다. 이건 같은 파트로서 너무 무심한 거지. 자기들만 잘되면 아무 상관없다 이거지?"

"에이. 말을 또 왜 그렇게 해. 너무 정신이 없어서 그런 거지."

나오는 말마다 불퉁한 재진의 뒤통수를 옆에서 가만히 독서 중이던 우연이 툭 쳤다. 앞으로 쏠렸던 머리를 번쩍 들고 휙 고개를 돌린 재진 매섭게 쏘아보았다. 우연은 여전히 책에 시선을 둔 채였다. 그가 손끝으로 우아하게 책장을 넘기며 말했다.

"파트너 제대로 못 챙긴 걸 왜 남 탓을 해. 그런 식의 책임회피는 좋지 않아."

"하아. 자긴 마누라 끼고 작업해서 좋다 이거지?"

퍽! 이번엔 옆통수를 뭔가가 치고 지나갔다. 옆으로 기운 머리를 천천히 들어 올리며 재진이 제 머리를 치고 바닥에 떨어진 물건을 내려 봤다. 신발이다. 발끈한 재진이 눈을 부라리며 그것을 던진 노마를 사납게 노려봤다.

띠리링. 노마가 느긋하게 기타 현을 손으로 쓸어내렸다. 마치 저는 그런 적이 없다는 듯 너무 태연했다. 눈썹을 아래위로 들썩인 재진이 빠득 이를 갈며 신발이 없는 노마의 한쪽 발을 쏘아봤다. 완벽한 증거가 있는데도 아닌 척 연주에만 열중이다.

"뭐냐, 이건?"

나오는 말투가 곱지 않았다. 안 그래도 마치 제 작업실처럼 마음대로 드나드는 노마가 눈에 거슬리던 참이었다. 다른 때 같았으면 신경도 쓰지 않을 일이었다. 그런데 지금 재진의 신경은 극도로 예민해져 있었다.

"함부로 나불거리지 마라. 이번엔 그 입에 던져 버린다."

여전히 기타에 시선을 둔 채로 노마가 고저 없이 말했다. 발끈한 재진이 작업하던 것을 집어 던지고 주먹을 불끈 쥔 채 노마 쪽으로 걸음을 옮겼다. 싸움이라도 벌일 듯 사납게 걷던 재진이 갑자기 비틀거리다 혼자 바닥에 나뒹굴었다.

"악!"

재진이 벌떡 상체를 일으키며 우연을 노려봤다. 이별이 재단을 하다 말고 재진과 우연을 번갈아 보았다. 무슨 일이 벌어진 것 같은데 영문을 알 수 없었다. 재진은 왜 바닥에 넘어져 있는 것인지, 왜 원수 보듯 우연을 노려보는지도.

"너 거기서 뭐해?"

멍하니 묻는 이별의 질문에 답하지 않고 재진이 씩씩거리며 우연에게 겁 없이 나불거렸다.

"에이, 씨! 왜 발을 걸고 지랄이야!"

갑작스런 욕에 이별이 들고 있던 것을 가만히 내려놓았다. 재진이 조금 제멋대로이긴 해도 저렇게 사나운 애는 아니었다. 히스테리가 극에 달한 모양이다. 수영 선배와의 일이 제대로 진행되지 않는 게 재진에게 엄청난 스트레스를 유발시킨 것 같았다. 잘되겠지 하고 무심하게 여겼던 게 미안해졌다.

"재진아."

이별이 작게 재진의 이름을 불렀다. 노마의 기타 연주가 멎었고, 우연이 들고 있던 책을 덮어 책상 위에 올려놓았다. 둘의 시선도 재진에게 모아졌다. 무표정한 얼굴로 자리에서 일어난 우연이 터벅터벅 재진에게 걸어갔다. 노마가 기타를 내려놓고 훌쩍 바닥에 내려섰다. 노마 앞에 재진이 앉아 있었다.

재진의 앞뒤로 우연과 노마가 자리를 잡고 섰다. 재진이 불순한 눈으로 우연을 쳐다봤다. 그런 재진을 한껏 내리깐 눈으로 바라보며 우연이 비스듬히 고개를 틀었다. 우연이 입가가 미미하게 치켜 올라갔다. 그가 무미건조한 목소리로 말했다.

"내일 세상에 멸망이 와도 학교에서 절대하면 안 되는 게 딱 하나 있다."

"뭔 헛소리야."

여전히 곱지 않은 말투로 재진이 투덜거렸다. 노마가 남은 신발

하나를 벗어 무표정한 얼굴로 재진의 머리를 후려쳤다. 퍽 소리와 함께 재진의 머리가 앞으로 쏠렸다. 노마가 다시 신발을 신으며 우연의 말을 받아 입을 열었다.

"선배한테 까불면 죽는다. 누가 누구 마누라라는 말도 안 되는 헛소리 지껄여도 죽는다."

"아씨!"

"아씨는 조선시대 가서 찾고. 지금은 죄송을 찾아야지."

우연이 신경질을 내며 발길질을 하는 재진의 발을 툭툭 치며 경고했다. 선배가 아무리 마음에 안 들어도 함부로 대해선 안 된다. 특히나, 지금 재진의 눈앞에 있는 선배들은 평범한 인물들이 아니었다. 상대에 따라 대처 방법도 다양한 노련한 선배들이었다. 두문불출로 유명한 이노마를 일진들이 건드리지 않는 데는 나름의 이유가 있었다.

언젠가 그에 대해 잘 알지 못하는 일진 하나가 노마와 어깨를 부딪쳐 시비가 붙은 적이 있었다. 기타를 멘 걸 보고 그를 아주 쉽게 본 것이 잘못이었다. 음악 한답시고 악기나 다루는 놈이 뭘 어쩌겠나 싶었던 모양이다. 무수히 많은 주먹을 내질렀음에도 놈은 노마에게 상처 하나 입히지 못했다. 대신 주머니에 손을 찔러 넣은 채로 이리저리 여유롭게 주먹을 피하던 노마가 휘두른 발에 가슴을 맞고 그대로 꼬꾸라졌다. 갈비뼈가 나갔다던가.

그러고 나서 노마에 대한 소문을 들은 놈은 그를 피해 다니며 다시는 그를 건드리지 않았다. 기분에 따라 맞거나, 때리거나인데. 차라리 맞는 게 낫다고 했다. 맞을 때는 진짜 미친놈처럼 상대가 지쳐 두 손 두 발 다 들고 빌 때까지 따라다니며 죽이라고 들이댄다고 했다. 악질도 그런 악질이 없다고 했다. 센티멘탈해 보이는 겉모습과는 상반된 이미지였다.

노마와 부딪혔을 때는 맞는 게 오히려 행복한 것이다.

"어우. 진짜."

한풀 꺾인 투로 씩씩거리며 재진이 맞은 머리를 마구 헝클었다. 풀이 죽어 입술만 잘근 깨무는 재진을 엄하게 내려 보던 우연이 짧게 혀를 차며 고개를 절레절레 흔들었다. 아이처럼 발을 동동거리며 울적해 있는 재진의 모습이 한심해 보였다. 좋아하면 적극적으로 나서서 수영이 자신을 돌아보도록 만들면 되는 것을, 칭얼거린다고 해결될 일도 아닌데 엄한 곳에다 화풀이를 하고 있었다.

"또 나 때문이라고 할 건가?"

"알면서 물어."

"이재진. 너, 수영이 맘 돌리기 위해 네가 할 수 있는 최선을 다했다고 말할 수 있어?"

"무슨 신소리야? 그럼 내가 아무것도 안 하고 이럴까."

"정말 너 아니면 안 된다. 죽을 만큼 노력했어?"

"싫다는데. 네가 아니라는데, 어떻게 억지로 밀어붙여."

억울함이 가득한 눈으로 재진이 우연을 올려 봤다. 지독한 짝사랑을 포기시키기가 말처럼 그렇게 쉬운 줄 아느냐. 다소 원망이 깃든 눈빛이었다.

"그럼. 그 바라봄의 대상이 네가 될 때까지 옆에 있어 줘야지. 그 애가 다른 곳에 눈을 돌렸던 시간보다 더 많이. 더 오래도록. 그

애가 등 뒤에서 버팀목처럼 버티고 선 너를 알아보고 돌아설 때까지. 참고 인내하면서 묵묵히 기다려 줘야지. 그게 아니라면 넌 아직 최선을 다하지 않은 거다. 기다림도 짧고 쉽게 지치고 왜 날 돌아보지 않느냐 원망하는 마음이 먼저라면 네 사랑은 사랑이 아닌 거야."

얄밉다. 말이나 못하면 밉지나 않을 텐데. 뭣 하나 자신보다 모자란 게 없다. 이기고 싶었다. 정말 절실하게. 우연보다 나은 사람이 되어 수영의 마음을 제게 돌려놓고 싶었다. 그런데 그게 맘처럼 쉽지가 않았다. 사력을 다해 쫓아가면 어느새 우연은 저만치 멀리 전보다 더 발전한 모습으로 앞서 가고 있었다. 닿을 수 없고, 따라잡기 힘든 아주 먼 곳에서 항상 자신을 내려 보고 있었다. 그래서 무기력해졌고, 모든 걸 포기하려고도 했다. 사랑 따위. 첫사랑 따위 원래 이뤄지지 않는 거라고 여기고 돌아서려고 했었다.

수영이 다시 제 눈앞에서 우연을 바라기하며 제가 있는 곳으로 걸어오기 전까진.

"말은 청산유수지. 딴 놈 좋아하는 여자 맘 잡기가 어디 쉽나?"

"쉽다고 하진 않았어. 칭얼거릴 시간에 더 노력하라고 했지."

"노력할 기회조차 주지 않으면 아무 소용 없어. 말짱 도로 아미타불이지."

"찾아가 봤어?"

"매일."

말끝에 울음이 섞였다. 저도 많이 속상했던 모양이다. 밝은 척, 아무렇지 않은 척. 온갖 카사노바 흉내는 다 내고 다니더니, 한 여자만 사랑한 지고지순 순정파라니.

이별이 믿을 수 없다는 듯 재진을 보며 입을 쩍 벌렸다.

"좋아. 확실하게 선을 긋지 않은 내 잘못도 있으니까, 내가 찾아가 보지."

"……진짜?"

팔짱을 끼며 할 수 없다는 듯 한숨과 함께 토해 낸 우연의 말에 재진이 못미더운 눈으로 쳐다봤다. 우연이 눈을 가늘게 내리뜨고 눈썹을 들썩였다.

"왜 싫어?"

"아니, 귀찮다고 옆에서 누가 뭐라 해도 무관심하게 굴던 사람이 갑자기 적극적으로 나서니까 그러지. 무슨 심경의 변환가 하고."

"너 때문 아니야. 괜히 쓸데없는 걸로 누가 오해할까 봐 그러지."

우연이 말을 하며 이별을 돌아봤다. 이별이 시선을 느끼고 고개를 돌려 눈을 맞추자 우연이 당당하게 턱을 세워 보이며 나만 믿으란 눈빛을 보냈다. 이별이 눈을 깜빡거렸다. 대체 뭘?

"원래 저런 놈들한테 여자가 많이 붙게 되어 있어. 나쁜 남자 컨셉이 잘 먹힌다잖아. 여자들한테."

노마가 다시 작업대에 올라앉으며 이별에게 들으라는 듯 말했다. 우연이 미간을 찌푸리며 노마를 쏘아봤지만 그는 느긋하게 기타를 집어 들었다.

"신청곡?"

"나?"

우연의 사나운 시선을 피해 다정한 미소를 띠며 노마가 이별을 바라보았다. 이별이 저를 손끝으로 가리키자 노마가 고개를 끄덕였다. 이별이 고개를 살짝 기울여 눈동자를 위로 굴렸다. 뭔가를 생각하는 모양이었다.

"너 일 안 해? 이렇게 여유 부려도 되는 거야? 시간 얼마 안 남았다."

우연이 돌아서 이별에게 성큼성큼 다가서며 노마의 시선을 가로막았다. 작업대 위 이별이 자르다 만 천을 들척이며 우연이 혀를 끌끌 찼다.

"봐라, 봐. 아직 반도 제대로 못 했지."

"재단 끝나면 금방이거든요."

"가봉하고 재봉해야지. 게다가 마무리까지. 제대로 옷 나오려면 한참 멀었어."

"하아. 내 실력을 지금 얕잡아 봤다 이거지?"

"뭘 제대로 보여 주고 그런 말은 하는 거지. 어서 해."

"잔소리꾼."

둘이 투닥거리는 모습을 건조하게 바라보던 노마가 말없이 기타 연주를 시작했다. 작업실 가득 감미로운 음악 선율이 울려 퍼졌다. 옷감을 들고 갑론을박을 펼치던 둘의 시선도 자연스레 노마에게로 쏠렸다. 여태 바닥에 널브러져 있던 재진도 고개를 돌려 노마를 쳐다봤다.

"벚꽃길. 버진로드다."

이별의 입에서 감탄처럼 쏟아진 말에 우연이 낮은 한숨을 흘려냈다. 이별의 말대로 노마의 연주는 아름다운 봄날 화사하게 핀 벚꽃길을 연상시켰다. 벚꽃 흩날리는 그 길을 이별은 또 버진로드라고 했다. 신부가 신랑을 향해 걸어가는 생애 단 한 번의 길.

"하여튼 저놈의 손이 문제라니까."

우연이 혼잣소리처럼 낮게 노마에 대한 불만 섞인 소리를 흘러냈다. 물론 타고난 연주 실력만이 문제는 아니었다. 그의 번뜩이는 작곡 실력은 타의 추종을 불허했다. 아는 사람은 다 안다는 그 실력 때문에 그를 잡기 위해 혈안이 된 기획사가 벌써 줄을 섰다는 말도 있었다. 그 덕에 숨어 있던 숨바꼭질 재능이 살아났다는 우스갯소리가 생겨나기도 했다.

눈을 반짝 빛내며 노마의 연주에 빠져들던 이별이 무심히 시선을 돌려 우연을 바라봤다. 허한 한숨을 내뱉는 그의 얼굴이 마뜩잖게 굳어 있었다. 노마가 이곳에 함께 있는 것에 대한 불만이 상당한 것 같았다. 노마의 아래, 불퉁하게 앉아 연주에 귀 기울이고 있는 재진이 그랬던 것처럼.

사르르 이별의 입가에 미소가 번졌다. 왠지 지금 이 모습을 오래도록 간직하고 싶어졌다. 감미로운 사랑의 선율이 흐르는 가운데 아름다운 남자 세 명이 각자의 사랑을 떠올리고 있는 장면을.

"좋다."

절로 나온 말에 한껏 기분이 들떴다. 이별이 흡족한 미소를 띠며 옷감을 잡아 다시 재본을 떴다. 얼른 만들어서 우연에게 입혀 보고 싶었다. 자신이 만든 옷을 입고 무대를 활보할 그의 모습을 상상하며 이별은 작업에 열중했다.

문득 돌아본 이별이 만면에 미소를 띤 채 작품에 매진하고 있었다. 보기 좋게 물든 볼을 보니 많이 들떠 있는 것 같았다. 가만히 작업대에 기대 이별이 열중하는 모습을 바라봤다. 그녀의 열정이 우연에게 그대로 전달됐다. 그의 입가에도 미소가 번졌다.

"좋네. 이렇게 지켜보는 것도."

각자의 생각에 빠져 한 공간에 같이 어우러져 있는 묘한 시간이 소리 없이 흘러가고 있었다.

수영은 한껏 긴장된 마음을 진정시키려 심호흡을 했다. 갑작스런 우연의 전화에 놀라 당황했던 것도 잠시, 안 꾸민 척 단장을 한다고 호들갑을 떨었더니 진땀이 다 빠졌다. 너무 지체했다 싶어 서둘러 뛰어나오다 넘어질 뻔했다. 현관을 나와 대문으로 걸어가면서도 뛰는 심장을 진정시키느라 애를 먹었다.

"후우."

길게 숨을 내뱉은 수영이 대문 앞으로 다가서 문고리를 잡았다. 손이 떨렸다. 문을 열기 전 다시 한 번 머리를 손질한 수영이 상기된 표정을 숨기지 않고 그대로 문을 열었다.

문을 등지고 선 우연의 모습이 먼저 수영의 눈에 들어왔다.

"우⋯⋯연아."

수영이 떨리는 목소리로 부르는 소리에 우연이 고개를 틀어 그녀를 돌아봤다. 그러곤 천천히 몸을 돌려 정면으로 그녀를 마주했다. 교복 차림이었다. 학교에서 지금껏 콜라보레이션 작업을 하고 오는 길인 것 같았다.

"어."

짧은 인사말조차 없었다. 단순한 알은척이 다였다. 그의 성격을 잘 아는 터라 이럴 줄 미리 예상은 하고 있었지만 왠지 서운한 마음이 들었다. 처음 자신의 집으로 찾아온 것인데 뭔가 특별한 말이라도 해 주지 않을까 내심 기대를 하고 있었다. 하지만 그는 그녀를 무표정하게 바라만 볼 뿐 아무런 말도 하지 않았다.

"웬일이야?"

어쩔 수 없이 수영이 먼저 말을 건넸다. 한숨이 절로 나왔다.

"할 말 있는데."

"응."

"여기선 좀 그렇고. 어디 조용히 얘기할 만한 곳 없을까?"

체념하고 있었는데 우연이 먼저 대화를 이끌며 그녀에게 말을 나누기에 괜찮은 장소를 알고 있느냐 물었다. 수영의 입술이 살짝 말려 올라갔다. 그 웃음을 감추려 잘근 입술을 깨문 수영이 두 손을 가지런히 모아 잡고 고개를 끄덕였다.

"요 앞에 카페 있어. 사람도 많지 않고 조용해서 괜찮을 거야."

"그래. 그리로 가자."

수영의 기분이 날아갈 듯 솟구쳤다.

"잠깐만 겉옷 좀 입고 나올게."

좋아서 자꾸만 말려 올라가는 입술을 애써 끌어 내리며 수영이 말하자 우연이 말없이 고개를 끄덕였다. 그의 허락이 떨어지자마자 급하게 돌아서 계단을 올라 현관을 향해 뛰었다. 그러곤 몇 분도 걸리지 않아 겉옷을 걸치고 다시 대문 앞으로 나섰다.

"5분만 걸으면 돼."

또 고개만 끄덕인다. 수영은 그래도 좋았다. 그와 나란히 걷는 것만으로도 너무 기뻤다. 이런 모습을 얼마나 고대하고 꿈꾸었는지. 꿈이 이뤄진 것만 같았다.

"여기."

대로변 화려한 커피 체인점이 아닌 길목 어귀 공방 분위기의 작은 카페였다. 울타리 위 나란히 놓인 작은 화분도, 카페 벽에 세워둔 자전거마저도 한 폭의 그림처럼 보이는 그런 곳이었다. 문학소녀의 감성과 잘 어울리는 그런 곳이었다.

수영이 먼저 문을 열고 안으로 들어서 우연이 들어오기 쉽게 한쪽으로 비켜섰다. 열린 문으로 들어서며 우연이 고개를 끄덕여 고마움을 표했다. 감미로운 피아노 선율이 흐르는 카페 안 풍경을 눈으로 훑던 우연의 귀로 카페 분위와 잘 어울리는 진중한 목소리가 들려왔다.

"지붕 안 무너집니다. 아무 곳이나 마음 편한 곳에 앉으세요."

우연이 소리가 들린 곳으로 돌아보자 수염이 덥수룩하게 난 목수 같은 중년의 남자가 인자한 얼굴로 그를 바라보고 있었다. 우연이 고개를 숙여 인사를 하고 안쪽 창가 자리로 걸어갔다. 뒤따라 자리로 온 수영이 그의 맞은편에 앉았다.

"무슨 차로 드릴까요?"

메뉴판으로 보이는 나무 판 하나를 테이블 위에 올려놓으며 사장이 물었다. 우연이 나이테가 그대로 살아 있는 메뉴판을 눈으로 더듬으며 무심히 말했다.

"아메리카노 주세요."

"전 레모네이드."

우연의 주문에 이어 수영이 다소곳하게 말했다. 주문과는 아무 상관이 없다는 듯 메뉴판을 세심히 바라보는 우연을 가만히 지켜보다 돌아선 사장이 흐뭇한 미소를 지었다. 메뉴에는 아메리카노가 없었다. 그럼에도 그것을 시켰다는 건 정신이 다른 곳에 쏠렸다는 뜻이었다. 예를 들어, 자신이 직접 나무를 깎아서 만든 자연의 숨결이 살아 있는 메뉴판이라든지.

"할 말이 뭐야?"

한참을 기다려도 입을 떼지 않고 메뉴판만 들여다보고 있는 우연이 갑갑해 수영이 또다시 먼저 질문을 던졌다. 우연이 시선을 올려 수영을 바라봤다. 그러곤 메뉴판을 테이블 제 옆에 조심히 놓아두고 가만히 손을 모아 깍지 꼈다.

"나에 대한 관심 이제 그만 거뒀으면 좋겠다."

"……뭐?"

서론도 없이, 아무런 망설임도 없이 곧장 본론부터 꺼낸다. 사람에 대해 얼마나 무심하면 저런 말을 서슴없이 내뱉을 수 있을까. 그것도 자신을 중학교부터 줄곧 6년 가까이를 좋아했던 사람에게. 차라리 그 사실을 모른 채 여태 지내 왔다면 저 말에 조금은 상처를 덜 받았을지도 모른다.

"나 좋아하는 사람 있어."

잔인하게 찌른 곳을 또 찌른다. 심장이 아렸다. 저를 봐 달라고, 내가 널 이만큼 좋아하니까 너도 날 조금은 좋아해 줘야 한다 억지를 부린 적도 없었다. 그저 태양을 사랑한 해바라기처럼 우연만 바라보았다. 눈에 보이는 우렁각시가 되어 그를 곁에서 도왔다. 공부하기도 빠듯한 시간에 3학년 부회장을 맡아 힘든 시간을 보내기도 했다. 2학기에 접어들며 그것도 다른 아이에게 뺏기긴 했어도 우연을 향한 마음은 한결 같았다.

늘 그가 하는 제안에 먼저 손을 들고 동의했고, 적극적으로 동참했다. 그 모두를 우연은 다 알고 있었다. 그러면서도 모른 척 무심히 수영을 대했었다. 그 시간이 6년을 넘어서려 하고 있었다. 그 시점에 이런 말을 들을 줄은 상상도 못 했다.

"누군데?"

"있어."

"그 여자애야?"

우연은 말없이 사장이 내려놓는 커피 잔을 들어 한 모금 머금었다. 그 모습을 씁쓸하게 바라보며 수영이 재차 물었다.

"우리 파트. 아니 네 팀원인 그 아이?"

우연이 잔을 내려놓고 올곧게 수영을 직시했다. 굳이 이름을 알면서도 말하지 않는 건 이별을 인정하기 싫어 일부러 그런 것이다. 그를 알기에 우연은 건조하게 메마른 눈으로 수영을 바라보고 있었다.

"이별이야."

"그 아이, 이제 고작 전학 온 지 한 달도 안 됐잖아. 보면 얼마나 봤다고 좋아한다고 말 할 수 있어?"

"사랑이란 감정은 시간의 개념을 초월하니까."

덤덤한 우연의 말에 수영이 미간을 찌푸리고 아랫입술을 잘근 깨물었다. 더 많이 사랑하고, 더 오래 사랑한 것이 아무 소용없는 짓이었다고 지금 그가 수영 앞에서 아무렇지 않게 말하고 있었다. 자신을 사랑한 이성에 대한 예의라곤 눈곱만큼도 찾아볼 수 없는 잔인함이었다.

"그래도 널 좋아한 건 내가 먼저야."

오기라도 부려 보고 싶었다.

"사랑에 순서가 있어?"

"……."

"그런 건 없어."

"너, 왜 이렇게 잔인해?"

"사랑이 잔인한 거지. 상대를 잘못 선택했을 때 사랑은 무척 잔인하게 되돌아오지."

우연이 감정을 담지 않은 목소리로 담담히 말하며 다시 잔을 들었다. 우연의 손에 들려 그의 입술에 닿는 커피 잔을 수영이 부러움 가득한 시선으로 바라보았다.

"차라리 내가 그 잔이었으면 좋겠어. 단 한 번이라도 네 손길과 네……. 네……."

수영의 시선이 커피를 머금은 우연의 입술에 닿았다. 볼이 화끈 달아올랐다. 입술이 파르르 떨려 왔다. 제가 하려던 말이 무슨 의미인지 깨달은 수영이 뒤늦게 밀려온 부끄러움에 입을 닫고 고개를 푹 숙였다.

"이미 임자 있는 몸이야."

듣고 싶지 않아도 들려오는 우연의 잔인한 목소리에 무릎 위 수영의 손이 부들거렸다. 이따위 말을 하려고 처음으로 그녀의 집 앞을 찾은 거라니. 기가 막힌 배신감에 수영이 치를 떨었다.

"사랑은 주는 것만이 다가 아니야. 받을 줄도 알아야지. 지고지순이란 건 모순이야. 사랑을 악랄해. 무한히 줄 수 있을 것만 같던 사랑이 어느 순간 받고 싶은 마음으로 변하지. 처음 조금만, 이것만 했던 것이. 어느 순간 나보다 더가 되어 버리지."

뚝. 수영의 손등으로 뜨거운 눈물이 떨어졌다.

"원하는 걸 받아 내지 못하면 결국엔 집착이 되어 버려. 난 이런데 넌 왜 날 돌아보지 않느냐고. 너도 날 좋아해야 한다고. 말도 안 되는 요구를 하게 되지."

"난 그런 적…… 없어."

"때론 침묵이 그 모든 것을 대변하기도 해. 대상을 잘못 잡고 거기에 복수를 하기도 하지. 보란 듯이."

이번엔 할 말이 없었다. 우연이 말하는 대상이 누군 줄 알기에 차마 입을 열어 반론을 펼칠 수가 없었다. 재진의 바라기를 이미 오래전에 알고 있었기에. 그리고 그걸 자신이 질투의 도구로 이용하려 했다는 것도 인정할 수밖에 없었다.

"하지만……. 하지만."

"그로 인해 상처받은 마음이 어떨지는 아마 나보다 네가 더 잘 알겠지. 지금 네가 아프다면 그 녀석이 그것의 몇 배는 더 아파하고 있을 테니까. 알고도 당해 주는 건 정말 미친 짓이라고 생각하지만 녀석이 우둔한 걸 어쩌겠어. 상처입고 아플 걸 알면서도 그래 주겠다는데. 안 그래?"

재진에 대한 수영의 죄책감을 우연이 자꾸만 들쑤시고 있었다.

마음이 편한 건 아니었다. 하지만 나름의 정당성을 부여하고 억지로 미안함을 지워 냈었다. 넌 나보다 더 사랑에 아파해 보질 않았다고. 고작 그 짧은 시간을 투자하고 사랑이라고 말하는 건 너무 성의 없는 거라고 말도 안 되는 타당성을 부여했었다. 알고 있었다, 그게 말도 안 되는 억지라는 걸.

"네가 아무리 용을 써도, 외사랑에 열정을 쏟아도 그건 그냥 외사랑이야. 절대 마주 볼 수 없어."

"흑. 흑."

참았던 울음이 터져 나왔다. 고집스레 우겨 왔던 모든 것들이 와르르 무너지는 느낌이었다. 그동안은 알면서도 모른 척 무심하게 자신을 대하던 우연이 지금은 정말 잔인하고 매정하게 너는 아니라고 말하고 있었다. 아마, 이 이전에 자신에게 이런 말을 했더라면 콧방귀를 뀌었을지도 모른다.

많이 초조했다. 이별이란 아이가 전학을 오고 우연과 급식실에서 있었던 이야기를 듣게 되고, 티격태격하는 둘의 모습을 보며 조급하고 불안했다. 그래서 용기를 내 그의 파트에 들어갔다. 이별에게 자신의 존재를 알리고 우연에게 다가설 기회를 포착할 절호의 찬스라고 생각했었다. 그런데 그 계획은 처음부터 어긋나 버렸다. 팀을 가르는 순간 수영의 가슴에 질투심이 불타올랐다.

절대 이 파트의 콜라보레이션이 성공하게 도움을 주지 않을 거라고 독기를 품었다. 1년 전 자신에게 호감을 가지고 다가온 재진을 이용해 우연에게 질투심을 유발하려 했던 것처럼, 이번에도 재진을 자신의 도구로 사용했다.

2달이 못 돼서 넌 아니다 헤어지자 말했을 때 재진의 기분은 그야말로 참혹함 그 자체였을 것이다. 지금 수영이 느끼는 감정의 몇 배는 더 아팠을 것이다.

이제야 알겠다. 같은 팀이 되고 수영이 고집을 부리며 차갑게 재진을 외면했을 때 매일매일 집 앞으로 와 그녀를 달래던 그의 입에서 끝내 나쁜 년이란 말이 나왔을 때 그가 얼마나 힘들었을지.

"그러니까. 이제 그만 나에 대한 모든 마음 접어 버려."

"……흑흑."

"난 지금 네 마음이 어떤가 보다 이별이 오해하지 않을지, 기분 나빠하지 않을지, 그게 더 걱정되니까."

자리에서 일어나 흐느끼는 수영의 곁을 냉정히 스쳐 지나는 우연의 얼굴이 한껏 굳어 있었다. 독하게 마음먹고 나선 길이었다. 사랑이 죄는 아니지만 상대를 힘들게 할 수도 있었다. 그걸 알면서도 끝내 미련을 버리지 못하는 사람에겐 잔인함이 약이 될 수도 있었다.

그리고 이런 불편한 관계는 깨끗이 정리해 버리는 게 자신이 사랑하는 사람에 대한 예의였다.

조용히 문이 열리고 닫히는 소리가 들렸다. 혼자 남은 수영의 흐느낌이 더 커졌다. 애처롭게 떨리는 수영의 어깨를 카페 사장이 부드럽게 다독였다.

"처음 사랑은 원래 힘든 법이야. 이러면서 크는 거지."

"흑. 삼촌."

공방 카페의 사장은 수영의 삼촌이었다. 그의 품을 파고들며 수영이 아이처럼 울었다.

"울어라. 속이 시원해질 때까지. 그러고 나서 저 괘씸한 놈한테 복수해 주자."

"흑흑."

"더 잘난 놈 만나서 저 보란 듯이 행 볶고 다니면 되지. 그게 뭐 대순가?"

수영의 어깨를 다독이는 손길에 따스함이 깃들었다.

문을 열고 나선 우연이 깊게 숨을 들이 마시고 내쉬며 갑갑하게 가슴을 짓누르는 무거운 감정을 밖으로 흘려 냈다. 길로 한 발 내딛던 그의 이마 위로 톡 하고 빗물 한 방울이 떨어졌다. 우연이 하늘을 향해 가만히 손바닥을 펼쳤다. 톡톡. 빗방울이 노크를 하듯 그의 손바닥 위로 떨어졌다.

"자전거 안 타고 오길 잘했네."

보슬보슬 쏟아지는 빗속으로 타박타박 걸음을 옮기며 우연이 혼잣소리를 중얼거렸다. 그의 발걸음이 가슴의 무게만큼이나 무겁게 느껴졌다.

'누구에게나 첫사랑은 존재한다. 그것이 외사랑이든, 마주한 사랑이든. 모든 사랑에는 처음이 존재한다. 그리고 그 처음이 어떤 이에게는 삶의 원동력이 되고 기쁨이 되지만, 또 어떤 이에게는 잔인하고 악랄한, 가슴 저민 기억이 되기도 한다. 첫사랑은 모든 이의 가슴에 설렘으로, 혹은 원망으로 남게 된다.'

어둠과 비를 뚫고 걸어가는 우연의 뒤로 싸한 바람이 불었다.

우연이 사라진 카페의 어둠 속 한쪽 모퉁이에 낯선 그림자 하나가 길게 드리웠다. 그림자는 연신 땅이 꺼져라 깊은 한숨만 푹푹 내쉬었다. 카페 안 수영의 울음소리가 들릴 때마다 그의 눈시울도 붉어졌다.

빛 속으로 은밀히 모습을 드러낸 재진이 창가로 다가가 흐느끼는 수영의 모습을 애잔하게 바라보며 작게 입술을 달싹였다.

"미안한데. 난 너 포기 못 해. 그러니까 우리 지금부터 다시 시작하자. 이번엔 정말 마주 보는 사이로."

비가 후두둑 소나기가 되어 한차례 시원하게 거리를 적셨다.

6.
심장이 웃는다

3학년에게는 마지막이 될 학교 행사인 콜라보레이션 날이 밝았다.

그동안 한 파트가 되어 작품에 매진했던 문학창작과 학생들과 패션 디자인과 학생들은 한껏 들뜬 마음으로 멋진 무대를 만들기 위해 대기실로 쏙쏙 모여들었다.

저마다 완성된 작품을 점검하고 음향과 영상을 맞춰 보느라 정신이 없었다. 이별이 작품을 꺼내 옷걸이에 걸자 모두들 그것을 힐끔거렸다. 무척 파격적인 시도였다. 보통의 단정하고 깔끔한 턱시도가 아닌 신부의 드레스보다 화려하게 보이는 턱시도였다.

"너무 과한 거 아닌가?"

"설정이 결혼식인 것 같은데. 신랑이 신부보다 눈에 띄면 안 되지. 저건 오버야."

저마다 한마디씩 했지만 이별은 전혀 신경 쓰지 않았다.

"뭐야?"

"응?"

"왜 다들 널 힐끔거리면서 속닥거려?"

대기실마저 제집 안방처럼 편하게 마음대로 들어선 노마가 이별의 옆에 서며 물었다. 이별이 어깨를 으쓱하며 별거 아니라는 듯 말했다.

"언제나 새로운 시도엔 구설이 따르기 마련이지."

"훗. 그거 잘난 척이지?"

"잘난 척이 아니라 잘난 거지."

"쿡. 그런 건가?"

"난 좀 특출 나니까."

"아하."

이별이 손으로 머리를 사뿐히 휘날리며 뻔뻔스럽게 말하자 노마가 잘게 웃으며 고개를 끄덕였다. 이별이 스팀다리미를 들어 세심하게 턱시도를 손질하는 모습을 보며 노마가 의자를 끌어다 반대로 앉았다. 그러곤 팔을 올려 그 위에 턱을 괴었다. 이별은 옷의 세심한 부분까지 하나하나 살폈다. 일에 열중하는 이별의 모습을 가만히 지켜보며 노마가 흡족한 미소를 머금었다.

"그만 포기해. 아무리 눈독 들여도 네 여자 친구는 될 수 없어."

등 뒤로 들리는 우연의 목소리에 노마가 미간을 좁혔다. 그런 노마를 우연이 마뜩잖게 쳐다보았다. 기분 좋게 대기실로 들어온 우연은 노마와 이별이 함께 있는 모습을 발견하고 낮은 신음을 흘렸다. 그렇게 안 된다고 말을 했음에도 포기를 모르고 계속 이별을 따라다니는 노마가 슬슬 신경에 거슬리기 시작했다.

"준비 다 됐어?"

이별 뒤로 바짝 다가선 우연이 일부러 보란 듯 그녀의 귀에 입을 대고 속삭이듯 말하며 다정한 포즈를 연출했다. 지켜보던 노마의 눈이 가늘게 빛났다.

"응. 조금 있다 입고 리허설하면 준비 끝."

"그래, 수고했다."

슬그머니 이별의 어깨에 손을 올린 우연이 자연스럽게 그녀의 어깨를 토닥였다. 그와 동시에 쾅 하는 소리가 등 뒤에서 들려왔다. 둘이 동시에 고개를 돌리자 노마가 금방 앉아 있던 의자를 바닥에 넘어트리고 발끝으로 그것을 밟고 서 있었다.

"아직 끝난 거 아닌데 그렇게 노닥거리면 안 되는 거지. 집중해라, 집중."

"음악 한다는 놈이 성격은 왜 저렇게 더러운지."

"이런 걸 두고 반전의 매력이라고 하는 거지."

"너 지금 엄청 유치한 거 아냐?"

노마를 향해 돌아선 우연이 입꼬리를 비스듬히 끌어 올렸다. 그가 느긋하게 팔짱을 끼며 노마를 쳐다봤다. 노마가 헛웃음을 터트리며 주머니에 손을 찔러 넣었다. 둘 사이에 흐르는 날카로운 신경전에 지켜보던 이별이 깊은 한숨을 푹 내쉬었다. 또야?

"그건 네가 할 말이 아니지. 늦게 배운 도둑질이 날 새는 줄 모른다더니. 정말 눈 뜨고 못 봐 줄 정도로 유치찬란해진 건 바로 너 잖아."

"너 안 본 사이 눈이 많이 나빠졌구나. 나 김우연이야. 차고남."

"차고남? 하아, 기가 막힌다. 지가 지 입으로 그런 말을 잘도 하네. 낯 간지러워 남은 내뱉지도 못할 말을 술술 잘도 하지. 너도 안 본 사이 뻔뻔함은 더 업그레이드됐네."

차고남. 차가운 고등 남학생. 이성적이고 냉정한 도시 남자를 고등학생에 빗대 지어낸 말이었다. 듣고 있던 이별의 낯까지 간지러워질 정도로 조금 거북한 말이었다. 확실히 우연은 처음 봤을 때와는 많이 달라져 있었다. 한 치의 흐트러짐도 허용하지 않는 냉정하고 차가운 남자였지만, 지금은……. 보기보다 너무 직설적이고 유치하며 집착이 좀 심하다.

"아, 죄책감이 물밀 듯이 밀려오네."

이별이 가슴에 손을 얹고 비련의 여주인공처럼 고개를 모로 기울였다. 그러곤 미안함에 몸 둘 바를 몰라 하는 연기를 했다. 서로를 헐뜯기에 바빴던 둘의 시선이 이별에게 쏠렸다. 대체 저게 무슨 엉뚱한 짓인가 싶었다. 둘의 따가운 시선을 느낀 이별이 머쓱했던지 볼을 붉적이며 고개를 똑바로 들었다.

"흠흠. 뭐, 내가 틀린 말 했나? 이게 다 나 때문 아닌가?"

우연의 눈썹이 묘하게 휘고 입가에 웃음이 머물렀다. 노마가 미간을 좁히며 턱을 가만히 쓸었다. 저 말에 담긴 뜻이 대체 뭘까 유추해 보는 표정이었다. 그 둘을 번갈아 바라보며 정말 이러기냐 이별이 새침하게 눈을 흘겼다. 그러곤 이내 사뿐히 머리카락을 손으로 흩날리며 도도하게 턱을 치켜세웠다.

"나 하나 때문에 싸우는 거잖아. 내가 너무 좋아서."

우연이 팔짱을 끼고 노마의 옆에 나란히 섰다. 그러곤 노마 쪽으로 고개를 살짝 기울이며 넌지시 물었다.

"봤냐?"

"들었다. 이 귀로 똑똑히."

"우리의 뻔뻔함은 축에도 못 끼는 거지. 저기에 비하면."

노마가 고개를 끄덕이며 팔짱을 꼈다. 그의 고개도 자연스레 우연에게로 쏠렸다.

"확실히 저쪽이 갑이야."

둘이 작게 소곤거린 말이 그대로 이별의 귀로 들어갔다. 언제는 내가 잘났다 싸우더니 이제는 둘이 한편이 돼서 이별에게 화살을 돌리고 있었다. 기가 막힌다. 대체 저 조합은 뭐라고 정의를 내려야 하는 건지 알 수가 없다. 친구도 원수도 아닌 애매모호한 사이임에도 또 죽은 척척 잘도 맞는다. 마치 오래 같이 산 부부에게서나 볼 수 있는 모습이었다.

"양보 못 하네 어쩌네 하면서 싸울 때는 언제고 이제 와서 둘이 합심해 사람을 이렇게 매도하나? 진짜 치사하다. 치사해."

"워워. 우린 오늘 할 일이 엄청나게 많다는 걸 명심하고 진정. 진정. 일단 옷부터 입어 보자."

눈을 한껏 흘기며 입을 삐죽 내미는 이별에게로 성큼 다가선 우연이 장난스럽게 그녀의 머리를 부스스 헝클였다. 그 손길이 무척 다정했다. 그에 흥 하고 가볍게 콧방귀를 뀐 이별이 머리를 흔들어 우연의 손을 떨쳐 내고 옷걸이로 걸어갔다.

이별이 빠져나간 그대로 허공에 들려 있는 손을 가만히 바라보던 우연이 피식 웃으며 손을 내리고 그녀 곁으로 다가갔다. 그가 옷을 턱으로 가리키며 물었다.

"어떻게 입는 거야?"

"잘."

여전히 토라진 투로 짧게 말하는 이별의 머리에 우연이 아프지 않게 알밤을 콩 먹였다.

"이것 봐라. 간이 아주 배 밖으로 나왔지. 쯥. 어디서 말꼬리를 잘라 먹어. 선배한테 그러는 거 아니다."

엄하게 꾸짖는 투로 말하는 우연을 못마땅하게 쏘아보며 이별이 입을 삐죽거렸다. 그에 우연이 상체를 살짝 기울여 이별의 얼굴 앞에 제 얼굴을 내렸다. 갑자기 눈앞으로 다가온 우연의 얼굴에 깜짝 놀란 이별이 눈을 동그랗게 뜬 채 움찔하며 멈췄다. 그 얼굴을 빤히 바라보며 우연이 짐짓 심각한 표정으로 이별에게 경고했다.

"자꾸 그러면 습관 되고. 습관 되면 고치기 힘들다. 선배랑 맞먹는 거 우리 학교에선 허용 안 된다. 명심해."

"흐음."

수긍하고 싶지 않음이 역력한 표정으로 이별이 낮은 신음을 흘렸다. 선배라고 다 똑같은 선밴가? 존경하고 닮고 싶은 선배가 있는가 하면 더럽게 재수 없고 가까이하기도 거북한 사람이 있고, 무서워 피하고 싶은 선배도 있고. 만만한 선배도 있고. 친하게 지내고 싶어서 말 놓고 싶은 그런 특별한 선배도 있는 거지.

구구절절 그에 대한 반론을 펼치고 싶었지만 꾹 참았다.

자신을 지그시 내려 보는 우연의 눈이 너무 진지해서 선뜻 말을 하기가 머뭇거려졌다. 그런 이별의 생각을 빤히 꿰뚫고 있던 우연이 싱긋이 입가를 끌어 올리며 그녀의 귓가로 가만히 귀를 내렸다. 그러곤 그녀만 들을 수 있는 은밀한 목소리로 속삭였다.

"또 말꼬리 잘라 먹으면 습관 되기 전에 내가 고쳐 놔야지. 넌 내 책임이니까."

"응? 어떻게?"

고개를 돌려 자신을 마주 응시하는 이별을 의미심장하게 바라보던 우연의 시선이 그녀의 입술에 머물렀다. 그의 뜨거운 시선에 입술이 화끈 달아올랐다. 이별이 저도 모르게 입술을 살짝 깨물자 우연이 가늘게 눈을 빛냈다. 그러곤 보일 듯 말 듯 작게 입을 달싹였다.

"벌점 대신 네 입술에 자물쇠 채울 거야."

"자물쇠?"

"원한다면 지금 채워 줄 수도 있어. 네 입이 딱 다물어질 수 있게."

지그시 바라보는 우연의 눈이 짓궂다. 그 눈을 마주한 이별의 마음에 살짝 불안이 깃들었다. 우연이 조금 더 가까이 다가와 보일 듯 말 듯 작게 입술을 달싹여 은밀하게 말했다.

"내 입술로."

"……허."

절로 허한 숨이 터져 나왔다. 연애와는 벽을 쌓은 사람처럼 차게 굴 때는 언제고 이젠 아예 대놓고 작업이다. 밀당으로 상대 놀려 먹기는 이별의 주특기인데 어느새 그 위치가 뒤바뀌었다. 아, 나쁜 부뚜막 고양이. 얌전한 척 날 속였어.

"원하면 말해. 난 언제든 책임질 준비가 되어 있어."

별거 아니라는 듯 말하는 우연의 입술이 눈앞에서 매끄럽게 올라갔다. 갈수록 감당하기가 버거워진다. 우연과 이렇게 붙어 있는 것 자체도 조금씩 부담스러워지고 있었다. 심장이 자꾸만 사브작사브작 묘한 움직임을 보인다. 지금까지와는 전혀 다른 떨림이었다.

"장난 그만하고 어서 옷 입어요."

새침하게 눈을 흘긴 이별이 옷걸이째로 우연에게 건넸다. 기껏 다려 놓은 것이 구겨지는 것도 신경 쓰지 않는 눈치다.

우연이 말없이 웃으며 그것을 행거에 걸고 재킷을 벗었다. 그러곤 와이셔츠 단추를 하나씩 풀기 시작했다. 그 모습을 물끄러미 바라보고 있던 이별은 우연이 소매 단추까지 풀고 셔츠를 벗으려 하자 놀라 뒤로 돌아섰다. 생각 없이 보고 서 있었는데 그는 셔츠 안에 아무것도 입고 있지 않았다. 그 때문에 잔근육이 잘 잡힌 맨몸이 그대로 드러났다.

돌아선 이별의 얼굴이 화끈 달아올랐다. 이별이 눈을 깜빡이며 저도 모르게 꿀꺽 마른침을 삼켰다.

긴장한 모습이 역력한 이별의 뒷모습을 사랑스럽게 바라보며 우연이 턱시도의 셔츠를 걸쳤다. 아는지 모르겠지만 우연의 벗은 몸을 바라보는 시선은 비단 이별 하나만이 아니었다. 대기실 안에 있는 여학생들은 물론 남학생들도 그의 몸을 힐끔거리며 은근히 제 몸에 신경 썼다.

대부분의 문창과 학생들에게선 우연과 같은 근육은 찾아볼 수 없었다. 그래서 은근히 그의 몸에 질투도 났고, 제 몸이 부끄러워 얼른 탈의실로 뛰어가 옷을 갈아입는 남학생들도 있었다.

"뭐 볼 게 있다고 난리들이야. 목욕탕 가면 벗은 몸 천진데."

노마가 시큰둥하게 말하며 문 쪽으로 걸어갔다. 그를 본 이별이 물었다.

"어디 가?"

"끝나고 봐."

등을 돌린 채 손을 흔들어 안녕을 고하고 문 밖으로 사라지는 노마를 멀뚱히 바라보다 이별이 무심코 우연을 돌아봤다. 그가 막 바지 버클에 손을 대고 있었다. 놀란 이별이 덥석 그의 손을 붙잡았다. 우연이 제 손을 잡은 이별의 손에서 시선을 옮겨 그녀의 얼굴을 빤히 쳐다봤다.

"이런 도발 아직은 좀 곤란한데."

"무, 무슨 말을 하는 거야!"

"그럼 이건 무슨 뜻?"

"여기서 바질 벗으면 어쩌자는 거야. 저기 커튼 뒤로 가서 입어요."

이별의 다그침에 우연이 고개를 들어 한쪽 벽에 일렬로 쭉 늘어선 탈의실을 쳐다봤다. 보통은 모델과 애들에게 부탁을 하지만, 이번은 문학창작과와 패션 디자인과만의 콜라보레이션이라 무대에 서는 것도 두 과에서 해결을 해야 했다. 모델과 애들에겐 대기실에서의 탈의가 그다지 어색한 일이 아니었지만, 다른 과 학생들에겐 부담스러운 일이었다. 그래서 남남으로 된 파트가 아니면 대부분이 탈의실을 이용했다. 그런데 우연은 옷을 벗는 것에 아무 거리낌이 없었다.

"이건 단순히 체육복을 갈아입는 그런 게 아니란 말이야. 게다가 여자들도 많잖아."

"왜 신경 쓰여? 다른 애들이 볼까 봐?"

"괜히 여자들 마음 들쑤시지 말고 탈의실 가서 입으라고요. 오늘따라 왜 이렇게 말이 많아."

"손부터 놔야지. 이대로 같이 들어가려고? 엉큼하게 너만 보게?"

이별의 입이 쩌억 벌어졌다. 우연의 손을 잡았던 손을 얼른 치우고 후다닥 뒤로 물러서 눈을 가늘게 떴다.

"이씨. 그런 거 아니거든요!"

"그래? 난 또 같이 가잔 소린 줄 알았지."

능글맞게 말하며 나머지 옷을 챙겨 들고 우연이 탈의실로 향했다. 그런 우연의 모습을 기막힌 듯 쳐다보던 이별이 혀를 내둘렀다.

"능구렁이가 열두 마리는 더 똬리를 틀고 앉아 있지."

그러다 또 한숨을 푹 내쉰다. 앞으로 둘이 함께 있을 날들을 생각하니 눈앞이 깜깜했다. 이러다 정말 우연이 좋아지면 어쩌지? 문득 우연과의 사랑을 생각하는 자신을 깨닫고 이별이 진저리를 쳤다.

"무슨 말도 안 되는 상상을 하는 거야."

절대 그런 일은 있을 수 없다 말은 하면서도 이별의 신경은 이미 온통 우연에게 쏠려 있었다. 내 마음 나도 잘 모르겠다. 그러면 안 돼, 하면서도 자꾸만 우연이 신경 쓰이고 그가 자신에게 보이는 행동들이 싫지 않았다. 이걸 대체 어떻게 받아들여야 하는지 알 수가 없다.

'뭐든 마음이 움직이는 대로 행동하는 거다. 넌 이별이니까. 내가 가장 아끼고 사랑하는 믿음직한 맏딸이니까.'

문득 한국을 떠나기 전 공항에서 아빠가 했던 말이 떠올랐다. 믿으니까. 혼자서도 잘 해 나갈 거라 믿고 있으니까. 네 뜻을 따라 주는 거라고. 그렇게 말했었다.

"마음이 움직이는 대로. 그게 더 어렵다고요."

혼란스런 마음을 애써 추스르던 이별의 곁으로 옷을 갈아입은 우연이 다가왔다.

"어때?"

갑작스런 우연의 목소리에 흠칫 놀라 고개를 너무 빨리 돌리다 이별이 몸을 휘청거렸다. 기우뚱거리는 이별의 몸을 우연이 반사적으로 안았다. 자신이 만든 턱시도를 입은 우연이 제 몸을 안고 있는 모습에 이별의 눈이 동그랗게 떠지며 심장이 미친 듯 요동을 쳤다.

"왜 그래?"

놀란 눈으로 미동 없이 안겨 있는 이별을 우연이 걱정스럽게 쳐다봤다. 그런 우연을 넋 나간 얼굴로 응시하며 이별이 혼잣소리처럼 작게 중얼거렸다.

"멋있다……."

이별의 눈이 우연의 모습을 세밀하게 훑어 내렸다. 반짝반짝 이채를 발하는 이별의 눈을 지그시 바라보며 우연이 흡족한 미소를 띠었다. 단 한 번도 이런 눈빛으로 자신을 바라본 적이 없었다. 제가 만든 옷을 입어 그렇게 좋아하는지는 몰라도 지금 이별의 눈빛이 우연은 무척 마음에 들었다. 이별의 허리를 감은 손에 살며시 힘이 깃들었다.

"기대해. 완벽한 무대를 만들어 줄 테니까."

손을 뻗어 옷깃을 만지작거리던 이별의 얼굴에 환한 미소가 떠올랐다. 이별이 눈을 반달모양으로 휘며 고개를 끄덕였다.

"응. 부탁해."

우연의 말대로 무대는 아주 만족스럽고 화려하게 진행됐다. 너무 과한 게 아니냐던 처음의 우려와는 달리, 턱시도는 우연의 섬세하고 이지적인 외모와 어울려 고혹적인 분위기를 연출했다. 모두들 그의 모습에 황홀해했다. 저런 신랑이라면 당장이라도 버진로드를 걷겠다고 난리들이었다.

"드디어 끝났네."

무대 뒤에서 우연의 모습을 바라보고 있던 이별의 곁으로 노마가 다가왔다. 이별이 만족스런 미소를 띤 채 고개를 끄덕였다.

"응. 완전 대만족. 선배 덕분이에요."

"그럼. 이번엔 내가 받을 차롄가?"

주머니에 느긋하게 손을 찔러 넣은 노마가 이별을 지그시 바라보며 물었다. 이별이 고개를 갸웃하다 그와의 약속을 떠올리고 손뼉을 쳤다.

"아, 맞다. 원하는 거 하나 들어주기로 했지. 뭐예요. 뭐 받고 싶어?"

"일단, 여기로 와. 내일."

노마가 주머니에서 뭔가를 꺼내 내밀었다. 그것을 받아 확인한 이별의 눈이 반짝 빛났다. 클럽 공연 티켓이었다.

"와아. 이런 곳에서도 해요?"

"뭐, 가끔. 거기 아는 사람이 하는 클럽이라서 부탁하면 한 번씩 공연하기도 해."

"그런데. 클럽인데 학생이 가도 되나?"

"한 달에 한 번 셋째 주 금요일에 고등학생 대상으로 클럽 데이 해. 와도 괜찮아."

"아. 그래요? 그럼 가야지."

"기다릴게."

"응. 시간 맞춰 갈게요."

"꼭 혼자 와."

"응?"

"그냥 초대 아니고 약속 받으려고 부르는 거니까."

"아. 응."

고개를 끄덕이는 이별을 지그시 바라보다 우연이 무대에서 내려오는 것을 보며 노마가 몸을 돌려 자리를 벗어났다.

"뭐야?"

"뭐가?"

다가온 우연이 대뜸 말했다. 이별이 고개를 갸웃하자 그녀의 손에 들린 것을 우연이 낚아채 살폈다.

"클럽 공연?"

"아, 노마 선배가 줬어요."

"가려고?"

우연이 못마땅한 투로 물었다. 그를 느끼지 못한 이별이 당연하다는 듯 고개를 끄덕였다. 약속은 지켜야 하는 거니까. 게다가 이런 공연을 보는 건 처음이었다. 기대도 되고 마음도 덩달아 들떴다. 그런 이별을 가늘게 쏘아보며 우연이 티켓을 꽉 움켜쥐었다.

"약속했거든. 부탁 하나 들어주기로."

"왜 그런 약속을 해?"

"이 옷 디자인 모티브가 노마 선배 기타 그림에서 따 온 거거든요."

"기타?"

이별의 말에 가만히 노마의 기타를 떠올리던 우연이 무슨 말인지 알겠다 고개를 끄덕였다. 노마의 취미 생활 중 하나가 그림 그리기였다. 특별히 생각해 그리는 건 아니었고, 그때그때 떠오르는 것들을 감정에 따라 그림으로 표현하곤 했다. 자신이 좋아하는 음악처럼 그의 그림도 자유로웠다.

"음악이랑 왠지 어울린다 했지."

"네?"

"우리 배경음악 노마 곡이지?"

"아, 그것도 있다. 말도 안 했는데 잘 어울릴 거라고 음악도 협찬해 줬어요."

반색하며 박수까지 치는 이별의 말에 우연이 그럴 줄 알았다 쓰게 웃었다. 어쩐지 음악이 귀에 익다 했다.

"그래서, 거기 가는 걸로 퉁 치기로 한 거야?"

"퉁?"

"그걸로 끝나는 거냐고."

"뭐, 그런 셈이죠?"

우연의 입에서 퉁이란 말이 나올 줄을 몰랐다. 왠지 어울리지 않는 말 같았다. 이별이 우연이 한 말을 떠올리며 쿡쿡 웃는 동안 우연은 그런 건 신경도 쓰이지 않는 듯 뭔가를 심각하게 생각하며 턱을 만지작거렸다.

대체 무슨 생각으로 이별을 자신의 공연에 초대한 걸까. 결론은 이미 나 있었다. 관심이 있으니 그런 거겠지. 자신의 음악과 그림을 좋아하는 이별을 불러 노래를 부르는 모습을 보여 주겠다는 건 제대로 유혹을 해 보겠다는 말이었다.

흐음. 우연의 입에서 낮은 신음이 흘러나왔다. 깊게 생각하면 할수록 머리가 아파 온다.

우연이 가만히 이별을 응시했다. 이별은 그에 대해 별생각이 없어 보였다. 하긴, 부모님이 추진 중인 자신과의 결혼에도 깊은 의미를 두지 않는 이별이었다. 아직 결혼을 생각하기에 어린 것도 있었지만, 다른 의미로 생각해 보면 남자 친구를 만들 생각이 없어 그런 게 아닌가 싶다. 그래서 우연의 직설적인 표현에도 여태 미적거리고 있는 게 아닐까.

우연이 들고 있던 티켓을 이별에게 건네며 단조롭게 말했다.

"뭐, 그건 내일 생각하고 결정하면 될 일이고."

이별이 그것을 받아 챙기는 것을 못 본 척 외면하며 입고 있던 턱시도 재킷을 벗었다. 우연이 건넨 재킷을 받으며 이별이 고개를 들어 그를 올려 봤다. 뭔가 더 할 말이 있는 것 같았다. 우연이 보타이를 풀어 재킷을 든 이별의 손 위에 올려놓았다. 그러곤 그의 교복을 챙겨 놓은 가방을 들고 이별의 어깨를 감싼 뒤 근처 교실로 이끌었다.

"어? 어디 가요?"

얼떨결에 그의 손에 이끌려 교실 안으로 들어선 이별이 우연을 돌아보며 물었다. 우연이 말없이 이별을 책상 위에 앉히고 그 옆에 가방을 올려놓았다. 그러곤 셔츠 단추를 하나씩 풀었다.

멍하니 우연을 바라보던 이별은 단추가 풀릴 때마다 조금씩 더 벌어지는 셔츠에 눈 둘 곳을 몰라 하다 슬며시 고개를 돌렸다.

발그레하게 달아오른 이별의 볼이 복사꽃처럼 화사했다. 화려하게 무대를 비추던 조명이 꺼지자 해질녘 황혼이 은은하게 창가로 스며들었다. 그와 어우러져 이별의 다소곳한 옆모습이 매우 아름답게 보였다. 우연이 셔츠 단추를 풀다 말고 이별의 곁으로 다가섰다.

이별이 움찔하며 슬쩍 고개를 틀어 그를 비스듬히 올려다보았다.

"왜, 왜요?"

우연이 가만히 상체를 숙여 이별이 앉은 책상 위를 짚었다. 그 사이에 이별이 있었다. 이별과 눈높이를 맞춘 우연이 감미로운 눈빛으로 그녀의 얼굴을 세밀하게 더듬어 내렸다. 이별이 슬그머니 머리를 뒤로 뺐다. 뭔가 분위기가 묘했다.

우연의 볼에 깊은 우물이 패였다. 그가 더 다가서지도 멀어지지도 않고 같은 자세를 유지하며 이별의 얼굴을 응시했다. 이리저리 어색한 시선을 옮기던 이별이 슬며시 그의 눈을 마주 보자 우연이 살포시 눈을 감았다 떴다.

"예쁘다, 이별."

"네?"

"너무 예뻐."

말문이 딱 막혔다. 꿀꺽. 마른침이 절로 삼켜졌다. 우연이 직설적인 건 알았지만 이런 낯간지러운 말을 서슴없이 할 줄은 몰랐다. 다른 때 같았으면 장난으로 되받아쳤을 테지만 어쩐지 볼이 화르륵 달아오르고 부끄러워 입을 뗄 수가 없었다.

"이별."

우연이 고혹적인 목소리로 이별을 불렀다. 이별이 쭈뼛거리며 그와 시선을 맞췄다. 그러자 우연이 매끄럽게 입매를 끌어 올리며 환한 미소를 띠었다. 그에 긴장으로 굳었던 이별의 얼굴이 조금씩 풀어졌다. 이별이 편안해진 눈으로 그를 바라보자 우연이 그녀의 이마에 지그시 입술을 누르며 낮게 속삭였다.

"내게 와 줘서 고마워."

"……."

"처음이야. 누군갈 향해 이렇게 심장이 뛰어 보긴."

"아……."

짧은 탄성을 터트리는 이별의 입술을 따스하게 바라보다 그녀의 눈을 응시했다. 이별이 눈을 깜빡이며 어색하게 웃었다. 서걱서걱. 그의 눈빛에 또 심장이 이상하게 요동친다. 이별이 살포시 고개를 내리고 눈만 위로 떠 힐끔힐끔 그를 바라보았다.

우연이 손을 움직여 이별의 손을 감쌌다. 따스한 온기가 이별의 손으로 번져 갔다. 이별이 손을 꼼지락거리자 우연이 키득 작게 웃었다. 그가 이별의 다른 손을 잡아 제 왼쪽 가슴 위에 얌전히 올려놓았다. 이별의 고개가 갸웃 기울었다.

"느껴져?"

"응?"

"내 심장이 웃는 거."

"심장이…… 웃어요?"

어떻게 웃느냐 묻는 이별의 눈을 올곧게 직시하며 우연이 이별의 손을 더 지그시 눌렀다. 손바닥으로 두근거리는 심장의 파동이 전해졌다. 이별의 입이 놀란 듯 살짝 벌어졌다. 두근두근 우연의 심장이 빠르게 뛰어 댔다.

"내 심장이 웃잖아. 너 때문에 좋아서."

"……."

자꾸만 말문이 막힌다. 그의 진지함에. 그의 솔직함에.

이별이 눈을 깜빡이며 잘근 입술을 깨물자 우연이 시선을 내려 이별의 입술을 봤다. 그의 시선이 입술에 닿자 이상하게 찌릿한 전류가 흘렀다. 입술을 타고 내린 전류가 온몸으로 퍼져 나갔다. 손발이 오그라들었다. 이런 묘한 분위기 너무 어색했다.

"넌 어때?"

"네?"

"넌 나 어떻게 생각해?"

"아, 저. 그러니까. 그게."

"싫어?"

"아니요!"

조금 시무룩한 투로 묻는 우연의 말에 이별이 즉시 도리질을 치며 부정했다. 말투와 달리 사르르 미소가 번지는 우연의 입술을 보곤 속았다는 생각에 이별이 미간을 살짝 찌푸렸다. 그가 달콤한 목소리로 다시 물었다.

"그럼. 좋아?"

우연의 뻔뻔한 물음에 이별이 새침하게 눈을 흘기며 입을 삐죽 내밀었다. 그런 이별이 귀여운 듯 사랑스럽게 바라보던 우연이 조금씩, 조금씩 그녀의 입술로 다가갔다. 꼼짝 않고 다가오는 그의 입술을 바라보던 이별의 눈이 깜빡거렸다.

후우우우. 이별이 떨리는 숨을 길게 내뱉었다. 그 숨 위에 우연이 뜨거운 숨결을 더했다. 제 입술 위로 흩어지는 우연의 숨결에 그의 입술이 닿기도 전에 이별이 파르르 입술을 떨었다.

입술이 닿을 듯 말 듯 아슬아슬한 그 찰나의 순간, 갑자기 우연의 교복 재킷에 있던 휴대폰이 부르르 몸을 떨었다.

멈칫. 순간 모든 것이 멈췄다. 불과 0.5센티도 안 되는 위치에서 멈춘 우연의 입술이 아쉬워 이별의 입술이 낮은 한숨을 내쉬었다.

"전화 왔는데요."

이별이 그의 손에서 제 손을 빼내 슬그머니 등 뒤로 감추며 교복이 든 가방을 눈으로 가리켰다. 짧게 혀를 찬 우연이 이별 옆에 놔뒀던 가방을 잡느라 몸을 옆으로 기울였다. 그 결에 이별의 입술 앞으로 불쑥 우연의 목이 다가왔다. 은은하면서도 시원한 스포티가 느껴지는 향기 물씬 풍겨 와 이별의 코를 물들였다. 향기에 취해 지그시 눈을 감은 이별의 입술에 뭔가가 닿았다. 움찔. 누가 먼저랄 것도 없이 그대로 몸을 굳혔다.

이별이 번쩍 눈을 떴다. 눈앞에 우연의 목이 있었다. 우연은 재킷에서 휴대폰을 꺼낸 자세로 멈춰 있었다. 이별의 입술로 그의 혈관을 타고 흐르는 심장박동이 느껴졌다. 우연이 살짝 당황해 굳어 있는 것으로 봐선 그의 목에 입술을 댄 건 아무래도 이별 본인인 것 같았다.

"하하하."

이별이 어색하게 웃으며 입술을 떼고 상체를 뒤로 물렸다. 그에 멈칫 굳었던 우연이 상체를 곧게 펴고 끊길 줄 모르는 휴대폰을 받으며 이별에게서 돌아섰다.

"어."

아무렇지 않은 듯 전화를 받는 우연의 귓불이 빨갛게 달아올라 있었다. 그를 모르는 이별이 찰싹찰싹 제 입술을 때리며 속으로 미쳤다 욕을 해 댔다.

'미쳤어. 미쳤어. 뱀파이어도 아니고 왜 거기다가 입을 대. 입을 대긴. 아우. 못 살아.'

"어디?"

우연이 살짝 화가 난 투로 전화에 대고 물었다. 이별이 저 때문인가 싶어 슬그머니 그의 눈치를 살폈다. 가쁘게 날뛰는 심장을 애써 진정시키며 몸을 틀던 우연의 눈이 이별의 눈과 마주쳤다.

이별이 고개를 기울이던 그대로 눈을 동그랗게 떴다. 우연이 인두로 달인 듯 화끈거리는 목을 저도 모르게 문지르고 있었다. 이별이 입을 맞춘 곳이었다.

　―여기 작업실이에요. 얼른 와요. 같이 무대에 서진 못했지만 유종의 미는 거둬야지.

　휴대폰 밖으로 재진의 목소리가 들렸다. 결정적인 순간 끼어든 불청객은 다름 아닌 같은 파트였지만 오늘 무대엔 서지 못했던 재진이었다. 하여튼 끝까지 도움이 못 된다.

　삐끗. 우연의 손이 닿은 그의 목을 바라보던 이별이 갑자기 손에서 힘이 빠져나간 듯 팔을 굽혔다. 그 때문에 중심을 잃은 이별의 몸이 뒤로 젖혀졌다. 휴대폰을 든 채로 급하게 몸을 날린 우연이 그런 이별을 양손으로 끌어안아 아래로 곤두박질치는 걸 막았다.

　하지만 둘의 무게가 실린 데다가 우연이 서둘러 몸을 날린 탓에 덩달아 밀린 책상이 무너졌다. 요란한 소리를 내며 무너진 책상과 함께 바닥에 떨어진 둘의 입에서 앓는 소리가 났다.

　"괜찮아?"

　우연이 걱정스럽게 물었다.

　"응."

　말을 하다 말고 이별이 눈을 깜빡거렸다. 우연이 저를 꼭 끌어안고 있었다. 그의 두 손이 행여나 다칠까 이별의 뒷머리를 빈틈없이 감싸고 있었다. 엉덩이가 아픈 것 말고는 괜찮았다. 오히려 제 머리를 받치고 있는 우연의 손이 걱정되었다.

　"오빠 손……."

　"다행이다."

"어?"

"네가 안 다쳐서."

이별의 얼굴을 바라보는 우연의 눈에 진심 어린 안도감이 서렸다. 그를 바라보는 이별의 마음이 숨을 쉴 수 없을 만큼 벅차올랐다. 그의 얼굴에서 눈부신 광채가 흘러나왔다.

아, 사람에게서 빛이 난다는 게 이런 거구나.

이별이 벅차오른 숨을 힘겹게 내쉬었다.

"난 무슨 사고라도 난 줄 알고 119 부르려고 했지."

작업실로 온 우연과 이별을 보고 재진이 투덜거렸다. 우연의 손에 밴드가 덕지덕지 붙여져 있었다. 휴대폰으로 들린 소리로는 교통사고라도 난 줄 알았다. 놀라 얼마나 우연의 이름을 불러 댔는지 목이 다 쉴 지경이었다. 그런데 작업실에 나타난 둘은 아주 멀쩡해 보였다.

"책상이 넘어졌어."

우연이 무심한 투로 말했다. 그런 우연을 재진이 못미더운 눈빛으로 쏘아보았다. 함께 나타난 이별이 은근히 재진의 시선을 피하며 서먹하게 구는 것도 뭔가 이상했다.

"책상이 왜 넘어져?"

둘 사이를 파고든 재진이 심문하듯 예리한 눈빛으로 둘을 번갈아 쳐다보며 물었다. 그에 한심하단 듯 고개를 절레절레 흔들며 우연이 걸음을 옮겼다. 재진의 시선이 남은 이별에게 쏟아졌다.

"뭐야?"

"뭐가?"

이별이 시치미를 뚝 떼며 모르쇠로 나왔다. 그에 재진이 눈썹을 들썩이며 이별의 얼굴을 정면으로 직시했다.

"이실직고하렸다. 내 감은 아무도 못 속여. 뭐 있었지?"

마치 탐정이나 되는 듯 심리전을 펼치는 재진을 이별이 게슴츠레하게 쳐다봤다. 있을 뻔하긴 했으나 그 누구의 전화 덕분에 아무것도 없게 되었다. 뭔가 섬씽이 있지 않았나 묻는 이가 아마 다른 사람이었다면 심장이 덜컹했을 것이다. 그런데 재진이 그리 물으니 욱하고 화가 치밀었다. 왜 그런 감정이 느껴졌는지는 이별 본인도 알 수 없었다. 그냥 재진이 얄미웠다.

"넌?"

갑작스런 이별의 반격에 재진이 눈썹을 휘었다.

"뭐가 또 넌이야?"

"수영 선배랑 어떻게 된 거야? 결국 오늘 무대도 안 섰잖아."

"이야기가 왜 그리로 튀어?"

"너 때문에 오늘 우리가 진땀 뺀 거 알기는 해?"

"우리?"

"그래, 우연 선배랑 나. 둘 빈자리 채우느라 엄청 힘들었다고."

"쳇. 잘만 하던데. 뭘."

"봤어?"

"여기 뷰가 아주 죽여주거든."

재진이 창가를 가리키며 말했다. 왠지 쓸쓸해 보이는 재진의 얼굴에 이별이 조금 안쓰럽게 그를 쳐다봤다. 한껏 분위기를 잡고 있던 재진이 갑자기 뒷걸음질을 쳤다.

"어어어."

"진상 그만 떨고 이리 와서 앉아."

"에이. 진짜."

재진이 제 뒷덜미를 잡아 끌고 가는 우연의 손을 떨쳐 내며 투덜 거렸다. 우연이 작업대 위에 차려진 음식과 샴페인을 보며 물었다.

"이것들은 다 뭐야?"

"말했잖아. 유종의 미를 거두자고."

"유종의 미를 저런 걸로 거두자고?"

우연이 샴페인을 가리키며 묻자 재진이 그것을 잡아 흔들며 너스 레를 떨었다.

"에이, 이제 곧 졸업인데. 이건 알코올 도수도 낮아. 샴페인이라 고. 기쁨을 함께 나누고 공유하자는 의미로 만들어진."

술이라는 말은 교묘하게 빼 버리며 재진이 이 정돈 봐 달라는 투 로 말했다. 우연이 재진의 손에서 단호하게 샴페인을 뺏어 들었다.

"교내에서 술은 안 돼."

"그럼 밖에선 되나?"

"이재진."

"솔직하게 술 한두 번 안 마셔 본 사람이 어디 있어."

재진이 별스럽다 말하며 다시 샴페인을 낚아챘다.

"나, 나, 나."

사태를 관망하고 있던 이별이 곁으로 쪼르르 달려오며 손을 번쩍 들었다. 우연과 재진의 시선이 이별에게로 몰렸다. 그녀가 둘 사이를 파고들며 재진의 손에 들린 샴페인을 쏙 빼앗았다. 그러곤 호기심 가득한 눈을 빛내며 샴페인을 요리조리 살폈다.

"술을 한 번도 안 마셔 봤다고?"

재진이 믿을 수 없다는 눈으로 이별을 쳐다봤다. 하는 행동으로 봐선 완전 발랑 까졌을 것 같은데 단 한 번도 술을 마셔 본 적이 없다는 말이 믿기지 않았다. 자유분방한 생활과 그런 건 전혀 상관이 없다는 건가?

"그럼 더더욱 안 되지."

우연이 이별의 손에서 샴페인을 빼 들어 멀찍이 물렸다. 샴페인이 움직이는 대로 이별의 눈이 움직였다. 갈망은 이런 곳에 하는 게 아니지.

우연이 샴페인을 제 얼굴 앞에 딱 세웠다. 그러자 이별의 눈도 거기서 멈췄다. 뜨거운 시선이 마치 샴페인 병을 뚫어 버릴 기세였다.

그런 눈으로 날 좀 보지그래. 그럼 내가 좋아 죽을 텐데.

"에이, 맛만 보자고. 도수도 엄청 낮아. 괜찮다니까."

"깐깐하게 그러지 말고. 딱 한 모금씩만 해요."

"이놈들이 진짜. 너희 학생이야."

"오늘은 특별한 날이니까. 기분으로다가 딱 한 잔씩만. 그 정도로는 취하지도 않아요."

재진이 은밀한 눈빛을 이별에게 보내자 이별이 우연에게 다가가 그를 와락 껴안았다. 우연이 놀라 주춤하는 사이 재진이 재빨리 그의 손에서 샴페인을 낚아챘다. 그러곤 신속하게 샴페인의 뚜껑을

땄다.

푸시시쉬!

샴페인 뚜껑은 열렸고 더불어 그 안의 샴페인도 위로 솟구쳤다. 샴페인에는 탄산이 섞여 있다는 걸 깜빡했다. 뺏고 뺏느라 엄청나게 흔들어 댔으니 거침없이 분출되는 게 당연했다. 샴페인을 입이 아닌 몸에 때려 부은 꼴이 되어 버린 재진이 허망한 얼굴로 우연과 이별을 쳐다봤다. 우연을 껴안은 채로 이별이 허탈한 한숨을 내쉬었다. 뜻밖의 일에 미간을 꿈틀거린 우연이 쿡 하고 싱거운 웃음을 터트렸다.

"쩝. 그래도 삼분의 일은 남았어."

입술 위로 흘러내린 샴페인을 혀로 날름 핥으며 재진이 히죽 웃었다. 말 그대로 딱 한 모금씩 맛만 볼 만큼 남았다. 재진이 종이컵에 똑같이 따랐다. 그러곤 옷으로 대충 얼굴에 묻은 샴페인을 닦았다.

"자자, 한 큐에 원샷. 오케이?"

재진이 건네는 잔을 할 수 없다는 듯 받으며 우연이 고개를 절레절레 저었다. 이별이 냉큼 제 잔을 챙겨 들고 건배도 하기 전에 혀를 날름거렸다. 혀끝에 묻은 샴페인을 맛본 이별이 눈을 찡그리며 몸을 부르르 떨었다.

"괜찮아?"

우연이 걱정스레 묻자 눈을 번쩍 떠 환한 미소를 지으며 이별이 열심히 고개를 끄덕였다.

"맛있어요!"

"허."

"그렇지? 이건 그냥 음료라고, 음료. 탄산음료."

뻔한 거짓말로 음주가 아니라 부정하며 재진이 먼저 잔을 내밀었다.

"우리의 파란만장한 학창 시절을 기념하고 이제 학교 행사에서 깔끔히 손을 놓게 될 우연 선배의 아듀를 축하하며 건배!"

"건배!"

"3학년들 빠져서 속이 시원하단 소리지?"

"아, 또. 저 범생이 기질. 봐라. 봐. 저 핵심을 콕 찌르는 본능."

"자식이 입만 살아서. 선배 놀리니까 재미있냐?"

"에이, 놀리긴요. 하늘 같은 선배를 땅에 사는 후배가 어떻게 놀리겠어요. 안 그래?"

"고럼, 고럼."

무슨 말을 하는지 제대로 알지 못하고 고개만 끄덕이며 이별이 샴페인을 홀짝거렸다. 물끄러미 그 모습을 지켜보던 우연이 손으로 컵의 입구를 막자 우연의 손등을 이별이 핥았다.

"에잇. 무슨 짓이에요."

"네가 고양이야? 왜 혀로 핥고 그래. 그냥 마셔."

"아껴 먹으려고 그러죠. 난생처음 마시는 건데."

"참 가지가지 한다."

우연의 손을 거둬 낸 이별이 냉큼 잔에 입을 대고 이번엔 홀짝홀짝 조금씩 샴페인을 마셨다. 우연이 싱겁게 웃으며 자신의 잔을 비웠다. 확실히 샴페인은 달콤한 탄산음료 맛과 똑같았다. 끝에 살짝 알싸한 알코올의 잔향이 남는다는 것 말고는.

"아. 맛있다!"

빈 잔을 거꾸로 들어 입에 털어 대며 이별이 아쉬운 듯 입맛을 다셨다. 그런 이별을 보며 우연이 방울토마토 하나를 집었다.

"아."

"응? 아."

우연이 방울토마토를 입 앞에 내밀며 하는 말을 이별이 따라 하며 입을 벌렸다. 그러자 대기 중이던 방울토마토가 입 안에 쏙 들어왔다. 오물오물 맛나게 방울토마토를 씹어 먹는 이별을 흡족하게 바라보다 고개를 돌리자 재진이 얼굴을 쑥 내밀며 입을 쩍 벌렸다.

"나도 아!"

능청스럽게 제 입과 방울토마토를 번갈아 가리키며 재진이 칭얼거렸다.

"빨리. 빨리."

"아유. 눈치라곤 쥐똥만큼도 없는 놈."

우연이 방울토마토를 집어 입에 던지듯 쏙 넣어 주자 재진이 좋다고 헤헤거리며 입을 오물거렸다. 우연이 비스킷 하나를 집어 톡 분질러 먹으며 짧게 혀를 찼다.

"그런데 정말 수영 선배랑은 잘 안 된 거야?"

이별이 우연이 집은 것과 같은 비스킷을 먹으며 물었다. 재진이 어깨를 으쓱했다. 그러곤 아무 말 없이 음료 캔 하나를 따서 들이켰다. 생각보다 수영 선배의 마음을 돌리는 게 힘든 모양이다. 하긴, 그렇게 오랫동안 한 사람만 짝사랑했던 마음이 쉽게 지워질 리가 없었다.

"뭐, 미안하단 말을 하긴 하더라고."

"정말?"

"같이 하자고 해 놓고 곤란하게 했다고. 미안하대."

"그래서?"

"그래서는 뭘. 천천히 가는 거지. 가다 보면 답이 나오지 않겠어요? 선배처럼."

재진이 슬쩍 눈짓으로 과자를 먹고 있는 이별을 가리켰다. 우연이 이별을 돌아보며 엷은 미소를 띠었다.

"선밴 어때요? 진도 좀 나갔나?"

"남의 연애사엔 관심 꺼."

"그래도 한때 내가 사랑했던 여잔데, 궁금한 게 당연하지."

퍽. 단조로운 소리와 함께 재진의 머리가 앞으로 쏠렸다. 방금 넣었던 방울토마토가 입에서 나와 바닥에 톡 떨어졌다. 재진이 입을 씰룩이며 고개를 번쩍 쳐들었다.

"처음부터 내 마누라였다고 했지. 헛소리는 딱 여기까지다."

"마빡에 써 놨나? 이별은 김우연 마눌이라고? 영역 표시라도 해 두셨어? 어디. 어디다 했는데?"

재진이 이별의 몸을 이리저리 둘러보며 투덜거렸다. 그런 재진의 머리를 우연이 또 한 번 후려쳤다.

"어딜 함부로 만져."

"아이, 진짜! 머리 나빠져요. 그만 때려. 왜 꼭 머리만 때려!"

"나빠질 머리나 있고?"

"와아. 이건 또 무슨 소리? 나 이래 봬도 어릴 때 천재 소리 들었던 영재라고요."

재진이 억울하단 아픈 머리를 문지르며 자신의 천재성을 들먹이며 열변을 토했다. 그런 재진을 가소롭단 듯 쳐다보며 우연이 도도하게 턱을 치켜들었다.

"어릴 때 영재 소리 한 번 못 들어 본 사람이 어디 있어. 지금까지 듣는다는 게 중요한 거지."

"네. 네. 어련하시려고요. 천재, 영재 혼자 재란 재는 다 해 먹으십시오."

"질투 나면 너도 부지런히 해. 하다 보면 그것도 되겠지. 많이 오래 걸리긴 하겠지만."

"와아. 진짜. 저 잘난 척은 시들해질 틈이 없냐."

"언제나 잘났으니까."

졌다는 듯 재진이 두 손을 번쩍 들어 보였다. 그에 우연이 싱겁게 웃으며 재진의 어깨를 두드렸다. 재진도 따라 웃으며 다른 음료를 따 우연에게 건넸다. 음료를 받아 한 모금 마시던 우연이 고개를 갸웃하며 캔을 이리저리 돌려봤다.

"뭐야. 이거 알코올음료?"

"음료야, 음료. 이름만 알코올이고 그냥 탄산이라고."

"맛이 그게 아니잖아."

"어라? 선배 술 처음 아니었어? 맛은 어떻게 알았대?"

놀란 시늉을 하며 재진이 음료를 홀짝거렸다. 음료와 맥주가 교묘하게 혼합된 이재진표 특별 음료였다. 캔까지 나름 자체 제작으로 만들었는데 우연을 완벽하게 속이지는 못했다. 학생이 어쩌고 하더니 역시 술을 먹어 보긴 먹어 봤던 모양이다. 척하면 척이다.

"야, 고3이야. 천일주, 백일주, 안 마셔 봤겠어?"

이를 꽉 깨물고 살벌하게 말하는 우연의 시선을 피해 재진이 얌전히 캔을 내려놓고 과자를 집어 들었다. 고작 다섯 캔이었다. 그것도 음료가 맥주보다 두 배 더 많게 희석시킨 것이었다. 소주 안 섞은 게 어디야. 나름의 변명을 하며 재진이 아쉬운 듯 입맛을 다셨다. 하도 성인군자처럼 굴기에 정말 술이라곤 입에도 안 대 본 줄 알았다.

'아깝네. 잘 속일 수 있을 거라 생각했는데.'

"제정신이야? 교내에서 술 마시다 들키면 정학이야."

정색하며 말하는 우연의 눈치를 살피며 재진이 작은 목소리로 말했다.

"오늘은 특별한 날이잖아요. 알다시피, 이런 날은 학교도 좀 관대해지고."

"그건 알아 잘할 거라고 믿어서 그런 거고."

"아, 진짜. 뭐가 이렇게 잔소리가 많아. 씨이. 남자가 조잘조잘. 귀 따가워 죽겠네."

순간, 이별의 혀 꼬인 소리에 둘의 동작이 딱 멈췄다. 즉시 재진이 음료를 싸 왔던 비닐을 살폈다. 언제 가져갔는지 봉지가 텅 비어 있었다. 다섯 개 중 두 개는 재진과 우연이 가지고 있었고, 세 개가 비었다. 둘의 시선이 천천히 이별에게로 돌려졌다.

역시나, 이별 앞에 빈 캔 세 개가 나란히 놓여 있었다.

꿀꺽. 마른침을 삼킨 재진이 머리를 긁적였다. 우연의 미간이 확 구겨졌다. 그의 입에서 짙은 신음이 새어 나왔다. 둘의 근심 가득한 얼굴을 보며 이별이 히죽 웃었다.

빈 캔 하나를 입에 톡톡 털다가 입을 삐죽 내민 이별이 뭔가를 발견하고 배시시 웃었다. 그녀가 휘청거리며 우연에게로 다가왔다. 우연이 미간을 구긴 채 심각하게 이별을 주시했다. 이별이 음료를 들고 있는 우연의 손으로 팔을 뻗었다. 우연이 반사적으로 높이 팔을 들어 올려 이별의 손을 피했다.

"나 줘. 나 줘."

애처럼 칭얼거리며 떼를 쓰는 이별을 기막힌 듯 쳐다보던 우연이 매서운 눈초리로 재진을 쏘아보자 재진이 슬그머니 시선을 외면하며 주섬주섬 먹던 것들을 정리했다.

"어이쿠. 시간이 벌써 이렇게 됐네. 학주 돌기 전에 얼른 치워야겠다."

싹쓸이하듯 작업대 위의 음식들을 비닐에 쓸어 담은 재진이 마지막으로 우연의 손에서 음료를 빼냈다. 그러곤 뒤도 돌아보지 않고 냉큼 작업실을 빠져나갔다.

"7시에 소등하는 거 알죠? 30분 남았네. 저 먼저 갑니다."

걸음아, 날 살려라 꽁무니를 빼며 복도를 뛰어가는 재진의 발소리가 들렸다. 사라지고 없는 캔을 찾아 우연의 몸을 이리저리 뒤적이는 이별을 꽉 끌어안으며 그가 억눌린 신음을 흘렸다.

"이재진, 너 진짜."

복수를 이런 식으로 하다니 기가 막힌다. 너도 여자 때문에 속 좀 썩어 봐라 이런 건가 싶었다. 이별이 급기야 우연의 품을 파고들며 그의 겨드랑이 사이를 공략했다. 움찔움찔. 몸이 절로 반응해 움직였다. 우연이 몸을 이리저리 뒤틀며 낮은 신음을 흘렸다.

"그, 그만. 거긴 아니야."

이별의 손이 등을 타고 오르락내리락거리자 등으로 짜릿한 전율이 느껴졌다. 좋아하는 여자애가 제 몸을 거침없이 더듬는 이 기묘한 느낌을 뭐라고 표현해야 할지. 미칠 것 같다. 온몸을 제 몸에 부대끼며 콧소리를 내는 이별을 견디기가 너무 버거웠다. 우연의 입에서 억눌린 신음이 연속해서 흘러나왔다. 그가 주먹을 뿔끈 쥐며 부르르 몸을 떨었다.

"이별. 그만해. 제발. 야, 이별!"

이별의 손이 등을 타고 내려 그의 허리 언저리를 더듬거렸다. 당혹감에 우연이 이별의 팔을 붙잡아 저지시키며 벌떡 몸을 일으켰다. 우연의 얼굴이 시뻘겋게 달아올라 있었다. 그가 이별을 일으켜 세우며 제 몸에서 떨어트렸다. 그가 입술 사이로 짙은 신음을 흘려내며 다리를 꼬았다. 우연의 눈썹이 꿈틀꿈틀 요동을 쳤다. 아랫도리의 그놈도 혼자 요동을 쳤다. 괴로웠다. 괴로워 미칠 지경이었다.

"이재진. 이 원수 같은 놈. 아흑."

"으응. 맛있는 음……료. 또 먹고…… 싶다……."

흐느적거리는 이별이 술주정을 하며 히죽거렸다. 피로와 숙취가 겹쳐 잠이 몰려오는지 이별의 눈이 가물거렸다. 그러다 한순간 눈을 감으며 그대로 잠에 빠져 버렸다. 넘어지려는 이별의 몸을 우연이 당겨 안았다.

"환장하겠네. 진짜."

이별을 안은 채로 우연이 짙은 한숨을 푹푹 내쉬었다.

어둠이 짙게 내려앉은 길을 우연이 이별을 업은 채로 걷고 있었다. 자전거는 학교에 두고 오는 길이었다. 택시를 타자니 둘을 바라보는 눈이 썩 좋을 것 같지 않아 포기했다. 깊이 잠든 이별에게서 은은히 풍겨 나오는 술 냄새도 그에 한몫을 더했다. 선택의 여지가 없었다. 이별을 들춰 업은 채 30분 거리에 있는 집을 향해 걷기 시작했다.

"진짜. 별의별 짓을 다 해 본다. 내가."

힘겹게 걸음을 옮기며 우연이 구시렁거렸다. 아래로 밀리는 이별의 몸을 힘껏 끌어 올려 다시 자세를 가다듬은 우연이 깊게 심호흡을 하며 천천히 발을 옮겼다.

"너 깨면 나한테 혼날 줄 알아. 그게 맛이 이상하면 마시지를 말든가. 물어보기라도 해야지. 혼자서 세 개를 다 마셔? 이별, 너 정말 대책 없다."

30분 거리를 50분 넘게 걸어 도착한 대문 앞에서 우연이 거친 숨을 몰아쉬며 벨을 눌렀다. 이어 도우미 아주머니의 목소리가 들렸다.

"저예요."

-그래. 우연 학생.

철컥. 문이 열리는 소리에 우연이 발로 문을 밀어 안으로 들어선 후에 다시 발로 문을 닫았다. 정원으로 올라가는 계단을 올려다보며 우연이 숨을 깊게 들이켰다.

"가지도 않은 군대 훈련을 여기서 하는 것 같네. 하아."

한숨을 푹 내쉬며 계단 위로 한 발을 올렸다. 헉헉거리며 돌계단을 올라 숨을 후우 내쉬고 넓은 정원을 터벅터벅 걸어 현관 앞으로 갔다. 이리저리 자세를 옮겨 가며 힘겹게 문고리를 잡아 돌리고 안으로 들어가니 도우미 아주머니가 놀란 눈으로 우연과 그의 등에 업힌 채 인사불성인 이별을 쳐다봤다.

"왜! 무슨 일 있어? 이별 학생 기절한 거야?"

"아니에요. 잠든 거니까. 걱정하지 마세요?"

"잔다고?"

어떻게 잠이 들면 누가 업어 가도 모를까. 도우미 아주머니가 고개를 갸웃하며 서둘러 이층으로 올라가는 우연을 눈으로 좇았다. 우연의 등에 업힌 이별이 몸이 한쪽으로 기울자 슬그머니 팔을 움직여 그의 목을 감았다. 그에 지켜보던 도우미 아주머니의 눈이 반짝 빛났다.

"우리 이별 학생은 잠꼬대도 참 귀엽게 한단 말이지."

은근히 이별의 행동을 잠꼬대라 말하며 도우미 아주머니가 기분 좋은 미소를 띤 채 주방으로 걸어갔다. 여자는 무조건 앙큼하고 봐야 한다. 여우 같은 마누라하고는 살아도, 곰 같은 마누라하고는 못 산다는 말도 있었다. 그게 본능이든 우연이든 마음에 드는 남자는 꽉 붙들고 보는 게 맞았다.

주방에서 마무리를 하는 도우미 아주머니에게서 흥겨운 콧노래가 흘러나왔다.

이별의 방 앞에서 잠시 머뭇거리던 우연이 결심을 한 듯 손잡이를 잡아 돌렸다. 이별이 이 방을 제 방으로 쓰고부터는 단 한 번도 들어와 본 적이 없었다.

문을 열자 상큼하고 달콤한 사과 향이 물씬 풍겼다. 이별의 몸에서 나는 향기와 똑같은 향이었다. 우연의 입가에 엷은 미소가 머물렀다. 우연이 들어오지 말아야 할 곳에 들어온 듯 쭈뼛거리며 안으로 들어섰다.

확실히 여자 방은 여자 방이구나 싶었다. 이 집에선 좀처럼 볼 수 없던 아기자기한 소품들이 예쁘게 놓여 있었고, 침구며 커튼도 러블리했다.

"기분이 묘하네."

이별의 침대 위에 살며시 엉덩이를 걸치고 앉은 우연이 조심스럽게 그녀를 내려 눕혔다. 이별의 머리를 감싸 베개 위에 내리느라 본의 아니게 같이 눕는 자세가 되어 버렸다. 가만히 잠든 이별의 얼굴을 들여다보다 기분이 묘해 얼른 몸을 일으켰다.

"으음."

이별이 몸을 뒤척이며 팔을 뻗었다. 그리고 일어나던 우연의 목을 휘감아 당겼다. 우연의 몸이 다시 침대 위로 눕혀졌다. 우연이 숨을 멈추고 놀란 눈을 부릅떴다. 잠시 정적이 흘렀다. 이별이 잠결에 입맛을 다시며 그의 얼굴에 제 얼굴을 비벼 댔다. 잠버릇이 뭔가를 끌어안고 자는 것인가 보다.

"너 아무 데서나 잠들면 안 되겠다. 상당히 위험해."

우연이 참았던 숨을 후후 내쉬며 조심히 이별의 손을 떼 냈다.

하지만 다시 엉겨 붙어 더 꽉 끌어안는 통에 숨이 막혀 죽는 줄 알았다.

침대 반대편에 나뒹구는 곰 인형을 힘겹게 집어 이별의 손에 쥐여 주자 그제야 우연을 놓아주었다. 곰 인형을 끌어안은 이별이 히죽히죽 기분 좋은 미소를 띠었다.

가까스로 풀려난 우연이 긴 한숨을 푸욱 내쉬며 진땀이 맺힌 이마를 손등으로 훑었다. 침대에 걸터앉은 채로 이별을 돌아보던 우연이 쿡 하고 낮은 웃음을 터트렸다. 우연에게 했던 것과 똑같이 곰 인형에도 얼굴을 비비적거렸다. 이별의 볼이 닿았던 곳을 손으로 쓰다듬으며 우연이 아쉬운 표정을 지었다.

"곰 인형이 부러워 보긴 또 처음이네."

곰 인형의 짧디짧은 다리를 툭 손으로 치며 우연이 눈을 흘겼다. 그러곤 질투 어린 목소리로 물었다.

"말해 봐. 너 여자야, 남자야?"

곰 인형에게 입을 쭉 내밀며 연속으로 뽀뽀 세례를 한 이별이 배시시 기분 좋게 웃었다. 그런 이별을 우연이 못마땅하게 내려 봤다. 우연이 곰 인형의 다리를 잡아 꽉 힘을 주었다. 이걸 그냥 확 빼서 버려 버려? 곰 인형에게 질투를 느끼는 자신이 엄청 유치하게 느껴지긴 했지만, 그래서 어쩐지 낯이 아주 많이 간지럽기는 했지만. 그래도 갈등은 쉽게 사라지지 않았다.

"좋아……앙."

이별이 곰 인형을 와락 끌어안고 뒹굴뒹굴거렸다. 그 결에 우연의 손에 잡혀 있던 곰 인형의 짧은 다리가 그의 손에서 자유로워졌다. 이별의 말에 놀라 잠깐 방심한 틈에 곰이 빠져나갔다. 우연이 멍한 눈으로 이별의 입술을 바라봤다.

"누굴?"

우연이 잠든 이별에게 답이라도 듣겠다는 듯 물었다. 하지만 잠꼬대 중인 이별이 그에 맞는 답을 할 리 없었다. 곰 인형이 반으로 접힐 만큼 팔에 한껏 힘을 줘 안은 이별이 눈으로 초승달을 그렸다. 뭐가 그렇게 좋아?

어쩐지 마음이 불퉁해졌다. 기껏 업고 여기까지 왔더니. 좋아한단 말은 곰 인형에게 한다. 이건 너무 불공평한 거지. 곰 인형 주제에 인간 여자의 사랑을 독차지하다니. 그것도 우연이 사랑하는 이별의 사랑을. 그의 집에서.

"……좋아해."

또다시 이별이 고백을 했다. 우연의 눈이 가늘어졌다. 그가 곰 인형을 노려보며 팔짱을 꼈다. 저걸 뺏어서 진짜 버려? 그러다 헛웃음을 터트리며 고개를 절레절레 흔들었다. 곰 인형 하나 뺏어 버린다고 뭐가 달라질까. 좋아한단 소리를 못 들어서 심통이 난 건 우연의 속이 좁아서 그런 것을.

씁쓸한 표정으로 자리를 털고 일어난 우연이 문으로 걸어가다 잠든 이별의 얼굴을 돌아봤다. 깨어나서는 꼭 자신한테 좋아한다고 말해 주길 바라며 그가 다정하게 말했다.

"잘 자."

"오빠…… 우연 오빠……."

"응?"

문을 향해 돌아섰던 우연이 즉시 이별을 돌아봤다. 잠에 취한 목소리로 제 이름을 부르는 게 무척 섹시하게 들렸다. 묘한 기분에 가슴이 설레었다. 우연이 이별을 뚫어져라 응시하며 천천히 그녀 곁으로 되돌아갔다.

"왜?"

그가 잠든 이별에게 물었다. 이별이 그에 답하듯 환한 미소를 띠며 작게 속삭이듯 말을 흘려 냈다.

"좋……아해."

"어?"

"으음."

이별이 몸을 뒤척였다. 우연이 급하게 그녀 곁으로 다가가 입술 가까이 귀를 대고 재차 물었다.

"뭐라고?"

이별이 곰 인형 대신 따스한 온기를 뿜어내는 우연의 몸을 끌어안았다. 그러곤 그의 귀에 뜨거운 숨결과 함께 나른한 목소리를 흘려 냈다.

"우연 오빠…… 좋아."

씰룩. 씰룩. 우연의 입술이 통제 범위를 벗어나 제멋대로 움직였다. 그가 좋아 자꾸만 위로 올라가는 입술을 손으로 가리고 작게 속삭였다.

"나도. 좋아해. 이별."

7.
미안한 말

　개운하지 못한 아침을 맞이한 이별은 지끈거리는 머리를 붙잡고 어슬렁어슬렁 욕실로 걸어갔다. 노크도 없이 문을 열었다가 안에 우연이 있는 것을 보고 다시 문을 닫았다.

　"아, 쏘리."

　양치질을 하고 있던 우연이 눈도 제대로 뜨지 못하고 손을 저으며 문 밖으로 사라지는 이별을 멀뚱히 쳐다봤다. 입을 헹군 우연이 문을 열고 옆 벽을 보자 이별이 기대 흐느적거리고 있었다.

　쿡. 웃음이 절로 나왔다. 숙취로 머리는 아프고 눈은 안 떠지고, 아마 딱 죽을 맛일 거다.

　"벗고 일 볼 때는 아무렇지 않게 들어오더니. 양치하는데 그냥 나가는 건 뭐야? 별로 볼 게 없다 이거야?"

　"아니, 하도 노크 안 한다고 핀잔 줘서. 나 또 노크 안 했잖아."

　"참 빨리도 생각났다. 이왕 열고 들어온 거 그냥 하던 대로 하면 되지. 나가긴 왜 나가."

이별의 앞으로 다가온 우연이 그녀의 이마를 짚으며 다정하게 말했다. 이별이 눈도 못 뜬 얼굴을 그에게 내밀며 칭얼거렸다.

"나 머리가 터질 것 같아. 너무 아파."

"혼자 그걸 다 마시니까 그렇지."

우연이 한숨을 내쉬며 고개를 저었다. 그런 우연을 이별이 실눈을 뜨고 쳐다봤다.

"그게 뭐? 음료수잖아."

"맛이 이상하면 안 마셔야지."

"맛있던데?"

"원래 폭탄주가 더 안 좋은 거야. 재진이 놈이 음료에 맥주 탄거야. 너 혼자 세 캔 마셨으니까. 맥주 하나 혼자 다 마신 거나 다름없지. 게다가 폭탄주를. 멀쩡하면 그게 더 이상한 거지."

우연이 관자놀이를 손끝으로 주무르자 이별이 미간을 찌푸렸다. 시원하면서 아픈 묘한 느낌이었다. 그래도 지끈거리는 통증은 조금 가시는 듯했다.

"진짜? 음료에 맥주를 탔어요? 와아, 난 그것도 모르고 맛있다고 계속 마셨네."

정말 몰랐다 어떻게 그럴 수가 있느냐 말하는 이별을 우연이 지그시 응시했다. 그의 올곧은 눈빛에 이별이 슬그머니 눈동자를 굴려 시선을 피했다. 그가 가만히 제 이마를 이별의 이마에 기대며 물었다.

"정말?"

"에, 또."

모르고 마셨다곤 해도 마시다 보면 알 수 있었을 것이다. 묘하게 남는 알코올의 잔향이 분명 느껴졌을 것이다. 그러고도 마셨다는 건 이미 알고 있으면서 홀짝거렸다는 뜻이다.

"설마, 보리 음료인 줄 알았다. 그런 어리숙한 변명을 하려는 건 아니지?"

들켰다. 독심술을 하는 것도 아니고 어떻게 그렇게 속내를 잘 아는지. 그렇게 둘러대려던 속내를 들킨 이별이 뜨끔해 마른침을 꿀꺽 삼켰다. 이별이 시선을 아래로 사선으로 내려 나는 지금 당신이 무슨 말을 하는 건지 모르겠단 표정을 지었다. 시치미를 떼 보려는 심산이다.

"숙취 운운하면서 빠져나갈 생각하지 마. 그건 그거고. 약속은 확실하게 해야지. 앞으론 절대 술 마시면 안 돼. 알았어?"

"네."

마지못해 답하며 이별이 눈동자를 슬쩍 올려 우연을 바라봤다. 우연이 유순해진 눈으로 이별을 부드럽게 응시했다. 착한 아이처럼 답한 이별의 머리를 우연이 다정하게 쓰다듬었다. 그러곤 그녀의 어깨를 가볍게 툭툭 두드리며 욕실로 밀어 넣었다.

"너 아직도 술 냄새 나, 어서 씻어."

"아우."

"이왕이면 샤워도 같이 해. 알코올에 담갔다 빼낸 것 같다."

"에이, 그 정돈 아니다, 뭐."

칫솔을 들어 치약을 짜며 이별이 변명을 했다. 살짝 취하긴 했어도 술이 떡이 될 정도로 많이 마시지도 않았다. 처음 마셔 보는 것인 데다가, 음료에 섞여 취하는 줄도 모르고 마셨다는 게 문제라면 문제지. 술에 샤워를 한 것처럼 냄새가 몸에 배일 정도는 아니었다.

"어쨌든 술 냄새가 나긴 나."

욕실 문에 비스듬히 기대 이별이 양치하는 것을 지켜보며 우연이 훈수를 뒀다. 입을 헹구고 칫솔을 제자리에 둔 이별이 우연을 빤히 쳐다봤다. 우연이 고개를 갸웃하며 입모양으로 왜? 하고 물었다. 이별이 목을 긁적였다.

"샤워를 하란 사람이 그렇게 버티고 있으면 나더러 샤워하는 걸 보여 달란 말인가?"

"어?"

"그렇잖아요. 샤워하려면 옷 벗어야 하는데. 보는 앞에서 벗어요?"

"아, 미, 미안."

이별이 슬쩍 잠옷 단추에 손을 올리고 푸는 척하자 당황한 우연이 급히 사과를 하며 문을 닫았다. 단추를 푸는 척만 하며 만지작거리고 있던 이별의 입가로 미소가 번졌다. 아침부터 사람을 놀리는 악취미는 사양이다. 그런 건 이별에게나 어울리는 짓이지 지적인 이미지로 19년을 살아온 우연에게 어울리는 건 아니었다.

"점점 놀림의 강도가 높아지고 있어. 위험해."

숨을 천천히 내쉬며 우연의 능청을 떠올리던 이별이 입을 꾹 닫고 손을 휘저었다. 생각보다 술 냄새가 심했다. 이러고 얼굴까지 마주 보고 얘기를 했으니. 우연의 말이 과장된 게 아니었구나.

새삼 실감하며 멋쩍어하던 이별이 어깨를 으쓱하며 가글을 집어 들었다. 양치로도 사라지지 않는 지독한 알코올 냄새를 박멸하기 위해서.

"나 혹시 알코올 분해 능력이 없는 건가?"

입 안을 곳곳을 가글로 헹궈 낸 이별이 곧 고개를 절레절레 흔들 며 부정했다.

"처음이라서 그래. 마시면서 옷에 흘렸을 수도 있고. 그래서 몸 에 묻었을 수도 있지. 그래. 샤워하면 말끔해질 거야."

우연의 말을 처음부터 들을 걸 그랬다. 생각하며 이별이 주섬주 섬 옷을 벗었다. 그가 농담을 한다고 생각했었다. 단지 자신을 놀리 기 위해 그런 거라고.

술 마신 다음 날까지 이렇게 냄새가 많이 나는 거라면 커서도 술 은 마시지 말까 하는 생각도 들었다. 작정하고 마신 건 아니었지만, 나름의 경험은 됐다. 술을 마시면 깰 때 머리가 많이 아프다는 것과 전날의 기억이 잘 안 난다는 것, 일어나도 술 냄새가 계속 따라다 닌다는 것을 알게 되었다.

"엄청 민망하네."

양치도 하지 않고 우연과 마주했던 걸 생각하니 눈앞이 아찔했 다. 다음부턴 적당한 거리를 좀 둬야 하지 않을까. 남녀칠세부동석 이라는데. 이별이 샤워기 물을 틀며 심각하게 생각했다.

샤워를 마치고 나오기 전 수건으로 온몸을 감춘 이별이 빠끔히 문을 열어 밖의 동태를 살폈다. 아무 생각 없이 샤워를 하긴 했는데 막상 마치고 나니 갈아입을 옷을 챙겨 오지 않은 것이 생각났다. 그렇다고 벗은 몸으로 나갈 수도 없고, 최대한 몸을 감추긴 했는데 혹여 우연과 마주치면 어쩌나 걱정하며 밖을 살폈다.

"휴우."

다행히 인기척은 없었다. 우연은 먼저 1층 주방으로 내려간 모양이었다. 오늘은 주말이라 도우미 아주머니가 오지 않는 날이었다. 전날 미리 음식은 다 준비해 놓고 가시지만 차려 먹는 건 각자가 알아서 해야 했다.

이리저리 기회를 엿보다 잽싸게 쪼르르 제 방으로 달려갔다. 아무리 인기척이 없다 해도 불시에 생길 수 있는 일을 감안해 최대한 조심해서 움직이는 게 상책이었다.

방 안에 들어오자마자 문을 걸어 잠그고 옷을 갈아입었다. 축축이 젖은 머리가 등에 달라붙는 것도 개의치 않고 엄청난 속도로 옷을 꿰어 입었다. 옷을 다 갖춰 입고서야 안도의 한숨을 내쉬며 느긋하게 방문을 열었다.

1층으로 내려가는 계단에 발을 딛자 맛있는 냄새가 났다. 냄새를 맡고 보니 허기가 졌다. 이별의 발걸음이 빨라졌다. 후다닥 주방으로 들어서자, 우연이 뭔가를 데우고 있었다. 식탁 위엔 벌써 음식이 차려져 있었다.

"와아, 이걸 혼자서 다 준비했어?"

간단하게 아침은 토스트나 먹어야겠다고 생각했었는데 한상 가득 한식이 차려져 있었다. 놀란 눈으로 감탄사를 내뱉자 우연이 흐뭇한 미소를 띠며 턱짓으로 자리를 가리켰다.

"앉아. 이것만 데우면 다 됐어."

"뭔데?"

"계란국. 숙취엔 이게 좋대."

"정말?"

"인터넷에 찾아보니까. 그렇게 나오더라."

"오호!"

인터넷에 검색까지 해 보고 손수 끓였다는 말을 들으니 뭔가 뭉클했다. 의자에 앉은 이별이 가만히 손을 모으고 국을 맛보고 있는 우연의 등을 바라보았다. 단 한 번도 그렇게 생각해 본 적이 없는데, 등이 무척 넓고 포근해 보였다. 편히 기대 쉴 수 있을 만큼.

"좋네."

"응?"

이별의 혼잣말에 우연이 국자를 든 채 뒤돌아 봤다. 이별이 엷게 웃으며 아무것도 아니다 손을 저었다. 우연이 고개를 갸웃하며 돌아서 가스레인지 불을 껐다. 그러곤 준비해 놓은 국그릇에 적당하게 국을 담아 이별 앞에 내려놨다.

"맛이 괜찮은지 모르겠다."

우연이 국그릇을 내려놓기 무섭게 이미 숟가락을 들고 대기 중이던 이별이 한 숟갈을 떠 입에 넣었다. 이별의 눈이 반달을 그리며 휘었다. 그에 지켜보던 우연의 눈에도 미소가 깃들었다.

"맛있다!"

눈을 반짝 빛내며 진심 어린 탄성을 터트리는 이별을 우연이 사랑스럽게 바라보며 제 몫의 국까지 떠서 맞은편에 앉았다. 우연이 밥을 뜨다 말고 이별의 얼굴을 빤히 쳐다봤다. 밥을 먹느라 정신이 없는 이별의 어깨와 등이 축축하게 젖어 있었다.

"머리 안 말렸어?"

"아, 급하게 나오느라고."

"뭐가 그렇게 급해서 머리도 못 말려. 옷 다 젖었다."

"괜찮아."

대수롭지 않게 말하며 이별이 다시 식사에 열중했다. 하지만 우연은 밥이 입으로 들어가지 않았다. 자꾸만 이별의 젖은 머리에 시선이 가고 신경이 쓰였다. 저러다 감기 걸리지. 이제는 날씨도 제법 쌀쌀해졌다. 말리지 않고 나갔다간 추워 감기 걸리기 딱 안성맞춤이었다.

"안 되겠다."

"응?"

우연이 자리에서 벌떡 일어났다. 숟가락을 문 채로 이별이 그를 멀뚱히 쳐다봤다.

우연은 곧장 주방을 빠져나가 2층 욕실로 들어가 드라이기를 찾아 내려왔다. 그러곤 밥을 먹고 있는 이별의 팔을 잡아 거실로 이끌었다.

"어어어."

눈앞에서 멀어지는 밥을 애절하게 바라보며 허우적거리는 이별의 양손엔 젓가락과 숟가락이 들린 채였다. 얼떨결에 우연의 손에 끌려와 소파에 앉게 된 이별이 등 뒤의 우연을 향해 고개를 젖혔다.

"뭐야? 왜 갑자기 밥 먹는 사람을 끌고 와?"

"머리 안 말리고 나가면 감기 걸려."

"아직 나가려면 멀었는데?"

"내가 바빠."

"응?"

"내가 먼저 나간다고."

"어딜?"

"비밀."

"에?"

무슨 약속인지 절대 가르쳐 주지 않겠다는 듯 고집스레 다물린 우연의 입을 뚱하게 바라보며 이별이 입을 삐죽거렸다. 자기는 오늘 약속에 대해 숨김없이 말해 줬는데, 우연은 비밀이라고 입을 달아 버렸다. 이건 너무 불공평해.

"칫. 하나도 안 궁금하다, 뭐."

"그럼 됐네."

"흥."

새초롬하게 삐친 티를 팍팍 내며 말했는데도 무덤덤하게 말하며 우연이 선을 그었다. 더 알려고 하지 말라는 듯이. 그게 조금 서운해 이별이 일부러 콧방귀를 크게 뀌었다. 나 지금 엄청 서운하거든.

이별의 속내를 알면서도 우연은 묵묵부답으로 일관했다. 너도 속 좀 타 봐라. 어쩌면 그런 고약한 심보에서 이별의 궁금증을 유발했는지도 모른다. 날 두고 다른 남자를 만나러 가면서 너무 당당한 거 아니냐. 유치하게 굴고 싶었지만 꾹 참았다. 그런 정말 너무 치사하고 옹졸해 보일까 봐. 이별에게 그렇게 보이고 싶지 않았다.

"이거 봐. 옷 다 젖었다."

이별의 젖은 머리카락을 먼저 수건으로 톡톡 물기를 걷어 냈다. 만져 보니 그냥 볼 때 보다 물기가 더 많았다. 대충 닦는 것도 하지 않았던 모양이다. 그냥 꾹 짜서 한, 두 번 두드리다 말은 것 같았다. 뭐가 그렇게 급해서. 터져 나오는 한숨을 속으로 삼키고 우연이 말없이 젖은 수건을 소파 등받이 위에 걸쳐 놓았다. 그러곤 드라이기를 꽂고 이별의 긴 머리카락을 정성스레 말리기 시작했다. 손끝을 스치는 머리카락의 차가운 감촉과 드라이기의 바람이 묘한 느낌을 형성했다.

"나 영화에서 이런 장면 본 적 있는데."

머리카락에는 혈관이 흐르지 않아 우연의 손길을 느낄 수 없음에도 이별은 기분 좋은 달콤함에 빠져들었다. 아마도 머리카락을 타고 흐른 우연의 따스한 마음이 이별에게 전해져서 그런 게 아닐까 싶었다.

이별이 우연의 얼굴을 부드러운 눈길로 더듬으며 싱긋이 미소를 띠었다. 수저를 든 채 무릎을 세워 모은 이별의 손이 발목 언저리에서 교차했다.

내려 본 이별의 얼굴이 무척 평온해 보였다. 마주한 우연의 얼굴에도 미소가 번졌다.

"어떤 영화기에 그런 쓸데없는 장면을 삽입한 거야? 그렇게 이상적인 장면만 담아내니까 여자들의 로망이 날로 높아지지. 남자들 거기 맞추기 얼마나 힘든지 알아?"

"뭐야. 이런 거 힘들어? 하는 사람도 기분 좋은 거 아니었어?"

"너도 네 머리 드라이해 봤을 거 아니야. 길고 풍성해서 말리기 힘드니까. 포기한 거지? 아니야?"

"어우. 역시 오빤 핵심을 너무 잘 찔러."

"말했지. 난 지금도 영재 소리 듣는다고."

"그놈의 자뻑은 정말 인류 최악의 불치병이야. 바퀴벌레와 견주
어도 절대지지 않을 끈질긴 생명력이라고 본다, 나는."

"바퀴랑 비교하기엔 내 자뻑의 퀄리티가 더 높지. 레벨이 다르잖
아."

"아, 정말 답이 없다."

이별이 고개를 절레절레 흔들자 소파 뒤로 축 늘어진 머리카락이
물결쳤다. 제법 머리가 말랐던 모양이다. 물결치듯 일렁이는 머리카
락의 촉감이 좋았다. 사라락사라락 손끝을 스치는 부드러운 감촉에
우연이 손을 떼지 못하게 계속 이별의 머리카락을 만지작거렸다.

"그래도 해 볼 만하네."

혼잣말 같은 우연의 나직한 목소리에 이별이 고개를 갸웃 기울였
다. 엷은 미소를 띤 우연이 부스스 이별의 머리를 장난스럽게 흩날
렸다. 그러곤 지나는 투로 툭 내뱉듯 말했다.

"좋다고."

드라이 바람에 제멋대로 흩날리는 머리카락엔 신경도 쓰지 않고
이별이 물끄러미 우연을 올려 봤다. 그의 볼에 우물이 패였다. 이별
이 손에 들고 있던 것들을 툭 떨어트렸다. 그러곤 저도 모르게 손을
뻗어 우연의 우물을 손가락으로 콕 찔렀다. 그에 우연의 눈이 동그
래지고 드라이기가 엉뚱한 방향으로 돌아가 그의 머리카락을 흩날
렸다. 바람에 흩날리는 앞머리가 야릇한 분위기를 연출했다. 우연의

우물에 닿은 손가락이 꼼지락거렸다.

그 간지러운 자극에 우연이 살짝 미간을 찌푸리며 매혹적인 미소를 지어 보였다. 자극을 참기 힘들어 짓는 표정이었다. 이별의 눈에 장난기가 서렸다.

이별이 손을 더 멀리 뻗어 그의 앞머리를 잡아당겼다. 드라이기는 우연에 의해 꺼졌다. 우연이 이별의 손길에 따라 고개를 숙이자 이별이 쪽 하고 가볍게 우연의 입술에 입을 맞췄다. 갑작스러운 입맞춤이었다. 입이 맞닿는 순간 서로의 입술이 닿았음을 느꼈을 만큼. 이별이 제 행동에 제가 놀란 듯 눈을 동그랗게 떴다.

'아, 이걸 어쩐다.'

우연의 모습이 너무 매력적으로 보였다. 눈이 부실 만큼 아름다웠다. 그의 미소 띤 얼굴이 너무 사랑스러웠다. 그래서 저도 모르게 그런 행동이 나왔던 모양이다. 꿀꺽. 마른침을 삼킨 이별이 잡고 있던 그의 머리카락을 놓았다. 그러곤 빠르게 눈을 깜빡거렸다.

이러려고 그런 게 아닌데. 그녀의 눈에 무수히 많은 변명과 발뺌의 말들이 깃들었다. 그 모든 걸 고스란히 제 눈 속에 담아내던 우연이 매끄럽게 입가를 끌어 올렸다.

머리카락이 자유로워졌음에도 우연은 허리를 펴지 않았다. 단지, 그 자세 그대로 드라이기를 툭 바닥에 떨어트렸다.

"아, 이 앙큼한 고양이를 어쩐다?"

"에?"

"잠깐 방심하면 도발을 한단 말이지. 발칙하게."

"그게 아니라."

"또 그런다."

고개를 저으며 변명거리를 늘어놓으려던 이별의 얼굴 가까이 우연이 얼굴을 기울였다. 우연의 손이 이별이 머리를 기대고 있는 소파 등받이의 양옆을 짚었다. 이별이 조금 머리를 밑으로 내리며 조심스럽게 물었다.

"말꼬리 자르지 말라고 했는데."

우연의 얼굴이 조금 더 다가오자 이별이 등받이를 타고 스르르 아래로 몸을 움츠렸다. 우연이 이별의 머리가 있던 곳에서 느긋하게 팔짱을 꼈다. 그러곤 그 위에 턱을 괴고 지그시 옆으로 눕다시피 소파로 기울어지는 이별을 내려 봤다. 더 이상 내려갈 곳이 없자 가로 본능을 연출하며 소파에 벌렁 드러누웠다.

"여긴 학교 아니잖아."

"아니지."

"그럼. 편하게 말 놔도 되는 거 아닌가?"

"누구 맘대로?"

"에? 치사하게 꼭 몇 달 차이 가지고 높임말을 들어야 하겠어?"

"응."

"하아. 정말. 노친네 같아."

이별이 고개를 절레절레 저으며 투덜거렸다. 그 모습을 소파 뒤에서 내려 보던 우연이 갑자기 상체를 들어 훌쩍 소파를 넘어왔다. 순식간에 우연이 이별의 옆으로 다가왔다. 놀란 이별이 벌떡 몸을 일으키기도 전에 그녀에게로 몸을 기울인 우연이 이별의 이마를 손끝으로 콕 눌렀다. 그에 이별이 다시 소파로 스르르 눕혀졌다.

이별이 멍하니 눈을 깜빡이며 이게 무슨 일인가 사태 파악을 하는 사이 우연이 느긋하게 그녀의 바로 옆 바닥에 내려앉았다. 그러곤 천연덕스럽게 이별의 얼굴 바로 옆에 팔을 교차해 그 위에 턱을 괴었다. 얼굴 바로 옆에서 빤히 저를 쳐다보는 우연의 뜨거운 시선에 이별이 숨을 깊게 들이쉰 상태로 슬그머니 그를 돌아봤다.

"당연한 거 아닌가?"

"뭐, 뭐가?"

"높임말 쓰는 거."

"당연하다고 말하긴 좀."

"내가 네 낭군인데도?"

"……에? 누구?"

"낭군님."

"……."

할 말을 잃은 듯 우연을 바라보는 이별의 멍한 표정에 우연이 쿡하고 웃음을 터트렸다. 우연이 그런 말을 할 줄은 몰랐던 모양이다. 하긴, 열아홉 남자의 입에서 나올 만한 단어는 아니었다. 이별의 노친네 같다는 말에 우연이 장단을 맞춘 것인데. 생각지도 못한 단어라 쉽게 받아들여지지를 않는 모양이었다.

"왜 그래? 틀린 말 아니잖아."

능청스런 우연의 말에 번뜩 정신을 차린 이별이 입을 샐쭉하게 내밀며 말했다.

"너무 앞서 간 거 아닌가."

"많이 발전했네?"

"응?"

"아니라고 싫다고 화낼 줄 알았는데."

빙긋이 올라간 우연의 입매가 이별의 눈앞에서 어른거렸다. 이별이 입을 꾹 다물었다. 뭐라 말을 해야 하긴 하는데 선뜻 입이 열리지 않았다. 조금 어색하고 껄끄럽긴 하지만 왠지 낭군이란 말이 싫지 않았다. 물론 화를 내며 그런 일 없을 거다 버럭거리고 싶지도 않았다.

그런 속내를 들킨 것 같아 괜스레 부끄러웠다. 이별이 이마를 긁적이며 은근슬쩍 시선을 피하자 우연이 부드러운 시선으로 그녀의 얼굴을 바라보았다.

"고마워."

"……."

"내 맘 밀어내지 않아서."

힐끔. 이별이 괜히 앞머리를 손가락에 감아 꼬며 우연을 곁눈질했다. 얼굴이 화끈거려 차마 그의 눈을 정면으로 바라볼 수 없을 것 같았다.

쪽. 가벼운 접촉 소리와 함께 우연의 입술이 이별의 볼에 닿았다 떨어졌다. 움찔해 굳은 이별의 머리카락을 다정하게 쓸어 넘기며 우연이 감미롭게 속삭였다.

"예쁘다. 나의 이별."

화르륵 달아오른 얼굴을 이별이 손으로 열심히 부쳐 댔다. 괜히 멋쩍음에 목을 긁적이기도 하고 목을 이리저리 움직이기도 하며 슬쩍슬쩍 저를 사랑스런 눈으로 바라보는 우연을 살폈다. 심장이 서걱서걱 저 혼자 움직였다.

　주말의 홍대 거리는 무척 혼잡스러웠다. 걸어 다니는 게 아니라 사람들에게 휩쓸려 다닌다고 해야 옳았다. 그런 홍대의 외곽. 조금은 한산해 보이는 거리에 노마가 건넨 티켓에 명시된 클럽이 있었다. 티켓과 클럽의 간판을 비교해 보던 이별이 씨익 웃으며 고개를 끄덕였다.

　"찾았다!"

　클럽은 지상 2층에 위치해 있었다. 보통의 클럽이 지하에 있는 것과는 조금 달랐다. 계단을 오르자 안이 훤히 비치는 투명한 유리문이 보였다. 이별이 들어가기 전 유리문으로 안을 들여다봤다. 정말 학생 출입이 가능한 곳인지 잘 몰라 선뜻 들어서기가 망설여졌다.

　클럽이라고 부르기엔 다소 무리가 있어 보이는 실내 풍경에 이별이 고개를 갸웃했다. 공연장이라고 불러야 할 것 같은 작은 무대와 아무것도 없이 텅텅 빈 공간이 클럽의 전부였다. 무대엔 아직 공연 전이라 텅 빈 상태였고, 홀 곳곳에 사람들이 웅성웅성 모여 있었다. 이름 없는 무명의 언더그라운드 싱어 송 라이터들이라 공연을 보러 오는 사람도 적을 거라 생각했는데 예상보다는 사람이 많았다.

　"안 들어오고 뭐해?"

　갑자기 문이 안으로 열리며 누군가 이별에게 말했다. 이별이 휘청거리며 어색하게 안으로 들어왔다. 그녀가 소리가 들린 쪽으로 고개를 돌리자, 핸섬 가이가 문을 잡고 서서 그녀를 바라보며 부드럽게 웃고 있었다.

"와우!"

"고마워."

이별의 짧은 탄성에 남자가 알아서 감사를 표했다. 여기도 자아
도취가 판을 치는 곳이구나. 이별이 입맛을 다시며 어설프게 웃었
다. 그런 이별을 스스럼없이 대하며 남자가 안쪽을 손으로 가리켰
다.

"저쪽으로 가면 더 잘 보여. 명당자리거든."

"아, 예."

정확히 어디를 가리켜 명당이라 하는지 불분명했다. 자리라고 할
만한 곳이 없었다. 다들 서서 음료를 마시며 이야기를 하고 있었다.
어디에 어떻게 서야 할지 알 수가 없었다. 이별이 고개를 갸웃하며
주춤주춤 안으로 걸음을 옮기자 그 모습을 재미있단 듯 남자가 바
라봤다. 열어 두었던 문을 닫고 남자가 바 안으로 들어섰다.

"재마 형, 이거 너무 밋밋한 거 아냐? 뭐 좀 타면 안 되나?"

"그러고 싶으면 다른 클럽 가. 여긴 주류금지야."

"그래도 클럽 데인데 좀 심하다."

"보기 좋고 맛나면 되지. 야, 무알콜 카페인 만들기가 어디 쉬운
줄 알아? 마시기 싫으면 내놓고 가. 객이 떠나는 거지, 주인이 클럽
떠날 순 없는 거니까."

"아, 네네. 잘 알겠습니다. 입 닥치고 얌전히 마시다 가겠습니
다."

괜히 투덜거렸다가 본전도 못 찾았다. 대학생쯤 되어 보이는 손

님이 속으로 깐깐한 노친네라 재마를 곱씹었다. 그러든 말든 재마는 느긋하게 컵을 닦아 손질하며 저만치 홀 중앙에 어중간하게 서서 볼을 긁적이는 이별을 바라봤다.

"귀엽네."

혼잣말로 중얼거린 소리를 듣고 조금 전 손님이 손끝으로 자기를 가리키며 입모양으로 나? 하고 물었다. 재마가 눈썹을 찌푸리며 손을 휘저었다.

"새끼. 넌 인마, 소크라테스 형님이 한 말을 뭐로 들었냐?"

"에? 그 형님이 뭐랬는데?"

"너 자신을 알라고 혀가 만발이 빠지게 말씀하셨는데. 그걸 여태 못 알아들었냐?"

"그건 형도 마찬가지 아닌가?"

"너 나가. 확 그냥."

"에이. 또 그런다. 자꾸 앙탈 부리면 쏠린다니까. 여기 다 토사물로 넘쳐 나요. 손님 정신건강과 위 상황을 고려해서 좀 참아."

"이건 진짜 입만 살아서. 여기 물이 왜 이래? 오는 인간마다 다 싸가지가 없어."

재마가 투덜거리며 컵 닦던 수건을 손님에게 던졌다. 그것을 또 잽싸게 받아 내며 손님이 놀리듯 흔들었다.

"그야 사장이 싹둥바가지니까. 손님도 그런 거지."

"이 자식이 진짜."

"에헤이. 또 돌려 말하면 못 알아듣지. 사랑한단 말이야. 오해하지 마."

너스레를 떨며 바에서 멀어지는 손님을 재마가 어이없단 듯 쏘아보았다. 그러다 무대가 분주해지는 걸 느끼고 그쪽으로 시선을 옮겼다.

"자식, 미리 좀 나오면 안 되나? 비싸게 굴긴."

원래 공연하기로 했던 시간보다 삼십 분 늦게 노마가 무대로 나섰다. 그 이유가 무엇 때문인지 잘 아는 재마가 무대를 보고 반색해 손을 흔드는 이별에게로 시선을 옮겼다. 한 달을 꼬박 부탁을 해도 고집을 부리며 거절하던 녀석이 무슨 바람이 불어서 스스로 서겠다고 나섰는지 궁금했었는데. 생전 받아 간 적 없던 티켓까지 하나 챙겨 드는 것을 보고 딱 감을 잡았다. 여자구나!

"역시, 내 감은 죽지 않았어."

노마가 무대 아래 이별을 보며 싱긋이 웃었다. 그러곤 튜닝도 하기 전에 손짓으로 이별을 가까이 불러 무대 아래로 허리를 숙여 앉았다. 가까이 다가온 이별의 머리를 노마가 부스스 헝클었다. 마치 귀여운 강아지의 머리를 쓰다듬듯이.

"늦었다?"

"미안. 버스 놓쳤어."

"괜찮아. 내가 기다렸으니까. 그럼 됐지."

"아, 그래서 아직 시작 안 한 거예요?"

노마가 말없이 웃었다. 괜히 미안해진 이별이 주변을 두리번거리며 눈치를 살폈다. 그런 이별의 머리를 제게 고정시키며 노마가 눈을 찡긋거렸다.

"괜찮아. 너를 위한 공연이니까."

"……."

이별이 멍하게 눈을 깜빡이는 것을 보며 한 번 더 머리를 헝클어 트린 노마가 자리에서 일어났다. 그가 기타를 튜닝하며 내내 이별을 바라봤다. 그러곤 준비가 끝난 듯 자리로 돌아가 마이크 앞에 섰다. 그가 무대에 자리를 잡고 서서 삼삼오오 모여 있던 손님들이 무대 앞으로 모여들었다.

"뭐 할까?"

노마가 속삭이듯 다정한 목소리로 물었다. 그에 여기저기서 몇 번 들어 봤던 노래 제목들을 외쳐 댔다. 모두가 익숙한 듯 자연스러운 모습이었다. 노마의 시선은 줄곧 이별에게 머물러 있었다. 노마가 신기한 듯 사람들을 둘러보는 이별을 불렀다.

"이별."

"네?"

자신을 돌아보는 이별을 지그시 바라보며 노마가 물었다.

"넌?"

이별이 무슨 말인지 모르겠다는 듯 고개를 갸웃했다.

"무슨 노래 듣고 싶어?"

"아, 난…… 버진로드!"

처음 듣는 제목에 사람들이 웅성거렸다. 그에 상관없이 노마가 오케이 사인을 해 보이며 기타를 연주하기 시작했다. 연주가 시작되자 모두들 입을 닫고 무대 위 노마에게 집중했다. 처음 멜로디만 들었던 것과 달리 지금 노마가 연주한 버진로드엔 가사도 만들어져 있었다.

노마의 감미로운 목소리와 멜로디에 젖어 든 사람들의 얼굴에서 황홀함이 느껴졌다. 무대 위 노마에게선 낯선 카리스마가 느껴졌다. 그를 올려다보는 이별의 눈에 이채가 발했다. 그는 역시 무대 위에 있을 때 가장 빛나는 사람이었다.

사랑하는 신부에게 바치는 고백의 세레나데.

노마다운 감미로움으로 아름답게 표현한 버진로드.

곡을 듣고 있으며 모두가 그 길 위를 걷는 듯한 착각을 하게 만든다.

곡의 클라이맥스를 부를 때 서로의 시선이 맞물렸다. 이별이 엷은 미소를 띠었고, 노마가 애절하게 그녀를 바라보며 엔딩을 마쳤다. 노마가 부른 곡은 세 곡으로 모두가 이별이 신청한 곡이었다. 그가 말했던 것처럼 오늘은 오로지 이별을 위해서 만들어진 공연이었다. 그 외의 사람들은 결혼식에 참석한 하객처럼 들러리일 뿐이었다.

이별이 제게로 향한 사람들의 시선이 부담스러웠던지 숨을 깊게 내쉬며 이마를 긁적였다. 이런 식의 시선 집중은 처음이었다. 자신 때문이 아닌, 자신을 바라보는 단 한 사람의 시선 때문에 모여드는 시선이 어쩐지 거북하고 낯설었다.

"끝."

노마가 기타에 연결된 선을 빼며 허공을 향해 손을 휘저었다. 모두 끝났으니 각자 볼일 보란 의미였다. 그에 사람들이 그럴 줄 알았다는 듯 군말 없이 클럽 여기저기로 흩어졌다. 이것 또한 노마의 공연에서 늘 있는 일인 것 같았다.

무대를 정리한 노마가 훌쩍 아래로 내려와 이별 앞에 섰다.

"어땠어?"

"캡. 멋졌어요."

"당연하지. 누구 공연인데."

"응. 인정. 이번 건 정말 당연했어요. 정말 죽여줬어."

"그거 말고 다른 건 어땠어?"

"다른 거? 다른 거 뭐?"

노마의 질문에 이별이 고개를 갸웃하며 뭐가 더 있었던가를 곰곰이 떠올렸다. 아무리 생각해도 공연이 좋았단 것 말고는 달리 할 말이 없었다. 이리저리 고개를 갸웃거리는 이별을 가만히 지켜보다 노마가 고개를 절레절레 흔들며 그녀의 손을 잡아끌었다.

"어어."

딸려 온 이별을 바 앞에 세우고 노마가 손가락 두 개를 펼쳐 보였다. 그러자 재마가 컵 두 개를 나란히 스탠딩 테이블 위에 올리고 음료를 담아냈다. 오색 창연한 칵테일이 잔에 채워지는 모습을 이별이 신기한 듯 쳐다봤다.

"일명. 레인보우라고 불리는 앙증맞은 무알코올 칵테일 대령이요."

"무알코올이요?"

이별이 그런 것도 있나 의아한 눈으로 묻자 재마가 고개를 끄덕이며 친절하게 설명했다.

"꼭 알코올이 들어가야만 칵테일이 되는 건 아니지. 각종 음료를 비율을 계산해 담아내면 아주 멋들어진 무알콜 칵테일이 되는 거야. 봐요. 빛깔이 예술이지? 맛은 또 얼마나 기막히게. 둘이 먹다 하나 끽 해도 모른다니까."

재마가 장난스럽게 말하며 이별 가까이 칵테일 잔을 밀었다. 이별이 벌써부터 입맛을 다시며 혀로 입술을 축였다. 꽂혀 있는 빨대로 제일 아래 칸 음료를 마시자 알싸한 맛이 났다. 그리고 그 위 노란 액체를 빨아들이자 달콤한 망고 맛이 났다. 색색 별로 맛도 다 달랐다.

"와, 신기하다."

"환상적이지?"

"네!"

재마의 말에 동조하며 이별이 고개를 끄덕였다. 그런 이별을 흐뭇하게 바라보다 노마에게로 시선을 옮겼다. 노마의 시선은 내내 이별에게 머물러 있었다. 그렇게 좋을까. 재마가 알기로 노마가 여자에게 관심을 가진 건 이번이 처음이었다. 어느 누가 와서 호감을 표해도 싸늘하게 굴던 놈이 제가 먼저 초대를 하고 좋아 죽겠다 온몸으로 표현을 하다니. 세상 오래 살고 볼 일이다 싶었다.

"둘이 사귀어?"

"음? 컥컥."

재마의 느닷없는 질문에 이별이 마시던 음료가 목에 걸린 듯 컥컥거렸다. 그런 이별의 등을 다정하게 토닥이며 노마가 매섭게 재마를 쏘아보았다. 재마가 어깨를 으쓱하며 내가 뭘? 하고 눈으로 물었다. 뭐, 못 물어볼 거 물어봤어? 궁금하니까 물어봤지.

"괜찮아?"

"아, 네."

재마가 건넨 냅킨으로 입을 닦으며 이별이 어설프게 웃었다. 뭔가 두 남자 사이에 있는 것이 상당히 부담스러웠다. 대체 이 위압감은 뭐지? 이별이 다시 조심히 음료를 빨대로 쪽쪽거리며 곁눈질로 노마와 재마를 쳐다봤다. 아닌 듯 분위기가 묘하게 닮았다.

"형이야."

이별의 얼굴에 떠오른 의문을 알아채고 노마가 말했다. 이별이 그제야 고개를 번쩍 들고 둘을 대놓고 쳐다봤다. 확실히 어딘가 모르게 닮은 구석이 있었다.

"난 이재마. 아버지가 태양인 이제마 같은 한국사에 길이 남을 위대한 한의사가 되길 바라고 지으셨는데. 철자를 잘못 알고 출생 신고서를 작성하시는 바람에 보시다시피 난 음료를 체질에 맞게 아주 잘 만드는 바텐더가 됐지."

"에? 쿡쿡. 그게 뭐예요?"

"태양인 이제마는 어이고, 난 바깥 재마 아이거든."

"형은 정말 유머러스하시네요."

"그게 바로 내 매력이지."

재마가 손끝으로 이별을 가리키며 한쪽 눈을 찡긋거렸다. 그가 이별 쪽으로 몸을 기울였다. 이별도 재마 쪽으로 살짝 다가갔다. 그러자 재마가 비밀을 말하듯 은근한 말투로 작게 속삭였다.

"반면, 저놈은 속을 알 수 없는 음울한 놈이지."

"음울이요?"

"가끔씩 땅을 한정 없이 파고 들어가거든. 나올 생각이 없는 놈처럼."

"진짜요?"

"넌 한 번도 본 적 없구나. 저놈 뒤로 검은 그림자가 쫙쫙 내려 앉는 거."

"그림자는 다 검거든? 애한테 무슨 헛소리야."

가만히 듣고 있던 노마가 기막힌 얼굴로 재마의 머리를 밀며 둘을 갈라놓았다. 재마가 앞머리를 털며 싱겁게 웃었다.

"네 그림자는 특히 더 검어."

"무슨 말이 하고 싶은 거야?"

"꼬마 아가씨."

"저요?"

이별이 꼬마라는 말에 설마 하며 자신을 가리켜 물었다. 재마가 고개를 끄덕이자, 조금 표정이 새침해졌다. 열여덟이면 옛날엔 애를 한둘은 낳았다고 엄마가 늘 잔소리를 하셨는데. 부모의 동의가 있으면 결혼도 할 수 있는 나이라는데. 꼬마라니 뭔가 억울한 기분이 들었다.

"귀엽다는 뜻이야. 오해하지 마."

"아, 네."

이별의 마음을 간파하고 재마가 뒷말을 붙였다. 질풍노도의 시기인 십 대 때에는 자신이 어른과 별다를 게 없다는 착각을 하곤 한다. 그래서 어린애 취급을 하면 부당한 대우를 받았다고 여기기도 한다. 그런 십 대의 특성을 잘 아는 재마가 노련하게 이별의 마음을 달랬다.

"부탁 하나만 하자."

"저한테요? 무슨 부탁이요?"

노마가 또 무슨 헛수작이냐 재마를 못마땅하게 쳐다봤다. 노골적인 노마의 눈빛에도 아랑곳없이 재마가 이별을 직시하며 입을 열었다.

"저놈 절대 버리지 마라."

"형!"

재마의 말에 이별이 눈을 동그랗게 뜨고 그와 노마를 번갈아 쳐다봤다. 버리지 말라는 건 대체 무슨 의미일까? 만약 자신이 생각하는 그런 것이 맞다면 이건 대답하기 상당히 곤란한 질문이었다. 버리지 말란 말은 바꿔 말해 책임을 지란 뜻이었다. 이별은 노마를 책임질 수 있는 사람이 아니었다.

"대답 안 해도 돼. 형은 왜 쓸데없이 나서. 내가 애야? 내가 알아서 해."

노마가 살짝 붉어진 얼굴로 재마에게 쏘아붙였다. 그런 노마의 모습이 귀여워 재마가 쿡 하고 웃었다. 재마가 손을 뻗어 노마의 머리를 마구 헝클이자 노마가 짜증을 내며 그 손을 쳐 냈다.

"아, 진짜. 내가 앤 줄 알아?"

"그러는 너는, 왜 이 애 머리 쓰다듬었냐?"

"그건……."

귀여워서라고 차마 입 밖으로 내뱉지 못하고 노마가 원망 가득한 얼굴로 재마를 쏘아보았다. 이래서 여긴 잘 안 오려고 했다. 노마만 보면 어린애 대하듯 늘 걱정부터 하곤 해서 그게 늘 부담스러웠다.

자신을 잘 따르던 여섯 살 터울의 어린 노마를 혼자 두고 나온 죄책감 때문인지도 모른다.

재마는 노마보다 훨씬 오래전에 아버지의 일을 알고 있었다. 그리고 그 세월만큼 오래도록 계획하고 바라 왔던 일이다. 아버지의 그늘에서 벗어나는 일. 당연히 거기엔 희생이 따랐고, 노마에겐 상처를 남기게 되었다.

고등학교를 졸업하자마자 재마는 집을 나왔다. 그러곤 그 누구의 도움도 받지 않고 혼자서 공부를 하고 돈을 모아 가게를 차렸다. 간간이 노마에겐 연락을 하며 지내 왔다. 그때마다 마음 한구석이 아렸다. 곁에서 지켜 주고 보듬어 주지 못해 노마가 저리된 것은 아닌지 걱정스러웠다. 사람에 대한 믿음이 사라진 노마의 모습에 가슴이 아팠다.

음악과 미술에 노마가 소질이 있는 건 어머니를 닮아서였다. 비록 지금은 곁에 없는 어머니였지만, 노마가 그 재능을 고스란히 이어 받았다는 것이 재마는 무척 기뻤다. 어느 정도 가게가 자리를 잡자 재마는 노마에게 같이 지내자고 제안했다. 하지만 노마는 단칼에 그것을 거절했다. 이유는 간단했다. 형이 그랬듯 자신도 스스로 일어서겠다는 것. 재마는 서두르지 않고 기다려 주기로 했다.

"같은 거야. 네 마음이나, 내 마음이나."

정곡을 찌른 재마의 말에 노마가 입을 다물고 음료를 벌컥벌컥 들이켰다. 속이 많이 타는 모양이었다. 노마의 용기에 조금 힘을 보태 주고 싶은 마음에 나선 것인데 그게 오히려 더 부담이 되었던 모양이다. 하긴, 남녀 사이의 문제는 누가 끼어든다고 해서 바뀌는 그런 문제가 아니었다. 특히나 아직 시작도 하지 못한 어중간한 관계에선 더더욱.

"나가자."

"어디로요?"

"배 안 고파? 저녁 먹자."

노마의 말을 듣고 보니 배가 고픈 것도 같았다. 음료를 마시긴 했지만 그게 식사 대용은 될 수 없었다. 이별이 기분 좋게 고개를 끄덕이자 노마가 자리에서 벌떡 일어났다.

"벌써 가게?"

"있어 봤자 영양가 있는 말 들을 것 같지도 않고. 그냥 밥이나 먹으러 가야겠다."

"식사 만들어 줄게."

재마가 조금 더 같이 있고 싶은 마음을 돌려 말했다. 그를 뻔히 알면서도 노마가 미간을 찌푸리며 냉정하게 고개를 저었다.

"라면 물도 못 맞추는 인간이 요리는 어떻게 한단 거야. 요리 잘하는 여자 친구 생기면 그때 말해."

"자식, 형의 성의를 그런 식으로 저버리다니."

재마가 서운한 마음을 숨기지 않고 시큰둥하게 말했다. 그에 아랑곳없이 노마가 입구로 걸어 나갔다. 저 수법에 한, 두 번 속아 넘어간 게 아니었다. 잡히면 직접 만든 허접한 음식을 다 먹을 때까지 빠져나올 수도 없었다. 그를 알기에 노마의 발걸음은 냉정했다.

"간다."

"아, 안녕히 계세요."

뒤도 돌아보지 않는 노마를 따라 입구로 걸어가며 이별이 어색하게 작별 인사를 했다. 재마가 환한 미소를 지어 보이며 다정하게 손을 흔들었다.

　"다음에 또 와. 저놈 데려오면 좋고, 아니라도 상관은 없고. 그래도 기회는 한 번쯤 줬으면 좋겠는데."

　"아, 그게……."

　"알아. 조금 늦었지?"

　"……."

　"그래도 완전히 버리진 않을 거지? 마음 많이 다치지 않게 잘 좀 챙겨 줘."

　"……네."

　미안함을 담아 말하는 이별을 재마가 따스하게 바라봤다. 이별을 처음 봤을 때부터 느꼈었다. 이별이 지금 풋풋한 사랑을 시작하고 있음을. 단지 그 상대가 누군지는 알지 못했다. 노마이길 바랐는데 분위기로 보아 그건 아닌 건 같았다. 안타깝지만 강요를 할 수는 없었다. 부탁을 하긴 했지만 부질없는 짓이란 것도 알았다. 그래도 한 번은 기회를 주면 좋겠다. 형의 마음으로 안 될 부탁을 했다. 착한 녀석이다. 그걸 또 단칼에 거절은 하지 못한다.

　입구로 사라지는 이별의 뒷모습을 안타깝게 바라보며 재진이 깊은 한숨을 내쉬었다. 참 닮아도 어떻게 저런 것까지 닮는지. 재진이 쓰게 웃으며 얼굴을 손으로 쓸어내렸다.

　"짝사랑. 그거 엄청 힘든 거다. 형이 해 봐서 알아."

　그래서 더 마음이 아프다. 실연당한 후의 노마가 어떤 상태일지를 잘 알기에.

"뭐 먹고 싶어?"

거리로 나선 노마가 주변 상가를 둘러보며 이별에게 물었다. 이별이 좋아하는 음식이 무엇인지 몰라 어디로 데려가야 할지 난감했다. 식당은 많은데 종류를 고르기가 힘들다.

"음, 달콤한 걸 먹었더니, 이번엔 매콤한 게 당기는 데요?"

"매콤한 거?"

"떡볶이! 그거 먹으러 가요."

"떡볶이? 그게 식사가 돼?"

"꼭 밥만 먹으란 법은 없잖아요. 떡볶이 잘하는 데 내가 알아요. 가요."

생각만 해도 즐겁다는 듯 이별이 노마의 손을 덥석 잡아끌었다. 이별의 손에 끌려가면서 노마는 제 손을 잡은 이별의 손을 멀뚱히 내려 봤다. 누군가에게 손을 잡혀 본 건 이번이 처음이었다. 잡힐 여지를 주지 않은 것도 있지만, 누군가 근처에 오는 것도 싫어하던 그였다. 그런 노마가 이별이 잡은 손을 떨쳐 내지 않고 머뭇거리다 조심히 맞잡았다.

놓기 싫다.

노마의 마음이 맞잡은 손에 힘을 깃들게 만들었다. 아플 정도로 제 손을 꽉 붙잡는 노마의 손길에 이별이 걸음을 멈추고 그를 돌아봤다. 노마가 여러 감정이 뒤섞인 복잡한 얼굴로 그녀를 마주 바라보았다.

왜, 먼저 알지 못했을까? 왜 미리 알아채지 못했을까? 먼저 이별을 알았더라면, 미리 그녀를 향한 제 마음을 알아챘더라면, 지금 이렇게 불안하진 않았을 텐데.

분주하게 오가는 사람들 속에 둘만 움직임을 멈췄다. 시간의 흐름도 공간의 혼잡함도 느껴지지 않았다. 이별이 진지한 그의 눈을 마주하고 깊은 숨을 들이켜 천천히 아주 천천히 내뱉었다. 끊임없는 그의 고백. 알지만 받아 줄 수 없는 마음이 무거웠다.

"노마 선배."

"쉿."

이별의 부름에 노마가 제 입 위에 검지를 세우며 고개를 저었다. 그에 이별이 가만히 입을 다물었다. 노마의 입가에 엷은 미소가 번졌다. 그가 맞잡은 손을 흔들며 이별과 나란히 섰다.

"기대된다."

"어?"

"맛있겠다. 그 떡볶이."

"아, 물론이지. 내가 보장해. 먹어 본 중에 최고였어."

노마가 고개를 끄덕이며 이별의 손을 흔들었다.

"가자."

"응."

아직은 듣고 싶지 않았다. 이별의 입에서 나올 말이 무엇인지 알기에. 그걸 들을 용기가 나지 않았다. 시작도 못 해 봤는데 거절부터 당하는 건 너무 잔인하잖아. 씁쓸한 마음을 감추며 노마가 이별을 향해 싱긋이 웃었다.

'분명히 맛있을 거야. 너랑 단둘이 처음으로 먹는 거니까.'

혼자만의 추억으로 남을지 몰라도.

"여기예요, 여기."

이별이 가리킨 식당은 30년 전통의 떡볶이 전문점이었다. 그만큼 가게도 허름하고 작았지만 손님은 많았다. 삼십 분을 넘게 기다리고서야 식당 안으로 들어갈 수 있었다. 테이블도 작고 자리도 좁았다. 덕분에 노마와 이별을 긴 테이블 한쪽을 차지하고 나란히 앉게 되었다.

"괜찮겠어?"

묻는 노마의 얼굴이 오히려 굳어 있었다. 이런 곳은 처음인 모양이었다. 이별이 상큼하게 고개를 끄덕였다.

"물론이죠. 자리 불편한 거 다 잊을 만큼 맛있으니까."

"아."

노마가 어색하게 웃으며 작게 고개를 끄덕였다. 이별이 시킨 떡볶이와 어묵은 자리에 앉자마자 나왔다. 기다린 것에 비하면 음식 나오는 것은 초스피드였다. 환하게 웃으며 맛있게 떡볶이를 찍어 먹는 이별과 달리 음식은 입에도 대지 않은 노마가 그런 이별을 보며 흐뭇한 미소를 지었다.

"왜 안 먹어요?"

노마의 시선을 느끼고 그를 돌아보며 이별이 의아해하며 물었다.

"어, 먹을게."

말을 하고도 노마는 포크를 들지 않았다. 그를 물끄러미 바라보던 이별이 떡볶이 하나를 찍어 그의 입 앞에 내밀었다. 노마가 떡볶이와 이별을 번갈아 바라보았다. 이별이 그를 재촉했다.

"아, 해요."

"아."

노마가 이별을 따라 작게 입을 벌리자 이별이 그의 입에 떡볶이를 쏙 밀어 넣었다. 매콤한 떡볶이 맛이 느껴지자 노마가 입을 오물거렸다. 노마가 입에 묻은 떡볶이의 잔해를 혀로 핥는 것까지 보자 이별이 만족스러워하며 제 입에도 떡볶이를 넣었다.

"맛있죠?"

"응. 맛있다."

"다음엔 친구들이랑 같이 와요. 맛있는 건 다 같이 먹어야 더 맛있죠."

물을 한 모금 머금은 노마가 말없이 고개만 끄덕였다. 단둘이 있어 좋은 건 아마도 자신 혼자뿐인 것 같았다. 편하지 않은 사이. 그게 좋지도 싫지도 않은 이유는, 이별이 자신을 조금이나마 의식하고 있다는 사실과 그로 인해 불편하고 있음을 알고 있기 때문이었다.

"그래, 그러자."

힘없이 흘려 낸 노마의 말에 이별이 몰래 낮은 한숨을 흘려 냈다. 직접적인 거절을 하기보다 돌려 말하는 게 나을 것 같아서 친구를 들먹이며 그가 더 다가오는 것을 막았다. 그런데 이것도 좋은 방법은 아닌 것 같았다. 아무렇지 않게 말하는 노마의 눈빛이 차마 마주 보기 힘들 정도로 슬펐다. 상처 많은 사람에게 또 상처를 입힌 건 아닐까. 마음이 무거웠다.

아프지만, 언젠가는 해야 하는 미안한 말.

시간이 길어지면 길어질수록 하기 힘든 미안한 말.

그래서 더 아프고 슬픈 미안한…… 말.

당신이 아니어서 미안해…….

8.

상처

　괜찮다는 이별을 굳이 집 앞까지 데려다 주겠다며 노마가 따라나섰다. 버스정류장에 나란히 앉아 버스를 기다리는 동안 이별은 연신 한숨을 푹푹 내쉬었다.

　"땅 꺼지겠다. 무슨 한숨을 그렇게 내쉬어."

　"선배한테 말 못 한 게 있는데."

　머뭇거리며 괜스레 손가락만 꼼지락거리는 이별을 노마가 지그시 내려다봤다. 무슨 말이 하고 싶은 걸까. 불안한 마음을 안고 노마가 입을 열었다.

　"무슨 말?"

　"그게 그러니까."

　노마의 눈을 바라보고 있으니 더 말문이 막혔다. 어떻게 말을 꺼내야 할까? 자신이 우연과 한집에서 살고 있다는 사실을 알면 과연 노마는 무슨 말을 할까? 다른 사람도 그런 말을 하면 쉽게 이해하고 받아들이기 힘든데. 노마는 더 할 것이다.

"편하게 말해. 뭐가 그렇게 힘들어."

"나 있지."

머뭇거리던 이별이 말을 하려는 찰나, 버스가 그들 앞에 다가와 섰다. 이별이 타야 하는 버스였다.

"이 버스지?"

미리 번호를 물었던 노마가 확인차 묻자 이별이 고개를 끄덕였 다. 노마가 먼저 발을 옮기자 이별이 깊은 한숨을 내쉬며 일어나 버 스에 올랐다. 2인석에 나란히 앉은 둘이 잠시 말을 잊었다. 팔걸이 에 손을 올려 턱을 쓸던 노마가 힐끔 이별을 쳐다봤다. 창밖을 바라 보고 있는 이별의 입에선 연신 한숨을 흘러나오고 있었다. 노마의 고개가 모로 기울었다.

하기 힘든 말이 있는 모양이다. 속이 갑갑할 만큼.

"나랑은 안 된다는 말보다 더 충격적인 말인가?"

노마가 먼저 어렵게 입을 열었다. 아무렇지 않은 듯 무심하게 내 뱉은 말에 이별이 놀라 노마를 돌아봤다. 오늘 내내 입 안을 맴돌았 지만 할 수 없었던 거절의 말이었다. 그것을 노마가 이미 알고 있다 는 듯 대신 말한다.

"뭘 그렇게 놀라. 진짜 이것보다 더 심한 말이야?"

노마가 장난을 가장해 건넨 말이 더 가슴 아팠다. 둘에게 사귀게 될 만한 어떤 일이 있었던 것은 아니었지만. 그래도 노마의 마음을 알기에 지금 그가 얼마나 어렵게 말을 꺼내고 있는지 잘 알고 있었 다.

"선배……."

"좋아하는 게 사람 마음대로 되는 건 아니잖아. 그렇다고 그걸 강요할 수도 없는 거고. 알아. 너한테는 내가 아니라는 거."

"저기, 있잖아."

"괜찮아. 우리 아직 어리잖아. 기다리다 보면 나한테도 기회가 오겠지."

"……으음."

하고 싶은 말은 많았지만, 섣불리 입이 떨어지지 않았다. 노마가 먼저 어렵게 말을 했으니 그에 대해 편안하게 대해 주는 게 맞는데 이상하게 자연스러운 말이 나오지 않았다. 이별이 우물쭈물하며 말을 못 하자 노마가 그녀의 등 뒤로 손을 뻗어 창문을 톡톡 두드렸다. 그에 이별의 시선이 창 쪽으로 돌려졌다. 노마가 이별의 귓가에 가만가만 속삭였다.

"나한테 말하기 힘들면 여기에 대고 말해. 창에 비치는 너와 나. 같은 곳을 보지만 마주 보진 않는 둘을 향해 말해 봐. 이렇게 쭉 가도 괜찮으냐고."

"아."

"친구로라도 정말 괜찮은 거냐고."

심장이 처음으로 떨렸다. 노마의 말에 담긴 진심이 이별의 가슴을 물들였다. 그렇게라도 네 곁에 있고 싶다고. 다른 곳을 보고 있는 너의 뒷모습을 보는 것만으로도 감사하게 여기겠다고. 그러니까. 그것 때문에 힘들어하지 말라고.

"고마워요, 선배."

"뭐야. 너무 싱겁잖아."

"훗. 그런가요?"

엷게 웃는 노마의 미소 위에 이별의 미소가 더해졌다. 포기하지 않는 열정도 중요하지만, 강요하지 않는 배려가 더 고마웠다. 노마가 싫은 게 아니라 더 그랬다. 그를 만나서 즐거웠고, 기뻤다. 새로운 영감을 얻었고 작품에 많은 도움을 받았다. 노마도 이별에겐 소중한 사람이었다. 잃고 싶지 않았다. 어색한 관계로 남고 싶지도 않았다. 이기적인 욕심일진 몰라도 그와 오래도록 좋은 사이로 남고 싶었다.

"아, 여기서 내려요."

"기사님! 문 좀 열어 주세요."

벨 누르는 게 늦어 혹시 문을 열어 주지 않으며 어쩌나 뒷문으로 뛰며 소리쳤다. 다행히 기사가 별말 없이 문을 열어 주었다. 정류장을 지나치기 전 서둘러 내린 둘이 서로를 마주 보고 편하게 웃었다.

"이 동네 살아?"

"네."

"우연이랑 같은 동네네?"

"……네."

정적이 흘렀다. 그 어색한 침묵에 노마가 뭔가 감을 잡고 낮게 헛웃음을 터트렸다. 확실히 우리는 아니라는 말보다 더 강하다. 우연이 이별을 두고 내 마누라라고 한 말이 이제야 이해가 간다. 부모님도 허락한 사이라고 했던가?

"같이…… 살아?"

노마의 조심스런 물음에 이별이 작게 고개를 끄덕였다. 노마의 눈동자가 흔들렸다. 내내 미소가 머물던 그의 입가가 떨리는 게 보였다. 생각으로 남겨 둘 걸 그랬나 보다. 실제로 들으니 생각보다 가슴이 더 찢어진다. 그러니까. 안 되지. 이러니까 내가 들어갈 틈이 안 보였던 거지. 나쁜 놈. 평생 여자는 거들떠 보지도 않을 것 같던 놈이 제집에 이별을 들이고 내 거라고 확고한 바리게이트를 쳤다.

"같이 살지만 이상하고 뭐 그런 사이 절대 아니에요. 부모님도 다 아시고. 그러니까, 이게 어떻게 된 거냐면."

"좋아하게 된 거지?"

"네?"

"좋아할 수밖에 없지. 이런 녀석을 곁에 두고 어떻게 안 좋아할 수가 있어. 그래서 홀린 거지. 완전히 제 것이 되었으면 바라는 마음에."

"……음. 그게."

"가자. 처음이자 마지막 데이튼데 이렇게 그냥 흘려보낼 순 없잖아."

노마가 이별의 어깨를 감싸 안고 익히 알고 있는 길을 따라 걸었다. 처음이라는 말보다 마지막이란 말이 더 깊이 이별의 가슴에 들어와 박혔다. 노마의 손이 닿은 어깨가 따스한 온기로 물들었다.

모든 걸 알고도 쓴소리 한 번 하지 않는 그가 내심 걱정되었다. 더불어 잘 부탁한다던 재진의 말도 떠올랐다. 미안했다. 잘못한 것도 없이 괜히 마음이 무겁고 미안해졌다. 그의 마음을 받아 주지 못

해서. 그에게 두 번이나 상처를 준 거 같아서 너무 미안했다.

"미안해요, 선배."

"그런 말 아직은 일러."

"네?"

"내가 아닌 거지. 네가 아닌 건 아니니까."

노마의 수수께끼 같은 알 수 없는 말에 이별이 고개를 갸웃했다. 노마가 싱긋이 웃으며 손가락 끝으로 이별의 이마를 콕 눌렀다. 이별이 그 손끝을 보며 눈동자를 모았다.

"그래, 그렇게 단순하게 생각해. 눈에 보이는 대로 믿고 행동하면 되는 거야. 나는 앞으로도 쭉 편한 친구로 네 곁에 있을 거야. 그리고 기다릴 거야. 네가 그놈 싫증 나서 뻥 차 버릴 때까지."

"예?"

씁쓸한 얼굴로 이별을 바라보던 것도 잠시, 노마가 눈을 찡긋하며 결의를 다졌다. 기필코 그놈을 네게서 몰아내고 말리라. 그놈의 실체를 낱낱이 까발려 주리라. 네가 진저리 칠 만한 것들만 찾아서. 그의 눈에 깃든 장난기를 읽어 내고 이별이 쿡 하고 낮게 웃었다.

"그게 뭐야. 아직 제대로 시작도 안 했는데. 싫증부터 나면 어떡해요."

"그럼 난 더 좋지."

"뭐, 선배가 곁에 있다는 건 늘 기억하고 있을게요."

"그렇다고 세컨드로 생각하면 안 돼."

"에이, 설마."

"혹시 너 그놈 잘 때 이 가는 거 알아?"

"정말요?"

금시초문이라는 듯 눈을 빛내며 묻는 이별의 얼굴에 노마가 흡족한 미소를 띠며 비밀인데 너한테만 말해 준다는 듯 은밀하게 목소리를 낮췄다.

"완전 빡빡 갈아. 옆에서 들으면 얼마나 소름 끼치는 줄 알아? 난 그놈 이 가는 소리 때문에 수련회 가서 잠 한숨 못 잤다니까."

조금 과장을 섞긴 했지만 거짓말은 아니었다. 비록 그 수련회가 초등학교 때였다는 말을 빼긴 했지만. 추호도 거짓은 없었다. 맹세코.

"고마워요."

"푹 쉬고 내일 봐."

"네. 선배도 조심해서 가세요."

"응."

아쉬움에 인사가 길어졌다. 이대로 여기서 헤어지면 내일부턴 정말 그냥 친한 선후배 사이가 되는 것이다. 아쉬움에 이별을 그냥 보내기가 싫었다. 인사를 하고 돌아서는 이별을 등 뒤에서 와락 껴안았다. 당황한 이별이 그대로 굳는 게 느껴졌다.

"잘 가."

귓속으로 스며드는 노마의 감미로운 목소리가 떨리는 게 느껴졌다. 자신을 꽉 껴안은 손에서도 떨림이 느껴졌다. 낮게 흘려 낸 신음이 아리게 이별의 가슴을 물들였다. 아무렇지 않은 척 대범하게 굴어도 사랑을 떠나보내는 일은 누구에게나 어렵고 힘든 것이다. 괜찮을 리 없었다.

"네. 노마 선배도 잘 자요."

이별의 따스한 말에 노마가 엷은 미소를 띠었다. 그의 팔에서 힘이 빠져나갔다. 이별을 풀어 주고 물러선 노마의 가슴으로 싸한 바람이 불었다. 깊은 숨을 몰아쉰 노마가 그대로 몸을 돌려 왔던 길을 되짚어 걸었다.

"아프지 말아요."

쓸쓸한 노마의 뒷모습을 아프게 바라보며 이별이 혼잣말을 읊조렸다.

길을 따라 걷던 노마의 뒤로 공 튕기는 소리가 들렸다. 노마가 돌아보지 않고 곧장 걸어갔다. 그런 노마의 뒤통수로 공이 날아들었다.

텅. 노마의 뒤통수를 때리고 바닥으로 떨어진 공을 그의 곁을 스치고 앞으로 뛰어가며 우연이 가볍게 받아 냈다. 노마를 마주한 우연이 천연덕스럽게 농구공을 드리블했다. 앞으로 쏠린 머리를 들어 올리며 노마가 매섭게 우연을 노려봤다. 우연이 한쪽 입꼬리를 비스듬히 치켜 올렸다.

"한 게임 어때?"

"혼자 놀아. 난 너랑 놀 생각 없어."

"농구 못하나? 하긴 기타 연주하고 그림만 그릴 줄 알았지. 운동하는 건 한 번도 못 봤네."

우연이 보란 듯 농구공을 현란하게 드리블하며 노마를 도발했다. 그에 발끈한 노마가 이를 꽉 깨물며 성큼성큼 우연에게로 다가가 그의 손에서 공을 빼앗았다. 그러곤 말도 없이 공을 드리블하며 앞으로 뛰어갔다.

"하아. 자식이 말은 하고 시작해야지."

우연이 그 뒤를 바짝 쫓아 근처 공원 농구코트로 향했다. 어두운 공원. 가로등 불빛만 비추고 있는 한적한 농구코트에서 둘이 사투를 건 사람처럼 심각하게 게임에 임했다.

"5판 3승 선제. 오케이?"

"말만 번지르르하게 하지 말고 뛰기나 하지?"

노마의 시니컬한 말에 우연이 피식 웃으며 공을 뺏으려 덤벼들었다. 생각했던 것처럼 노마는 그렇게 운동에 소질이 있지는 않았다. 가끔 공부하다 갑갑할 때 농구로 스트레스를 풀었던 우연과는 달리 노마는 음악으로 모든 것을 해결했었으니 그럴 수밖에 없었다.

결과는 뻔했다. 하지만 노마도 쉽게 져 줄 생각이 없는 듯 악착같이 달라붙어 우연이 골을 성공하지 못하게 방해했다. 점수만 나지 않게 하면 어느 정도 승산은 있다고 생각했다. 포기하지 않고 끈덕지게 달라붙는 노마 때문에 우연도 제대로 실력 발휘를 하지 못했다.

결국, 승부는 내지 못한 채 둘 다 체력 고갈로 코트 바닥에 뻗어버렸다. 거친 숨을 몰아쉬며 하늘의 별을 바라보고 누운 둘이 누가 먼저랄 것도 없이 웃음을 터트렸다.

"인생엔 답이 없다더니, 그 말이 딱이네. 누가 알았겠냐? 너랑 내가 이런 일로 싸우게 될 줄."

"범생이 같은 소리 하고 있네. 답이 없는 인생이 어디 있어. 결국엔 알고 있으면서 찾게 되는 게 답이지."

우연이 노마를 돌아봤다. 땀에 젖은 머리와 옷 위로 바람이 스쳐 지나갔다. 생각보다 담담해 보여서 다행이다. 솔직히 오늘 이별을 노마에게 보내야 하나 말아야 하나 망설였었다. 노마가 어떤 마음으로 이별을 불렀을지 짐작하고 있었다. 그래서 보내기가 싫었다.

노마의 마음이 진심임을 알기에. 간혹 진심은 무서운 힘을 발휘해 사람의 마음을 뒤흔들어 놓곤 한다. 그래서 뜻하지 않은 일을 만들어 사람을 곤란하게 만들어 버린다. 그런 일이 벌어질까 봐. 불안했다.

"같이 산다고 엉뚱한 오해는 하지 마라."

"무슨 오해."

노마가 서늘한 얼굴로 그를 돌아봤다. 눈이 마주치자 불꽃이 일었다. 여태 죽도록 뛰고는 그럴 힘이 남았을까 싶게 둘의 눈이 뜨겁게 타올랐다. 우연이 피식 싱겁게 웃으며 말했다.

"뭐, 남녀 간에 할 수 있는 그렇고 그런 오해들."

"미친놈. 이별이 그럴 애냐?"

"뭐야, 이별은 믿고 난 못 믿는단 소리야?"

"남잔 다 동물이니까."

"하아. 저는 아닌 것처럼 말하네."

"아니라고 말 안 했다."

"뭐?"

노마가 하늘의 별로 시선을 옮기며 깊은 한숨을 내쉬었다. 그런 노마를 우연이 유심히 바라보았다. 노마가 독백을 하듯 잔잔하게 말을 이어 갔다.

"아무래도 같이 살면 이상한 마음이 생길 수도 있겠지. 좋아하니까. 사랑하니까. 하지만 그래도 더더욱 안 그럴 것 같아. 사랑하는만큼 아껴 주고 싶을 테니까. 소중하게 여겨 줄 테니까."

"하아. 이래서 네가 신경 쓰이고 싫은 거야."

"피차일반이지."

"그래도 안 돼. 여기까지. 더 나가면 다 힘들어져."

"알아. 새끼야. 그렇게 말 안 해도 안다고."

노마가 지그시 눈을 감으며 투덜거렸다. 마음 정리를 어느 정도한 모양이다. 이별을 노마에게 보낼 수 있었던 건, 노마의 말처럼이별을 믿었기 때문이다. 그녀가 흔들리지 않을 거란 걸. 이별의 마음이 자신 쪽으로 기울었다는 확신이 없었다면 절대 그렇게 하지못했을 것이다.

"처음 알았는데. 나 엄청 속 좁더라. 질투도 심하고. 소유욕도 만만찮아."

우연이 하늘로 시선을 옮기며 고해하듯 말했다. 그에 노마가 싱겁게 웃었다.

"그걸 이제 알았냐? 너 어릴 때부터 그랬어. 남한테 지는 거 못견뎌했잖아. 그게 공부든, 물건이든, 사람이든."

"그랬나?"

"그랬어. 그래서 너 나한테 엄청 못 되게 굴었어. 엄마랑 있을때 특히 더."

노마의 말에 우연의 얼굴에서 미소가 사라졌다. 그랬나 보다. 엄마와 함께 있는 노마에게 유난히 차갑게 굴었던 것도 같다. 그 모습이 왜 그렇게 보기 싫었었는지 그때는 깨닫지 못했는데 지금 와서 생각하니 유치한 질투였다. 자신에게 없는 엄마를 절친인 노마가 소유하고 있다는 것에 대한 어이없는 질투.

"어렸으니까. 가지고 싶지만 그럴 수가 없다는 걸 잘 알고 있었으니까. 더 그랬겠지."

"생각해 보니까 그러네. 그런데 또 새엄마는 안 바랐던 것 같아. 진짜 엄마란 말을 입에 달고 살았던 거 같아. 날 낳아 준 진짜 엄마가 보고 싶다고 살려 내라고 떼를 썼던 기억이 난다. 힘들었겠네. 우리 아버지. 아직 젊었을 땐데. 나보다 더 견디기 힘들었을 텐데. 사랑하는 사람을 먼저 보내고 많이 아팠을 텐데. 내가 거기에 상처를 더했네."

고해가 길어졌다. 그동안은 생각도 못 하고 당연하게 혹은 무심하게 지나쳤던 일들이 새삼 그래서 안 되는 것들이었구나. 깨닫게 한다. 아버지도 남자였고, 사랑하는 연인을 잃었다는 걸 알고도 모른 척하고 지냈다.

"알았으면 잘해. 너희 아버지 같은 분 없어."

"그래."

단 한 번도 살갑게 대해 드린 적이 없었다. 반면 우연의 아버지는 늘 친구처럼 격 없이 지내려 노력했다. 우연이 삐뚤어지지 않도록 늘 노심초사하면서.

"더럽게 피곤하네."

노마가 투덜거리며 몸을 일으켰다. 따라 일어서는 우연을 향해 노마가 손을 내밀었다. 그 손을 가만히 바라보던 우연이 피식 웃으며 손을 내밀어 잡았다. 노마가 잡은 손에 힘을 줘 우연이 일어서는 것을 도왔다. 그러곤 불시에 주먹을 휘둘렀다.

퍽!

우연의 고개가 반대로 돌아갔다. 노마가 잡은 손을 놓으며 우연의 얼굴을 때린 손을 풀어 흔들었다. 때린 손이 아픈 걸 보면 맞은 놈은 더 아프지 싶어 표정이 한결 평온했다. 우연이 턱을 이리저리 만지작거리며 헛웃음을 터트렸다. 이런 식으로 속풀이를 할 줄은 몰랐다.

"자식, 주먹 더럽게 맵네."

입술이 터져 입가에 흐른 피를 엄지로 닦으며 우연이 고개를 절레절레 흔들었다. 그에 반해 만족스런 미소를 지은 노마가 가볍게 어깨를 으쓱했다.

"이 정도로 봐주는 걸 다행으로 알아."

"누가 들으면 네 애인 내가 뺏은 걸로 알겠다."

"그럴 뻔했던 걸로 넘겨. 혼자 썸 타는 것도 감정 정리는 힘든 거니까."

"그렇다고 또 땅굴 파고 들어가진 마라. 이대로가 딱 좋아."

"너 좋으라고 있는 거 아니야. 이별이 때문이지."

"알아. 생색은."

노마가 바닥에 뒹굴던 농구공을 주워 우연에게 던졌다. 우연이 날렵하게 그것을 받아 내자 살짝 아쉬운 표정을 지었다. 우연이 눈을 가늘게 뜨고 찢어진 입술을 손으로 가리켰다.

"이걸로 그냥 만족하지?"

"작별 인사한 거야."

"두 번만 했다간 얼굴 날아가겠다."

"그게 조금 아쉽긴 해. 확 날려 버릴 수 있었는데. 그럼 이별이 옆자리가 내 차지가 될 수도 있는 건데."

우연이 의미심장하게 눈을 빛내며 공을 바닥에 튕겼다.

"널 날려 버릴 수도 있어."

"한 번 당하지 두 번은 안 당해."

처음 농구공에 뒤통수를 맞았던 것을 들먹이며 노마가 비릿하게 웃었다. 우연이 튕기던 공을 허공에 띄워 손에 올렸다. 노마가 움찔하며 눈에 한껏 힘을 줬다. 그를 느긋하게 바라보며 우연이 돌아서 손을 휘저었다.

"가라. 이 몸은 기다리는 여자가 있어서 먼저 간다."

"하아."

가벼운 발걸음으로 즐겁게 걸어가는 우연의 뒷모습을 못마땅하게 노려보며 노마가 가운뎃손가락을 척 들어 벅큐을 날렸다.

"재수 없는 자식. 잡은 김에 흠씬 패 주는 건데. 아깝네."

몸을 돌려 공원을 가로지르는 노마의 발걸음이 무척 무거웠다.

학교를 가기 위해 대문을 나서자 먼저 나섰던 우연이 이별을 기다리고 있었다.

"먼저 안 갔어?"

"같은 학곤데 같이 가야지."

"와아. 이건 뭐지? 처음 부탁했을 때는 그렇게 차갑게 외면하더니."

"그땐 내가 널 사랑하지 않았으니까."

너무 자연스러운 우연의 고백에 이별의 말문이 딱 막혔다. 홍조를 띤 이별의 얼굴을 사랑스럽게 바라보며 우연이 자전거 뒷자리를 손으로 탁탁 쳤다.

"앉아."

"진짜?"

"뭐, 100킬로 이상만 안 나가면 합석도 가능해."

"그 반도 안 되거든요."

"그건 타 보면 자연스럽게 알게 되겠지."

물끄러미 우연을 바라보다 그가 가리키고 있는 뒷자리로 시선을 옮긴 이별이 흥 하고 콧방귀를 뀌었다. 그러곤 턱을 도도하게 치켜들고 걷기 시작했다. 그런 이별을 따라 시선을 옮기던 우연이 자전거에서 내려 냉큼 그녀의 팔을 붙잡아 세웠다.

"어딜 가."

"안 타. 걸어갈래."

"같이 가자니까."

"됐다고요. 난 버스가 편해."

새침하게 삐친 투로 말하는 이별을 가만히 바라보다 우연이 웃음을 터트렸다. 아무래도 몸무게 운운한 것이 신경이 쓰여 그랬던 모양이다.

"미안. 장난 안 칠게. 맹세해."

우연의 사과에도 이별의 기분은 풀리지 않았다. 입을 삐죽이며 앞만 바라보고 있는 이별의 눈앞으로 불쑥 얼굴을 내린 우연이 갑자기 쪽 하고 그녀의 볼에 입을 맞췄다. 놀라 동그래진 눈으로 그를 쳐다보던 이별이 서둘러 주변을 살폈다.

"미쳤어요? 누가 보면 어쩌려고."

"그러니까. 왜 사람 애간장을 태워."

"뭘 태워요?"

"넌 내 애간장을 태워서 안절부절못하게 만들었지만, 난 널 태워서 기분 좋게 만들어 줄게."

"응?"

알 수 없는 말을 하곤 갑자기 이별의 몸을 번쩍 안아 올린 우연이 그녀를 냉큼 자전거의 뒷자리에 앉혔다.

"어어어."

"잘 잡아. 안 그럼 떨어진다."

이별이 뭐라 할 사이도 없이 자전거에 올라탄 우연이 그녀의 손을 잡아 제 허리에 교차해 꽉 붙들게 만들어 놓고 페달을 힘껏 밟았다. 자전거의 반동에 몸이 뒤로 움직이자 이별이 우연을 안은 팔에 힘을 줬다. 바짝 제 등에 붙어 기댄 이별을 느끼며 우연이 환하게 웃었다.

"와아, 예쁘다."

버스로 가는 길엔 보지 못했던 아름다운 가로수 길을 우연의 자전거가 가로질렀다. 어느새 불퉁했던 이별의 얼굴에 환한 미소가 떠올랐다. 주변 풍경을 감상할 수 있도록 우연이 자전거의 속도를 줄여 천천히 페달을 밟았다.

가을의 끝자락. 겨울을 마주하기 전. 계절의 모호한 경계에선 좀처럼 볼 수 없는 풍경이었다. 사철나무의 푸르름 사이로 따스한 햇살이 투명하게 내리비쳤다. 이별이 지그시 눈을 감고 한 팔을 뻗었다. 손끝을 스치는 바람과 햇살의 온기가 기분을 들뜨게 만들었다.

"좋다."

이별의 짧은 감탄사에 담긴 흡족한 마음을 읽어 낸 우연의 얼굴에도 포근한 미소가 떠올랐다. 우연이 좋아하는 길이었다. 3학년을 한결같이 함께했던 장소였다. 늘 혼자 지나왔던 이 길을 이제는 이별과 함께하고 싶었다. 비록 함께 다닐 수 있는 시간이 길진 않겠지만, 그래도 지금이라도 그러고 싶었다.

"앞으로 쭉 같이 오자."

"응."

기분이 좋아진 이별에게서 시원스런 답이 나왔다.

"어느 길이든 쭉 같이."

"응."

"평생. 그러자."

"......응?"

생각 없이 답하던 이별이 고개를 갸웃하며 되물었다. 방금 들은 말이 무슨 의민지 묻는 것 같았다. 우연이 시치미를 뚝 떼고 말을 돌렸다.

"여긴 겨울에도 아름다워. 굳이 등굣길이 아니라도 한 번씩 바람 쐬러 와도 좋을 거야."

"그래? 한번 와 보고 싶다."

"겨울에 눈꽃이 피지."

"와아, 생각만 해도 좋아. 무지 예쁘겠다."

"데려올게. 계절마다."

"응.

단순하게 답하는 이별의 말에 우연이 쿡 하고 낮은 웃음을 터트렸다.

'죽을 때까지. 평생.'

다른 날과는 사뭇 다른 상쾌한 기분으로 학교 앞에 도착한 이별이 우연의 에스코트를 받으며 자전거에서 내렸다. 자전거 거치대에 자전거를 세우고 자물쇠를 거는 우연의 모습을 곁에서 지켜보는 이별의 눈이 반짝반짝 빛났다. 그의 배려가 싫지 않았다.

손을 털고 일어선 우연에게 가방을 건네자 그가 가방을 어깨에 메고 싱긋이 웃었다. 이별이 따라 웃자 우연이 그녀의 볼을 톡 건드렸다.

"귀여워."

"에?"

부끄러워 살짝 달아오른 이별의 볼을 지그시 바라보던 우연이 살며시 그녀의 손을 잡고 걸음을 옮겼다. 잡힌 손이 어색해 빼내려다 말고 이별이 멋쩍게 이마를 긁적이며 따라 걸었다. 교정으로 접어들자 우연이 망설임 없이 이별의 교실이 있는 건물로 방향을 틀었다.

"데려다 줄게."

"어."

못 이긴 척 작게 답한 이별이 맞잡은 손을 꼼지락거렸다. 그에 우연의 입가에 엷은 미소가 번졌다. 우연이 잡은 손에 살짝 힘을 줬다. 그에 답하듯 이별도 그의 손등을 톡톡 두드렸다. 말로 하는 것보다 서로만 알 수 있는 이런 식의 작은 표현들이 더 가슴 떨린다는 걸 처음 알았다. 그 떨림이 기분까지 좋게 만들었다.

둘이 막 건물 정문으로 들어서려는 순간, 우연의 휴대폰이 갑자기 울렸다.

"잠깐만."

우연이 휴대폰을 꺼내 발신인을 확인했다. 아버지였다. 아직 아버지가 돌아오려면 한 달 반이 남아 있었다. 이별이 걱정돼 전화를 걸었으리라 생각하며 우연이 밖으로 나와 전화를 받았다.

"네. 아버지."

—우연 군, 접니다. 김 비서.

"아, 네. 김 비서님."

짧은 인사 뒤에 침묵이 이어졌다. 김 비서가 아버지의 휴대폰으로 우연에게 전화를 할 일은 없었다. 특별한 일이 있을 때는 아버지가 직접 우연에게 전화를 걸었다. 그 외에 연락은 서로 하지 않았다. 여느 무뚝뚝한 부자들과 다름없이.

김 비서가 아버지의 휴대폰으로 자신에게 전화를 했다는 것도, 지금의 이 긴 침묵도 뭔가 석연치 않았다. 그 불안에 답하듯 김 비서가 조심스럽게 입을 열었다.

—사장님께선 지금 한국에 계십니다.

"지금요? 홍콩에 계신 거 아닙니까?"

–그때 귀국하신 이후로 쭉 한국에 계셨습니다.

김 비서의 말이 쉽게 수긍이 되지 않았다. 아버지가 이별을 데리고 집으로 온 게 한 달 반 전이다. 그럼 그때부터 쭉 한국에 머물렀다는 것인데 왜 아무런 연락도 하지 않은 것일까.

"그게 무슨."

–한국병원에 계십니다.

"네?"

–입원 치료 중이십니다. 오늘 수술이 잡혀서.

"수술이요?"

우연의 미간이 확 일그러졌다. 자신이 방금 들은 말이 무슨 뜻인지 이해를 할 수 없다는 듯 우연이 다시 되물었다.

"방금 뭐라고 하셨죠?"

–10시에 수술실 들어가십니다.

"왜…… 무슨."

머리가 지끈거렸다. 당최 김 비서가 무슨 말을 하는 건지 알아들을 수가 없었다. 눈을 질끈 감은 우연의 미간이 미세하게 꿈틀거렸다. 그의 얼굴에 지금 그가 겪고 있는 고뇌가 고스란히 담겨 있었다. 툭. 휴대폰을 들고 있던 팔이 힘없이 아래로 떨어졌다. 이상한 분위기를 감지하고 이별이 그의 곁으로 다가왔다.

"우연 오빠? 무슨 일이야?"

우연이 눈을 번쩍 뜨고 이별을 돌아봤다. 이별이 그의 눈에 어린 눈물을 보고 놀라 눈을 동그랗게 떴다.

"미안하네. 나 잠깐 어디 좀 다녀와야겠다."

"어디?"

"미안. 혼자 들어가도 괜찮지?"

애써 아무렇지 않은 척하며 우연이 돌아섰다. 운동장을 가로지르는 우연의 모습이 왠지 불안해 보였다. 머뭇거리며 서 있던 이별이 그의 뒤를 따라 뛰었다.

"택시!"

학교 앞 도로로 뛰어나온 우연이 지나가는 택시를 급히 세웠다. 그가 문을 열고 오르는 순간, 급한 숨을 터트리며 이별이 자리를 비집고 들어와 앉았다. 우연이 돌아보자, 이별이 고개를 저었다.

"절대 안 내려. 같이 가."

"후우."

깊은 한숨을 내쉰 우연이 할 수 없다는 듯 기사를 향해 말했다.

"한국병원이요."

차가 출발해 한국병원으로 가는 동안 우연은 초조하게 얼굴을 굳힌 채 제 손만 내려 보고 있었다. 무슨 일인지 알 수는 없었지만 좋지 않은 일임에는 분명했다. 평소 평정심 하나는 잘 유지하던 우연이었다. 그런 그의 카리스마가 회장으로서의 위치를 굳혀 주기도 했다.

"도착했습니다."

기사의 말에 우연이 고개를 번쩍 들었다. 이별이 먼저 택시에서 내려 그가 내리기를 기다렸다. 심호흡을 해 떨리는 심장을 다스린 우연이 택시비를 내고 차에서 내렸다. 그가 한국병원을 올려 보며 가만히 서 있었다.

"가자."

이별이 다정한 미소를 지어 보이며 그의 손에 깍지를 꼈다. 우연이 이별을 돌아봤다. 이별이 살짝 고개를 끄덕였다. 곁에 함께 있을 테니 안심하라는 눈으로 따스하게 그를 바라보았다. 우연이 보일 듯 말 듯 엷은 미소를 띠었다.

"아버지가 수술하신대."

"어?"

이별이 놀란 눈으로 그를 응시했다. 자신도 믿지 못했는데 이별이라고 선뜻 믿어질까. 우연이 병원으로 발을 옮기며 차근차근 말을 이어 갔다. 혼자 오려고 했을 때보다 이별이 곁에 있어 마음이 조금 차분해졌다.

"그때 너랑 같이 오신 날부터 줄곧 병원에 계셨다는데, 난 까맣게 모르고 있었어."

"어떻게. 그런."

"그러게 참 매정한 아버지에 무심한 아들이지?"

"무슨 수술인데?"

"몰라. 아직 못 들었어."

우연이 이별의 손을 꽉 움켜잡았다. 불안한 마음이 누군가에게 기대고 싶은 심리를 유발했다. 그 누군가가 저보다 작고 연약한 이별이라는 게 믿기지 않았지만, 이별이 그에겐 아주 큰 힘이 되었다.

"별일 아닐 거야. 그래서 연락 안 하셨을 거야."

"그렇겠지?"

"응."

병원 로비로 들어서 김 비서에게 전화를 걸었다. 특실이 있는 5층에 아버지 한석이 있다고 했다. 엘리베이터를 타고 5층으로 올라가는 내내 심장이 두근거렸다. 무슨 말을 듣게 될지 몰라 겁이 났다.

"오셨습니까."

엘리베이터 앞에 김 비서가 서 있었다.

"아버지는요?"

"이쪽입니다."

김 비서의 안내를 받아 병실로 들어선 우연이 잘근 아랫입술을 깨물었다. 병원복을 입고 있는 아버지의 모습에 가슴이 철렁했다. 숨을 깊게 들이켠 우연이 조심히 한석의 곁으로 다가갔다. 마지막으로 봤을 때보다 많이 야위어 있었다.

"아저씨, 잠드신 거예요?"

이별이 김 비서에게 대신 물었다. 김 비서가 조곤조곤 작은 목소리로 말했다.

"새벽 4시쯤에 잠드셔서 아직 일어나지 않으셨습니다."

"늦게 잠드셨구나."

"말씀은 안 하셔도. 아무래도 심적 부담이 심하셨던 것 같습니다."

"무슨 수술 하시는 거예요?"

혹시 위험한 건 아니냐는 질문은 할 수 없었다. 묻는 것 자체가 무섭고 두려웠다. 그런 이별의 마음을 잘 아는 김 비서가 안심하라는 듯 편안한 미소를 지어 보였다. 그러곤 우연을 돌아보며 말했다.

"많이 놀라셨을 거라 생각합니다. 통화를 끝까지 하지 못해서 미처 다 말씀드리지 못했는데, 그렇게 심각한 상태는 아니십니다. 다행히 초기에 발견을 했고."

"초기요?"

"네. 위암초기십니다."

"초기면 발견 당시에 수술을 해야 하는 거 아닙니까. 왜 지금까지 그냥 둔 거죠?"

"그게……."

김 비서가 답하기 곤란하단 듯 잠든 한석을 내려 봤다. 답하지 않아도 알 것 같았다. 일처리부터 하고 수술받겠다고 고집을 부렸겠지. 당장 급한 게 아니라고 판단하고 우선 처리해야 할 일부터 했을 것이다. 안 봐도 훤했다.

"고집불통 영감."

"저기, 오빠."

"이게 지금 고집부려서 될 일이야? 건강해야 일을 하든 말든 할 거 아냐. 자식은 둬서 뭐해. 부모가 아픈지, 죽었는지, 살았는지도 모르고 사는 게 말이 돼?"

죄책감에서 나온 말이었다. 효자는 못 돼도 부모의 안부는 알고 있어야 했는데, 자신이 너무 소홀했다.

"자식이 아버지 주무시는데 어디서 소리를 질러."

잠에서 깬 한석이 투덜거렸다. 울컥해 소리치던 우연이 헛웃음을 터트렸다. 그가 원망 가득한 눈으로 한석을 쳐다봤다. 한석이 물기

서린 우연의 눈을 보고 혀를 찼다. 평소 냉담하던 놈이 눈물은.

"뭣 하러 애는 불러. 그냥 간단하게 끝난다는데."

"기다리신 거 다 압니다."

한석의 나무람에 김 비서가 엷게 웃었다. 그런 김 비서를 가늘게 흘기다 이내 시선을 옮겨 환하게 웃으며 이별에게 인사를 건넸다.

"아가, 이별이 왔구나."

"네, 아저씨."

"저놈이 애먹이진 않더냐?"

한석이 일부러 미운 투로 말하며 우연을 턱으로 가리켰다. 이별이 고개를 저었다.

"아니요. 얼마나 다정하게 잘해 주는데요."

"정말? 저 목석이?"

"와아, 아저씨도 완전히 속고 계셨구나."

"속다니?"

"사실은요. 우연이 오빠가요."

이별이 은근한 목소리로 말하며 한석에게 허리를 숙여 가까이 다가갔다. 그런 이별을 당황한 눈으로 바라보던 우연이 급히 다가서 이별의 입을 손으로 막았다. 이별과 한석의 시선이 동시에 우연에게로 쏠렸다.

"뭐냐? 그 손은?"

"쓸데없이. 지금 이런 잡담 나눌 때예요? 10시에 수술이라면서요."

"그건 그거고 이건 이거지. 손 떼."

"아버지."

정색하며 저를 부르는 우연을 게슴츠레하게 바라보며 한석이 직접 손을 뻗어 이별에게서 우연의 손을 떼어 냈다.

"자아, 하던 얘기 계속해 보렴. 저 녀석이 뭘 어쨌다고?"

"엄청 달달하던데요?"

"달달?"

"완전 로맨티스트. 콧대 높은 이별의 마음까지 홀랑 넘어갔으면 말 다한 거죠."

"오호! 그렇단 말이지? 어떤 식으로 꼬던고?"

"그게 말이죠."

알콩달콩 다정한 시아버지와 며느리처럼 한석과 이별이 주거니 받거니 우연을 안주 삼아 이야기꽃을 피웠다. 그런 둘의 이야기가 들리지도 않는지 우연은 한곳에 시선이 붙박인 채 꼼짝도 하지 않았다. 그의 시선은 줄곧 아버지가 잡고 있는 제 손에 머물러 있었다.

아주 어린 시절을 제외하곤 단 한 번도 잡아 본 적이 없는 손이었다. 무척이나 단단하고 따스한 손이었다. 우연의 눈동자가 흔들렸다. 한석은 손을 떼어 내는 척 잡은 우연의 손을 놓지 않고 있었다. 처음으로 느껴 보는 아버지의 손길이었다.

작고 여린 손을 감싸 주던 그 큰 손은 이제 아들만큼, 아니 그보다 작아졌다. 어느새 아버지보다 크게 자란 아들처럼. 그럼에도 그 손이 크고 위대하게 느껴지는 건 아버지의 손이기 때문일 것이다.

목이 메었다.

북받쳐 오르는 감정을 애써 추스르며 우연이 고개를 돌려 눈가를 쓸어 냈다. 잘근 아랫입술을 깨문 이별의 입이 파르르 떨렸다. 아버지마저 세상에 없다면 어떻게 살까. 아닌 척했지만, 여태껏 우연을 지탱해 오던 건 아버지였다. 어디서 무엇을 하든 건강한 모습으로 집으로 돌아오리란 것을 믿고 있었기에 걱정 없이 편안하게 살 수 있었다.

"녀석이 나를 닮아 그렇다니까. 저는 아니라지만, 딱 날 빼닮았어. 내가 우연이 엄마를 그렇게 꼬였거든."

"진짜요? 부전자전이네요?"

"그럼, 그럼."

이별과 농담을 주고받으며 한석이 지그시 우연의 손을 잡은 손에 힘을 주었다. 안심해. 이 아버지 그렇게 나약한 사람 아니다. 한석의 마음이 고스란히 전해졌다.

간단하다는 수술은 2시간을 훌쩍 넘기고서야 끝이 났다. 기다리는 동안의 초조함은 이루 말할 수 없었다. 피를 말리는 고통이라는 게 바로 이런 것이 아닐까. 수술실을 나온 의사가 수술 과정을 설명했다. 수술 전 검사에서는 하나만 발견이 되었었는데 직접 열어 보니 두 개가 더 있어 시간이 더 걸렸다고 했다. 다행히 전부 크기가 작아 깔끔하게 다 제거되었으니 걱정하지 말라는 말도 전했다.

"앞으로 관리만 잘하시고 계속 검사만 잘 받으시면 됩니다."

"네, 감사합니다."

우연이 그제야 안도의 한숨을 내쉬었다. 다시 의사가 수술실로 들어가고 잠깐의 시간이 지난 후 아버지가 나왔다. 아직 마취에서 깨지 않아 눈을 감은 채였다. 회복실로 옮겨진 아버지를 우연이 걱정스럽게 바라보다 내내 함께 있었던 이별을 돌아봤다.

"밥 먹어야지."

"오빠는?"

"난 괜찮아."

"나도."

이별이 엷게 웃었다. 때를 맞춰 꼬르륵 소리가 들렸다. 둘의 배에서 연이어 들린 소리에 김 비서가 웃으며 밖으로 이끌었다.

"여긴 간호사와 인턴들이 상시 대기하고 있으니 걱정 말고 식사하고 오세요. 수술도 다 잘 끝났고 하잖습니까. 다녀오세요."

"그럼. 먼저 다녀오겠습니다."

저 혼자였다면 가지 않았을 것이다. 이별이 혹여 배를 곯을까, 우연이 김 비서에게 양해를 구하고 먼저 자리를 떴다.

병원 앞 분식집으로 들어가 대충 허기를 때우기로 했다. 정식을 먹자는 우연의 말을 듣지 않고 이별이 고집해 분식집으로 향했다. 느긋하게 정식을 먹을 만큼 우연의 마음이 여유롭지 못하다는 걸 이별은 잘 알았다. 이별만 없으면 밥도 챙겨 먹지 않았을 것이다. 그런 사람이 이별 때문에 정식을 먹자고 하니 오히려 이별 쪽에서 부담스러웠다.

눈치껏 이별이 간단한 분식으로 가서 먹자며 김밥과 오므라이스 같은 밥 종류를 시켰다. 그래도 대충 면으로 때울 수는 없었다. 오늘 하루는 꼬박 병실을 지켜야 할 텐데 너무 부실해도 안 되지 싶었다.

"으음. 김밥이 너무 맛있다. 이 집 맛집으로 선정된 집이래."

김밥 하나를 집어 오물거리며 이별이 말했다. 우연이 고개를 끄덕이며 엷게 웃었다. 그런 우연의 입에 오므라이스 한 숟갈을 떠 내밀었다. 우연이 군말 없이 그것을 받아먹었다. 주고받는 말이 없어도 서로의 마음을 충분히 알 수 있었다.

"네가 곁에 있어서 참 좋다."

"미 투."

우연의 쑥스러운 고백에 이별이 상큼하게 동조했다. 그에 우연의 얼굴에도 편안한 미소가 서렸다. 이렇게 좋은 인연을 맺어 주려고 아버지가 억지를 부리셨나 보다. 자신을 너무나도 잘 알고 있기에 더 이상 외롭지 말라고 이별을 자신에게 보내 주신 모양이다.

"아버지 일어나시면 꼭 감사하다고 해야겠다."

"응."

"널 내게 보내 주셔서 감사하다고. 우리 아버지들께 인사드려야겠다. 어머니껜 낳아 주셔서 감사하다고 말씀드리고."

"아."

자신의 아버지만 말하는 게 아니었다. 우리 아버지들. 우연은 이별의 아버지까지 우리 아버지라고 했다. 낳아 주신 어머니도 잊지 않는다. 그의 섬세한 배려에 이별이 흐뭇한 미소를 띠었다. 마음이 따스해진다. 그와 함께하는 시간이 길어지면 길어질수록 더더욱 그가 좋아진다.

"나도 그래야겠다."

"그래, 우리 같이 인사드리자."

"응."

서로를 챙기며 밥을 먹고 돌아와 김 비서를 집으로 돌려보냈다. 자신이 지키겠다. 둘을 돌려보내려는 것을 우연이 극구 말렸다. 이 제껏 저를 대신해 아버지를 극진히 보살핀 분이었다. 감사한 마음을 이루 다 표현할 수 없었다. 하루 편안한 잠을 자게 해 주는 것밖에 자신이 해 줄 수 없다는 게 못내 미안했다.

"너도 들어가."

"싫어. 나도 아버지 깨어나시는 거 볼 거야."

"내가 연락할게."

"직접 봐야 안심이 되지. 그리고 오빠만 남겨 두고 가면 내 마음이 편하겠어?"

김 비서와 함께 이별을 집으로 돌려보내려던 우연의 계획은 보기 좋게 실패했다. 부부는 일심동체라며 비록 예비긴 하지만 미리 실습해서 나쁠 건 없다 말도 안 되는 이유를 들먹이며 이별이 고집을 부렸다. 특실이라 간병인 침대도 따로 마련이 되어 있었다. 우연 혼자도 충분한데 이별까지 남겠다고 하니 고민이 되었다. 침대는 딱 하나밖에 없었다.

"그럼, 넌 침대에서 자."

"오빠?"

"난 아버지 옆에 있을게."

"자려면 왜 남겠어. 나도 같이 있을게."

"이별아."

"아저씨, 언제 깨신대?"

이별이 대화를 다른 곳으로 돌리며 쪼르르 한석의 침대 곁에 앉았다. 그에 한숨을 푹 내쉰 우연이 그 곁에 앉으며 차분히 말했다.

"아까 우리 밥 먹으러 갔을 때 잠깐 일어나셨대. 다시 잠드신 거라 언제 깰지 모른대. 많이 긴장하셨을 테니까 푹 주무시게 두래."

"으음."

고개를 끄덕이며 이별이 잠든 한석의 안색을 살폈다. 조금 핼쑥해지긴 했지만 그래도 괜찮아 보였다. 우연이 걱정스럽게 한석을 바라보는 이별의 머리를 부드럽게 쓰다듬었다.

"이젠 괜찮으실 거야. 걱정하지 마."

"이건 주객이 전도된 거지. 내가 오빠 위로해 줘야 하는 거잖아."

"나만큼 너도 놀랐을 거잖아. 난 네가 있어서 괜찮았어."

"나도 그래."

"응?"

"나도 오빠가 곁에 있어서 든든했어."

"그랬다면 정말 다행이고."

가만히 우연을 바라보던 이별이 그의 손을 잡았다. 우연의 입가에 미소가 번지는 걸 보며 이별이 우연 쪽으로 몸을 기울였다. 우연이 의아해 고개를 갸웃하는 사이 이별이 그의 볼에 입을 맞췄다.

"용기를 북돋아 주는 행운의 키스."

"볼 뽀뽀라고 해야지. 키스는 다른 거야."

"꼭 그걸 또 콕 집어 말해야 하나? 부끄럽게?"

이별이 입을 새초롬하게 내밀며 볼을 붉혔다. 키스와 뽀뽀의 차이를 모를 나이가 아니었다. 괜히 쑥스러워 그런 건데 우연이 키스는 다른 거라고 말하자 볼이 화끈거렸다. 키스에 대해서 떠올리는 것만으로도 심장이 두근거렸다.

"키스는 아직 이르지만 이건 가능해."

"응?"

볼을 감싼 채 아래를 내려다보고 있던 이별의 손을 제 손으로 감싸 제 쪽으로 돌려 놓으며 우연이 싱긋이 입가를 끌어 올렸다. 이별이 눈을 말똥거리며 우연을 마주 바라보았다. 그런 이별을 사랑스럽게 바라보며 우연이 그녀의 입술에 입을 맞췄다.

이별의 입술이 부릅떠졌다. 놀랐지만 그를 밀어내지는 않았다. 둘의 입맞춤이 길어지는 사이 잠들어 있던 한석의 손이 꿈틀거렸다. 가만히 실눈을 뜨고 둘을 살피던 한석이 속으로 신음을 삼키며 다시 잠든 척했다.

'흐음. 이놈들이 아비를 간호하겠다는 거야, 말겠다는 거야.'

우연이 무척 다정하고 적극적이라는 이별의 말이 무슨 뜻인지 알 것 같았다. 겉으론 아닌 척, 매정한 척해도 속은 여리고 따뜻한 놈임을 한석도 잘 알고 있었다. 몸은 아파도 둘의 다정한 모습을 보니 마음은 흐뭇했다. 진통제가 다하면서 조금씩 통증이 느껴졌지만 이 정도는 참을 만했다. 둘의 시간을 방해하는 아비가 되고 싶지는 않았다.

침대를 비워 두고 어느새 한석이 누운 침대에 나란히 얼굴을 묻고 잠든 둘을 한석이 물끄러미 바라봤다. 많이 긴장하고 하루 종일 발을 동동 굴렀으니 피곤할 만도 했다. 손을 맞잡고 마주 보고 잠든 둘의 모습에 절로 미소가 머금어졌다.

"이제 이 녀석은 걱정 안 해도 되겠네. 사랑하는 사람이 옆에 있으니."

흡족한 미소를 짓던 한석이 미간을 찌푸리며 낮은 신음을 흘렸다. 통증의 강도가 점점 심해졌다. 수술 뒤라 통증이 한동안은 지속될 것이다. 한석이 손을 뻗어 벨을 눌렀다. 곧 문을 열고 들어온 간호사가 잠든 둘을 보고 뭐라고 말하려는 걸 한석이 쉿 하며 말렸다.

"둬요. 많이 피곤한 모양이야."

"아, 네."

"통증이 심한데, 주사나 약 처방 없나?"

"주치의 선생님께 연락해 보겠습니다."

"그래. 부탁해요. 아참, 미안한데 불 좀 꺼 주겠소. 안이 너무 환해서."

고개를 끄덕이며 불을 끄고 나가는 간호사를 한석이 조용히 불렀다.

"그리고 다시 오더라도 애들은 깨우지 마시게."

"네, 알겠습니다."

문이 닫히고 어둠이 내려앉았다. 창밖 희미한 달빛만이 고요한 병실 안을 은은하게 비췄다.

9.

together

한석은 경과가 좋아 일주일 후 퇴원을 했다. 조금 더 쉬라는 우연의 만류에도 불구하고 한석은 곧장 마무리하지 못한 일이 있다며 홍콩으로 출국을 감행했다. 또다시 둘만의 생활이 이어졌다.

"계절이 갑자기 변한 것 같아."

"그러게 금세 추워졌네."

휴일. 추운 밖으로 데이트를 나가는 것을 마다하고 둘은 집 안에서 함께 지내는 것을 택했다. 늘 집에 같이 있는 게 지겨울 만도 한데 둘은 이런 데서 이상하게 의기투합이 됐다.

"영화 볼까?"

"무슨 영화?"

"잠깐만 이리 와 봐."

우연이 거실 소파에 앉아 있던 이별을 불러 손을 잡고 2층으로 올라갔다. 그가 자신의 방문을 열고 안으로 들어서자 따라 이별이 처음 그의 방으로 들어갔다. 상큼하고 시원한 향기가 물씬 풍겼다. 그의 성격과 딱 맞아떨어지는 방이었다.

"여기 앉아."

우연이 이별을 제 침대 위에 앉혔다. 이별이 어색하게 웃으며 볼을 붉적였다. 그가 잠자던 침대 위에 앉으니 기분이 묘했다. 이별의 기분을 아는지 모르는지 우연이 벽 한쪽을 가득 채운 DVD 앞으로 걸어가 유심히 제목과 내용을 살폈다.

"어떤 종류 좋아해?"

"어?"

우연의 질문에 이별이 놀라 높아진 목소리로 당황해 물었다. 그것을 눈치채지 못했는지 우연이 여전히 DVD 몇 개를 골라 손에 들고 말했다.

"영화. 스릴러, 로맨스, 액션, 다큐. 좋아하는 거 말해 봐."

"아, 난 다 잘 봐."

뭔가 어색한 말투에 그제야 우연이 이별을 돌아봤다. 평소답지 않게 긴장한 티가 역력한 얼굴로 이별이 쭈뼛쭈뼛 방 안을 두리번 거렸다. 우연이 고개를 갸웃하며 DVD를 든 채로 이별 옆으로 다가 왔다. 그가 다가오자 이별이 움찔하는 게 느껴졌다.

"어디 안 좋아?"

"……아니."

"그런데 왜 그래?"

"내, 내가 뭘."

우연이 DVD를 침대 위에 내려놓고 이별 옆에 바짝 붙어 앉았다. 이별이 슬쩍 엉덩이를 뒤로 물렸다. 그에 아랑곳없이 이별의 이마를 손으로 짚었다. 날씨 얘기를 하더니 감기가 걸린 건 아닌지 걱정이 되었다.

우연의 손이 닿은 부위가 금세 뜨겁게 달아오르는 것 같았다. 이별의 눈앞에서 우연의 목젖이 어른거렸다. 우연의 낮고 부드러운 음성이 바로 저기에서 나오나 보다 쓸데없는 생각을 하며 이별이 점점 가빠지는 호흡을 가다듬었다.

"이상하네? 열은 안 나는 것 같은데."

우연이 느닷없이 제 이마를 이별의 이마에 댔다. 제 손이 뜨거워서 열을 제대로 감지하지 못하나 싶어 한 행동이었다. 그에 애써 진정시켰던 이별의 심장이 다시 빠르게 뛰어 댔다.

"괘, 괜찮아."

이별이 고개를 돌리며 그를 외면했다. 우연이 갑작스런 이별의 행동에 놀라 멈칫거렸다. 침대를 내려 보는 이별의 눈동자가 분주하게 움직였다. 당황해서 너무 이상하게 행동하고 말았다. 이걸 어쩌지?

"진짜 괜찮아?"

우연이 조심스럽게 그녀의 어깨에 손을 올렸다. 그에 화들짝 놀란 이별이 펄쩍 뛰며 뒤로 화다닥 몸을 움직였다. 이건 대체 뭐지? 제 손을 벗어나 침대 위로 올라가 있는 이별을 의아하게 바라보며 우연이 눈을 깜빡거렸다.

이별과 함께 산 이래로 이런 반응은 처음이었다. 우연이 제 손을 이리저리 돌려 보며 뭐가 묻었나 살폈다. 혹시 손에 가시라도 박혀 이별이 깜짝 놀란 건 아닌가 말도 안 되는 생각을 하며 꼼꼼히 손바닥을 들여다봤다. 살펴보나 마나 해를 가할 만한 건 아무것도 없었다.

"뭔가 대단한 잘못을 내가 저지른 것 같은데."

"……."

우연이 이별을 바라보며 믿을 수 없다는 표정으로 말했다. 그에 저도 제가 이런 반응을 보일 줄 몰랐던 이별이 무안함과 미안함으로 어쩔 줄 몰라 하며 입술을 잘근 깨물었다. 우연이 미간을 좁히며 심각한게 물었다.

"나 방금 치한이 된 것 같은 느낌을 받았는데. 이거 맞는 건가?"

"아, 아니야!"

강한 부정은 긍정이라던데. 이별이 즉시 무릎을 꿇고 정색하며 열심히 손을 내저었다. 굳이 저럴 필요가 있나 싶을 정도로 강한 부정이었다. 우연이 가만히 팔짱을 끼고 가늘게 눈을 떠 이별을 직시했다. 이별이 그의 눈빛에 뜨끔했던지 고개를 푹 숙였다. 그에 우연의 미간이 더 심각하게 찌푸려졌다.

"뭐지? 그 반응은? 정말 내가 그런 짓을 할 거라고 생각했단 거야?"

"아니야. 그냥 단지."

번쩍 고개를 들고 그를 마주한 이별이 말끝을 흐리며 침을 꼴깍 삼켰다. 그러곤 괜스레 손가락으로 이불 위를 쓱쓱 문지르며 기어들어 가는 목소리로 말했다.

"기분이 묘해서. 나도 모르게."

"기분이 왜 묘해?"

"그게 그러니까. 여긴 오빠 방이고. 남자 방은 처음 들어와 본 데다가, 침대도 좀……."

"좀?"

엄한 말투로 이별의 말을 끌어내긴 했지만 그의 입가는 벌써부터 웃음이 떠올라 움찔움찔거리고 있었다. 남자 방이 처음이란 말에 괜스레 기분이 좋아졌다. 침대라는 단어에서는 우연의 마음도 조금 설레었다. 그러고 보니, 제 방에 여자가 들어온 것도 처음이었다. 물론 도우미 아주머니를 제외하곤 말이다.

"으음. 오빠가 자는 곳이라고 생각하니까 뭔가 어색하고 가슴도 들뜨고."

"그래서?"

"미안해. 이상한 상상을 해 버렸어."

이별이 양손을 겹쳐 미안하다 말하며 고개를 숙였다. 쿡. 그를 지켜보던 우연이 얼굴이 울상이 되었다. 참았던 웃음이 터져 나오려 해 그것을 참느라 무지 힘들었다. 입을 손으로 가린 우연이 짐짓 화가 난 듯 투박하게 말했다.

"대체 무슨 이상한 상상을 했기에 내가 손만 뻗어도 흠칫거리면서 도망가는 거야?"

"미안! 더 이상은 묻지 말아 줘."

이별이 질끈 눈을 감고 소리치며 침대 위를 벗어나려 후다닥 움직였다. 앞을 제대로 보지 않은 탓에 우연이 침대 위에 올려놓은 DVD를 걷어차 버렸다. 그 때문에 DVD들이 죄다 바닥으로 떨어졌다.

이별이 놀라 눈을 뜨고 바닥에 흩어진 DVD를 쳐다봤다. 우연의 눈도 그리로 향했다. 우연이 괜찮다며 DVD를 하나씩 집어 들었다. 그러다 문득 하나에 시선이 꽂히며 동작이 멈췄다. 우연이 힐끔 이별을 곁눈질로 살폈다. 아뿔싸! 이별의 시선도 거기에 딱 집중되어 있었다. 우연이 재빨리 그것을 감추며 다른 DVD로 덮어 버렸다.

"다리 위에 잠들다?"

이별이 제목을 말하며 고개를 갸웃했다. 우연이 눈을 감으며 낮은 신음을 흘렸다. 하필이면 제목도 그런데 포스터도 묘했다. 쭉 잘 뻗은 여자의 다리 위에 남자가 편안한 표정으로 누워 있는 장면이었다. 우연이 눈을 뜨고 이별을 돌아보며 변명을 했다.

"이건 네가 생각하는 그런 영화가 절대 아니야!"

이별이 침대 끝에 팔을 뻗어 엎드린 채로 우연을 물끄러미 바라봤다. 그 눈빛이 자신을 추궁하는 것 같아 우연이 당장 감췄던 DVD를 이별의 눈앞에 내보이며 자세히 설명했다.

"예술영화야. 봐, 19금. 아니, 아니. 그러니까 이게 어떤 의미의 19금이냐 하면."

표지에 선명하게 새겨진 19금 붉은 마크에 우연이 더 당황해 말을 버벅거렸다. 진땀이 났다. 방금 자신은 그런 놈이 아니다. 야한 생각을 한 이별을 나무라던 참이었다. 그런데 뉘앙스가 묘한 제목에, 상상력을 자극하는 포스터와 19금 마크까지. 뭐라 발뺌을 해도 빠져나갈 구멍이 없어 보였다.

분명히 예술영화인데. 내용 중에 잔인한 장면이 있어 19금이 명시되어 있는 것이었다. 사실주의 영화였다. 게다가 우연이 본다고 책임을 물을 만한 일도 아니었다. 그는 19살이었으니까. 그럼에도 자신이 왜 이런 변명을 해야 하는지 우연은 지금 자신이 처한 상황이 너무 황당하고 어이없었다.

"후우."

깊은 한숨과 함께 고개를 숙인 우연의 머리를 이별이 쓱쓱 문질렀다. 그에 이별의 한숨이 짙어졌다. 느긋하게 그의 곁을 지나치며 이별이 떨어진 DVD 중 하나를 집어 들었다.

"이거 좋네. 네 심장이 울던 날. 이거 보자."

"흐음."

우연이 신음을 흐리며 고개를 푹 숙였다. 제목이 한결같이 왜 이런지 모르겠다. 예술영화도 제목을 가려서 봐야겠구나. 우연은 오늘 뜻밖의 깨달음을 얻었다.

우여곡절 끝에 둘이 함께 거실에 앉아 영화를 봤다. 우연이 렌지에 돌린 팝콘과 음료를 가져와 테이블 위에 올려놓았다. 영화는 다시 심혈을 기울여 고른 '노팅 힐'이었다.

"다시 봐도 재밌는 것 같아."

"그러네. 혼자 볼 때랑 느낌이 달라."

"응."

이별이 다리를 소파 위로 올려 무릎을 세웠다. 다리를 뻗고 편한 자세로 영화를 보고 있던 우연의 어깨 위에 이별이 가만히 머리를 기댔다. 우연이 이별을 돌아봤다. 이별의 시선은 화면을 향해 있었다. 엷은 미소를 머금은 우연이 이별의 머리 위에 제 머리를 기울였다. 이별의 입가에도 미소가 번졌다.

"좋다."

"응. 좋다."

둘이 함께여서 더 좋다.

"이 기묘한 분위기는 대체 뭐지?"

재진이 숟가락으로 나란히 앉은 우연과 이별을 가리키며 게슴츠레하게 눈을 늘였다. 우연이 제 숟가락으로 재진의 버릇없는 숟가락을 거둬 냈다.

"쓸데없는 소리 하지 말고 밥이나 먹어. 숟가락은 밥 먹으라고 있는 거지. 삿대질하라고 있는 거 아니다."

그러면서 우연이 자연스럽게 젓가락으로 반찬을 집어 이별의 숟가락 위에 올려놓는다. 재진이 헛웃음을 터트리며 불량한 자세로 한쪽 발을 의자 위에 올렸다. 그가 숟가락을 문 채로 기막힌 듯 다정한 둘을 번갈아 봐라봤다.

"썸을 아주 제대로 타네. 유행에 아주 민감한 족속들이야. 난 것들은 이래서 안 돼요. 부뚜막 짓기도 전에 올라가서 난리 브루스를 추거든."

딱! 재진의 머리 위로 정확하게 숟가락이 내려쳐 졌다. 재진이 숨을 깊게 들이쉬며 이를 빠득거렸다. 숟가락의 주인은 다름 아닌 노마였다. 노마가 발로 재진을 툭 걷어찼다. 그에 비틀거리던 재진이 의자와 함께 와장창 요란한 소리를 내며 넘어졌다.

"악!"

재진의 비명에도 아랑곳없이 노마가 태연하게 제 식판을 테이블 위에 올려놓았다. 그러곤 조금 전 재진이 거만하게 발을 올렸던 의자를 뒤로 돌리고 다른 의자를 당겨 앉았다.

"아이, 씨! 8! 뭐야!"

퍽! 벌떡 자리에서 일어나 노마를 향해 거침없이 욕을 쏟아 내던 재진의 뒤통수를 이번에는 우연이 후려쳤다. 맞은 머리를 손으로 감싼 재진이 매서운 눈으로 우연을 노려봤다. 우연은 재진의 따가운 눈초리에도 아랑곳없이 저는 그런 적 없다 완벽하게 시치미를 떼며 이별에게 미소를 지어 보이고 있었다.

"와아, 이런 식이라 이거지? 나만 구박하고 말이야. 이별이 너!"

갑자기 화살이 이별에게 쏘아졌다. 후루룩 국물을 떠먹던 이별이 눈동자를 올려 재진을 쳐다봤다. 재진이 이별을 손가락으로 가리키며 한껏 내리깐 눈으로 그녀를 쏘아보았다. 이별이 눈을 말똥거리며 순진하게 그 손가락 끝으로 시선을 모았다.

"널 인질로 삼아 원없이 괴롭혀 주겠어. 각오해."

"각오는 네가 해야지."

젓가락으로 반찬을 집어 입에 넣으며 노마가 건조하게 말했다. 재진이 즉시 노마를 노려봤다. 노마가 계속 젓가락을 놀리며 무미건조하게 말했다.

"감히 선배의 여자를 협박하고도 살아남을 수 있을 것 같아?"

"선배의 여자? 그 이전에 내 베스트 프렌드거든요?"

"베스트 프렌드를 그런 식으로 협박하다니, 그럼 더더욱 용서가 안 되지. 이별."

노마가 재진에게 말할 때와는 확연히 다른 부드러운 목소리로 이별을 불렀다. 이별이 노마를 돌아봤다. 이별과 눈을 맞추며 노마가 젓가락 끝으로 재진을 가리켰다.

"이놈이랑 의절해. 절대 놀아 주지 마."

"에?"

"그래. 저런 치사한 놈과는 상대할 필요 없어."

우연까지 거들고 나섰다. 재진이 어이없어하며 입을 쩍 벌렸다. 그 입으로 김치가 들어왔다. 재진이 얼떨결에 입을 오물거려 그것을 씹어 삼켰다.

"뭐야, 이건."

"난 김치 못 먹어."

"그래서?"

노마가 어설프게 서 있는 재진을 끌어당겼다. 그러곤 제 식판에 있는 김치를 친절하게 재진의 식판에 옮겨 놓았다.

"먹어."

"하아."

"이렇게 배려 깊은 선배 처음이지? 너무 감격해할 필요 없어. 앞으로 쭉 배려해 줄 테니까."

"됐거든요."

재진이 툴툴거리며 넘어진 의자를 일으켜 앉았다. 그러곤 군말 없이 밥을 떠먹기 시작했다. 그런 재진의 모습을 모두들 기분 좋게 바라봤다. 가끔 버릇없이 굴긴 해도 미운 놈은 아니었다. 도리어 귀여웠다.

"너, 요즘 너무 학교 성실하게 다니는 거 아니야?"

"졸업은 해야지."

"훗. 할 생각은 있고?"

"생각 중이야. 그냥 한 학년 유급하는 것도 괜찮을 것 같기도 해서."

노마가 이별을 지그시 바라보며 말했다. 그에 우연이 이별의 어깨에 손을 올리며 경계의 눈빛을 보냈다. 이별이 제 어깨에 올라온 우연의 손과 노마를 번갈아 쳐다봤다. 급식실 안에서 이게 무슨 짓인가 싶었다.

"졸업이 가장 좋은 방법 같은데."

"그렇지?"

"그래, 성실한 자세 너무 보기 좋아."

급칭찬 모드로 바뀐 우연의 말에 노마가 피식 싱겁게 웃었다. 죽어도 이별 옆에 붙여 두기는 싫은 모양이다. 노마가 시선을 거둬 밥을 먹자, 우연도 팔을 내리고 다시 식사에 집중했다.

"뭐냐? 이 이상한 조합은."

재진이 밥과 김치를 곁들여 먹으며 투덜거렸다. 이별이 세 명을 돌아보며 만족스런 미소를 띠었다. 제가 보기엔 딱 좋은 조합이었다. 둘이 졸업하고 나면 무척 서운해질 만큼.

"마음에 안 들면 빠져."

노마가 재진의 식판에서 계란말이를 찍어 먹으며 건조하게 말했다. 재진이 입을 삐죽거리며 김치를 슬쩍 계란말이 위에 올려놓았다.

"누가 빠진댔나? 그냥 이상하댔지."

"그럼, 그만 투덜거리고 밥이나 먹어."

"먹고 있잖아요."

"많이 먹어. 많이. 너 다 먹어."

노마가 우연의 식판에 있는 김치까지 재진의 계란말이 위에 올리며 말했다. 재진이 눈을 쭉 찢으며 노려보자 노마가 태연하게 제 식판에 있는 계란말이를 집어 들었다.

"숨바꼭질에만 재능이 있는 줄 알았는데. 이제 보니, 사람 염장 지르는 데 더 소질 있네."

혼잣소리처럼 중얼거리는 재진의 머리를 노마가 보지도 않고 툭 쳤다. 그에 재진이 버럭소리를 질렀다.

"아씨! 때린 데 또 때리지 말라니까!"

노마가 숟가락을 놓고 재진을 향해 돌아앉았다. 그러자 재진이 움찔하며 슬그머니 몸을 반대쪽으로 뺐다.

"어디야?"

"뭐, 뭐가요?"

"안 맞은데."

어처구니없는 질문에 재진이 미간을 확 구겼다. 지금 그걸 말이라고 하느냐 묻는 눈치였다. 그러든지 말든지 노마가 재진의 머리를 잡아 이리저리 돌리며 중얼거렸다.

"보자, 보자. 안 맞은 데가 어디쯤인가. 골고루 때리려면 자세히 살펴야겠는데. 흐음."

"미친다. 진짜."

"앞으로도 쭉 맞을 거 아니야. 헛소리 줄기차게 할 테니까."

"안 해. 안 한다고."

"말 잘라먹지 말랬지."

콩! 이번엔 강도가 좀 낮았다. 재진의 머리 정중앙에 알밤을 먹인 노마가 피식 웃었다. 그를 지켜보고 있던 우연과 이별이 낮게 웃음을 터트렸다. 아프진 않았지만 기막히긴 마찬가지라 멍한 채로 입을 벌리고 있던 재진도 상황이 웃겼는지 큭큭거렸다.

"이건 기어오르는 게 주특긴가 봐?"

"뭐, 그래도 잘못을 인정하는 것도 스피드해서 봐 줄만 해."

"사람 가지고 그렇게 놀려 먹으며 재미있어요?"

"응."

"특히 너."

둘이 동시에 고개를 끄덕이며 수긍했다. 그에 재진이 머리를 마구 헝클이며 신세 한탄을 했다. 전생에 무슨 잘못을 했기에 이런 선배들을 만나게 됐느냐며 연신 투덜거렸다.

하굣길에 북 카페에 가기로 했다.

먼저 수업을 마치고 기다리던 우연이 이별을 맞으며 함께 길을 걸었다. 날이 추워져 자전거는 집에 두고 버스로 등하교를 같이 했다. 대부분이 특별전형으로 대학에 입학하는 3학년들은 지금 무척 한가한 시간을 보내고 있었다.

"문예창작과?"

이별이 전문서적 코너에서 책을 찾는 우연을 돌아보며 물었다.

우연이 책 하나를 꺼내 살피며 고개를 저었다.

"그럼?"

"미디어 영상과."

"에?"

이별이 의외라는 듯 그를 빤히 쳐다보며 진짜? 하고 물었다. 우연이 가볍게 웃으며 어깨를 으쓱했다.

"왜, 나랑 안 어울려?"

"아니, 그게 아니라. 난 당연히 문과로 갈 줄 알았거든. 좀 의외라서."

"내 방에 책만큼 많은 게 뭔 거 같아?"

찾은 책을 들고 북 카페로 올라가며 우연이 물었다. 잠깐 생각하는 듯하던 이별이 손가락을 튕기며 말했다.

"DVD!"

"빙고!"

"아, 그래서 영화에도 관심이 많았던 거구나."

"모든 것의 기초는 문학이니까. 거기서부터 시작한 거지."

우연을 바라보는 이별의 눈이 반짝거렸다. 뭔가 대단한 사람을 본 것 같은 눈빛이었다. 우연이 의자를 빼서 이별이 앉기 좋게 밀어주었다. 이별이 테이블을 돌아 반대편 자리에 가방과 책을 내려놓고 주문대로 향하는 우연을 조용히 지켜봤다.

"레모네이드?"

"응.

이별의 취향을 잘 아는 우연이 확인차 물으며 미소를 띠었다. 주문을 하고 기다리는 우연을 지켜보다 이별이 시선을 옮겨 그가 고른 책을 살폈다. 저널리즘에 대한 책이었다. 이별에겐 조금 어려워 보였다. 모든 예술은 하나의 영혼으로 이어진다. 우연이 늘 입버릇처럼 하던 말이었다. 새삼 그 말이 가슴에 와 닿았다.

"노마 선배도 그렇고, 우연 오빠도 그렇고. 다들 여기저기에 소질이 다분하네."

곰곰이 생각해 보면 이별이 영감을 얻은 것들도 다 예술이라는 이름하에 있는 것들이었다. 노마의 그림이나, 기타 연주도 그랬고. 우연의 시도 그랬다. 꼭 패션 디자인을 전공한다고 해서 굳이 한길만 고집할 필요는 없다는 걸 문득 깨달았다.

"여기."

우연이 이별 앞에 따뜻하게 데워진 레모네이드를 내려놓았다.

"고마워."

제 몫의 커피를 한 모금 들이켠 우연이 그녀가 가지고 있는 책에 관심을 보였다.

"그건 뭐야?"

"아, 코코샤넬."

"어디 봐."

이별이 건넨 책을 우연이 유심히 살폈다. 코코샤넬의 일생과 그녀의 작품에 대해 말해 놓은 책이었다.

"혁신적인 디자이너였구나."

"코르셋으로부터 여자를 해방시킨 위대한 디자이너지."

"뭐든 꿈을 향해 도전한다는 건 좋은 것 같아."

"응. 두려웠음에도 그것을 극복하고 꿈을 이뤄 낸다는 건 정말 대단한 일이야."

이별이 레모네이드를 음미하며 만족스런 미소를 지어 보였다. 대화가 깊어진다는 건 매우 기분 좋은 일이었다. 그건 조금씩 내가 성장해 간다는 의미니까. 특히 그 대화의 대상이 우연이라는 게 너무 좋았다. 그는 이별이 믿고 따를 만큼 대단한 사람으로 성장해 가고 있었다.

"좋은 예야."

"응?"

책을 돌려주던 우연이 무슨 말이냐 물었다. 그에 이별이 엄지를 치켜들며 말했다.

"우리 낭군님 최고라고."

"뭐?"

"나 엄청 시집 잘 가는 것 같아. 이렇게 잘생기고, 머리 좋고, 뛰어난 남자를 낭군으로 맞는 거니까."

"그건 내가 할 소리지."

"정말?"

"날 그렇게 봐 주는 네가 있으니까, 내가 더 발전하는 거야."

"와우! 최고의 칭찬이다."

흐뭇한 웃음을 머금고 둘 다 자신이 고른 책으로 서서히 빠져들었다. 같은 공간에서 각자의 일을 하면서도 하나도 어색하거나, 불편하지 않은 사이. 둘은 어느새 그런 편한 사이가 되어 가고 있었다.

"으, 다 읽었다."

기지개를 쭉 펴며 이별이 하품을 했다. 손목시계를 확인하니 벌써 아홉 시가 다 되어 가고 있었다. 놀란 이별이 우연을 돌아봤다. 우연은 여전히 책에 신경을 집중한 채였다. 빈 잔을 이리저리 흔들다 제자리에 내려놓고 이별이 테이블 위에 팔을 올리고 턱을 괴었다. 그녀가 물끄러미 우연의 얼굴을 바라봤다. 뭔가에 열중하고 있는 모습이 무척 매력적이었다. 그녀의 존재가 희미해졌다는 게 살짝 서운하긴 했지만 그를 지켜보는 것만으로도 기분은 좋았다.

이별의 눈이 가물가물거렸다. 억지로 눈꺼풀을 밀어 올리다 견디지 못하고 눈을 감았다. 시야에 어른거리던 우연의 모습도 함께 사라졌다.

"이제 갈까?"

책을 덮고 고개를 든 우연이 조용한 이별을 바라보다 훗 하고 작게 웃었다. 어느새 곤히 잠든 이별이 쩝쩝 입맛을 다시고 있었다. 시간을 확인한 우연이 낮은 숨을 천천히 내쉬었다. 열 시가 다 되어 가고 있었다.

배가 고플 만도 했다. 우연이 팔에 머리를 기대 가까이 이별을 응시했다. 군말 없이 자신을 기다려 준 이별이 고맙고 기특해 절로 웃음이 났다. 그녀의 머리를 가만가만 쓰다듬으며 우연이 나직하게 속삭였다.

"오늘은 특별히 택시 타고 가자. 업고 가긴 거리가 너무 머니까."

택시에서 내려 집으로 올라가기 위해 대문 앞으로 걸어간 우연의 등에 이별이 업혀 있었다. 정말 한 번 잠들면 누가 업어 가도 모를 정도로 곤히 잔다. 깨우려다 말고 이별을 들쳐 업은 채로 비밀번호를 눌렀다. 열 시가 넘은 시간이었다. 도우미 아주머니는 벌써 집으로 돌아가고 없을 시간이라 직접 문을 열었다.

"배가 고플 텐데, 어쩐다."

우연이 이별을 소파에 눕혀 놓고 앞으로 멘 가방 두 개를 내려놓았다. 그리고 잠든 이별을 살피곤 방향을 틀어 주방으로 걸어갔다. 식탁 위 보자기를 들추자 국과 밥을 제외한 저녁이 차려져 있었다. 금방 돌아오리라 믿고 도우미 아주머니가 차려 놓고 간 모양이었다.

"역시 우리 이모는 센스 짱이라니까."

흡족한 미소를 띠며 밥솥을 연 우연이 미리 준비된 밥그릇을 들어 밥을 채웠다. 식탁에 밥을 올려놓고 가스레인지 위에 올려진 냄비를 데웠다. 국까지 모두 준비되자 그제야 이별을 깨우려 거실로 나갔다.

"이별?"

우연이 가만히 이별의 어깨를 흔들었다. 이별이 몸을 뒤척이다 손을 뻗어 우연의 어깨를 감아 와락 제품으로 끌어당겼다.

"어어."

중심을 잃은 우연의 몸이 그대로 이별의 몸에 겹쳐졌다. 이별이 부스스 눈을 떠 제 몸을 덮친 것을 확인했다.

"무거워……."

"아, 미안."

당황해 경황이 없던 우연이 급히 사과하며 몸을 일으키려 했다. 멀어지는 우연을 이별이 다시 끌어안았다. 우연이 눈을 깜빡이며 마른침을 꿀꺽 삼켰다.

"그래도 따뜻해서 좋아."

졸린 듯 감미로운 이별의 말이 우연의 귓속을 파고들었다. 두근두근. 우연의 심장이 빠른 템포로 뛰기 시작했다. 그가 깊게 심호흡을 하며 뛰는 심장과 가쁜 호흡을 다스렸다. 우연이 조심히 제 목을 감싼 이별의 손을 떼어 냈다.

"별아, 이별. 그만 일어나. 밥 먹고 씻고 자자."

"으응. 졸린데."

"졸려도 씻을 순 있지?"

이별이 가물거리는 눈으로 고개를 끄덕였다. 엷게 웃은 우연이 그녀를 들춰 안고 주방으로 걸어갔다. 이별을 의자에 앉히고 우연이 그 옆에 나란히 앉았다. 우연이 밥을 떠 국물을 적신 후 이별의 입 앞에 내밀었다.

"아."

"아."

우연의 말에 따라 입을 벌린 이별이 덥석 밥을 받아 오물거렸다. 밥과 반찬을 같이 먹여도 제법 잘 받아먹었다. 우연이 다양한 표정을 지으며 이별이 먹는 모습을 지켜봤다. 밥을 반 이상 먹고도 해롱해롱거린다. 이만하면 깰 만도 한데 말이다.

"배불러?"

"으응. 졸려."

"그만 먹을까?"

졸린다면서도 우연의 말엔 꼬박꼬박 대답했다. 키득 낮은 웃음을 터트린 우연이 상을 치우고 졸고 있는 이별을 안아 2층으로 올라갔다. 욕실 문을 열고 그녀를 변기 위에 앉혔다. 치약을 짜서 손에 쥐여 주자 자동으로 양치질을 했다. 눈을 감고도 양치질은 참 잘도 한다.

이별이 칫솔을 빼자 이번엔 우연이 물 컵을 입에 댔다. 우연이 물을 머금어 깔끔하게 헹궜다. 말도 안 했는데 어떻게 세면대는 또 잘 찾아 물을 뱉더니, 이번엔 얼굴을 척하니 들어 그를 향해 배시시 웃었다.

"씻겨 줘?"

"얼굴만."

"바보, 발도 씻어야지."

"아웅."

깜찍한 애교와 더불어 턱 아래로 양손을 가지런히 모은 모습이 너무 귀여웠다. 우연의 얼굴에서 연신 미소가 떠나지 않았다. 그가 아기 얼굴을 씻기듯 조심조심 이별의 얼굴을 씻겼다. 그러곤 발까지 깨끗하게 씻겨 수건으로 닦았다.

"다 됐어요. 아가씨."

"나 자고 싶어."

이별을 안아 욕실 밖으로 나가는 동안 그녀가 우연의 목을 휘감아 안으며 낮게 소곤거렸다. 우연이 눈을 찡그리며 살짝 아랫입술을 깨물었다. 그러곤 숨을 후우 하고 길게 내뱉었다.

"이봐, 아가씨. 그런 말은 엄청 위험한 거거든. 특히나, 자기한테 흑심 품은 남자한텐 더더욱 하면 안 되는 말이야. 이번은 봐주는데. 다음은……. 후우. 언제 키워서 결혼하지? 이거 참, 홀아비도 아니고. 환장하겠네."

이별의 방으로 들어가 그녀를 얌전히 침대에 내려놓은 우연이 싱긋이 입가를 끌어 올려 웃었다.

"너 이런 매력적인 남자 곁에 두고 그렇게 곤하게 잠이 오냐? 난 오늘 못 잘 것 같은데 말이야. 이건 좀 불공평해. 나중에 꼭 갚아 줄 거야."

일부러 짓궂은 미소를 지어 보인 우연이 자리를 털고 일어서며 이별의 이마에 가만히 입술을 눌렀다. 그러곤 아쉬운 듯 잠시 머뭇 거리다 스치듯 그녀의 입술을 훔쳤다.

"잘 자."

여기서 멈추지 않으면 참을 수 없을 것 같았다. 우연이 성큼성큼 걸어 뒤도 돌아보지 않게 곧장 그녀의 방을 나섰다.

현관문을 연 우연이 마른침을 꿀꺽 삼키며 그대로 굳어 섰다. 뒤에 선 이별의 고개가 갸웃 기울었다. 대체 이게 갑자기 무슨 일인가 싶었다. 이별이 믿기지 않는 듯 입을 열었다.

"아빠?"

"오! 우리 딸. 그동안 아. 무. 일. 없이 잘 지냈어?"

스타카토로 딱딱 끊어 말한 아무 일이란 게 뭔지 이별은 알 수가 없었다. 우연을 본체만체 그대로 스친 종국이 이별을 와락 격하게 껴안았다. 허리가 꺾일 정도로 격하게 안긴 이별이 헉 하고 놀란 숨을 삼켰다. 우연이 눈을 깜빡이며 고개를 모로 기울였다. 그가 멋쩍은 듯 목을 긁적였다.

"아빠가 여긴 웬일이야?"

"웬일은. 한국 출장 온 김에 겸사겸사 우리 딸 보려고 왔지."

종국이 이별의 어깨를 감싸 안은 채 제집처럼 편하게 거실 안으로 들어섰다. 이동하는 동안에도 종국의 눈은 매섭게 번뜩거리며 집 안 곳곳을 탐색했다. 이별이 소파에 종국을 앉히며 작게 투덜거렸다.

"그럼 미리 연락을 하든가. 놀라게."

"놀라라고 그런 거지. 그래야 불시에 습격한 보람이 있지."

"네?"

"아무것도 아니다. 그래, 네 방은 어디냐?"

우연이 소파로 다가와 공손하게 허리를 숙여 인사했다.

"안녕하세요. 김우연입니다."

"알아, 인마. 날도둑놈."

"아빠!"

마뜩잖음이 가득한 목소리로 불퉁하게 말하는 종국에게 놀라 이별이 그를 부르며 눈에 한껏 힘을 줬다. 그를 모른 척 고개를 돌려 우연을 매섭게 쏘아보며 종국이 툭 내뱉었다.

"내 말이 틀렸냐?"

"아닙니다. 아버님."

"자식이 싫다고 할 때는 언제고 이젠 못 준다고 버텨?"

"죄송합니다."

우연이 멋쩍게 웃으며 살짝 아랫입술을 깨물었다. 그 모습을 못 마땅하게 올려 보던 종국이 혀를 찼다.

"앉아. 목 아파."

"네."

"멀대같이 키만 커서. 거 하체가 너무 부실한 거 아냐?"

자리에 앉으려는 우연을 유심히 살피며 종국이 미심쩍은 투로 중 얼거렸다. 앉으려다 말고 우연이 다리를 쓱쓱 문질렀다. 그런 우연 의 손을 잡아 소파에 앉히며 이별이 나섰다.

"엄청 튼튼하거든요? 아빠보다 훨씬 나아."

"뭐야? 네가 그걸 어떻게 알아!"

"나 업고 얼마나 오르락내리락했게. 그래도 끄떡없더라. 아빤 엄 마 업다가 넘어졌잖아."

"그거야. 전날 엄마가 아빠 힘을 너무 빼서 그렇……지."

발끈해 말하다 보니 뭔가 해서는 안 될 말을 한 것 같아 말꼬리 가 흐지부지되어 버렸다. 이별이 눈을 깜빡이며 물었다.

"엄마가 왜?"

"그, 그런 게 있어. 애들은 몰라도 돼."

"애 아닌데. 나 곧 결혼해."

"누구 허락받고!"

결혼이란 말에 종국이 과민반응을 보이며 버럭거렸다. 그에 내내 모른 척 순진하게 말하던 이별의 눈이 야릇하게 빛났다. 태어나기 전부터 미리 짝을 지었다고 해 놓고선 막상 시집을 보내려니 싫었던 모양이다.

"아빠 허락받고."

이별이 드디어 쐐기를 박았다. 틀린 말이 아니어서 종국의 속이 더 탔다. 제가 왜 그런 말을 했을까, 몹시 후회스러웠다. 아직 어리니까. 먼 훗날에 있을 일이니까. 그렇게 생각하고 한 해, 한 해를 무사히 넘겼었다.

그런데 어느새 이별의 나이가 18살이 되었고, 절대 결혼은 하지 않겠다. 혼인신고 얘기에 팔짝 뛰며 거부반응을 일으키던 우연이 이제는 제발 혼인신고라도 빨리하게 해 달라 조르기 시작했다. 그건 이별도 별반 다르지 않았다. 고등학생이 무슨 결혼이냐 일단 같이 지내 보고 결혼할지 말지 생각해 보겠다고. 청소년에게도 생각과 선택권이 있다고 주장하던 이별이 이제는 빨리 혼인신고서에 도장을 찍어 달라 독촉을 했다.

"뭐가 그렇게 급하다고."

"급해. 그것도 엄청."

"왜."

"우연 오빠가 곧 대학생이 되니까."

"그게 왜."

우연이 대학생이 되는 것과 혼인신고를 해서 유부남, 유부녀가 되는 게 무슨 상관이냐 종국이 물었다. 그에 이별이 척 하니 팔짱을 끼며 가늘게 눈을 늘였다.

"당연히 급한 이유가 되지. 능력도 특출난 데다가 오빠가 너무 잘생겼다는 게 아주 큰 문제지. 여자들이 얼마나 꼬이겠어."

이별의 말에 종국이 눈살을 찌푸렸다. 그의 매서운 눈이 즉시 우연에게 쏠렸다. 우연이 바짝 긴장한 채로 다소곳이 무릎 위에 주먹을 쥐어 올려놓고 둘의 대화를 경청했다. 그러다 옆통수가 뚫릴 만큼 강렬한 눈빛에 저도 모르게 주눅이 들어 종국을 돌아봤다. 꿀꺽. 마른침이 삼켜졌다.

"여자가 유혹하면 넘어갈 건가?"

"아닙니다."

종국의 직설적인 질문에 우연이 강하게 도리질 치며 그렇지 않다 말했다. 그에 종국이 눈을 가늘게 늘이며 미심쩍게 쳐다봤다. 우연이 즉시 덧붙였다.

"제겐 이별이보다 예쁜 여자는 없습니다. 제게 여자는 이별이 단 하나뿐입니다."

"그래?"

"네!"

단호하게 답하는 우연의 말이 조금 만족스러웠던지 종국이 조금 풀어진 얼굴로 이별을 돌아보며 말했다.

"너밖에 없단다. 안심해."

굳이 말을 안 해 줘도 다 들리고 보였다. 그럼에도 종국이 확인 사살을 하며 지그시 이별을 바라봤다. 이별이 눈을 게슴츠레하게 뜨고 종국을 뚫어지게 마주했다. 종국이 무슨 말을 하려는지 뻔히 짐작이 갔다.

"그래서요?"

"졸업 때까지 좀 참아 보라고."

"그러다 마음이 바뀌면요."

"안 바뀐다잖아."

"그걸 어떻게 믿어요."

"왜 못 믿어. 그 정도 믿음도 없이 어떻게 결혼을 해서 한평생을 살겠다는 거야."

한 치의 물러섬도 없는 공방전이 이어졌다. 우연은 난생처음 말문이 막히는 기현상을 경험하고 있었다. 이런 적은 난생처음이었다. 종국을 그냥 아버지 친구로 알았을 때와는 기분이 또 달랐다. 사랑하는 여자의 아버지는 너무 무섭고 대하기가 힘들었다.

"너 혈서 써라."

"네?"

갑자기 화살이 우연에게 날아들었다. 혈서라니. 그게 무슨 말일까 멍한 눈으로 쳐다보자 종국이 버럭 화를 냈다.

"이 녀석이 너 못 믿는다잖아."

종국이 이별을 가리키며 또 직설적으로 말했다. 그에 이별이 발끈하며 곁에 앉은 우연의 손을 덥석 붙잡았다. 종국과 우연의 시선이 동시에 이별이 잡은 손에 머물렀다.

"또 봐. 어떻게 사람을 그렇게 이간질을 시키냐? 내가 언제 오빠 못 믿는댔어. 주변의 여자들을 못 믿는다는 말이지."

"그거나 그거나. 엎치나 메치나야."

"아니야, 틀려."

양쪽을 정신 사납게 돌아보던 우연이 후우 깊은 숨을 내쉬며 고개를 절레절레 흔들었다. 이별의 독특한 정신세계가 어디서 온 건가 했더니, 유쾌한 아버지에게서 물려받은 재능 같았다. 말로 주변 사람들을 즐겁게 하는 게 둘이 꼭 닮아 있었다.

"이별."

가만히 듣고 있던 우연이 입을 열어 이별을 불렀다. 그에 도끼눈을 하고 아빠를 째려보던 이별이 유순한 얼굴로 그를 돌아보았다. 갑작스레 돌변하는 이별의 얼굴에 종국이 헛웃음을 터트렸다. 어릴 땐 아빠가 최고라더니. 그게 다 뻥이었던 모양이다. 사랑하는 남자가 생기니 아빠는 뒷전이다. 배신감에 입을 악다문 종국에 부르르 치를 떨었다.

"오빠 못 믿어?"

생뚱맞은 우연의 질문에 눈만 깜빡이던 이별이 곧 배시시 웃으며 그를 와락 껴안았다. 그러곤 그의 귀에 입을 맞추다시피 하며 속삭였다.

"믿어. 죽으로 메주를 쑨대도 믿어."

"저기, 콩으로 메주를 쑨대도 믿지 않는다가 맞아. 올바른 비유가 아니야."

"아, 그래?"

이 와중에 지적질 하는 놈이나 그걸 또 좋다고 듣는 놈이나 한심해 보이기는 마찬가지였다. 저래서 끼리끼리 만난다고 하는 모양이다. 쓰게 입맛을 다신 종국이 알콩달콩 이별과 대화를 주고받는 우연을 가만히 지켜봤다.

생각보다 잘 커 주었다. 늘 사업 때문에 밖으로 나도는 한석의 아들이라는 게 조금 마음에 걸렸다. 그리고 처음 이별이 같이 집에 머물렀을 때 종국이 전화를 한 협박에 치를 떨며 강한 거부반응을 보이던 것도 마음에 걸렸다. 그랬던 놈이 변했으면 얼마나 변했을까 싶었다. 그냥 단순한 호기심이겠거니 했는데 그건 아닌 모양이었다.

조곤조곤 이별을 타이르는 모습에 종국이 낮게 한숨을 내쉬었다. 확실히 차분하고 설득력 있는 게 여타 애들과는 달라 보였다. 엘리트가 달리 엘리튼가. 입에 침이 마르게 우연을 칭찬하던 한석이 이해가 갔다. 저 정도면 충분히 자식 자랑할 만하다 싶었다.

"저도 빨리했으면 좋겠다고 졸랐던 놈이 설득은."

이별을 혼자 학교에 남겨 두기가 불안하다고 꼭 지금 혼신신고를 해야겠다고 말했던 우연이었다. 어쨌거나, 부부 일심동체는 확실했다.

10.

사랑해, 이별

　　이별을 먼저 잠재우고 우연과 종국이 조용히 식탁에 마주 앉았
다. 종국의 주문에 우연이 급하게 술자리를 마련했다. 집에 있는 술
이라곤 아버지가 평소 아껴 잘 마시지 않는 값비싼 양주들이 다였
다. 그걸 잘 알고 있는 종국이 일부러 술자리를 주문했다.

　　"한 잔 받아."

　　"전 아직."

　　"곧 졸업이잖아, 괜찮아. 아버지 앞에서 받는 건."

　　"네."

　　마지못해 잔을 들어 내밀자 종국이 양주를 잔 가득 채웠다. 우연
의 표정이 어두워졌다. 술이라곤 맥주 한 캔이 주량의 다였다. 이건
좀 버거울 듯했다. 그렇다고 미래의 장인이 주는 잔을 거부하기도
뭣했다.

　　"마셔."

먼저 양주를 입 안에 털어 넣은 종국이 우연을 재촉했다. 우연이 머뭇거리다 고개를 돌려 술잔을 비웠다. 우연이 찌푸려지는 인상을 가까스로 펴며 잔을 내려놓자 종국이 또 채웠다.

"아버님."

그만이라고 외치고 싶은 것을 꾹 참았다. 벌써 목구멍까지 화르륵 속이 타오르기 시작했다. 더 마시고 싶지 않은데 종국이 계속 잔을 채우며 말했다.

"천천히 마셔, 천천히. 절대 강요하는 건 아니야."

"아, 네."

강요하는 건 아니라면서 손은 계속 위아래로 너울거렸다. 마시라는 무언의 독촉이었다. 우연이 신음을 흘리며 잔을 조금씩 나눠 비웠다. 단숨에 마시는 건 너무 힘들었다. 속이 타들어 가는 것 같은 고통이 느껴졌다.

두 잔을 비운 우연이 어지러운 듯 머리를 흔들며 몸을 흐느적거렸다.

"벌써 취했나?"

"아, 아닙니⋯⋯다."

"술이 약하군."

"맥주 한 캔은 마실 줄 압니다."

한 병도 아니고 한 캔이란다. 술을 잘 마시지 않는다는 점도 마음에 들었다. 술은 적당히 즐길 줄만 알면 되는 것이다. 정신이 혼미해짐에도 꿋꿋이 견디며 허리를 세워 정자세로 앉아 있는 우연이 기특해 종국이 기분 좋게 잔을 비웠다.

"우리 별이 어디가 그렇게 좋은가."

"전부 다 좋습니다."

"그렇게 뭉뚱그려서 말하지 말고 조목조목 한번 말해 보게."

종국의 주문에 우연이 손을 척 펼쳐 보였다. 열 손가락이 쭉 뻗어 있었다. 우연이 그중 하나를 접으며 말했다.

"첫째, 참 해맑습니다. 보고 있으면 즐거울 만큼."

우연이 검지를 접었다.

"둘째, 귀엽고 예쁩니다."

"인정."

"셋째, 엉뚱하지만 그게 또 매력입니다."

"옳거니."

"넷! 마음이 넓습니다."

"맞아."

종국의 추임새에 맞춰 대화를 하듯 이별의 장점을 늘어놨다. 그렇게 열 개를 접고도 모자랐던지 우연이 곱았던 손을 펼쳤다.

"열하나, 향기가 참 좋습니다."

"으음. 그리고 또?"

종국이 생각 없이 우연의 잔을 채웠다. 그에 멀뚱히 잔을 내려다보던 우연이 그것을 잡아 단숨에 비워 냈다. 그와 동시에 우연의 머리가 식탁에 쿵 하고 내려앉았다. 술에 취해 넉 다운이 된 모양이었다.

"술 약한 게 딸한텐 이득인데, 나한테 조금 안타깝네. 같이 보조를 맞춰서 마실 수가 없으니. 영."

고개를 절레절레 흔들던 종국이 식탁에 드러누운 채로 잠든 우연을 따뜻하게 내려 봤다. 조금만 더 크면 아주 훌륭한 신랑감이 될 것 같았다. 보면 볼수록 탐이 나는 녀석이었다.

"내 딸이 조금 아깝긴 하지만, 이렇게 된 거 정말 미리 혼인신고부터 해 버릴까?"

우연을 내려 보는 종국의 눈이 의미심장하게 빛났다.

3박 4일 일정으로 한국에 들어온 종국은 다음 날 이별을 남겨 두고 다시 자신이 있던 곳으로 떠났다. 배웅을 하고 돌아오는 길에 이별이 눈물을 흘렸다. 아직 어린 나이에 가족과 헤어져 살아야 하다는 게 은근히 큰 부담으로 느껴질 수도 있었다. 한국을 떠나기 싫어 스스로 내린 결정이라지만 여린 마음이 가끔씩 부모에 대한 향수를 불러일으켰다.

"졸업하고 같이 한번 가자."

"괜찮아. 아빠 얼굴 봤잖아."

눈물을 훔치며 이별이 대수롭지 않은 일이다 시치미를 뗐다. 그에 엷은 미소를 지어 보이며 우연이 따뜻하게 이별을 감싸 안았다. 버스를 타고 집으로 오는 동안 눈이 내리기 시작했다.

"어, 첫눈이다!"

이별이 창밖을 바라보며 감탄사를 내뱉었다. 그에 같이 밖을 내다본 우연이 말했다.

"함박눈이네. 쌓이겠다."

"정말?"

"집에 도착할 때쯤이면 한 5센티는 쌓이겠는걸?"

"에게."

이별이 고작 그거밖에 안 되냐 아쉬운 마음에 탄식을 담아 말했다. 이별을 품에 안 듯이 창을 양손으로 짚으며 이별이 눈 내리는 거리를 바라보았다.

"집에 도착할 때가 그렇지. 밤새 쌓이면 제법 쌓일 거야."

"와아, 그럼 내일 눈꽃 볼 수 있겠다."

이별이 기대 가득한 목소리를 말했다. 그런 이별을 지그시 내려 보며 우연이 미소를 띠었다.

"눈꽃이 가면서도 볼 수 있어."

"진짜?"

"도착하면 가 보자. 보여 줄게."

"응."

눈이 내려 기운이 떨어졌던지 한기가 살짝 느껴졌다. 우연이 제 코드로 이별을 감쌌다. 그러곤 창에 호 하고 입김을 불었다. 그가 손가락으로 뭔가를 그리는 모습을 이별이 가만히 지켜봤다. 우연이 하트를 그리고 그 안에 '사랑해' 라고 썼다.

부드러운 미소를 머금은 이별이 작게 속삭였다.

"나도."

"응."

우연이 이별을 꼭 끌어안으며 그녀의 귓가에 나직하게 말했다.

버스가 정류장에 서자 기다렸다는 듯 둘이 내렸다. 우연이 손을 내밀자, 이별이 그 손을 덥석 붙잡았다. 둘이 누가 먼저랄 것도 없이 걸음을 옮겼다. 갈 곳은 이미 정해 놓은 터였다. 가로수 길. 계절마다 푸르름을 선사해 주던 그 길을 눈꽃을 보기 위해 다시 찾았다.

우연의 말대로 사람이 많이 다니는 길목을 제외하곤 눈이 제법 쌓였다. 멀리서 보이는 화려한 가로수 길에 이별이 날아갈 듯 상큼한 기분으로 폴짝폴짝 뛰었다. 마치, 눈의 나라에 온 듯한 착각을 불러일으키는 길이었다.

"너무 멋지다!"

이별이 가로수 사이 길을 누비며 빙그르르 맴을 돌았다. 그녀의 몸 위로 눈이 흩날렸다. 그 환상적이 모습에 우연의 발길이 절로 이별에게로 향했다. 황홀감에 젖어 나무 사이를 누비던 이별의 허리를 누군가 잽싸게 낚아챘다. 이별이 놀라 돌아보자, 우연이 환한 미소를 띠며 그녀의 볼에 입을 맞췄다. 끌어안은 이별의 몸을 빙글빙글 돌렸다. 새하얀 세상이 눈앞에서 어지럽게 흔들렸다.

"그만. 너무 어지러워."

우연이 내려 주자 잠시 비틀거렸다가 그대로 우연의 품을 파고들었다. 우연의 코트 안으로 쏙 들어간 이별이 손을 꼼지락거렸다.

"손 시려."

"장갑 끼라니까."

우연이 주머니에서 이별의 장갑을 꺼내 그녀의 손에 끼워 줬다. 고분고분 그가 장갑을 끼우는 걸 지켜보던 이별이 다시 와락 우연을 껴안았다. 그에 우연이 매끄럽게 입매를 끌어 올려 웃었다.

"어쩌냐? 내가 그렇게 좋아서?"

"누가 막 홀려서 그렇지."

"넘사벽을 가뿐히 넘어온 앙큼한 고양이가 할 말은 아니지."

"난 솔직히 유혹할 생각은 없었거든요. 막 들이대는 거 싫어한다니까. 일부러 그랬지. 정 떨어지게."

"정말 엄청 들었지. 결혼하고 싶을 만큼."

"어쩌겠어? 내가 또 너무 매력적인 사람이라서."

"그러게 큰일이다. 어떻게 혼자 학교에 보내지?"

우연의 능청에 결국 이별이 웃음을 터트렸다. 가면 갈수록 뻔뻔해지는 게 콩깍지가 아주 제대로 씌었다. 우연이 휴대폰을 꺼내 흔들었다. 이별이 고개를 갸웃하자 우연이 보란 듯 액정을 톡톡 두드렸다. 그러자, 귀에 익은 음악이 흘러나왔다. 이별의 얼굴에 환한 미소가 번졌다.

"버진로드."

우연이 정면을 향해 서며 팔을 내밀었다. 멀뚱히 내민 팔을 바라보던 이별이 배시시 웃으며 그의 팔에 팔짱을 꼈다. 눈 오는 가로수 길을 눈꽃의 마중을 받으며 걷는 기분은 이루 말할 수 없는 황홀함을 선사했다. 게다가 아름다운 신부의 곡인 버진로드를 사랑하는 사람과 함께 듣는다는 건 그야말로 금상첨화였다. 행복이 넘쳐 날 지경이었다.

"나중에 여기에서 정말 결혼식 올리자."

"가능할까?"

"세상에 불가능은 없어. 도전하면 꼭 이뤄질 거야."

"오케이. 해 보는 걸로."

둘이 걸어간 길 위로 나란히 발자국이 찍혔다.

그냥 집으로 들어가기가 아쉬워 차 한 잔을 더 마시기로 했다. 근처 카페로 자리를 옮긴 둘이 따뜻한 커피 잔을 들고 편안한 소파에 자리를 잡고 앉았다. 물론 나란히 한 소파에 앉은 채였다. 우연이 창밖을 바라보며 커피를 한 모금 머금었다.

봄도 아니고 여름도 아닌 어색한 계절에 이별을 만났다.

그리고 가을을 보내고 겨울을 마중하는 지금 둘은 미래를 약속하며 여전히 함께 있었다.

"그때 널 강제로 돌려보냈으면 어떻게 됐을까?"

문득 생각난 투로 우연이 물었다. 이별이 따뜻한 커피 잔을 두 손을 감싸 온기를 느끼며 어깨를 으쓱했다.

"생각해 본 적이 없어서 잘 모르겠어."

"그랬더라도 아마 지금과 똑같은 결과가 되지 않았을까 해."

"어떻게?"

"만날 인연은 꼭 언젠간 만나게 되어 있으니까. 더군다나, 우리처럼 결혼을 목전에 둔 연인들은 돌고 돌아도 이 시점에 자연스레 만나지지 않을까?"

"그런가?"

이별이 고개를 갸웃했다. 그런 이별을 돌아보며 우연이 부드럽게 미소를 지어 보였다.

"사랑하는 사람들은 태어날 때부터 인연의 붉은 실이 이어져 있다고 해."

"음. 어디선가 들어 본 것 같아."

"그 실의 끝자락을 따라오다 보면 결국 서로를 찾게 되지 않았을까?"

"실이 보이는 건 아니잖아."

"자꾸 자꾸 눈에 밟히는 사람. 보고 있으면 신경이 쓰이고 안 보이면 보고 싶고. 그러다 보면 어느새 없어선 안 될 사람이 되는 거지."

"응. 그건 그런 것 같아."

지금은 서로에게 기대 온기를 나누는 잠깐의 시간조차 고마웠다. 사랑 같은 거 절대 하지 않을 거라고. 자유가 좋다고. 구속은 죄악이라고 생각하며 살아왔었다. 그 모든 것이 무색해질 만큼 사랑은 위대했다.

6개월 후.

다시 봄이 찾아왔다. 학교는 변함이 없었고, 이별과 재진은 3학년이 되었다. 우연과 노마는 졸업을 하고 대학생이 되었다. 대학 생활과 고등학교 생활은 많은 차이를 보였다. 성인과 학생이라는 명확하게 그어진 선이 아니더라도 모든 것들이 달랐다.

"요즘 선배는 어떻게 지내?"

재진이 이별과 함께 보조를 맞춰 나란히 복도를 걸으며 물었다. 이별이 어깨를 으쓱하며 자신의 사물함에서 노트와 필기구를 꺼내 들었다.

"뭐가 그렇게 바쁜지 나도 얼굴 보기 힘들어."

"뭐야, 대학 가면 한가할 줄 알았더니 더 바쁜 거야?"

"그러게, 시간이 많아서 자주 볼 줄 알았더니. 얼굴 까먹을 정도야."

합동 수업을 위해 본관 건물 제3강의실로 향하며 이별이 서운함을 감추지 않고 고개를 절레절레 흔들었다. 그런 이별을 무심히 바라보며 재진이 영혼 없는 동조를 했다.

"너무하네."

강의실로 들어서 중간쯤 자리를 잡은 이별 옆에 재진이 자리를 잡고 앉았다. 언제나 이별 옆엔 재진이 자리했다. 그래서 대부분 학교 학생들은 재진이 이별의 남자 친구라고 알고 있었다. 정작 본인들은 아무 감정이 없는데 발 없는 소문은 날개를 달고 훨훨 마음껏 날아다녔다.

간혹 카더라 통신을 듣게 되더라도. 둘 다 그랬어? 그것도 재미있겠네. 언제 한번 해 봐야지 정도로 무심하게 반응했다. 재진이 이별의 옆을 철통같이 지키고 있는 데에는 우연과 노마의 협박과 회유와 풍족한 후원이 있었기 때문이다.

그것들이 모든 소문을 한 번에 시원하게 통 치게 만들어 주었다.

"인문학에서 미디어 강의를 하네?"

이별이 시간표를 확인하고 물었다. 어깨를 으쓱한 재진이 그러든 말든 자기는 전혀 상관없단 투로 무심하게 반응했다.

"출석만 체크하면 되지, 내용이 무슨 상관이야."

"하긴, 네가 들어 봤자. 뭘 알겠어. 소 귀에 경 읽기지."

"빙고!"

재진이 손가락을 튕기며 명쾌하게 답했다. 이별이 한숨을 푹 내쉬곤 그럼 그렇지 하며 쓴 입맛을 다셨다. 그나마 전공과목이 아니라고 땡땡이치지 않는 게 천만다행이었다. 종이 울리고 웅성거리던 소음이 점점 잦아들었다. 담당 선생님 대신 문학창작과 학생회장이 교단에 섰다. 우연의 뒤를 이어 이번에도 문학창작과에서 학생회장이 나왔다. 그가 버튼을 누르자 등 뒤로 스크린이 쭉 내려왔다.

"됐습니까?"

스크린을 조작하던 학생회장이 교실 뒤쪽을 향해 물었다. 뒤쪽 영사기를 조작하던 사람이 오케이 사인을 해 보이자 학생회장이 고개를 끄덕이며 스크린을 멈췄다. 그러곤 정면을 뚫어지며 바라보며 학생들을 향한 말했다.

"오늘은 특별히 학교 외부 인사를 초청했다. 미디어와 문학의 상관관계에 대해서 집중해서 잘 들어 보도록."

시큰둥한 반응에 학생회장이 머쓱한 듯 헛기침을 하며 교단을 내려섰다. 재진이 슬쩍 이별 가까이 몸을 기울이며 귓속말을 했다.

"뭐 대단한 거라고 외부 인사까지 초청해. 안 그러냐?"

"중요한 내용이 있겠지."

교육 내용이 어떻든 별 상관 없다는 듯 이별은 시큰둥하게 반응했다. 정작 이별이 신경 쓰이는 건 며칠째 얼굴도 제대로 볼 수 없이 바빴던 우연이었다. 중요한 프로젝트가 있다며 며칠째 학교 동아리 방에서 작업을 하고 자정이 다 되어서야 집에 돌아왔다. 그러곤 아침 인사를 나눌 틈도 없이 또 집을 나섰다.

"대학생이 되면 다 그렇게 바쁜가?"

푸념 섞인 혼잣말을 중얼거리며 이별이 볼펜으로 노트에 낙서를 끄적거렸다. 저도 모르게 쓴 낙서는 죄다 우연에 관한 것이었다.

"오매불망 집 나간 서방 기다리는 여편네 모드네."

"응?"

옆에서 슬쩍 이별의 낙서를 본 재진이 피식 웃으며 고개를 절레절레 흔들었다. 예전엔 우연이 좋아 안달인 것처럼 보이더니 이젠 상황이 역전돼서 이별이 오히려 안달복달하는 것처럼 보였다.

"돌아와, 돌아와. 울부짖는 게 글에서 막 느껴진다."

재진이 낙서를 손으로 가리키며 혀를 찼다. 보고 싶다는 말로 도배된 낙서로 미루어 짐작컨대 우연에 대한 그리움이 극에 달한 모양이었다.

"아."

정신을 차리고 낙서를 보니 우연의 이름과 거의 맞먹는 수준으로 보고 싶다와 돌아오라는 말이 즐비하게 써져 있었다. 이별이 허한 한숨을 내쉬었다. 제가 생각해도 좀 심하다 싶었다. 완전 스토커 수준이다. 다른 모르는 사람이 보면 딱 오해하기 쉬운.

"후우. 드디어 내가 미쳐 가나 보다."

"우연 선배 밀당이 완전 수준급인데? 엘리트 과정이야. 그것마저도."

"심장이 쫄깃쫄깃해지는 기분을 아주 제대로 느끼고 있는 중이지."

이별이 낙서로 한가득인 노트를 찢어 손으로 마구 찌그러트렸다. 그러곤 짙은 한숨과 함께 그것을 책상 위 한쪽으로 밀어냈다. 영사기를 조작하던 사람이 천천히 계단 통로를 내려왔다. 이별의 앞에서 잠시 멈춘 그가 그녀가 구겨 놓은 종이를 태연히 집어 들었다.

"어, 그건."

고개를 돌려 종이를 다시 달라 손을 뻗던 이별의 눈이 동그랗게 떠졌다. 눈에 익은 고운 손이 종이를 차분하게 펼치고 있었다. 이별의 시선이 손을 따라 올라가 상대의 얼굴을 확인했다. 김우연이었다.

"훗."

낙서를 확인한 그가 낮게 웃었다. 그에 이별의 얼굴이 붉게 달아올랐다. 이별이 그의 손에서 종이를 낚아채려 버둥거렸다. 무슨 일인가 고개를 돌린 재진이 손가락을 뻗어 우연을 가리켰다.

"우연 선배?"

"손가락 부러트리기 전에 접는다. 실시."

"아. 네."

삿대질에 대한 대가가 꽤 살벌하다. 당장 거두지 않으면 부러트려 버리겠다는 협박에 재진이 즉시 곱게 손가락을 접었다. 찔끔해 눈치를 살피던 재진의 얼굴에 곧 미소가 번졌다. 졸업하고는 한참을 보지 못했다. 간간이 이별을 통해 소식을 전해 들은 게 전부였다.

"완전 반가워요. 선배!"

재진이 벌떡 일어나 이별을 제치고 우연을 와락 부둥켜안았다. 어찌나 격하게 끌어안았는지 우연의 몸이 흔들릴 지경이었다. 재진의 말에 저마다 다른 잡담에 빠져 있던 아이들의 시선이 일제히 우연에게 몰렸다.

"와아! 김우연 선배다!

"김우연 선배?"

"우연 선배님!"

순식간에 강의실 안은 그의 이름을 부르는 소리로 가득 찼다. 정작 그를 반기며 껴안고 좋아라 해야 하는 이별은 뒤로 밀려났다. 멍한 얼굴로 자리에 앉아 그를 바라보던 이별을 두고 우연의 주변으로 우르르 아이들이 모여들었다.

"이런."

우연이 곤란한 듯 미간을 좁히며 우선 가장 가까이 있는 재진을 밀어냈다. 재진이 밀려나지 않으려 버둥거렸다. 결국 완력을 써서 재진을 억지로 떼어 냈다. 재진이 감격에 겨운 얼굴로 그를 응시했다. 우연이 고개를 절레절레 흔들며 재진의 뒤로 이 난관을 어찌 극복해야 하나 고심하고 있는 이별을 쳐다봤다.

"선배, 어떻게 지내셨어요?"

"대학 생활은 즐거우세요?"

"대학 가니까 좋아요?"

두서없는 질문이 쏟아졌다. 짙은 한숨을 내쉬며 뿌루퉁하게 입술을 내밀어 팔짱을 끼는 이별의 모습에 우연이 난처한 듯 이마를 긁적였다.

예고 개교기념일 행사의 일환으로 졸업생을 초정해 강연을 듣는 프로그램이 매년 시행되고 있었다. 이번에 우연이 그 대상으로 선정되어 부탁을 받았다. 그래서 강연을 준비하느라 그동안 바빴다. 이별에게 좋은 모습을 보여 주고 싶은 욕심도 있어 철저하게 준비를 하느라 그녀의 얼굴도 제대로 볼 수 없었다.

서프라이즈하게 등장하려고 했는데 생각처럼 상황이 흘러가 주질 않았다.

"모두 조용!"

그가 손을 들고 좌중을 향해 짧게 소리쳤다. 일시에 강연실 안에 조용해졌다.

"역시, 죽지 않았어. 좌중을 압도하는 김우연 카리스마."

"제자리 모두 착석합니다."

이번에 간결하고 단호하게 말했다. 그의 말에 모두들 군소리 없이 자리로 돌아가 앉았다. 주변이 정리되자 우연이 낮은 한숨을 내쉬며 아직 옆에선 재진의 머리를 사정없이 후려쳤다. 퍽. 소리와 함께 재진의 머리가 앞으로 쏠렸다. 뒷머리를 잡고 벌떡 머리를 든 재진이 후우 하고 입바람을 불며 새침하게 우현을 쏘아봤다. 그것도 잠시, 재진의 얼굴에 엷은 미소가 떠올랐다.

"간만에 맞으니까. 이것도 정겹네."

"말 잘라 먹으면 죽는댔지. 앉아."

"옙."

재진이 장난스럽게 거수경례를 하며 자리에 착석했다. 그제야 우연이 차분하게 이별을 내려 봤다. 이별이 입을 이리저리 삐죽거리며 그를 얄밉게 흘겼다. 그런 이별의 머리를 부스스 헝클인 우연이 살짝 손을 잡았다 놓으며 계단을 내려갔다. 우연의 손에 들려 있던 낙서 종이는 곱게 접혀 그의 주머니로 들어갔다.

"에휴."

살짝 붉어진 얼굴로 우연의 주머니를 보며 이별이 제 양 볼을 감쌌다. 그를 향한 제 속마음을 들킨 것 같아 얼굴이 화끈거렸다. 이별의 속상한 심정을 아는지 모르는지 우연은 우아한 자태로 교단에 올라 좌중을 향해 인사를 건넸다.

"안녕하십니까, 재학생 여러분. 아시다시피 저는 올해 이 학교를 졸업한 김우연입니다."

우연이 인사를 하자 박수갈채가 쏟아졌다. 그가 살짝 고개를 숙였다 들며 이별을 바라보며 한쪽 눈을 찡긋거렸다. 우연이 금세 표정을 바꿔 1학년들이 있는 쪽을 돌아보았다. 웅성거리는 소리가 여기저기서 들렸다. 그가 자신만만한 얼굴로 말했다.

"네. 제가 바로 그 전설의 엘리트 선배 김우연입니다. 얼굴도 상당히 잘났죠?"

그의 너스레에 아이들의 웃음보가 터졌다. 우연이 긴 손가락을 입술에 가로로 세워 쉿! 하고 말하자 모두들 일시에 입을 다물었다. 그에 우연이 매혹적인 미소를 날렸다. 여자들의 입에서 탄성이 흘러나왔다.

"자, 그럼 오늘 제가 여러분에 들려 드릴 이야기에 대해 설명하겠습니다."

우연이 리모컨을 눌러 영사기를 작동시켰다. 예술과 미디어라는 제목이 스크린에 떴다. 강의의 주된 내용은 그가 늘 입버릇처럼 말하던 예술은 모든 것과 접목을 이루는 가장 기초라는 것이었다. 초미립자처럼 어느 곳이든 스며들어 인간과 자연 모든 것에 영향을 미친다는 그의 강의는 예술을 사랑하는 예고 학생들의 마음을 매료

시키기에 충분했다.

그중 우연이 선택한 것은 미디어 분야였다. 예술의 모든 것을 영상에 담아 사람들에게 보여 줄 수 있다는 점에서 그는 미디어에 빠져들었다고 했다. 미디어가 사람들에게 미치는 영향과 그로 인해 얻을 수 있는 많은 가치들을 우연이 차분히 설명했다. 이별도 자세히 들어 본 적 없는 말이었다. 새삼, 왜 그가 문학을 전공했음에도 미디어를 선택했는지 그의 마음을 조금은 이해할 수 있을 것 같았다.

"이상이 오늘 제가 여러분에게 말씀드릴 수 있는 내용의 전부입니다. 더 궁금한 것이 있으면⋯⋯."

우연이 살짝 여운을 남기며 좌중을 찬찬히 훑었다. 남학생들은 주로 존경의 눈빛으로 그를 봤지만, 여학생의 대부분은 그를 설렘과 그에 따른 혹시나 하는 기대감으로 바라봤다. 궁금한 것이 있으면 우연을 찾아가도 될까? 그를 다시 개인적으로 만날 수 있을까? 하는 묘한 기대심리였다.

"대학을 미디어학과와 관련된 곳으로 가서 자세히 배우시기 바랍니다."

"에이."

실망한 듯한 목소리가 여기저기서 흘러나왔다. 그에 우연이 매끄럽게 입가를 끌어 올리며 교단에서 천천히 내려와 책상 사이 계단으로 걸음을 옮겼다. 그의 동선을 따라 학생들의 시선이 움직였다. 반짝반짝 눈에서 빛이 날 지경이었다.

"이 시간 이후, 개인적인 연락은 절대 받지 않습니다."

"우우."

"선배님. 후배 사랑을 몸소 보여 주세요."

"선배님, 연락처 좀 알려 주세요."

우연이 강의 내내 뚫어져라 저를 바라보고 있던 이별의 앞으로 걸어가 우뚝 멈춰 섰다. 그러곤 책상을 짚고 상체를 앞으로 숙였다. 이별의 얼굴과 닿을 듯 말 듯 한 거리에서 그가 멈췄다. 그의 갑작스런 다가섬에 이별이 숨을 한껏 들이켠 채 눈을 동그랗게 떴다. 전교생 반가량이 자리해 있었다. 모두가 지켜보는 가운데 우연이 가만히 그녀의 반듯한 이마에 제 입술을 눌렀다.

"어머나!"

"어어어."

여기저기서 놀란 목소리가 터져 나왔다. 그에 아랑곳없이 매혹적인 미소를 지으며 이별의 이마에서 입술을 뗀 우연이 사랑스럽게 이별을 바라보며 마저 입을 열어 말했다.

"제 마누라가 여기 눈 동그랗게 뜨고 지켜보고 있는데 그건 절대 안 될 일이죠."

웅성거림의 강도가 짙어졌다. 이미 둘의 사이를 잘 알고 있던 2, 3학년들도 놀라기는 마찬가지였다. 우연이 이렇게 대범한 사람인 줄은 미처 몰랐었다. 무뚝뚝한 시크 보이. 이지적인 냉혈한이라고 익히 알고 있던 그가 이렇게 짜릿한 로맨티스트일 줄이야.

"사랑해, 이별."

우연이 감미롭게 속삭이며 고개를 틀어 그녀의 입술에 짧은 입맞춤을 했다. 이별의 눈이 더 커졌다. 숨도 제대로 쉬지 못해 얼굴이 붉게 달아올랐다. 그런 이별을 부드럽게 응시하며 우연이 톡 그녀의 콧방울 두드렸다.

"숨 쉬어."

"아후후."

우연의 말이 마치 주문이나 되는 듯 이별이 참았던 숨을 쏟아냈다. 쑥덕거리는 소리가 커 졌다. 그 소리가 가장 큰 쪽은 역시나 1학년 쪽이었다. 어떻게 이럴 수 있느냐. 이거 정학감 아니냐. 너무한다. 이런저런 말들이 거침없이 흘러나왔다.

우연이 이별의 머리를 부스스 다정하게 헝클이며 허리를 폈다. 이별의 어깨를 감싸 제게 기대가 하곤 우연이 말 많은 1학년 쪽을 차갑게 쳐다봤다. 그와 눈이 마주친 1학년들이 입을 닫고 불만 가득한 눈으로 그의 품에 안긴 이별을 흘겼다.

"이 정돈 봐줘야지. 키스를 한 것도 아닌데. 너무 유난스러운 거 아닌가?"

우연의 말투가 바뀌었다. 시니컬한 그의 말에 샐쭉하게 입을 내밀었던 아이들이 눈치를 살폈다. 우연의 태도가 당당해도 너무 당당했다. 우연이 재킷 안주머니에서 소중하게 접힌 뭔가를 꺼내 들었다. 그러곤 보란 듯 자랑스럽게 그것을 흔들었다.

"법적으로 완벽하게 부부인데."

"에? 진짜?"

벌떡 자리를 박차고 일어난 재진이 우연의 손에서 주민등록등본을 빼앗아 눈으로 직접 확인했다. 우연의 말이 맞았다. 일주일 전에 등록한 따끈따끈한 새 등본이었다. 김우연의 이름 밑에 처라고 표시되어 이별의 이름이 올라 있었다. 더 이상 그냥 한집에 사는 동거인이 아니었다.

"뭐야, 결혼식도 안 하고 바로 혼인신고부터 한 거야?"

재진이 우연과 이별을 번갈아 보며 믿을 수 없다는 투로 물었다. 우연과 이별이 덤덤하게 고개를 끄덕였다.

"결혼식은 이별이 졸업하는 날 할 거야."

행여나 등본이 구겨지기라도 할까 우연이 재진의 손에서 등본을 뺏어 소중하게 갈무리해 다시 품에 넣었다. 아직 학생인 이별의 신분을 배려해 졸업 후에 결혼식을 올리기로 한 모양이었다. 그럼 끝까지 비밀로 남겨 두든가. 왜 굳이 학교까지 찾아와 수많은 학생이 지켜보는 가운데 이런 자극적인 상황을 연출하는 건지 궁금했다.

"그러니까, 여기 이별에게 흑심 가졌던 남학생들 깔끔히 마음 정리하길 바라."

결국 핵심은 그거였다. 내 여자에 눈독 들이지 마라. 단숨에 이별을 유부녀로 전락시킨 우연이 기분 좋은 미소를 띠며 이별의 어깨를 다독였다. 뜨거운 시선으로 서로를 바라보는 이별과 우연을 번갈아 보던 재진이 뒷머리를 긁적이다. 아직 풀지 못한 궁금증이 있는 듯 둘 사이로 얼굴을 들이밀어 은밀한 목소리로 물었다.

"혹시, 그럼 그것도……."

"그거라니?"

우연이 뭐냐 물었고, 이별이 눈을 말똥거리며 빤히 재진을 쳐다봤다. 재진이 선뜻 말을 꺼내기가 망설여지는 듯 머뭇거리다가 둘에게 가까이 오라 손짓하며 더 은밀하게 목소리를 낮췄다.

"그, 에스, 이, 엑스 같은. 뭐. 그런 것도 가능한가 해서."

"섹스?"

이별이 철자를 연결해 말하자 우연이 와락 얼굴을 구겼다. 그가 단박에 재진의 뒤통수를 사정없이 후려쳤다.

"이 자식이 뚫린 입이라고 막 말하지? 너 오늘 그 주둥이 손 좀 보자."

우연의 손을 이리저리 피하며 재진이 억울하단 듯 변명을 했다.

"아니, 난 부부니까. 합법적이라니까. 혹시나 하고 궁금해서 물어봤지."

"말이 되는 소릴 해. 아직 어린데 무슨!"

"아하, 키워서 잡아먹으려는 거구나."

"이게 진짜. 야, 너 이리 와 좀 많이 맞자. 나간 정신 돌아오게."

"아이 씨. 궁금한 것도 못 물어보나? 우리 사이에?"

재진이 강의실을 정신 사납게 돌아다니며 우연의 손을 피했다. 그런 재진을 서슬 퍼런 우연이 끝까지 뒤쫓아 구석으로 몰아넣고 마구 등짝을 두드려 팼다. 돼지 멱따는 소리를 내며 반항하는 재진을 모두가 숨죽인 채로 바라봤다. 차고남의 표본이라던 우연의 만행에 모두들 숙연해졌다. 절대 건드리면 안 되는 사람이구나. 재진의 희생으로 절실히 깨달았다.

"언제 철이 들려나."

책상에 팔을 올려 턱을 괴며 이별이 쯧쯧 혀를 찼다.

한쪽 눈에 멍이 든 채로 계란 마사지를 하던 재진이 못마땅함을 숨기지 않고 내내 툴툴거렸다. 저녁을 사겠다는 우연의 말에 못 이긴 척 나서긴 했지만, 서운한 마음을 풀리지 않았다.

"내가 내 한 몸 희생했으니까 애들이 그 정도에서 그친 거지. 그게 어디 한순간에 잠잠해질 일인가? 거기가 어디라고 입을 쪽쪽. 그것도 유명 인사들이."

"그러니까 매타작도 그 정도에서 그친 거지. 아니었음 비 오는 날 먼지 나게 맞았을 거다."

"아이고. 고마워서 눈물이 찡하네. 젠장."

"씁. 또. 또."

우연이 눈을 가늘게 뜨고 메뉴판을 들었다. 그에 움찔해 팔을 들어 얼굴을 가리던 재진이 눈앞에서 흔들리는 메뉴판을 보고 멋쩍게 팔을 내렸다. 겁은 먹으면서 항상 깐죽거린다. 다시 뻔뻔하게 턱을 치켜들고 메뉴판을 받아 들척이는 재진을 어이없는 듯 바라보며 우연이 헛웃음을 터트렸다.

"비싼 거 골라야지."

"그래, 비싼 거 왕창 골라 먹어라. 배 터져 죽을 만큼."

"저 봐, 저 봐. 저주가 아주 입에 붙었다니까."

"정말 말 많아. 같이 있으면 귀에 딱지가 앉을 것 같다니까."

보다 못한 이별이 한 수 거들고 나섰다. 재진이 그런 이별을 얄밉게 흘기자 우연이 즉시 딱밤으로 응징했다.

"아야!"

"눈 깔아, 인마. 형수한테 버릇없이."

"허어. 미친다. 내 절친이거든요?"

"내 마누라거든."

말이 길어질수록 유치함도 깊어졌다. 이걸 그냥 둬야 하나 말아야 하나 고민에 빠진 이별의 머리를 누군가 부드럽게 쓰다듬고 지나갔다.

"너흰 어째 해가 바뀌어도 유치한 게 나아지질 않냐."

이별이 곁을 스친 상대를 바라보며 환한 미소를 띠었다.

"노마 선배!"

노마가 재진의 옆자리에 털썩 주저앉으며 손을 들어 보였다.

"오빠라고 불러. 졸업했는데 선배는 무슨."

"그건 아니지. 이별이한테 오빤 나 하나야."

우연이 노마의 손이 닿았던 부위를 제 손으로 쓱쓱 문지르며 단호하게 말했다. 그에 노마가 헛웃음을 터트렸다.

"세상에 널리고 널린 게 오빠야. 세종대왕이 너 혼자 쓰라고 오빠를 만들었겠냐?"

"뭐야. 오빠를 세종대왕이 만들었어?"

노마의 말에 재진이 끼어들며 금시초문이라는 듯 멍하게 물었다. 재진의 이마에 노마가 손가락을 튕겼다. 재진이 아픈 듯 이마를 매만지며 짜증을 냈다.

"아, 진짜! 때린 데 또 때리지 말라니까!"

"너 여기 때렸냐?"

노마가 묻자 우연이 고개를 끄덕이며 싱겁게 웃었다. 노마가 살짝 붉어진 이마를 보고 어깨를 으쓱했다.

"난 또 눈이 퍼렇기에 거기 맞은 줄 알았지."

"거기도 맞았거든요!"

"아, 그래?"

"만날 때려. 폭력 선배로 고발할 거야."

아이처럼 칭얼거리는 재진을 우연과 노마가 귀엽단 듯 다정한 눈길로 바라봤다. 노마가 재진의 손에서 메뉴판을 빼내 들척이며 선심 쓰듯 말했다.

"알았어. 다음엔 거긴 피해서 때릴게."

"와아. 감격해 돌아가시겠네."

"이 스테이크 어때?"

"……콜."

노마가 스테이크 중 가장 비싼 것을 손가락으로 짚으며 묻자 힐끔 눈으로 사진과 가격을 확인한 재진이 못 이긴 척 고개를 끄덕였다. 피식 싱겁게 웃은 노마가 손을 들어 웨이터를 불렀다.

"이거 코스로 4인분 주세요."

"네."

이별과 우연은 제대로 메뉴를 보지도 못했다. 우연이 눈썹을 휘며 물었다.

"뭐야, 네가 사는 거야?"

"물론. 김우연 네가 사는 거지."

"그런데 왜 네 멋대로 시켜?"

"우리 중에 네가 제일 부자잖아. 이런 날 코스 요리 한번 얻어먹지 언제 얻어먹어. 안 그래?"

노마가 동의를 구하듯 이별을 보며 싱긋이 웃었다. 그에 이별이 고개를 끄덕이며 엄지를 치켜들었다. 척하면 척이다. 그 모습을 기막힌 듯 바라보던 우연이 헛웃음을 터트렸다. 그가 코스라는 말에 눈을 반짝반짝 빛내며 한껏 기대에 부풀어 있는 이별의 귓불을 장난스럽게 꾹 잡아당겼다.

"왜요?"

"너 내 마누라거든?"

"응."

"응? 지금 내 주머니가 탈탈 털리게 생겼는데, 좋아? 나서서 말려야지."

우연의 말에 티스푼을 입에 대고 곰곰이 뭔가를 생각하던 이별이 그를 빤히 바라보며 히죽 웃었다. 우연의 눈썹이 묘하게 휘었다.

"난 아직 학생이니까."

"뭐?"

"용돈 받아 쓰니까. 패스."

"이별."

"자산 관리는 쭉 오빠가 하도록 내가 양보할게."

"하아. 저만 속 편하자 이거지?"

"오, 핵심 찌르기. 아직 살아 있네. 감이 죽지 않았어. 대단하다. 우연 오빠."

요란한 박수까지 곁들여 책임을 회피하는 이별의 행동에 우연이 졌다. 두 손 두 발 다 들었다. 우연이 팔짱을 끼고 구경꾼처럼 앉아 있는 노마와 재진을 가늘게 쏘아보며 으름장을 놓았다.

"너희 이렇게 받아먹고 결혼식 때 나 몰라라 참석 안 하면 죽는다. 너흰 신랑들러리야."

"안 돼."

노마와 재진은 알았다 고개를 끄덕이는데, 이별이 반대를 하고 나섰다. 모두의 시선이 이별에게 몰렸다. 이별이 우연을 새침하게 돌아보며 단호하게 말했다.

"노마 선배랑 재진이는 신부들러리야."

"뭐?"

"내 친구들이라고. 오빠보단 나랑 더 친하잖아. 그렇지?"

동조를 바라는 이별의 시선을 둘이 동시에 슬그머니 피했다. 그도 그럴 것이 신부들러리라는 말에 머리에 확 떠오른 것이 분홍빛 드레스였다. 그럴 리는 없겠지만, 신부 쪽이라면 그 비슷한 분위기의 옷을 입어야 하는 게 아닌가 은근히 걱정이 됐다.

때마침 수프가 나왔다. 웨이터의 몸 사이사이로 쏟아지는 이별의 시선을 피하며 노마와 재진은 재빨리 스푼을 들었다.

"잘 먹을게. 우연아."

"선배. 진짜 잘 먹을게요."

우연이 사는 것임을 강조하며 둘이 우연에게 감사를 표했다. 말인즉, 들러리는 밥을 산 우연 쪽에 서겠다는 의미였다. 이별이 수프를 떠 후루룩 거리며 새침하게 눈을 흘겼다.

"미워. 둘 다."

"그렇지. 역시 낭군이 최고지."

기회를 놓치지 않고 자기 어필을 하는 우연을 셋이 멀뚱히 돌아봤다. 살짝 멋쩍어진 우연이 스푼을 들어 수프를 뜨며 혼잣소리를 중얼거렸다.

"수프가 엄청 맛있나 보네. 전부 코 박고 먹는 걸 보면."

쿡쿡. 테이블 가득 낮은 웃음소리가 번졌다.

11.
나는 이별이 참 좋다

우연은 방학이 더 바빴다. 이곳저곳 촬영과 사전답사를 위해 다니느라 정신이 없었다. 자신의 일에 열정을 다하는 건 보기 좋은 일이지만 시간이 남아도는 이별로서는 그다지 반가운 일이 아니었다. 그래서 이별은 남는 시간을 용돈 벌이에 투자하기로 했다.

"주문하시겠습니까, 손님?"

이별이 방긋 웃으며 묻자 남학생이 배시시 웃으며 손가락으로 메뉴를 가리켰다. 이별이 메뉴를 돌아보며 고개를 끄덕였다.

"콜라 하나 말씀입니까?"

"네."

"네. 천오백 원입니다."

황홀한 표정으로 콜라를 받아 가는 남학생 뒤로 긴 줄이 섰다. 모두 이별에게 주문하기 위해 선 줄이었다. 반면 옆 다른 직원이 있는 계산대는 여자 한둘이 서 있을 뿐이었다. 이별이 아르바이트를 시작한 이래로 이곳 페스트 푸드점에서 날마다 볼 수 있는 광경이었다.

졸업을 앞둔 이별은 이제 완전히 숙녀 티가 물씬 풍겼다. 꽃봉오리가 수줍게 모습을 드러낸 모습을 하고 있었다. 예쁘고 단아하고 그러면서 섹시한. 남자들의 로망을 두루 갖춘 여자로 거듭나고 있었다. 그런 이별을 보려고 날마다 남자들이 줄을 섰다.

"에휴. 억지로 웃느라 얼굴에 경련이 날 지경이야."

잠깐 쉬는 시간에 다리를 통통 두드리며 이별이 투덜거렸다. 그런 이별 옆에 털썩 주저앉으며 재진이 혀를 찼다.

"넌 그렇다 치고. 난 이게 뭐냐? 데이트도 제대로 못 하고."

"누가 하래? 자기가 쫓아와 놓고."

"안 그러면 난리가 날 텐데?"

"무슨 난리?"

고개를 갸웃하며 묻는 이별의 얼굴을 빤히 바라보다 재진이 귀찮다는 듯 손을 내저었다. 이별의 얼굴 위로 겹쳐 떠오르는 우연의 얼굴에 재진이 깊은 한숨을 내쉬었다. 후배가 무슨 봉도 아니고 허구한 날 애인 보디가드를 세우니 죽을 맛이었다.

"이걸 싫다고 할 수도 없고. 나 원 참."

둘이 휴식을 취하고 있는데 스텝실 문이 열리고 지점장이 고개를 내밀었다. 이별과 재진이 고개를 돌려 바라보자 그가 헛기침을 하며 손을 흔들어 이별을 불렀다.

"이별 양, 잠깐 보지."

"저요?"

"그래."

휴식 시간에 무슨 일인가 하며 이별이 일어나 지점장이 기다리고 있는 문으로 나갔다. 그를 유심히 바라보고 있던 재진이 몸을 일으켜 조심히 따라나섰다.

건물 뒤쪽 조용한 곳으로 이별을 불러낸 지점장이 이별이 다가오자 입술이 바짝 마르는 듯 혀로 입술을 축였다. 이별이 담담하게 그 앞에 서서 무슨 일이냐 물었다. 지점장이 주변을 두리번거리더니 주머니에서 뭔가를 꺼내 이별에게 내밀었다.

"받아."

이별이 지점장 손에 들린 물건을 가만히 내려 봤다. 포장지에 싸인 조그마한 상자엔 분명 선물이 들어 있을 것이다. 선물의 의미를 몰라 이별이 그를 무미건조한 눈으로 쳐다봤다.

"뭡니까? 이게?"

"내가 주는 거니까. 받아 둬."

"왜요?"

"그냥. 내 마음이라고 생각하고."

"싫은데요."

"뭐?"

생각지 못한 이별의 거절에 지점장의 얼굴이 붉게 달아올랐다. 잠시 당황해 어쩔 줄 몰라 하며 이별을 쳐다보던 지점장이 덥석 이별의 손을 잡아 선물을 올려놓았다.

"부담 갖지 말고 받아. 그렇게 비싼 거 아니니까."

"싫어요."

"비싼 거 아니라니까."

받기를 강요하는 지점장에게 다시 선물을 건네며 이별이 뒤로 성큼 물러섰다. 선물을 손에 쥐어 주고도 이별의 손을 놓지 않는 그의 손길을 거부하기 위해 거리를 둔 것이다. 제 손에 들린 선물과 멀어진 이별을 차게 쏘아보며 지점장이 낮은 신음을 흘렸다.

"비싸든 그렇지 않든 제가 그걸 받을 이유는 없어요."

"이별 양, 등본이 좀 이상하던데."

꼬투리를 잡은 비열한 표정으로 지점장이 말했다. 그에 반해 이별은 무척 담담한 얼굴로 지점장을 바라보며 할 말 있으면 해 보란 듯 쳐다봤다. 미간을 한껏 찌푸리며 두고 보잔 식으로 지점장이 입을 열었다.

"혼인신고가 돼 있던데."

"네."

"그렇게 당당하게 말한 입장이 아니지 않나?"

"왜요?"

"미성년자가 결혼이라니. 얼마나 난잡한 생활을 했기에. 그런."

퍽! 주먹은 다른 곳에서 날아왔다. 갑작스런 공격에 반항 한 번 못 해 본 지점장이 비틀거리며 바닥에 넘어졌다. 그가 사납게 눈을 번뜩이며 때린 손을 흔들며 이별 옆에 서 있는 재진을 노려봤다.

"너, 이 자식이!"

"입 달렸다고 함부로 나불거리면 안 되지. 꼭 뭣 같은 인간들이 지 수준으로 사람을 평가하고 막 대하지. 왜, 고등학생이 결혼하면 꼭 무슨 문제가 있다고 생각하지?"

재진이 서늘하게 지점장을 내려 보며 차게 말했다. 맞은 **뺨**을 손으로 감싼 지점장이 벌떡 자리를 털고 일어서며 삿대질을 했다.

"너희들 내가 학교에 말하면 어떻게 되는 줄 알고 이러는 거야?"

"말해요. 우리가 뭘 잘못했는데?"

"미성년자가 결혼한 게 문제가 아니야?"

"부모 허락하에, 학교 동의하에 한 건데. 무슨 문제?"

"뭐, 뭐?"

이별이 팔짱을 껴 도도하게 턱을 치켜들고 지점장을 빤히 주시하며 말했다.

"뭔가 단단히 잘못 알고 계신 모양인데. 미성년자도 일정 나이가 되면 부모님 허락받고 결혼할 수 있습니다. 전 부모님이 먼저 나서서 밀어붙인 경우라 좀 특이 케이스긴 하지만요."

이별의 말에 지점장의 말문이 딱 막혔다. 면접 시 제출한 등본에 결혼했다고 나와 있고 남편도 이제 겨우 대학교 1학년 나이라 이거 뭔가 사고 쳐서 혼인신고를 했구나 싶었다. 예쁜 게 발랑 까져서 얌전한 척 군다고 생각했었다. 그런데 그게 아니라니, 당황스러웠다.

"그, 그래도 사람 때린 건 잘못이지. 폭력으로 신고할 수도 있어."

또 다른 협박 거리를 찾아 이번엔 재진을 물고 늘어졌다. 재진이 비릿하게 한쪽 입가를 끌어 올리며 주머니에서 휴대폰을 꺼내 들었다. 휴대폰 액정에 떠있는 숫자가 모든 상황이 녹음되고 있음을 보여 주고 있었다. 꿀꺽. 지점장이 마른침을 삼켰다.

"그러시든가. 난 그럼 직장 내 성추행으로 고발할 테니까."

"내, 내가 무슨 추행을 했다고 그래!"

"이별. 이 인간이 허락도 없이 네 손 잡았어. 안 잡았어?"

"잡았지. 잡고 안 놨지."

죽이 척척 잘 맞아떨어지는 절친이었다. 둘의 말에 지점장이 얼굴을 붉으락푸르락거리며 콧김을 내뿜었다. 억울해 죽겠다는 표정이다.

"너희 지금 당장 그만둬."

"허. 이건 또 무슨 짓?"

"너희 같은 놈들 이 매장엔 필요 없으니까. 당장 꺼져. 다른 곳도 내가 공문 다 돌릴 거니까. 아르바이트 뛸 생각 꿈에도 하지 마."

재진이 휴대폰 녹음을 마치고 주머니에 찔러 넣으며 이별을 넌지시 바라봤다. 이별도 재진을 바라보며 훗 하고 웃었다.

"공문은 본사에서 돌려야지. 물론 잘리는 것도 당신이고."

재진이 지점장을 돌아보며 말했다. 그에 지점장이 기막힌 듯 헛웃음을 터트리며 눈을 부라렸다.

"이것들이 미쳤나. 무슨 헛소리야. 당장 꺼지란 말 안 들려?"

"별아, 아버님께 콜 때려야겠다. 여기도 지점장이 영 별로다."

"그래야겠지?"

지점장의 으름장에도 주눅 하나 들지 않고 둘이 시선을 주고받더니 이별이 휴대폰을 꺼내 어딘가로 전화를 걸었다.

"네, 김 비서님. 저 별이에요."

―아, 이별 양. 잘 지내고 계십니까?

"잘 지내고 싶은데 지금은 그렇지를 못하네요."

―무슨 문제라도?

"여기도 지점장 아웃입니다."

―이런. 직원 교체가 잦다 했더니, 뭔가 이유가 있었군요.

"자세한 상황은 보고서로 작성해서 올려 드릴게요."

–네, 알겠습니다. 지점장은 즉시 해고 처리하겠습니다.

전화를 끊고 이별이 지점장을 직시했다. 전화 내용을 다 들은 지점장의 얼굴이 사색이 되었다. 요즘 지점마다 잠입해 동태를 살피는 신종 암행어사들이 있다더니 그게 바로 이 둘이었던 모양이다. 그걸 모르고 이별의 외모와 등본에 흑심을 품고 접근했던 게 문제였다. 여태 여직원들에게 치근대고도 아무 일이 없었던 건 그들이 반항할 틈도 없이 해고를 했기 때문이었다.

"You' re fired!"

재진이 손가락 총을 쏘며 명쾌하게 말했다.

한적한 산속 캠핑장에 혼자 텐트를 치고 자리를 잡은 우연이 모닥불을 피우며 고독을 삼켰다. 은하가 가장 아름답게 보이는 장소를 물색하기 위해 찾은 곳 중 하나였다. 덕분에 이별을 못 본 지 삼일이나 되었다. 전화는 하루 몇 번씩 했지만, 얼굴을 마주 보고 서로의 온기를 느끼는 것과 그렇지 못한 것은 달랐다.

"보지 못하고 안을 수 없다는 게 이렇게 괴로울 줄은 정말 몰랐네."

올빼미 소리를 배경음악 삼아 혼잣소리를 중얼거리며 우연이 피식 싱겁게 웃었다. 전에는 그렇지 않았는데 요즘은 고독한 게 견딜 수 없이 괴로웠다. 이별이 있고 없고의 차이가 크다는 걸 새삼 느끼게 되는 소중한 날들이었다.

따르릉—

간결한 신호음과 함께 우연의 휴대폰이 부르르 몸을 떨었다. 주머니에서 휴대폰을 꺼내 발신인을 확인한 우연의 입가에 미소가 번졌다. 그가 망설일 틈도 없이 당장 전화를 받았다.

"어. 별아."

―뭐해?

"네 생각."

―와아, 이젠 닭살 멘트가 그냥 막 나오네?

쿡쿡. 웃음이 절로 나왔다. 이별의 목소리를 듣는 것만으로도 외로움이 감해지는 듯한 기분이었다. 우연이 조금은 포근해진 마음으로 의자에 깊숙이 몸을 기댔다. 이별의 목소리가 들려오는 휴대폰에 귀를 기울이며 매끄럽게 입가를 끌어 올렸다.

―심심하진 않아?

"심심하지 외롭고."

―무섭지는 않고?

"무서운 것보단 너 보고 싶은 마음이 더 강해."

우연이 가만히 하늘을 바라봤다. 은하수가 하늘 높이 쭉쭉 뻗은 나무 사이로 아름답게 흐르고 있었다. 그 은하수에 손을 담그고 사라락사라락 물장구를 쳤다. 이별에게도 지금 자신이 보고 있는 하늘을 보여 주고 싶었다.

―나도 많이 보고 싶어.

"내일 저녁에는 갈 수 있을 거야."

―난 지금 당장 보고 싶은데.

사사삭. 숲속 오솔길 쪽에서 뭔가 움직이는 소리가 들렸다. 우연이 고개를 갸웃하며 그쪽을 주시했다. 이 시간에 사람이 다닐 리가 없는데. 짐승인가?

"나도, 그래. 많이 보고 싶어. 조금만 기다려. 내일 갈게."

－이번엔 내가 갈게.

"어?"

터벅터벅. 마른 흙을 밟는 소리가 들렸다. 우연이 묘한 예감에 자리에서 벌떡 일어섰다. 저만치 캠핑장 입구에 사람 그림자가 어른거렸다. 우연이 살짝 떨리는 목소리로 물었다.

"언제?"

"지금."

이별이 달빛 아래 모습을 드러냈다. 우연의 얼굴에 환한 미소가 번졌다. 등산복을 입은 그녀의 손에 랜턴이 들려 있었다. 산길을 혼자 오르려면 많이 무서웠을 텐데, 용케 그를 찾아왔다.

"어떻게 온 거야?"

우연이 단박에 이별의 곁으로 달려가 와락 껴안았다. 이별이 행복한 미소를 띠며 새끼손가락을 까닥여 보였다.

"운명의 실을 따라서?"

"정말. 겁이 없다니까. 그러다 길 잃어버리면 어쩌려고."

"이것 말고도 위치 추적이라는 문명의 최첨단 발명품이 있지."

이별이 손에 들고 있던 휴대폰을 흔들며 눈을 반달 모양으로 휘었다. 이별의 손에 깍지를 끼며 우연이 모닥불 앞으로 그녀를 이끌었다. 산에선 낮과 밤의 기온 차가 컸다. 자칫 체온 유지에 소홀했다간 감기에 걸리기 딱 좋았다.

"이거 마셔."

우연이 그녀를 모닥불 앞 의자에 앉히고 따뜻한 차를 따라 잔을 건넸다. 잔의 온기가 차가워진 손에 열기를 더했다. 차를 한 모금 들이켜 몸을 따스하게 데운 이별이 다른 의자 하나를 챙겨 옆에 앉는 우연을 향해 만족스런 미소를 지어 보였다.

"맛있다."

"둘이라서 더 그렇지?"

"응."

우연의 어깨에 가만히 머리를 기댄 이별이 타닥타닥 타오르는 모닥불을 바라보았다. 마음까지 따스해지는 불빛이었다. 그 불빛이 갑자기 시야에서 사라지고 어둠이 내려앉았다. 우연의 큼지막한 손이 이별의 눈을 가렸다. 이별의 손에서 컵을 받아 조심히 옮긴 우연이 그녀의 귓가에 입술을 대고 나지막이 속삭였다.

"잠깐만 살짝 고개 뒤로 젖혀 볼래?"

"응? 왜?"

"보여 줄 거 있어."

우연의 손길을 따라 가만히 고개를 뒤로 젖힌 이별의 시야가 조금씩 밝아졌다. 까만 밤하늘 무수히 많은 별들이 하늘 길을 따라 흐르고 있었다. 그래, 흐른다는 표현이 딱 어울리는. 그렇게도 많은 별들이 이별의 시야를 가득 물들이고 있었다.

"와아! 아름답다!"

"그래, 너만큼 아름답고 눈부셔."

"과찬이십니다."

이별이 쿡쿡 낮게 웃었다. 그런 이별의 볼에 우연이 가만히 입술을 눌렀다. 짧은 입맞춤이 주는 긴 여운, 그리고 아쉬움. 이별이 엷은 미소를 띠며 우연을 돌아봤다. 우연이 그녀의 입술에 입을 맞추며 부드러운 미소를 지어 보였다.

"저 은하를 다 뒤져도 너만큼 사랑스러운 사람은 찾을 수 없을 거야."

이별이 그의 눈동자에 비친 행복에 잠긴 제 모습을 바라보았다. 이런 행복이 자신에게 주어졌다는 것이 얼마나 감사한 일인지 모른다. 이별이 그의 목에 팔을 휘감았다. 숨결이 느껴질 만큼 아슬아슬한 거리에 둘의 입술이 머물렀다.

"그럼 꽉 붙잡아야지. 나처럼."

"그럴까?"

우연이 이별의 허리에 팔을 휘감아 당겼다. 그녀의 상체가 우연 쪽으로 기울었다. 우연이 비스듬히 고개를 틀어 그녀의 입술에 제 입술을 맞물렸다. 떨리는 숨결이 고스란히 서로의 입술로 전해졌다. 혼인신고를 하고서도 아직 제대로 된 키스도 하지 못했다. 너무 조심스러워서. 너무 소중해서.

"대체 무슨 생각으로 늑대 소굴로 뛰어든 거야?"

"어머! 여기가 늑대 소굴이었어?"

"아닌 것 같아?"

서로의 입술에 밀어를 속삭이듯 맞닿은 입술을 움직였다. 그 간질거리는 감촉이 심장마저 떨리게 만들었다. 우연이 이별의 등을 더듬어 오르며 그녀의 뒷목을 감쌌다. 그러곤 절대 도망가지 못하게 그녀의 시선을 제게 묶어 놓았다.

"난 여기가 부뚜막인 줄 알았지?"

"이런. 얌전한 고양이 부뚜막을 여기에 지었어?"

우연이 눈썹을 야릇하게 휘며 묻자 이별이 그의 다리 위로 올라 앉으며 은밀하게 속삭였다.

"아니, 여기."

"아……."

우연의 미간이 꿈틀거렸다. 이별이 그의 입술을 야금야금 빨아 삼켰다. 이별이 주는 자극에 우연이 바짝 긴장한 채 움찔움찔 어찌 할 바를 몰라 망설이는 것이 느껴졌다. 우연의 입술을 한껏 머금고 살짝 물러선 이별이 그의 눈을 똑바로 직시하며 말했다.

"나 다음 달이면 졸업인데."

"응……."

"졸업선물 없나?"

"갖고 싶은 거 있어?"

우연의 물음에 이별이 살며시 눈을 아래로 내리고 그의 티 목 언 저리를 손가락으로 쓱쓱 쓸어 냈다. 손가락이 점점 아래로 깊이 내 려갈수록 우연의 호흡도 가빠졌다. 그가 깊은 숨을 들이켰다 천천히 내뱉자 이별이 눈동자를 살짝 위로 올려 그를 야릇하게 바라봤다.

"하아. 얌전은 어디다 버리고 오셨을까? 우리 앙큼한 고양이는?"

"부뚜막 밑에 두고 왔지요?"

"쿡. 이별답다."

이별이 손끝으로 그의 가슴을 쿡쿡 찌르며 유혹하듯 은밀한 목소 리로 말했다.

"원하는 건 따로 있지만 지금은 받을 수 없으니까. 그건 결혼식 올리고 받기로 하고. 지금은⋯⋯."

말꼬리를 늘이며 이별이 뜸을 들였다. 그로인해 우연의 심장이 두근두근 빠르게 뛰어 댔다. 원하는 것. 결혼식 이후 신혼여행에서 받게 될 그것. 재진은 그것을 에스, 이, 엑스라고 끊어 말했다. 우연의 심장이 터질 듯 뛰어 대는 것을 손끝으로 느끼며 이별이 매혹적인 미소를 띠었다.

"심장이 짜릿해질 만큼 강렬한 딥 키스?"

이별의 말에 우연의 눈빛이 깊어졌다. 그가 지그시 이별의 눈을 마주했다. 그의 손이 스르르 뒷머리를 파고들었다. 그리고 입술이 아릴만큼 강렬하고 심장이 터질 만큼 짜릿한 키스를 퍼부었다.

잔잔한 바람이 불고, 나무는 곧게 가지를 뻗어 은신처를 만들고, 은하는 아름답게 하늘을 물들인 그 밤. 둘은 그 속에 동화되어 행복한 시간을 보냈다. 밤이 깊어 가는 줄도 모른 채.

눈이 부셨다.

감고 있기가 버거워 눈을 뜨자 텐트 안 가득 햇살이 들어와 비추고 있었다. 우연이 몸을 뒤척이다 옆을 돌아봤다. 이별이 잠들었던 자리가 텅 비어 있었다. 벌떡 자리에서 일어난 우연이 머리를 흔들어 정신을 깨우고 빈자리를 다시 돌아봤다.

"간 건가?"

말도 없이 집으로 돌아간 건가 싶어 내심 서운한 마음이 들었다. 갑자기 찾아와 행복을 느끼게 해 준 것처럼, 갑자기 사라져 쓸쓸함을 느끼게 했다.

"하아. 완전 고수야. 사람 마음을 들었다 놨다. 제멋대로라니까."

찌이익―

텐트 지퍼 열리는 소리에 우연이 눈을 동그랗게 뜨고 입구를 바라봤다. 사람 그림자가 어른거렸다. 우연의 입가에 미소가 번졌다. 안 갔구나!

"그래서. 싫어?"

이별이 고개를 내밀며 새초롬하게 물었다. 우연이 싱긋 환한 미소를 지어 보이며 고개를 저었다.

"아니."

그가 이별의 곁으로 다가가 그녀의 입술에 입을 맞추며 말했다.

"너무 좋아."

이별의 입가에도 따라 미소가 번졌다. 그녀가 손에 든 국자로 밖을 가리켰다.

"식사 준비 다 됐어요. 나오세요."

"정말?"

우연이 믿기지 않는다는 듯 눈을 동그랗게 뜨고 밖으로 나왔다. 이별이 식탁을 향해 팔을 펼치며 자랑스럽게 말했다.

"이별표 아침밥상 대령이요."

식탁으로 다가간 우연이 낮게 휘파람을 불었다. 가짓수가 많진 않지만 나름 국도 있었다. 찌갠가? 아무튼 정체가 모호한 국 찌개와 김과 김치, 계란 프라이가 김이 모락모락 나는 밥과 함께 차려져 있었다.

"앉으시죠. 낭군님."

"감사합니다."

우연이 의자에 앉아 숟가락을 들자 이별이 기대에 찬 눈을 반짝이며 그의 맞은편에 앉았다. 우연이 조심스럽게 국 찌개를 한술 떠 입에 넣었다. 묘한 밥이 입 안 가득 퍼졌다.

"흐음."

꿀꺽. 입 안에 든 것을 삼키고 그가 가만히 턱을 쓸었다. 평가를 기다리는 이별의 뚫어질 듯한 시선을 부담스럽게 느끼며 우연이 입술을 혀로 축였다. 그가 급히 밥을 떠 입에 넣으며 속사포처럼 빠르게 말했다.

"앞으로 밥은 평생 내가 할게."

"에? 그 정도란 말이야?"

이별이 믿을 수 없다는 듯 국자로 국 찌개를 떠 입에 넣었다. 즉시 우연이 손을 들어 만류했지만 한발 늦었다.

"먹지 마!"

"……."

이별이 우연의 손에 들린 숟가락을 뺏어 밥을 한가득 퍼서 입에 넣었다. 그것으로도 성에 차지 않았는지 물을 찾아 벌컥벌컥 들이켰다. 물 한 병을 다 비우고 나서야 안도의 한숨을 내쉬며 이별이 두 손을 번쩍 들어 항복을 선언했다.

"오케이. 잘못하단 죽을 수도 있겠다. 오빠가 해."

"훗. 그게 좋겠지?"

이별이 의자에 축 늘어지며 힘없이 고개를 끄덕였다. 국인지 찌개인지 맛이 밋밋한 거 같아 고추장으로 보이는 것을 넣었는데. 그게 캡사이신이었단다. 왜 그런 걸 양념으로 들고 다니는지 모르겠다. 죽다 살았네.

"맛난 거 해 주고 싶었는데."

풀이 죽어 한숨만 푹푹 내쉬는 이별에게 커피 잔을 건네며 우연이 그녀의 머리를 부드럽게 쓰다듬었다.

"그냥 있어도 돼. 너무 무리하지 마."

"난 사랑받는 신부가 되고 싶단 말이야."

"존재하는 것만으로도 충분히 사랑받을 자격 있어."

"피. 입에 발린 말."

삐죽거리는 이별을 돌아보며 우연이 진지한 눈빛으로 물었다.

"정말 그런 거 같아?"

"응?"

"내 말이 그냥 입에 발린 말 같아."

우연의 눈빛이 가만히 들여다보던 이별이 고개를 가로 저었다. 그의 말은 언제나 진심이었다. 한 치의 거짓도 없었다. 그가 따스하게 이별의 손을 감싸 쥐었다. 그 손등에 가만히 입술을 내리며 우연이 나직하게 속삭였다.

"이 땅의 모든 어머니는 위대한 거야."

"……."

"별이도 언젠가는 내 아이의 엄마가 되겠지. 나는 그것만으로도 감사해. 그건 그 누구도 대신 해 줄 수 없는 일이야. 오직 너밖에 할 수 없는."

진심 어린 우연의 말에 이별의 심장이 촉촉이 물들었다. 그가 잔을 내려놓고 이별 앞에 한쪽 무릎을 세워 앉았다. 이별의 손을 소중하게 만지던 그가 셔츠 포켓에서 조심스럽게 뭔가를 꺼냈다. 앙증맞은 들꽃이 피어 있는 꽃반지였다.

"아!"

우연이 그 반지를 이별의 손에 끼우며 간절하게 말했다.

"늦어서 미안. 기다려 줘서 고마워."

"나도. 고마워."

금세 이별의 눈시울이 붉어지더니 눈물 한 방울이 또르르 볼을 타고 흘러내렸다. 그 눈물에 가만히 입술을 댄 우연이 사뿐히 눈을 감았다 뜨며 감미롭게 속삭였다.

"나랑 결혼해 줘요. 나의 어린 신부님."

햇살보다 눈부신 환한 미소로 우연을 바라보며 이별이 답했다.

"네. 세상 그 무엇보다 소중한 나의 낭군님. 청혼해 주셔서 감사합니다."

사라락 바람이 불었다. 처음 이별을 마주했던 그날의 바람처럼 호기심 가득한 바람이었다. 그 바람이 둘의 뜨거운 입맞춤에 장난을 치듯 머리카락을 흩날렸다.

와 줘서 고마워. 나의 어린 신부님.

-The end-

Epilogue 1

약속 시간보다 일찍 나온 재진은 시간도 때울 겸 근처 서점으로 향했다. 서점 안 패션 디자인 코너를 배외하며 책을 살피던 그가 책 하나를 뽑아 벽 한쪽에 등을 기대섰다. 무심히 책장을 넘기던 중 책 한 페이지에서 쪽지 하나를 발견했다.

툭. 바닥으로 떨어진 쪽지를 집어 든 재진이 그것을 이리저리 돌려 살폈다. 새 책이 분명한데 웬 쪽지인가 싶었다. 재진이 들고 있던 책을 책장 위에 올려 두고 쪽지를 폈다. 모서리가 닳은 것이 접힌 채로 오래 있었던 모양이다.

「진에게─

봄볕 따스한 아름드리나무 아래 너와 처음 만난 그날 나를 다시 만나러 와 주겠니?

─너의 S.」

뭐지?

암호도 아니고 정말 당사가 아니면 알아듣기 힘든 말들이었다. 재진이 쪽지를 이리저리 돌려 또 다른 메시지가 있는지 살폈다. 그것 외에는 아무런 말도 쓰여 있지 않았다. 누군가 발견하기를 바라고 적어 놓은 것인 것 같은데 다시 접어서 넣어 둬야 하지 않나 싶었다.

보통 서점에서는 찾기 힘든, 패션 서적 중에서도 빈티지의 역사에 관해 구술해 놓는 책이었다. 이런 것에 관심이 있는 사람이 아니라면 찾지 않을 아주 오래된 책이기도 했다. 재진이 다시 쪽지를 접어 책을 집으려는 찰나 그의 휴대폰이 울렸다.

재진이 주머니에서 휴대폰을 꺼내 받았다. 쪽지는 손에 든 채였다.

"네. 이재진입니다."

－이재진 작가님? 오늘 2시에 약속한 문학과 산책 최성인 기자입니다.

"아, 이런. 죄송합니다. 바로 옆 서점입니다. 금방 가겠습니다."

－네. 기다리겠습니다.

서둘러 전화를 끊고 책을 도로 책꽂이에 꽂았다. 휴대폰을 주머니에 집어넣으며 재진이 쪽지도 같이 주머니에 넣었다. 그가 서점을 나와 약속 장소인 카페로 들어서기까지 5분이 채 걸리지 않았다.

"작가님 여기요!"

최성인 기자가 들어서는 그를 보고 번쩍 손을 들어보였다. 재진이 옅은 미소를 띠며 최성인 기자가 앉아 있는 곳으로 걸어갔다.

"죄송합니다. 잠시 시간만 때운다는 게 그만."

"괜찮습니다. 오래 기다리지도 않았는데요, 뭘."

재진이 자리에 앉자 최성인 기자가 명함을 내밀었다. 재진도 자신의 명함을 꺼내 건넸다. 작가가 무슨 명함이냐 하지만 그는 자신의 직업에 대한 자부심이 대단했다. 차를 주문하고 본격적인 인터뷰를 시작했다.

이번 작품에 대한 질문이 대부분이고 어떤 것으로부터 아이디어와 영감을 얻는지부터 이런저런 재진의 일상까지 모두 인터뷰의 대상이었다. 상세히 답할 건 하고 슬쩍 넘어갈 건 넘어가면서 능숙하게 인터뷰에 응하는 재진을 최성인 기자가 무척 인상 깊게 보았다.

"끝으로 이건 좀 진부한 질문이긴 한데, 궁금해하시는 분들이 많아서요."

"네."

"저희 사이트 게시판에 이재진 작가에게 궁금한 것이란 제목으로 글을 올렸는데 가장 많이 한 질문이 작가님의 첫사랑은 어땠을까 하는 것이었어요."

재진이 싱겁게 웃으며 찻잔을 집어 들었다. 느긋이 차를 한 모금 들이켠 그가 잔을 손안에서 빙글빙글 돌렸다. 남자가 로맨스를 쓰다 보니 간간이 듣는 질문이었다. 당신의 첫사랑은 어떠했는가.

"흐음. 글쎄요. 제 첫사랑은 그다지 좋은 기억으로 남아 있질 않아서 잘 꺼내 놓질 않는데."

"그래도 한 번쯤 생각나는 사람이 있지 않을 까요?"

"제 첫사랑은 외사랑이었습니다. 사람들은 그걸 짝사랑이라고 하죠."

"정말요? 전혀 상상이 안 되는데요."

이야기를 끌어내는 솜씨도 제법이다. 재진이 고개를 끄덕이며 찻잔을 내려놓고 이야기를 시작했다. 듣고 싶다면 오래 묵은 이야기를 한 번 끄집어내어 보자 싶었다. 자신도 잊고 있었던 사랑을.

"제 첫사랑은 고등학교를 갓 입학한 열일곱에 시작되었습니다. 다른 사람들에 비하면 조금 늦은 감이 있죠. 보통은 사춘기가 시작되는 초등학교 고학년 때 첫사랑을 경험하는데 말이죠."

재진이 그리 풋풋하진 못했던 자신의 고교시절을 떠올렸다. 더불어 그가 사랑했던 수영에 대해서도.

확실한 진로를 결정하지 못한 채 무작정 옷이 좋아 패션 디자인과를 지원했었다. 대충 답변하고 대충 시험을 치렀는데 덜컥 합격이 됐다. 합격의 이유는 독특한 생각과 표현력이라고 했다. 그런 이유라면 어쩐지 수긍이 됐다. 확실히 남들과 다른 독특함이 있었다. 그걸 사람들은 사차원이라고 말하기도 했다.

별로 흥분되지도 새롭지도 않은 그저 그런 기분으로 학교생활을 시작했었다. 예술 고등학교인 만큼 다른 학교와 다른 수업 방식을 고수하고 있었다. 다른 과와의 합동 수업이 그랬다. 학년 구별 없이 패션 디자인과 문학창작과가 같이 수업을 듣는다는 건 재진에게도 새로운 것이었다.

대학교와 비슷한 강의실 구조에 재진이 머쓱해하며 구석진 자리로 가서 앉았다. 수업은 들으나 마나니 시간이나 때우자 싶었다. 처음부터 책상에 널브러진 자세로 노트에 낙서를 긁적이고 있었다. 다른 학생들의 움직임도 별로 신경 쓰지 않았다.

"뭐야, 그건?"

누군가 물었다. 재진은 제게 묻는 건가 싶어 소리가 들리는 쪽으로 무심히 고개를 돌렸다. 질문은 제가 아닌 그 앞에 앉은 여학생에게 한 것이었다. 귀밑으로 찰랑거리는 머리에 윤기가 흘렀다.

"톨스토이."

작지만 단아한 목소리가 들렸다. 골이 타분하게 톨스토이가 뭐야. 재진이 속으로 여학생을 비웃었다. 질문을 한 상대도 비슷한 생각이었던지 책의 두께를 보고 혀를 찼다.

"이건 완전 고전이잖아. 요즘 읽기 편하게 나온 것도 많은데."

"학교 도서관에서 빌린 거야."

"이걸 다 읽게?"

"응. 우연이가 읽은 거니까."

"와아, 대단하다 정말."

교복 블라우스 색으로 봐선 2학년인 것 같았다. 여학생이 고개를 옆으로 돌렸다. 도자기처럼 하얀 피부에서 빛이 났다. 재진의 움직임이 멈췄다. 그의 시선이 여학생의 옆얼굴에 머물렀다.

"어이, 거기."

교단에 선 학생회장이 누군가를 손짓으로 불렀다. 다들 손끝이 가리킨 곳을 돌아봤다. 단 한 사람 재진만 빼고.

"앞으로 넘어올 것처럼 팔 뻗고 침 흘리는 패션 디자인과 학생."

"쿡쿡쿡."

"하하하."

일제히 웃음을 터트렸다. 강의실이 떠나갈 듯 큰 웃음소리를 듣고서야 재진이 고개를 들고 멍하니 주변을 돌아봤다. 모두들 그를 바라보고 있었다. 재진이 고개를 갸웃하며 학생회장을 쳐다봤다. 그가 손가락으로 자신을 가리키며 설마 하고 물었다. 학생회장이 그래, 너! 하며 고개를 끄덕였다.

"침 그만 흘리고 바른 자세로 앉지? 곧 선생님 들어오실 텐데."

살짝 쑥스럽긴 했지만 그렇다고 고개를 숙이며 부끄러워 쥐구멍을 찾지는 않았다. 재진이 오케이 사인을 하며 여학생을 보기 위해 앞으로 숙였던 상체를 세웠다. 그러곤 뻔뻔하게 씨익 웃어 보이기까지 했다. 그를 본 학생회장이 헛웃음을 터트리며 고개를 절레절레 흔들었다.

이번에 패션 디자인과에 괴짜 하나가 들어왔다더니 저놈인 모양이라고 생각했다. 그냥 상대를 말아야지. 학생회장이 곧 관심을 끄고 수업 준비를 서둘렀다. 다시 강의실이 조용해졌다. 그 소란스러운 상황에서도 여학생은 단 한 번도 뒤를 돌아보지 않았다. 그녀의 시선은 오로지 톨스토이에 꽂혀 있었다.

햇살이 따스하게 비추는 창가 자리에 앉아 수업에는 전혀 신경도 쓰지 않고 톨스토이를 뜨겁게 바라보고 있는 여학생을, 재진이 수업 내내 쳐다봤다. 어떤 수업이 어떻게 진행되었는지도 모르고 수업이 끝났다.

"수영아, 점심 같이 먹자."

누군가 여학생의 이름을 불렀다. 수영이 자리를 정리하고 일어서며 고개를 저었다.

"미안. 난 점심시간에 따로 할 일이 있어."

친구가 나가자 수영이 책을 들고 천천히 강의실을 계단을 내려갔다. 강의실은 어느새 텅 비어 수영과 그녀를 지켜보던 재진만 남겨졌다. 수영이 강의실을 나서기전 무엇에 끌린 듯 뒤를 돌아봤다. 그와 동시에 재진이 잠든 척 고개를 돌려 팔을 베고 누웠다.

두근두근. 이상하게 심장이 뛰었다.

작은 발소리가 멀어졌다. 재진이 깊은 숨을 천천히 몰아쉬며 정면을 향해 고개를 돌렸다. 톡톡. 재진이 책상을 손끝으로 두드렸다. 노트 위에 있던 볼펜이 또르르 굴러 바닥에 떨어졌다. 재진의 시선이 노트에 닿았다. 수영을 닮은 그림이 그려져 있었다.

"미쳤네."

피식. 싱겁게 웃으며 쯧 짧게 혀를 찼다. 이게 무슨 헛짓거린가 싶었다.

강의실을 나와 급식실로 가려다 그냥 매점에 들러 빵 하나를 사서 본관 뒤 오솔길로 향했다. 학교에 입학해 재진이 제일 처음 한 일이 땡땡이 칠 장소 물색이었다. 본관 뒤 오솔길은, 풀숲에 숨으면 아무도 찾지 못할 정도로 나무가 무성한 곳이었다. 손질은 하는 것 같은데 이상하게 인적은 드물었다. 그래서 땡땡이 최적의 장소로 낙점된 곳이었다.

그 누구의 방해도 받지 않고 한숨 편하게 자자 하며 미리 알아

둔 곳으로 걸어갔다. 오솔길을 벗어나 조금만 안쪽으로 들어가면 아름드리 큰 나무가 한그루 있었다. 그 주변은 잔디처럼 잔잔한 풀들이 피어 누워 있기에 편했다.

나무 기둥에 기대앉은 재진이 빵 봉지를 뜯어 한 입 크게 베어 물었다. 오물오물 따스한 햇살을 기분 좋게 온몸으로 받으며 재진이 한가하게 휴식을 만끽했다.

"자아, 그럼 이제 이 몸은 오수를 즐겨 보실까."

재진이 느긋하게 팔짱을 끼고 가만히 눈을 감았다. 빵도 먹었으니 이제 노곤하게 잠이 올 시간이었다. 스르르 재진이 깊은 잠에 빠져들려는 순간 햇살을 가리며 그의 얼굴에 그늘이 드리워졌다. 무거워진 눈꺼풀을 밀어 올려 재진이 실눈을 떴다. 누군가 햇살을 등지고 서서 그를 내려다보고 있었다.

"누구야?"

어딘가 귀에 익은 목소리가 은은히 울려 퍼졌다. 몽롱하게 잠의 경계에서 깨어나기 시작한 재진이 눈을 떠 말을 건넨 상대를 올려다보았다. 찰랑이는 단발머리 단아한 목소리. 수영. 수영이다.

"거긴 내 자리야."

"내놔 봐."

당당히 재진이 앉은 자리의 소유권을 주장하는 수영에게 재진이 손바닥을 내밀었다. 수영이 고개를 갸웃하며 무슨 소릴 하는 거냐는 눈빛으로 그를 내려다봤다. 재진이 눈을 비비고 기지개를 켜 자세를 바로잡았다. 행동이 꽤 여유로웠다. 재진이 제 손바닥을 탁탁 두드리며 그녀를 뚫어지게 직시했다.

"땅 문서."

"뭐?"

"여기가 네 땅이라고 명시되어 있는 땅문서 말이야."

"그런 게 있을 리 없잖아."

"그러면서 여기가 어떻게 네 자리라는 거야?"

"그야, 여긴 나만 아는 장소였으니까."

수영이 말끝을 흐렸다. 가만 생각해 보니 이젠 자신만 아는 장소가 아니었다. 재진의 입가에 미소가 서렸다. 그가 제 옆자리를 팡팡두드렸다.

"여기 앉아."

"하아."

"기막혀? 싫어? 그럼 관두든지."

재진이 하려면 하고 말려면 말든지 하며 배짱을 튕겼다. 점심시간은 그렇게 길지 않았다. 혼자 책을 읽을 생각이었는데 불청객이먼저 제 비밀장소를 차지하고 앉았다. 이대로 돌아갈까? 돌아가면어디서 책을 읽지? 사람이 많은 곳은 집중해서 책을 읽기 힘들었다.

빨리 읽고 우연이 주최하는 독서 토론회에 참석할 생각이었다.시간이 별로 없었다.

수영이 손수건을 꺼내 바닥에 깔았다. 슬쩍 실눈을 뜨고 그것을지켜보던 재진이 수영이 앉기 전 손수건을 집어 들었다.

"그건 내 거야."

수영이 미간을 찌푸리며 재진의 손에 들린 손수건을 뺏으려 했다. 그 손을 피해 손수건을 제 주머니에 집어넣은 재진이 입고 있던 재킷을 벗어 바닥에 넓게 깔았다. 수영이 의아해하며 재킷과 재진을 번갈아 바라봤다.

"뭐야?"

재진이 말없이 어깨를 으쓱하며 다시 눈을 감았다. 잠시 머뭇거리던 수영이 그 위에 얌전히 앉았다. 부스럭거리는 작은 소리에도 재진의 귀가 예민하게 반응했다. 그리고 찾아온 고요에 그가 보일 듯 말 듯 입가를 끌어 올렸다.

바람이 가만가만 불었다. 앞으로 기운 재진의 머리카락을 휘날리고, 귀 뒤로 넘긴 수영의 머리카락을 재진의 귀에 닿게 흩날렸다. 사라락거리는 머리카락 소리가 듣기 좋았다. 책장을 넘기는 소리가 자장가처럼 그의 귓속을 파고들었다.

심장이 서걱서걱 움직였다. 봄볕 따스하게 내리쬐는 아름드리나무 아래 바람을 닮은 소녀가 흘리는 향기에 취해.

재진이 쓰게 웃으며 차를 마저 들이켰다.

"그녀는 아직도 그 나무 아래에서 저를 처음 만난 거라고 기억합니다. 사실은 강의실이 처음이었는데 말이죠."

"서로 다른 기억을 가지고 있는 거군요."

"뭐, 그런 셈이죠."

"왜, 말씀해 주시지 않았습니까. 난 널 강의실에서 처음 봤다고. 그때 한눈에 반했다고."

빈 찻잔을 내리고 앞머리를 쓸어 넘긴 재진이 엷은 미소를 띠었다. 그가 어깨를 으쓱하며 손가락으로 제 손등을 두드렸다.

"굳이 알려 주기가 싫더라고요."

"왜요?"

"다른 놈 좋아하는 여자한테 굳이 그걸 알려서 뭐하겠습니까. 결국엔 잊어버리고 말 것을요."

"그래도 그 나무 아래는 잊지 않고 기억하고 계셨다면서요."

"그야……."

단지 그건 자신에 대한 미안함을 무마하기 위함이다 말하려다 재진이 입을 다물었다. 그가 손잡이에 팔꿈치를 기대고 그 위에 턱을 괴었다. 뭔가 곰곰이 생각하는 듯 재진의 미간이 찌푸려졌다.

"왜, 그러세요?"

갑자기 말이 없어지고 심각해진 재진을 최성인 기자가 조심스럽게 불렀다. 재진이 공허한 눈으로 최 기자를 바라봤다. 소리가 들린 쪽으로 돌아보긴 했으나, 최 기자를 보고 있는 건 아닌 것 같았다.

재진이 갑자기 주머니를 뒤지기 시작했다. 그가 주머니 속 물건들을 죄다 테이블 위에 올려놓았다. 담배와 라이터, 지갑과 휴대폰 사이로 작은 쪽지 하나가 보였다. 그가 그것을 덥석 집어 펼쳤다.

재진의 미간이 미세하게 꿈틀거렸다. 숨을 깊게 들이쉰 재진이 천천히 호흡을 조절하며 마음을 다스렸다.

"서점."

"네?"

"하아. 거기 같이 갔었구나."

혼잣소리를 중얼거리는 재진을 최 기자가 이상하게 바라봤다. 재진이 자리에서 벌떡 일어나며 최 기자에게 다급하게 양해를 구했다.

"죄송합니다. 인터뷰가 끝났으면 먼저 일어나도 되겠습니까?"

"아, 네."

일어나서 일어나도 되겠느냐 묻는 것이 이상했지만 지금 재진의 상태로 봐선 충분히 그런 말을 하고도 남음이 있어 보였다. 뭔가에 홀린 듯 재진은 반쯤 넋이 나가 있었다. 그래서 그를 말릴 생각도 하지 못했다.

"그럼."

재진이 뒤도 돌아보지 않고 무서운 기세로 카페를 빠져나갔다. 홀로 남은 최 기자가 깊은 숨을 내쉬었다. 뭔가 허한 기분을 느끼며 자리를 정리해 일어나려던 최 기자의 시선이 방금 전 재진이 앉아 있던 자리에 꽂혔다.

"어라? 다 두고 갔네?"

재진이 주머니에서 빼낸 물건들이 테이블 위에 고스란히 남아 있었다. 최 기자가 물건들을 바라보며 한숨을 푹 내쉬었다. 휴대폰까지 두고 가서 연락을 할 수도 없었다. 다른 건 다 제쳐 두더라도 휴대폰은 돌려줘야 할 텐데. 어쩐다.

다시 서점으로 뛰어든 재진은 곧장 자신이 조금 전 서 있었던 패션 코너로 가 정신없이 책장을 뒤적였다. 그러다 문제의 빈티지 서적을 찾아 그 앞에 우뚝 멈춰 섰다. 재진이 가쁜 호흡을 천천히 가다듬고 조심스럽게 손을 뻗어 책을 빼냈다.

책을 바라보는 눈빛이 달라졌다. 책 표지를 더듬는 손길이 떨렸다.

"하아."

짙은 한숨이 흘러나왔다. 왜 몰랐을까. 입 안이 씁쓸했다.

"마지막 작별 인사를 여기서 했는데. 그걸 잊어버렸어."

6년. 길다면 길고, 짧다면 짧은 시간이었다. 그동안 너무 많은 것을 잊고 살았다. 재진이 책을 펼쳐 들고 있던 쪽지를 사이에 꽂았다. 6년 전, 그 누군가가 그랬던 것처럼.

'나 유학 가.'

바로 옆에서 들리는 듯 아련한 목소리에 재진이 고개를 돌렸다. 6년 전, 어깨 언저리에서 찰랑거리는 머리를 하고 책을 들여다보고 있던 수영이 그때와 똑같은 모습으로 서 있었다.

'그래? 그럼 그러든가.'

다시 반대편에서 시큰둥한 재진의 목소리가 들렸다. 벽에 등을 기대고 지금 자신이 들고 있는 책을 들여다보며 그때의 재진이 서 있었다.

학교를 졸업하고 진로를 제대로 정하지 못한 채 방황하던 수영은 재수를 하는 대신에 유학을 선택했다. 재진은 고3이었고, 그녀를 따라 유학을 갈 형편이 못 됐다. 그렇다고 그녀를 말릴 명목도 없었다. 고작, 사랑으로. 그 초라한 외사랑으로 그녀를 제 곁에 붙잡아 둘 수가 없었다.

'가도 돼?'

수영이 고개를 돌려 재진을 바라보았다. 재진은 그녀를 돌아보지 않은 채 책만 들여다보고 있었다. 그가 무심히 툭 던지듯 말했다.

'그걸 왜 나한테 물어.'

수영의 눈동자가 흔들렸다. 그녀의 두 눈에 물기가 서렸다. 하지만 재진은 그것을 보지 못했다. 아니, 외면했다고 하는 게 옳았다. 보면 약해질까 봐. 가지 말라고 추하게 붙잡고 늘어질까 봐.

여전히 다른 사람을 사랑해 방황하고 있는 여자를 붙잡기에는 그동안 입은 상처들이 너무 깊었다. 나를 좀 봐 달라고. 내가 당신을 이렇게 사랑한다고. 그렇게 간절하게 바라고 말했음에도 그녀는 마음을 열어 주지 않았다. 재진이 비집고 들어갈 틈을 보여 주지 않았다.

자포자기했었다. 절대 포기 않겠다고 그렇게 다짐해 놓고 유학이라는 말에 서운한 마음이 앞섰다.

"바보였구나. 그때의 난."

책의 내용도 그림도 눈에 들어오지 않았다. 그냥 펼쳐 놓고 있었을 뿐. 생각은 다른 곳에 있었다. 자신만의 생각에 빠져 수영이 가슴으로 울고 있다는 걸 알지 못했다. 자신의 흔들리는 마음을 재진이 붙잡아 주기를 간절히 바라고 있었다는 것도.

쪽지는 재진에게 쓴 것이었다. 생각해 보니 그것도 잊고 있었다. 수영이 자신을 부를 때 늘 진이라고 불렀다는 것을. 어떻게 그걸 잊을 수가 있을까? 아마도 이 책과 쪽지를 자신과 수영에 결부시켜 생각해 보지 않아 몰랐을 것이다. 어쩌면 당연한 것이었는지도 모른다. 그때 수영이 자신을 돌아보기 시작했다는 것을 전혀 모르고 있었으니까.

"지금도 유효하니?"

그가 쪽지를 내려 보며 혼잣말을 속삭였다. 누구에게 묻는 것인지 모를 말을 흘리며 답해 주기를 바란다. 그렇다고 말해 주기를.

봄기운이 완연한 계절.

신학기의 들뜸이 안정감으로 전환될 무렵의 그 따스했던 날. 그날을 떠올리며 재진은 자신의 집 책장에서 해묵은 노트 하나를 꺼냈다. 왜 아직도 이것을 버리지 못했는지. 재진은 그것을 미련이라고 했다. 지나간 것들에 바보처럼 미련을 떠는 거라고.

파라락. 노트를 넘기자 묵은 먼지 냄새가 났다. 노트엔 거의 낙서가 대부분이었다. 그가 피식 싱거운 웃음을 흘렸다. 공부와는 담을 쌓았음을 노트만 봐도 알 수 있었다.

그 노트에 쓰인 낙서는 전부 한 사람에 대한 것이었다. 늘 그 한 사람을 좇던 자신의 시선을 노트에서 다시 볼 수 있었다. 고스란히 드러나는 그녀의 행적에 재진이 실소를 터트렸다.

"이거, 스토커가 따로 없네."

직접적으로 수영을 괴롭히며 대놓고 추근거리지 않아 그렇지, 참 끈질기게도 그녀 주변을 맴돌았다. 새록새록 그때의 감정이 되살아났다. 재진의 입가에 미소가 번져 갔다. 이런 날도 있었구나. 사랑에 모든 것을 다 걸고, 아파하고, 기뻐하고. 그랬던 날들이 있었다.

재진의 손이 멈췄다. 그의 시선이 노트 한 켠에 머물렀다.

찾았다!

낙서와 그림. 수영을 그린 것이다. 처음 그녀를 만나 저도 모르게 그린 것이었다. 한참을 그녀를 닮은 그림을 바라보던 재진이 시선을 옮겨 낙서를 봤다.

「늘이 가는 여자, 선배가? 토자기 같다. 2009. 4. 7.
  - 수업 더럽게 재미없다.」

"큭. 그래, 수업은 정말 재미없었지. 수업 내내 한눈파느라 선생님이 무슨 말을 하는지도 몰랐으니까."

재진이 달력을 돌아봤다. 오늘은 2014년 4월 7일. 6년 전 그날이다.

"조금만 늦게 봤어도 1년을 더 기다려야 했네."

안도와 함께 웃음이 흘러나왔다. 그리고 곧 웃음이 멎었다. 심장이 두근두근 설렘을 드러냈다. 재진이 시간을 확인했다. 오전 6시 40분. 뜬눈으로 밤을 새다 겨우 노트를 떠올렸다.

독립하며 짐들을 챙겨 와 제대로 정리를 하지 못했었다. 대충 꽂을 건 꽂고 바닥에 둘 건 두고 그렇게 지내왔었다. 노트의 존재를 떠올리고도 확신을 못 했었다. 그것을 챙겨 왔는지, 어디에 뒀는지.

"오늘은 내가 널 기다릴게."

노트를 접어 책장에 고이 꽂아 두고 욕실로 향했다. 피로한 모습으로 수영을 맞이할 수는 없었다. 샤워로 조금의 피로를 덜고 그녀를 만나러 가야겠다.

재진은 설레는 마음으로 샤워를 하고 옷을 입었다. 만반의 준비를 마치고 마지막 점검을 하며 전신 거울 앞에 섰다. 깔끔한 정장으로 예의를 갖췄다. 그 옛날 철부지 같은 모습은 보이고 싶지 않았다. 이제는 한 사람을 지키고 감당할 수 있을 정도의 어른이 되었음을 어필하고 싶었다.

"간다."

낮은 울림이 있는 목소리였다. 재진은 제 목소리가 떨리는 것을 느끼며 엷은 미소를 띠었다. 아직도 그녀를 생각하면 가슴이 떨린다. 지금의 그녀는 어떻게 변했을까? 오늘 그녀를 만날 수는 있는 걸까? 두려움과 설렘을 가득 안고 재진은 서둘러 집을 나섰다.

차를 몰고 가는 내내 심호흡을 했다. 학교가 가까워질수록 두근거림이 빨라졌다.

학교는 전과 다르지 않았다. 졸업하고 처음 찾은 것인데도 친근하고 익숙한 기분이 들었다. 차를 세우고 천천히 교정을 거닐었다. 이른 시간임에도 학생들이 꽤 있었다. 그들과 함께 길을 걸으니 새삼 그때의 기억들이 새록새록 떠올랐다.

걸음을 걸을 때마다 차분해졌던 마음이 조금씩 진정되기 시작했다. 상쾌한 바람이 불었다. 그 바람과 더불어 늘 투덜거리며 괴짜처럼 굴던 남학생 하나가 스쳐 지나갔다. 절친이라며 항상 붙어 다니던 또 다른 괴짜 소녀와 함께.

그들 뒤로 또 다른 무리가 지나간다.

기타를 멘 숨바꼭질의 달인과 괴짜 소녀를 사랑한 깐깐한 학생회장. 그리고······.

우연이 멈춰 서 가만히 뒤를 돌아봤다.

저만치 그들을 부러운 시선으로 바라보고 있는 한 소녀가 있었다. 오래도록 사랑했던 소년이 다른 소녀를 사랑하고 있는 모습을, 그리고 자신만을 바라보던 한 소년이 자신에게서 멀어지는 모습을. 부러움 가득한 시선으로 하염없이 바라보고 섰다.

재진이 그녀를 향해 손을 내밀었다. 하지만 수영은 재진이 내민 손을 잡지 않았다.

홀연히 바람과 함께 사라진 수영의 모습에 재진이 낮은 한숨을 내쉬었다. 사랑했지만, 재진은 그녀와 함께 있지 않았다. 그녀가 그토록 함께 있고 싶어 했던 무리 속에서 행복한 모습을 하고 있었다. 아팠다고 생각했는데, 외사랑으로 많이 힘들었다고 생각했었는데, 아니었다. 힘든 건 수영이었다. 혼자여서 더 외롭고 슬펐다.

"왜, 이제야 이런 것들이 눈에 보이는 걸까."

그때 제 아픔만 보지 말고 그녀의 아픔에, 외로움에 조금만 더 신경을 썼더라면 관계가 달라져 있지 않을까. 어렸으니까. 그렇게 스스로를 정당화시켜 보아도 가슴속 먹먹함은 사라지지 않았다.

재진이 발길을 돌려 본관 건물 뒤쪽 오솔길로 향했다. 오솔길은 그때와 달리 정비가 좀 더 잘되어 있었다. 곳곳에 벤치가 설치되어 있었고, 자갈도 깔아 놓았다.

자박자박. 자갈길을 따라 걸었다. 그때는 흙길이었는데.

길을 벗어난 왼쪽. 숲을 헤치고 들어가면 아름드리나무 한 그루가 보인다. 기억을 더듬어 그 숲을 헤치고 들어가면서 재진의 심장이 다시 한 번 뛰기 시작했다. 수영의 모습은 보이지 않았다. 이른 아침이었다. 오늘은 이제 시작이었다.

나뭇잎 사이로 따스한 햇살이 비쳤다. 새들의 지저귐도 들려왔다. 풀숲을 지나 잡풀이 파릇한 너른 들판이 나왔다. 풀내음이 코끝을 물들였다. 사라락, 바람이 부드럽게 곁을 스치고 지나자 재진의 입가에 엷은 미소가 번졌다. 그래, 수영은 이 모든 것을 사랑했다.

그리고 이곳은 둘만이 아는 비밀장소가 되었다. 수영이 우연에게 시련당해 두문불출할 때까지 줄곧 그랬다.

나무는 6년 전보다 더 웅장해져 있었다. 세월을 먹고 자란 만큼 가지도 무성해졌다. 그 아래 자리를 잡고 앉은 재진이 나무기둥에 등을 기댔다. 딱딱한 나무가 이상하게 편안하게 느껴졌다. 눈을 감았다. 눈부신 햇살이 얼굴 위로 쏟아져 내렸다. 평온함, 실로 오랜만에 느껴보는 감정이었다.

시간이 얼마나 흘렀을까.

햇살이 구름에 가린 듯 눈부심이 사라졌다. 얼굴에 드리워진 그림자에 재진이 사르르 미소를 떠올렸다. 언제나 그랬다. 재진이 단잠에 빠져 있을 때면 뒤늦게 나타난 수영이 그의 얼굴에 내리쬐는 태양을 가려 주었다.

"왔어?"

눈을 감은 채로 그가 나직하게 물었다. 한 차례 바람이 스쳐 지나갔다. 나뭇잎이 조잘거리는 소리가 들렸다. 오랜만에 나타난 그들에 놀라 바람과 함께 수다를 떠는 것 같았다. 하지만 재진의 물음에 돌아오는 답은 없다. 눈을 뜨기가 두려웠다. 햇살을 가린 게 수영이 아니라 그저 하늘을 유영하는 구름일까 봐. 그래서 실망하게 될까 봐 두려웠다.

재진의 입가에 머물던 미소가 여릿해질 때쯤 떨리는 목소리가 들려왔다.

"응."

"……아."

재진이 파르르 떨리는 눈을 조심스레 떴다. 햇살을 등지고 선 여자의 실루엣이 재진의 눈동자를 가득 메웠다. 그의 입가에 환한 미소가 떠올랐다. 여전히 어깨 너머로 찰랑이는 단발머리를 하고 있었다. 그때보다 조금 더 성숙해진 수영이 물기 서린 눈으로 그를 내려다보고 있었다.

"나, 왔어."

"어서 와."

재진이 수영을 향해 손을 내밀었다. 그 손을 수영이 맞잡았다. 말없이 서로를 바라보다 재진이 잡은 손을 끌어당겼다. 수영이 그의 품으로 떨어졌다. 제 품에 폭 안기는 수영을 재진이 꼭 끌어안았다. 그때는 품어 줄 수 없이 작던 가슴이 지금은 품고도 남을 만큼 넉넉해졌다.

"미안, 돌아오는 길이 너무 멀었어."

수영의 귓가에 가만가만 속삭이는 재진의 목소리가 떨렸다. 그의 등을 감싸 안은 수영이 고개를 끄덕였다.

"돌아와 줘서 고마워."

재진이 그녀의 얼굴을 감싸 지그시 바라보았다. 여전히 아름답고 단아했다. 하나 변한 것이 있다면, 예전엔 다른 곳을 바라보던 그녀의 눈동자가 지금은 재진을 담아내고 있다는 것이었다. 그가 그녀

358

의 입술 위에 제 입술을 가져다 댔다. 재진이 그녀와 시선을 맞추며
그녀의 입술 위에 속삭였다.

"이젠 절대 널 놓치지 않을게. 떠나보내지도, 떠나지도 않을 거
야. 다신 널 놓치지 않아."

재진이 수영의 입술을 소중하게 머금었다. 먼 길을 돌아온 만큼
더 먼 길을 오래도록 함께 가리라. 재진은 간절한 마음을 담아 수영
의 입술에 키스를 퍼부었다.

결국, 사랑은 되돌아오게 되어 있다.

Epilogue 2

　녹음 작업이 한창이었다. 뭔가 마음에 안 들었던지 미간을 찌푸린 노마가 손을 들어 작업을 스톱시켰다. 그가 스피커를 ON시켜 뮤직 박스 안 주리에게 말했다.

　"사랑 안 해 봤어요? 노래에 감정이 안 실렸잖아."

　-죄송합니다.

　시니컬한 노마의 말에 주리가 꾸벅 고개를 숙였다. 그를 깔끔히 무시한 노마가 다시 볼륨을 높이며 말했다.

　"감정 살려서 다시 한 번 갑시다."

　-네. 열심히 하겠습니다.

　"열심히가 아니라, 제대로 해야지."

　노마의 따끔한 지적에 주리가 깊은 숨을 내시며 호흡을 가다듬었다. 노마가 손가락을 튕겨 큐 사인을 보내자 주리가 좀 더 열정적으로 노래를 불렀다. 호소력 짙은 주리의 목소리가 헤드폰을 통해 노마의 귀에 전달되었다.

가만히 노래에 귀를 기울이던 노마의 미간이 미세하게 꿈틀거렸다. 뭔가 마음에 안 드는 눈치였다. 노마가 다시 음악을 껐다. 그에 녹음실 안 주리가 움찔하며 노마를 바라봤다. 주리와는 눈도 마주치지 않은 채 노마가 마른세수를 하며 짙은 한숨을 내셨다.

그가 뒷목을 문지르며 고개를 저었다. 주리가 초조하게 그를 바라보며 마른침을 꿀꺽 삼켰다.

노마는 이쪽 분야에서 알아주는 음악프로듀서였다. 까다롭기로 정평이 자자했지만 그가 프로듀싱을 맡은 가수들은 꼭 탑에 올랐다. 월드스타로 자리매김한 가수가 한둘이 아니었다. 그래서 그에게 프로듀싱을 받고 싶어 하는 가수들이 줄을 섰다.

그의 선택 기준이 무엇인지는 모른다. 신인, 기성 구분 없이 그에게 선택이 된 사람만이 트레이닝을 받을 수 있었다. 그런 의미에서 지금 주리는 신인임에도 엄청난 기회를 거머쥔 셈이었다.

벌써 5일째 같은 노래의 같은 부분을 녹음 중이었다. 감정을 실으라는 말을 이해는 하면서도 어떻게 표현을 하고 불러야 할지 막막했다. 사랑이란 게 정확히 어떤 것인지 콕 집어 말할 수 없듯이 그것을 노래에 담아내는 것도 힘들었다.

"쉬었다 하죠."

차게 말하며 노마가 자리에서 일어섰다. 모두가 그의 눈치를 살폈다. 이러다 장기전이 되는 것은 아닌지 걱정이 되었다. 지금 월드스타가 된 가수 중 한 명을 트레이닝할 때는 녹음 하나를 완성하는 데 1년이 걸린 적도 있었다. 노마는 노래에 있어서는 엄청난 완벽주

의자였다. 그에게 오케이 사인을 받아 내는 건 낙타가 바늘구멍을 통과하는 것보다 힘들었다.

노마가 녹음실을 나가자 뮤직 박스 안에 있던 주리가 한껏 풀이 죽은 모습으로 밖으로 나왔다. 그런 주리를 엔지니어 정인이 안쓰럽게 쳐다봤다.

"도대체 뭐가 문젠지 모르겠어요."

"원래 노마 씨가 좀 까다로워서 그래. 내가 듣기엔 괜찮았는데."

"아아, 어쩌면 좋아요. 답답해 미칠 것 같아."

"그러게 어떤 게 어떻다 딱 꼬집어 말해 주면 좋을 텐데. 무조건 감정이 안 실렸다고 하면 하기 힘들지."

정인의 위로도 아무런 도움이 되지 않았다. 스물둘. 어리다면 어리고 적당하다면 적당한 나이였다. 하지만 사랑은 어려웠다. 열다섯 학창 시절에 학교 선생님을 짝사랑했었던 것 말고는 특별히 사랑이라고 말할 만한 것이 없었다. 줄곧 가수가 되려고 트레이닝을 받으며 연습생 시절을 보냈었다. 그런 그녀에게 사랑이란 건 너무 어려웠다.

다시 시작된 녹음에서도 별다른 성과가 없었다.

노마의 스톱과 큐 소리만이 녹음실에 메아리 칠 뿐. 녹음은 결국 새벽 1시 가까이까지 진행되었음에도 끝마치지 못했다. 모두가 지친 상태였다. 이대로 집으로 돌아가 넉다운된다고 해도 하나 이상할 게 없었다.

녹음실을 나와 곧장 옥상으로 올라간 노마가 담배를 꺼내 입에 물었다. 라이터를 찾아 뒤적이다 재킷 안주머니에서 뭔가를 꺼내 들었다. 기타 피크였다. 이별이 신혼여행지에서 직접 사다 준 피그였다. 수작업으로 만들어진 것이라고 했다. 특이한 문양이 새겨져 있었는데 집시들 사이에서 행복을 가져다 준다고 전해져 오는 것이라고 했다.

다른 주머니에서 라이터를 꺼내 불을 붙인 노마가 담배를 깊게 빨아들였다. 허공으로 천천히 연기를 뿜어내며 노마가 피크를 손끝으로 이리저리 돌려 봤다. 세공에 무척 많은 공을 들였음이 느껴졌다. 그가 피식 웃으며 그것을 다시 주머니에 쑤셔 넣었다.

"신혼여행이라."

이제는 정말 마음속에서 깔끔히 지워 내야만 하나 보다. 완전한 이별.

"하아. 나한테 정말 이별인 거네."

철재 난간 앞으로 걸어간 그가 난간 위에 팔을 기대고 아래를 내려다봤다. 어둠이 내려앉은 밤임에도 도시는 화려하게 빛나고 있었다. 어둠이 찾아와도 잠들지 못하는 도시의 밤. 그 불빛으로 인해 별이 보이지 않는 불운한 도시의 밤. 그 속에 노마가 있었다.

노마가 이별만 바라보고 있었던 것은 아니다. 다른 여자도 만나 보고 연애도 많이 했었다. 하지만 그 누구도 깊이 사랑해 본 적은 없었다. 사랑이란 감정이 그렇게 빨리 변할 줄은 노마도 몰랐다. 이별을 마음속에 품었던 그때처럼 심장이 떨려 죽을 것 같은 설렘은 없었다. 만나서 마음에 들면 키스를 하고 섹스를 하는 것 외에 별다른 감정은 생기지 않았다. 그의 무심함에 때론 서로가 너무 바빠서 짧았던 인연은 매번 그렇게 쉽게 끝이 났다.

"이런 놈이 사랑 노래를 만드니까 노래가 다 그 모양이지."

노마가 담배를 빼내 허공에 길게 연기를 내뿜었다. 그의 길고 고운 손가락 사이에 걸린 담배가 쓸쓸하게 붉은 빛을 흘려 내고 있었다.

"가수한테 담배가 얼마나 안 좋은 건지 모르냐?"

곁으로 다가온 재마가 노마 손에서 담배를 뺏어 입에 물었다. 노마가 재마를 돌아보며 미간을 찌푸렸다.

"가수가 아니라 프로듀서거든?"

"아무튼 건강엔 안 좋아."

"그건 피차일반이지. 아무나 잡고 물어봐라 담배가 몸에 좋다는 사람 있는지."

"흠. 그건 그렇지."

재마가 담배를 바닥에 떨어트려 발로 밟아 껐다. 그가 기지개를 켜며 하품을 했다. 피곤한 기색이 역력했다.

"퇴근 안 하고 여태 뭐 했어?"

"오늘 야근이야."

"무슨 야근을 그렇게 밥 먹듯이 해."

"대표 마음이야."

"야근이라고 하면서 숙직실에서 자는 것도 물론 대표 마음이겠지?"

노마가 마뜩잖은 표정으로 재마를 바라보며 물었다. 재마가 볼을 긁적이며 짧게 입맛을 다셨다.

"알고 있었냐?"

"여기 바로 밑이 내 집이거든?"

"야, 그래. 그거 나한테 팔아라."

YM엔터테인먼트의 7층 사옥은 건축 대상까지 탈 정도로 독특한 구조와 디자인으로 정평이 나 있었다. 그 사옥을 디자인하고 지은 사람이 바로 노마였다. 정확히 말해 YM엔터테인먼트가 노마의 건물에 세를 살고 있는 것이었다.

"싫어. 내 마음에 들게 설계해 지은 건물인데. 내가 왜 팔아."

단칼에 거절하는 노마를 재마가 얄밉게 흘겼다. 재마가 팔짱을 끼고 난간에 등을 기댔다.

"하여튼 있는 놈이 더 하다니까. 7층 전체를 너 혼자 쓰면 좋냐?"

"당연한 거지. 내 건데."

"그래, 그래. 너 돈 많아 좋겠다."

"돈은 없어. 건물만 있지."

언제부터 이렇게 난 척을 자연스럽게 하게 된 건지. 뻔뻔함이 날로, 날로 늘어간다. 난 건물만 있다는 말이 돈 많다는 말보다 더 재수 없다는 걸 놈은 알고 저러는 걸까? 노마가 난간을 등지며 돌아서 재마의 옆에 나란히 팔짱을 끼고 섰다.

"집에는 왜 안 들어가려고 그래? 형수가 기다리잖아."

재마가 깊은 한숨을 내쉬며 하늘을 쳐다봤다. 그러곤 세상 다 산 사람처럼 허무하게 말했다.

"너도 결혼해 봐라. 차라리 회사에서 야근하는 게 편하다 싶은 날이 있을 거다."

"형수, 형한테 잘하잖아."

"잘하지. 너무 잘해서 문제지."

"잘하는 게 왜 문제야?"

"그러게. 그게 왜 문제가 될까. 너도 밤이 무서워질 나이가 돼 봐야 내 심정을 이해를 할 거다."

땅이 꺼져라 한숨을 푹푹 내쉬는 재마를 노마가 묘하게 쳐다봤다. 밤이 무섭다면 섹스와 연관이 되었다는 소린데 그게 왜 벌써부터 두렵다는 건지 이해를 할 수가 없었다. 노마가 고개를 갸웃하며 직설적으로 물었다.

"왜, 안 서?"

움찔 군은 재마가 천천히 노마를 돌아봤다. 역시나, 노마의 시선은 재마의 중심부에 닿아 있었다. 그 적나라한 시선에 재마가 헛기침을 하며 아무렇지 않은 척 자연스럽게 다리를 꼬았다. 그러곤 멋쩍은 듯 볼을 긁적이며 말했다.

"서지. 아주 빠딱. 그래도 이 나이에 하루 네, 다섯 번은 무리다."

노마의 미간이 살짝 좁혀졌다. 그가 형수를 떠올렸다. 현모양처의 표본이라 할 만큼 무척 교양 있고 단아한 여자였다.

"흐음."

노마가 가만히 턱을 쓰다듬더니 재마를 빤히 쳐다봤다. 재마가 멀뚱히 노마를 마주 바라보았다. 노마가 한쪽 입꼬리를 말아 올렸다. 그가 재마의 팔을 툭 쳤다.

"완전 복 받았네. 세상에 그렇게 다 갖춘 여자가 어디 있어. 형은 전생에 우주를 구했나 봐?"

"하아. 왜 그랬을까. 그냥 우주전쟁 나게 둘걸."

재마가 이마를 짚으며 절망적인 표정을 지었다. 그런 재마의 등을 노마가 아이 달래듯 부드럽게 토닥거렸다.

"아무리 그래도 형수만 한 여자 없어. 잘해 줘."

"알지. 알아. 그래서 더 괴롭다. 잘해 주려면 내 허리가 엄청난 희생을 치러야 하니."

"복에 겨운 소리 한다. 오늘은 있지도 않은 야근하지 말고 당장 집에 들어가. 자꾸 그러면 관리비 청구할 거야."

재마가 몸을 세우며 입을 투덜거렸다.

"치사한 놈. 하여튼 이래서 있는 놈이 더 한단 소릴 듣는다니까."

"그전에 알아서 집에 들어가라고 기회를 주잖아. 이런 건물주가 또 어디 있냐?"

"됐어, 인마. 간다. 가."

성큼성큼 입구를 향해 걸어가는 재마를 노마가 기분 좋게 바라봤다. 형이라도 행복한 결혼 생활을 하고 있어서 다행이었다. 결혼은 절대 하지 않겠다던 사람이 형수를 만나 뜨거운 사랑을 하고 가정을 이루는 모습을 노마는 부러운 마음으로 지켜보았다. 언젠간 자신에게도 저런 사랑이 오지 않을까, 잠시 잠깐 기대를 했던 것도 같다.

"사랑. 그게 내게만 참 지랄맞단 말이지."

쓰게 웃은 노마가 조금 전 재마가 사라진 입구를 향해 걸어갔다. 7층 자신의 펜트하우스로 곧장 내려가려다 엘리베이터를 타고 1층으로 향했다. 아까 재진이 뺏어 간 담배가 마지막 담배였다. 근처 편의점에서 담배와 먹을거리를 사려고 거리로 나섰다.

간단하게 삼각 김밥과 컵라면을 집어 든 노마가 계산대로 가 담배를 주문했다.

"말보르 레드 하나."

"네, 여기 있습니다. 다 해서 5,600원입니다."

계산을 마치고 물건이 든 비닐을 든 채로 노마가 편의점을 나섰다. 포장지를 뜯고 담배를 꺼내 물었다. 라이터를 꺼내 불을 붙이고 한 모금 깊게 빨아들였다. 담배가 늘었다. 그것도 독한 놈으로. 노래는 들어 줄 사람이 있을 때 불러야 즐거운 것이다. 자신의 노래를 진심을 다해 들려주고픈 그런 사람을 노마는 아직 찾지 못했다. 이별이 마지막이었다. 그래서 그는 더 이상 노래를 부르지 않는다.

건물 안으로 들어서기 전 담배를 꺼서 쓰레기통에 집어넣었다. YM사옥에서 담배가 허용되는 공간은 옥상뿐이었다. 지문 감식기를 거쳐 건물 안으로 들어가자 보안요원들이 그에게 인사를 건넸다. 살짝 고개를 숙여 인사를 대신한 노마가 엘리베이터를 타지 않고 비상구로 직행했다.

노마는 엘리베이터보다 계단을 오르는 걸 더 좋아했다. 발을 옮길 때마다 울리는 발소리가 좋았다. 타박타박 고요를 깨고 들리는 그 소리가 마음 깊은 곳으로 스며들어 마치 자신이 혼자가 아님을 말해 주는 것 같았다.

2층 계단을 오르던 노마의 귀에 들릴 듯 말 듯 희미한 노랫소리가 들렸다. 오늘 내내 지겹도록 듣던 노래였다. 노마가 2층 비상문을 열고 나섰다. 복도를 걸어 연습실로 다가갈수록 노랫소리가 선명하게 들렸다.

"연습실에 귀신이 사나 보군."

어두운 밤 연주도 없이 라이브로 부르는 노래라니. 연습실 앞에 멈춰 선 노마가 문고리를 잡아 천천히 돌렸다. 기척도 없이 문을 연

노마가 연습실 안으로 들어섰다. 노랫소리의 주인공은 예상했던 대로 주리였다. 주리는 노마가 들어온 것도 모른 채 벽을 향해 정자세로 서서 노래를 부르고 있었다.

"쯧쯧. 저러니 노래가 늘지를 않지."

노래에 사랑하는 감정을 실으라고 했더니 이런 엉뚱한 짓을 하고 있다. 벽 보고 수행하는 것도 아니고 이게 대체 무슨 실속 없는 짓이냔 말이다.

"너만 바라보고. 너만 그리워하고. 너와 갔던 그곳을 또 서성이고."

두 손을 가슴 위에 얹고 애절함을 담아 노래를 불렀다. 점점 끝이 흐려진다 싶더니 노래가 뚝 멈췄다. 깊은 한숨을 내쉰 주리가 힘없이 두 손을 내렸다. 그러곤 바닥에 쪼그려 앉아 하염없이 바닥만 바라봤다. 땅이 꺼져라 내쉬는 한숨에 노마가 미간을 찌푸렸다.

'인간들이 허구한 날 땅에 대고 한숨을 쉬고 난리야. 터가 안 좋나?'

"흑흑."

어깨가 가늘게 떨린다 싶더니 기어이 울음이 터지고 만다. 주리의 흐느껴 우는 소리에 노마가 미간을 좁힌 채 눈을 감았다. 머리가 지끈거렸다. 안 되면 때려치우든가. 운다고 해결 될 일도 아닌데 왜 쓸데없이 울고 있는지 모르겠다. 고개를 절레절레 흔들며 노마가 돌아서 문을 열고 나서려는 순간 다시 노랫소리가 들렸다.

"아직도 선명한 너의 키스. 이렇게, 이렇게 내 심장을 물들여."

잡았던 손잡이를 놓고 노마가 이마를 문질렀다. 그러다 몸을 돌려 터벅터벅 사나운 기세로 주리를 향해 걸어갔다. 여태 아무런 낌

새도 느끼지 못했던 주리가 비닐봉지가 흔들리는 소리와 갑작스런 발소리에 놀라 뒤를 돌아봤다. 꺄악 하는 소리와 함께 얼굴을 손으로 가린 주리가 뒷걸음질을 쳤다. 그보다 빨리 다가선 노마가 그녀의 손을 덥석 잡아 제 쪽으로 당겼다. 휘청거리며 주리가 힘없이 끌려왔다. 주리의 놀라 동그랗게 커진 눈이 노마를 쳐다봤다.

"너 사랑이 뭔지는 아냐?"

노마를 알아본 주리가 눈을 덧없이 깜빡거렸다. 노마에게 꽉 잡힌 손목이 아렸다. 잔뜩 겁먹은 얼굴로 주리가 말을 더듬거렸다.

"가, 가슴이, 뛰, 뛰는 거……?"

노마의 눈이 가늘어졌다. 노마가 헛웃음을 터트렸다. 그에 주리가 고개를 갸웃했다. 틀렸나? 주리의 눈에 떠오른 의문을 읽은 듯 노마가 그녀의 쇄골 아래를 손으로 짚었다. 주리의 눈이 부릅떠졌다. 갑작스런 접촉에 적잖이 당황한 모양이었다.

"가슴이 왜 뛰어. 달리기하냐?"

"네?"

"심장이 뛰어야지. 가슴이 왜 뛰어."

"아……."

짧은 감탄사와 함께 또 다른 소리가 이번에 주리의 배에서 들려왔다.

꼬르륵. 꼬르륵.

둘의 시선이 동시에 주리의 배로 쏟아졌다. 주리가 남은 손으로 배를 움켜쥐며 고개를 모로 돌렸다. 그녀의 얼굴이 붉게 물들었다.

"후우."

낮은 한숨을 내쉰 노마가 주리의 손을 놓고 비닐을 들어 올렸다. 주리가 슬쩍 눈동자를 굴려 그것을 쳐다봤다. 노마가 그녀의 눈앞에서 비닐을 흔들었다.

"너 이거 냄새 맡고 그러는 거지?"

"아니요!"

냄새가 날 리 없었다. 아직 뜯지도 않은 컵라면과 삼각 김밥이었다. 극구 부인하며 손까지 격하게 흔드는 주리의 행동에 노마가 큭하고 낮은 웃음을 터트렸다. 힘없이 주저앉아 울 때는 언제고 버럭질까지 하며 발끈하는 게 웃겼다. 기 한 번 제대로 펴지 못하고 내내 풀 죽어 있더니 이런 것에는 발끈도 할 줄 안다.

"따라와."

언제 웃었느냐 표정을 말끔히 지운 노마가 쌩하니 돌아서 입구로 걸어가며 말했다. 멍하니 그를 보고 선 채 꼼짝도 않는 주리를, 문을 열고 밖으로 나서며 노마가 재차 불렀다.

"안 와?"

"아, 네. 가요."

번뜩 정신을 차린 주리가 주섬주섬 옷가지를 들고 쪼르르 그의 뒤를 따랐다. 그가 엘리베이터가 아닌 비상구로 걸어가는 걸 보며 주리가 고개를 갸웃했다. 대체 어디를 가기에 비상계단을 이용하는 걸까? 궁금했지만 물을 수는 없었다. 그가 계단을 올랐다. 주리도 따라 계단을 걸어 올랐다.

타박타박. 노마의 발소리에 맞춰 주리도 자박자박 작은 발소리를 내며 걸었다. 무표정하던 노마의 얼굴에 엷은 미소가 떠올랐다. 이런 리듬도 좋구나. 누군가 제 발소리에 박자를 맞춰 함께 걷는 것. 뭔가 새롭다.

7층까지 계단으로 오르는 건 무척 버거운 일이었다. 특히나, 요즘처럼 이동수단이 발전한 경우엔 더더욱. 굳이 엘리베이터를 두고 왜 계단을 이용해 꼭대기 층까지 올라온 걸까. 골탕 먹이려고? 온갖 생각을 다하며 거친 숨을 몰아쉬는 주리 앞에서 단 한 번도 본 적이 없던 7층 문이 열렸다.

"들어와."

미지의 세계에 발을 들이는 것처럼 주리는 두려움과 호기심을 동시에 느꼈다. YM사옥은 한 층이 150평이었다. 그래서 한 층을 여러 장소로 나뉘어 사용한다. 그런데 7층은 팬텀 하우스로 그 자체가 하나의 집이었다. 그 누구도 이곳에 와 본적이 없다고 했다. 사장인 재마도 팬텀 하우스를 방문한 건 손에 꼽을 정도라고 했다. 그런 곳에 주리가 들어가는 것이었다.

"정말 들어가도 돼요?"

"싫으면 관두고."

"아, 아니요."

호텔처럼 양쪽으로 열리는 문을 통과하자 전실이 나왔다. 신발장이 쭉 이어져 있었다. 평소 그가 운동 삼아 타던 자전거도 전실 옆 창고 공간에 얌전히 놓여 있었다. 주리가 두리번거리며 조심스럽게 전실을 지나갔다.

노마가 중문을 열고 들어섰다. 문이 닫히기 전 재빨리 안으로 들어선 주리가 신발 벗을 곳을 찾아 두리번거렸다.

"그냥 신고 들어와."

"네."

쭈뼛거리며 안으로 들어선 주리의 입이 쩌억 벌어졌다. 보통 집의 몇 배는 되는 드넓은 거실이 눈앞에 펼쳐져 있었다. 노마가 그 중앙에 자리한 소파를 턱으로 가리키며 말했다.

"앉아."

"네."

소파로 걸어가는 것도 한참이었다. 음원 수입만 한 달에 억이 넘는다는 말이 맞는 모양이다. 소문에 의하면 YM사옥 전체가 노마의 것이라는 말도 있었다. 물론 재마와 노마가 형제인지라 소문은 늘 들쑥날쑥했다. 카더라 통신에 의하면 재마가 예민한 노마를 배려해 7층 전체를 쓰게 해 줬다는 말도 있었고, 노마가 싼 가격에 재마에게 세를 놔 줬다는 말도 있었다. 무엇이 맞는지는 아무도 몰랐다. 당사자인 노마와 재마밖에는.

어색하게 소파 끝머리에 살짝 걸쳐 앉은 주리가 단조로운 실내 인터리어를 눈으로 훑었다. 아닌 척 눈동자만 굴려 바라본 거실은 노마의 성격과 닮아 모던하고 시크했다.

"어떤 쪽?"

쟁반에 컵라면과 삼각 김밥을 담아 온 그가 대뜸 물었다. 갑작스런 물음에 깜짝 놀란 주리가 그를 멀뚱히 쳐다봤다. 노마가 옆자리에 털썩 앉으며 삼각 김밥을 턱으로 가리켰다.

"넌 밥 먹어. 난 라면 먹을 테니까."

주리가 멍하니 삼각 김밥을 바라봤다. 다소곳한 김밥이 그녀를 빤히 쳐다보고 있었다. 꿀꺽. 그것도 밥이라고 침이 넘어갔다. 주리가 김밥을 들어 한 입 베어 물었다. 적당하게 데워진 데다가 허기가 져 제법 맛있었다.

후루룩. 옆에서 라면 먹는 소리가 들렸다. 김이 모락모락 나는 컵라면에서 얼큰한 냄새가 났다. 갑자기 목이 막혔다. 주리가 기침을 하며 물 잔을 집어 들었다. 물을 마시면서도 그녀의 눈은 내내 컵라면에 꽂혀 있었다. 노마가 자리에서 일어나 주방 쪽으로 걸어갔다. 집이 워낙 넓어 주방으로 가는 데도 한참이 걸렸다.

힐끔. 노마가 사라진 쪽을 쳐다보다 고개를 돌린 주리가 컵라면을 들어 국물을 들이켰다. 얼큰한 국물이 들어가자 속이 한결 더 든든해졌다. 한 모금만 먹으니 뭔가가 서운했다. 입맛을 쩝 다신 주리가 다시 컵라면에 입을 댄 순간이었다.

"맛있어?"

먹던 자세 그대로 주리가 굳었다. 옆자리로 돌아온 노마가 테이블에 생수를 내려놨다. 주리가 물을 마시는 걸 보고 다 마시기 전에 미리 생수를 가져다 놓으려고 한 것이다. 주리가 얌전히 컵라면을 제자리에 내려놨다. 그러곤 삼각 김밥을 다소곳이 잡아 조금 베어 물었다.

"내 거 뺏어 먹었으니까, 나도 그래도 되지?"

라면은 거들떠 보지도 않고 주리를 빤히 쳐다봤다. 스륵 눈동자만 움직인 주리가 그를 곁눈질로 살폈다. 그러다 자신을 보고 있는 그를 발견하고 눈을 동그랗게 떴다. 노마가 말도 없이 갑자기 불쑥 다가왔다. 주리의 몸이 그대로 굳었다. 코앞으로 바짝 다가온 그가 김밥의 모서리를 덥석 물었다. 조금만 더 크게 물었으면 주리의 입술과 닿을 뻔했다.

그가 베어 문 김밥을 태연하게 오물거렸다. 꿀꺽. 주리가 씹지도 않고 김밥을 그대로 삼켜 버렸다.

"컥. 컥. 컥."

급하게 삼키다가 사레가 들린 모양이었다. 생수를 따 주리의 입에 대어 주며 노마가 그녀의 등을 부드럽게 두드렸다. 물을 반 이상 비우고서야 기침이 멎었다.

"뭐가 그렇게 급해. 천천히 먹어."

"그, 그게 아니라."

"안 뺏어 먹을 테니까 급하게 먹지 말고 조심히 먹어."

"……."

뭔가 억울한 마음이 들었다. 이게 다 누구 때문인데! 주리가 볼통한 시선으로 노마를 쳐다봤다. 그에 아랑곳없이 노마가 컵라면을 다시 먹기 시작했다. 면을 순식간에 먹어 치운 그가 국물을 마시려 컵라면에 입을 댔다. 그를 지켜보던 주리의 눈이 깜빡거렸다. 자신이 입을 대고 먹던 곳이었다.

주리의 얼굴이 살짝 붉어졌다.

"치워."

컵라면을 다 먹은 그가 자리에서 일어서며 말했다.

"제가요?"

욕실 쪽으로 걸어가던 그가 뒤를 돌아보며 고개를 모로 기울여 비스듬히 주리를 쳐다봤다.

"먹여 줬으면 됐지. 치우는 것도 내가 해야 하나?"

말을 듣고 보니 그랬다. 이것마저 하지 않으면 주리는 얻어먹고 아무것도 하지 않은 채 그가 치워 주기까지 바라는 뻔뻔한 사람이 될 뻔했다.

"아, 아닙니다. 제가 치울게요."

자리에서 일어선 주리가 쟁반을 챙겨 드는 걸 보며 노마가 돌아서 욕실로 향했다. 주방으로 들어선 주리가 쓰레기를 분리해 버리고 쟁반을 씻어 싱크대 위에 올려놓았다. 주방도 다른 곳에 비해 상당히 넓었다. 이 크고 실속 있는 주방을 왜 쓰지 않고 컵라면과 삼각 김밥으로 때우는지 주리는 선뜻 이해가 되지 않았다.

"바빠서 그런가?"

하긴, 바로 지하에 식당이 있으니 식당이 열려 있는 시간에는 그곳에서 식사를 해결하면 되니 굳이 노마가 음식을 할 필요는 없었다. 그렇게 생각하니 이해 못 할 것이 없었다. 넓고 실용적인 주방이 별 쓸모없이 방치되고 있다는 사실도 별스럽지 않게 느껴졌다.

"차는 안 돼."

"네?"

등 뒤로 다가온 노마가 그녀 앞에 뭔가를 내밀며 고개를 저었다. 주리가 주방에 계속 머물러 있는 것을, 차를 찾는 것으로 착각한 모양이었다. 그에 주리가 고개를 저으며 괜찮다고 했다.

"이건 뭐예요?"

"양치하라고."

그가 내민 것은 치약이 묻혀져 있는 칫솔이었다. 친절도 하셔라. 힐끔 그를 올려 본 주리가 마지못해 그의 손에서 칫솔을 받아 양치를 시작했다. 그가 턱으로 욕실 쪽을 가리켰다. 나머지는 욕실에서 해결하란 소리 같아 주리가 고개를 끄덕이며 걸음을 옮겼다.

파리가 미끄러질 정도로 깔끔한 욕실로 들어선 주리가 왜 그래야 하는지도 모르고 분노의 칫솔질을 했다. 고작 삼각 김밥 하나 먹고 이빨까지 닦아야 하다니. 물론 집이었으면 자기 전에 미리 했을 일이었다.

입 안을 완벽하게 행군 후 거울을 보며 주리가 낮은 한숨을 내쉬었다.

"깔끔도 병이라던데. 이거 된통 잘못 걸렸나 보다."

새벽이 넘어서자 눈 밑으로 다크서클이 짙게 드리웠다.

"허어. 이거 뭐야. 완전 망했다."

제 얼굴을 보고 다시 급우울해진 주리의 한숨이 깊어졌다. 잘하고 싶었는데 이상하게 일이 꼬이기만 한다. 대체 어떻게 해야 이 난관을 잘 극복할 수 있을까? 답도 모른 채 노래만 줄기차게 부른다고 모든 게 잘 해결된다는 보장도 없었다. 빨리 집으로 돌아가 한숨이라도 자야겠다.

욕실을 나온 주리가 노마를 찾아 두리번거렸다. 인사는 하고 가야 할 텐데. 주방에도 거실에도 그는 없었다. 집 안을 이리저리 걸어 다니며 그를 불렀다.

"선생님."

불러도 답이 없다. 닫힌 문을 열고 고개를 빠끔히 내밀어 안을 살폈다. 인기척이 없었다. 안방인 듯 침대가 놓여 있었다.

"이노마 선생님?"

역시 답이 없다. 낮은 한숨을 내쉬며 문을 닫으려다 멈칫한 주리가 다시 문을 열어젖혔다. 그러곤 침대 옆 한 켠에 놓인 기타가 그녀의 시선을 사로잡았다. 무엇에 홀린 듯 주리가 안으로 발을 들였다. 곧장 기타로 걸어간 주리가 그 앞에 무릎을 세우고 쭈그려 앉았다. 가만히 기타를 지켜보던 주리가 손을 뻗어 기타에 그려진 그림을 조심스럽게 쓸었다.

"예쁘다."

프린트된 그림이 아니었다. 손수 아크릴 물감으로 그린 것이었다. 손끝으로 느껴지는 까슬까슬한 촉감이 좋았다.

"여기서 뭐하는 거지?"

등 뒤에서 서늘한 노마의 음성이 들려왔다. 움찔 멈춘 주리의 속눈썹이 파르르 떨렸다. 그녀가 마른침을 꿀꺽 삼키며 천천히 그를 올려보았다. 그가 무시무시한 눈빛으로 자신을 내려다보고 있었다.

"하하. 그림이 너무 예뻐서."

"설마."

"네?"

노마가 침대에 걸터앉으며 기타를 집어 들었다. 그가 무심하게 기타를 만지작거렸다. 멀뚱히 자신을 올려 보고 있는 주리에게로 시선을 옮긴 노마가 턱으로 제 옆자리를 가리켰다. 주리가 눈을 깜빡이며 고개를 갸웃거렸다.

"올라와 앉아. 그러다 다리 쥐 나서 일어서지도 못해."

"아."

쭈뼛거리며 자리에서 일어난 주리가 조심스럽게 그의 옆에 앉았다. 폭신한 매트리스의 감촉을 느끼며 주리가 살짝 얼굴을 붉혔다. 남자와 한 침대에 나란히 앉아 있는 게 왠지 쑥스럽고 어색했다. 뭘 어떻게 하겠다는 것도 아닌데 괜히 혼자 얼굴이 달아올랐다.

"보통은 이것보다 여기에 더 관심을 가지는데 말이야."

노마가 기타를 만지던 손으로 제 얼굴을 가리켰다. 그에 주리의 고개가 모로 기울었다. 그녀가 눈을 말똥거리며 빤히 노마의 얼굴을 쳐다봤다. 그의 핫한 외모는 이미 그를 아는 사람들 사이에선 이슈가 되고 있었다. 탑을 달리는 남자 연예인들에 뒤지지 않는 외모였다. 하지만 그걸 굳이 자신의 입으로 말할 필요가 있을까. 그것도 지금 이 상황에서.

주리의 '그건 그래요' 하는 타협의 표정에 살짝 머쓱해진 노마가 괜스레 앞머리를 손으로 쓱쓱 건드렸다. 그렇다고 부끄러워하거나, 쑥스러워하지는 않았다. 잘난 걸 잘났다고 하는데 그게 틀린 말은 아니잖은가.

"혹시, 이 그림 직접 그리신 건……."

기타의 그림을 보고 갑자기 YM 사옥을 디자인한 게 노마라는 말을 들은 것이 생각났다. 그래서 이쯤에서 화제를 다른 곳으로 돌려야겠다고 생각한 주리가 기타의 그림을 손끝으로 가리키며 묻다가 말끝을 흐렸다. 기타로 손을 내린 노마의 손이 주리의 손에 닿은 탓이었다. 찌릿한 전류가 흘렀다. 둘이 움찔하며 동작을 멈췄다.

노마가 주리를 가만히 내려 봤다. 주리도 눈동자를 또르르 굴려 그를 올려 보았다. 이게 뭐지? 손등을 타고 올라온 전류가 심장까지 전달됐다. 그가 무표정한 얼굴로 톡톡 손가락을 움직여 주리의 손등을 두드렸다. 저도 모르게 마른침을 꿀꺽 삼켰다. 주리의 눈이 빠르게 깜빡거렸다. 그녀가 슬그머니 손을 오므려 내리려 했다. 그 손을 노마가 덥석 붙잡았다.

"앗!"

화들짝 놀란 주리가 본능적으로 손을 제 쪽을 끌어당겼다. 그 바람에 노마의 몸이 주리 쪽으로 기울었다. 텅. 그가 놓친 기타가 바닥으로 떨어졌다. 기타를 주울 생각도 하지 않고 노마가 지그시 주리를 응시했다. 주리가 숨을 깊게 들이쉰 채 움찔 멈췄다. 마주친 시선 속에 야릇한 기운이 흘렀다. 주리가 어쩔 줄 몰라 하며 시선을 아래로 내렸다.

"왜……."

노마가 조금 더 가까이 다가오자 물러선 주리의 몸이 침대 위로 눕혀졌다. 주리의 시선이 눈앞으로 다가온 노마의 붉은 입술에 꽂혔다. 그가 가만히 주리의 눈을 응시하며 보일 듯 말 듯 작게 입술을 달싹였다.

"물어?"

"……예?"

노마의 질문이 무엇을 묻는 건지 언뜻 알아듣지 못해 주리가 되물었다. 노마가 잡은 손에 지그시 힘을 주며 질문을 바꿔 되물었다.

"저 그림 마음에 들어?"

"아, 예……."

"왜?"

"음. 그게 그냥. 뭔가 기분이 묘해서."

"어떻게?"

점점 집요해지는 질문에 주리가 곰곰이 그림에 대해 생각했다. 이유. 별다른 이유가 떠오르지 않았다. 그냥 시선이 갔고 그림에 끌리듯 안으로 들어와 그림에 손을 댔다. 그녀의 눈엔 그림에서 빛이 나는 것 같았다. 낡은 기타에 그려진 예쁜 그림에서 어떤 묘한 기운을 느꼈다. 그걸 대체 뭐라고 표현해야 할까?

"……환희?"

이리저리 눈동자를 굴리며 생각에 잠겼던 주리가 반짝 눈을 빛내며 뭔가를 발견한 사람처럼 들떠서 말했다. 자신의 표현이 딱 적당하지 않느냐 동조를 발하는 눈빛으로 주리가 노마를 빤히 바라봤다. 기대감에 한껏 들뜬 주리의 얼굴을 가만히 들여다보던 노마가 상체를 일으켰다. 그가 주리의 손을 잡아당겨 그녀도 일으켜 앉혔다.

"재미있는 표현이었어."

"네?"

노마가 잡은 손을 놓고 바닥에 떨어진 기타를 집어 들었다. 기타를 원래 있던 자리에 세워 두고 노마가 주리를 향해 돌아섰다. 주리는 여전히 그의 침대에 앉은 채로 멍하니 노마를 바라보고 있었다.

"늦었다, 집 어디야?"

"네?"

"이 시간에 혼자 집에 갈 순 없잖아."

노마의 말에 고개를 들어 주변을 두리번거리던 주리의 눈앞에 노마의 손이 불쑥 다가왔다. 놀란 주리가 움찔하다가 손목시계를 보고 눈을 번쩍 떴다. 주리가 그의 손을 덥석 잡아 재차 시간을 확인했다. 새벽 4시가 가까워지고 있었다. 조금만 더 늦게 들어가면 외박한 꼴이 되고 만다. 놀란 주리가 시선을 옮겨 노마를 빤히 쳐다봤다. 왜 이제야 그 얘길 하느냐 살짝 원망이 섞인 눈빛이었다.

"난 밥 먹여 준 것밖에 없다. 남아서 시간 가는 줄 모르고 돼지 멱따는 소릴 냈던 건 너야."

"허어."

기가 막혔다. 피를 토하는 심정으로 노래 연습에 매진했는데 그걸 돼지 멱따는 소리라고 하다니. 서운함을 숨기지 못한 주리가 헛웃음을 터트리자 노마가 가늘게 눈을 떠 그녀를 직시했다. 그런 노마를 주리가 지지 않고 마주 바라봤다.

"억울해?"

"……."

"억울하면 연기를 하지 말고 진짜 사랑하는 마음을 담아."

"어떻게요!"

발끈한 주리가 저도 모르게 소리치며 일어섰다. 그 탓에 바로 앞에서 있던 노마의 얼굴에 부딪힐 뻔했다. 더군다나 시계를 보느라 잡고 있던 그의 손을 아직 놓지 않고 있었다. 이건 대체 무슨 포즈지? 자기가 발끈해 놓고 자기가 당황해 주리가 쭈뼛거리며 낮은 숨을 길게 내뱉었다.

"사랑할 줄 몰라?"

"……사랑 못 하는 사람이 어디 있어요. 상대가 없는 거지."

주리가 조심스럽게 그의 손을 내려 놨다. 노마가 그 손을 가만히 바라보다 주리에게로 시선을 옮겼다. 손에 따스한 온기가 그대로 남아 있었다.

그가 그 손을 올려 주리의 머리를 부드럽게 헝클었다. 그에 주리
가 멍하니 시선을 올려 제 머리 위에 올려진 노마의 손을 쳐다봤다.
왠지 그의 손길이 거북스럽지 않았다. 그에게선 느껴 본 적 없는 따
스함이 그의 손길에서 전해졌다.

"필요하면 말해."

주리가 시선을 옮겨 그의 눈을 마주 바라보았다. 그가 무심한 눈으
로 그녀를 내려 보며 말했다. 주리가 눈을 살포시 감았다 뜨며 고개
를 갸웃했다. 그녀의 머리가 기우는 걸 따라 노마의 손도 움직였다.

"뭘요?"

주리가 물었다. 왠지 모르게 가슴이 두근거렸다. 뭐지? 왜 이러
지? 그녀가 가슴 위에 가만히 손을 올렸다. 그 손을 스치듯 바라본
노마가 머리 위 손을 미끄러지듯 자연스럽게 내려 주리의 볼을 어
루만졌다. 주리의 고개가 저도 모르게 그의 손 쪽으로 기울었다.

이상하게 싫지 않다.

노마의 입매가 매끄럽게 말려 올라갔다. 그에 주리의 미간에 미
세하게 꿈틀거렸다. 이런 매력적인 미소도 처음 본다. 아마 그녀를
제외하고 그에게서 이런 미소를 본 사람은 없을 것이다. 그 옛날 그
가 사랑했던 어린 소녀를 제외하곤.

"그 상대."

"상대?"

"해 줄게. 네 심장이 사랑을 담을 수 있게, 그 상대가 되어 줄게."

노마가 선심 쓰듯 말했다.

"응?"

주리의 미간이 살짝 찌푸려졌다. 그가 지금 하는 말이 무엇인지 깨달은 탓이었다. 애인이 되어 주겠다는 말인가? 그녀의 의문에 답하듯 그가 손끝으로 조심스럽게 주리의 입술을 더듬었다.

"어때. 사랑……해 볼래?"

"……선생님이랑요?"

"응. 나랑."

"어, 그게."

"난 하고 싶은 마음이 생겼어."

이상하게 신경이 쓰인다 했지. 노래는 잘 부르는데 뭔가 마음에 안 든다 했어. 아무리 혼이 나도 자신을 똑바로 바라보는 눈빛이 싫지가 않다 했어. 이제야 알겠다. 그게 왜인지.

"너랑 사랑해야겠다. 지금부터."

"……정말요?"

주리도 싫지 않은 눈치였다. 그의 손에 기댄 얼굴이 홍조를 띠고 있는 걸 보면 거부는 아니다. 노마가 한 손을 들어 마저 그녀의 볼을 감쌌다. 그리고 고개를 틀어 입술을 그녀의 입술에 겹쳤다.

"입맞춤에 심장이 떨리면 이건 사랑의 시작이지."

입술을 통해 전해지는 노마의 심장의 떨림에 주리가 가만히 눈을 감았다. 심장이 미친 듯이 뛰기 시작했다. 그래, 이런 게 사랑이구나. 주리의 얼굴에 사르르 미소가 번졌다.

Scarlet
스칼렛

Scarlet
스칼렛

Scarlet

스카렛

Scarlet

스칼렛